アジアン・カフェ事件簿②

南国ビュッフェの危ない招待

オヴィディア・ユウ　森嶋マリ訳

Aunty Lee's Deadly Specials

by Ovidia Yu

コージーブックス

AUNTY LEE'S DEADLY SPECIALS
by
Ovidia Yu

Published by arrangement with Avon,
an imprint of HarperCollins Publishers
through Japan UNI Agency,Inc.,Tokyo

挿画／手塚リサ

リチャード、PP、Hへ

SINGAPORE
MAP
自然保護区
チャンギ
国際空港
アンティ・リーズ・
ディライト
マーライオン像
セントーサ島
N
W
E
S

謝辞

すばらしい人たちの支えがあったからこそ、この本を無事に完成させることができました。魔法使いのようなエージェントのプリヤ・ドラスワミ。有能な編集者のレイチェル・カハン。第一稿を書きあげるのに、信じられないほどすばらしい環境を用意してくれるインターネット・サイトNaNoWriMoのメンバー。推敲の際にわたしを導いてくれたインターネット・フォーラムMagic Spreadsheet。わたしがほんものの作家になるまえに、わたしは作家だと教えてくれたインターネット・サークルThe Artist's Way Circle。すばらしいワーク・ライフ・バランスを実現させてくれたKanbanFlow.com。二冊目の本をかならず書けるという自信をくれたアントニー・バウチャー・メモリアル・ワールド・ミステリ・コンベンションの参加者。そして、本書を世に送りだすためにさまざまなことをしてくださったウィリアム・モロー社の優秀な面々――トリッシュ・デーリー、ジョアン・ミニュティッロ、アライナ・ワーグナー、ジェニファー・ハート、ライト・シュテーリク、ジョイス・ウォン、オースティン・トリップ、デイヴィッド・ウォルフソン、サラ・ウッドラフに感謝を捧げます。

南国ビュッフェの危ない招待

主要登場人物

アンティ・リー（ロージー・リー）……カフェの店主
M・L・リー……アンティ・リーの亡き夫
マーク・リー……アンティ・リーの亡き夫と前妻の息子
セリーナ・カウ＝リー……マークの妻
ニーナ・バリナサイ……アンティ・リーのメイド
チェリル・リム・ピーターズ……元客室乗務員。アンティ・リーのカフェの従業員
マイクロフト・ピーターズ……チェリルの夫。任命議員。弁護士
メイベル・スゥーン……法律事務所の経営者。癒しと祈りの会のリーダー的存在
ヘンリー・スゥーン……メイベルの夫。医師
シャロン・スゥーン……メイベルの娘。弁護士
レナード・スゥーン……メイベルの息子
グレースフェイス・アーン……法律事務所の秘書
エドモンド・ヨーン……レナードの主治医
ウェン・リン……謎の中国人女性
ドリーン・チュー……アンティ・リーの旧友
サリム・マワール……シンガポール警察ブキ・ティンギ地区警察署の警部
ティモシー・パン……シンガポール警察国際部の巡査部長
パトリック・パン……ティモシーの兄
ベンジャミン・ン……パトリックの恋人。行方不明

プロローグ

《TGIFモーニング・ドライブ・タイム・ニュース》

金曜の未明、アンモキオ公営住宅《HDB》の住人数名が、大きな衝突音を耳にしました。しかし、何が起きたのか、確かめにいった人はいませんでした。

七十八歳のミスター・トー・カンによれば、「交通事故かと思ったよ。車がぶつかったなら、あわてて下まで見にいくことはないだろう？　まだ夜も明けてなかったんだから。明るくなってから見にいったって遅くはない」

午前六時まえに、バス停へ向かう学生ふたりが、アンモキオ公営住宅三五二番を通りかかり、中国人の若い女性の死体を発見しました。

「血だらけだったよ」と十四歳のトリスタン・タン。「倒れてた女の人は白いレースのワンピースを着てたけど、血まみれだった。すごくびっくりして、ぼくも気を失いそうになった。それで、吹奏楽団の練習に行けなくなって、ママが先生に電話したんだ。とんでもなく恐ろしいものを見てしまって学校に行けなくなったんだから、成績を下げないでくださいって」

《ストレーツ・タイムズ・オンライン》

警察の捜査によって、転落死した女性がその公営住宅の九階にある部屋を、不法に転借していたと判明した。ほかにも七人の中国人女性が同じ部屋に寝泊まりしていたが、死亡した女性のことはよく知らないと話している。死亡した女性は数日まえにやってきて、ほとんど話をしなかったという。女性がエレベーター乗り場横の柵を乗りこえて、闇に身を投じる直前に書いたと思われるメモを、同居していた中国人女性らが発見して、警察に提出した。

愛するあなたは、ふたりで歩む未来のためにシンガポールへやってきました。わたしのために、自分の体の一部を売るつもりだったのでしょう？　わたしと結婚しようとしたせいで、あなたは死んでしまった。わたしがあなたを追ってシンガポールへ来たのは、あなたが死んだその場所で命を絶って、永遠に結ばれるため。それなのに、この国であなたがどこにいたのかすらわからなかった。わたしが死んだら、来世であなたと一緒になれますように。（中国語から翻訳）

《聯合晩報》（映画スターのゴシップや政治家のスキャンダルなどの記事を多く掲載する、シンガポールの中華系タブロイド紙の夕刊）

死亡した中国人女性の名はビー・シャオ・メイ（二十四歳）。山東省西郷村の工場従業員。ビー・シャオ・メイは職場の同僚ジャオ・リヤーン（二十三歳）と数カ月まえに交際をはじめ、妊娠した。そこで、ジャオは腎臓を売るためにシンガポールへやってきた。腎臓を売ったお金で、結婚式を挙げ、アパートを買い、生まれてくる子どもと三人で、新たな人生をスタートさせるつもりだったのだ。親戚によると、ジャオは責任感が強く、親孝行な息子だったらしい。

「ジャオは違法だと知ってましたよ。それでも、見ず知らずの人の命を救えて、妻と子どものためにお金が手に入るなら、やってみようという気になったんです」

だが、不幸にも、ジャオが手術中に亡くなったという知らせが、家族のもとに届いた。さらに、ジャオをシンガポールで茶毘《だび》にふして埋葬することに同意すれば、賠償金が支払われると言われた。いっぽう、家族がシンガポールまで遺体を引きとりにくる場合は、飛行機代が支払われるとのことだった。家族は賠償金を選んだ。ジャオが旅好きだったことから、遺灰をシンガポールに埋めることにしたのだ。また、家族はジャオの妊娠している恋人に賠償金を渡す筋合いはないと考えた。それどころか、息子が死んだのは恋人に原因があると非難し、お腹の子どもがジャオの子だという証拠はないと言っている。

ビー・シャオ・メイはジャオが死んだ場所で、お腹の子どもとともに死ぬつもりでシンガポールへやってきた。だが、英語も話せず、ジャオの死亡記録も、死亡した場所も見つけられなかった。そこで、世間の注目を集めるような死に方をすれば、シンガポールで茶毘にふされて、恋人の遺灰とともに永遠の眠りにつけるだろうと考えた。

だが、シンガポールの法律に則《のっと》って、ビー・シャオ・メイの願いがかなえられるのかどうかは、現時点では不明である。

一

〈アンティ・リーズ・ディライト〉

「だめですよ、そんなもの食べたら、みんな死んじゃいます」とニーナが言った。

アンティ・リーはスパイスの利いたピーナッツソースをかき混ぜながら、そこにトウガラシ・オイルをくわえていた。「もうちょっとよ。風味づけにもうちょっとだけ。このオイルはそんなに辛くないんだから。それよりも、自殺した女性の記事をもっと読んでちょうだい」

アンティ・リーはレシピを見直したばかりのトウガラシ・オイルを使って、〈アンティ・リーのおいしい！　サンバル〉と〈アンティ・リーのとっておきアチャー〉を作っているところだった。ガラス瓶に入ったトウガラシ・オイルには、厨房のカウンターにずらりと並んでいるさまざまな油を使って揚げた、これまた何種類もの薄い輪切りのトウガラシが入っていた。

「もう充分ですよ。それ以上は入れちゃだめです」

「もっと辛いのだってあるわよ、ナガモリッチで作ったオイルを食べてごらんなさいよ」アシンティ・リーは外国のトウガラシの苗を手に入れると、シンガポールでも育つだろうかと、ビンジャイ・パークにある自宅の庭で栽培したのだった。高温多湿の気候は、世界一辛いトウガラシと言われるナガモリッチに適していたらしい。はじめて収穫したそのトウガラシを、ついこのあいだ、瓶詰めにしたところだった。「ナガモリッチは激辛だから、インドの軍隊で武器にしようと研究してるそうよ。催涙ガスや手榴弾の材料にできないかって」

「そんなものをお客さんに食べさせるつもりですか？　お客さんがみんな死んじゃったら、ここで売ってるものを誰が買ってくんです？」

「暑い《ホット》国には、辛い《ホット》食べものが合ってるのよ。それに、激辛なら、一度に使う量はほんの少しだけ。だから、一瓶で長もちするわ。お買い得なのよ」

「たしかに、お客さんは得するでしょうね。でも、店にとっては困ったことじゃないですか？　一瓶買って、その後、何年も買いにきてくれなかったら、店の儲けはどうなります？　ｉＰｈｏｎｅやｉＰａｄを見習ったほうがいいですよ。毎年、新しいバージョンを出して、がっぽり儲けてるんですから」

それなら、この店でｉＣｏｏｋって名前の調理器具を売りだしたらどうかしら？　チェリル・リム‐ピーターズはそんなことを考えて、にやりとした。

チェリルは〈アンティ・リーズ・ディライト〉のこぢんまりとしているが風通しのいい厨房の隣の、ダイニング・スペースにいた。カットしたばかりの果物を、大きなプラスティック容器に詰めているところだった。この店で働きはじめて数日は、アンティ・リーとメイドのニーナの会話に驚かされた。けれど、まもなく、ふたりにとって、会話はゲームのようなものだと気づいた。チャテク（バドミントンのシャトルに似た羽根のついたゴム製の玉）で遊んでいる子どもと同じだ。大切なのは相手を言い負かすことではなく、話をすることそのものなのだ。ニーナがそばにいなければ、アンティ・リーは亡き夫の写真に話しかけるしかないのだから。

〈アンティ・リーズ・ディライト〉はプラナカン料理を出す小さなカフェで、デュナーン・ロードから歩いて五分ほどのビンジャイ・パークにある。シンガポールで最古の高級住宅街のひとつビンジャイ・パークは、裕福でおいしいものに目がないシンガポールっ子なら知らない者はいなかった。そこまで有名になったのは、〈アンティ・リーズ・ディライト〉でアチャーやサンバルを使った、昔ながらのとびきりおいしいプラナカン料理が食べられるからだ。

チェリル・リム－ピーターズは〈アンティ・リーズ・ディライト〉の、いわば新米従業員。新米といっても、注文を受けてから搾る生ジュースがカフェのメニューにくわわったのは、チェリルがいればこそ。その朝、元客室乗務員のチェリルは、料理のデモンストレーションやワインのイベント――チェリルが〈アンティ・リーズ・ディライト〉を知るきっかけになったイベント――に使われるステンレス製の大きなカウンターで、果物の皮を剝いて、スライスしたり四角く切ったりしながら、これぞまさに天職だと感じていた。夫のマイクロフト・ピーターズは弁護士で、大統領による任命議員《NMP》でもある。一見、気難しそうだが、見知った人のまえでは陽気なところも見せる。といっても、結婚するにあたっては、シンガポールを代表する航空会社で働いていたチェリルに、仕事を辞めるように言って、譲らなかった。チェリルは反論しようと思えば、できないこともなかった。一流航空会社の客室乗務員として、どんな無理難題でも笑顔で、けれど、きっぱり断ってきたのだから。それでも、マイクロフトの言うとおりにしたのは、真摯で正直なことばにほだされたからだ。「忙しい一日の終わりに、きみの顔が見たいんだ。帰宅したときに、きみがもうベッドで眠ってたとしても、顔を見るだけでほっとして、どんなにたいへんなことでもがんばろうと思えるんだよ」

マイクロフトから〝きみが必要だ〟と言われるたびに、チェリルはいまだに体が震えるほど嬉しくなった。さらに、いまは、アンティ・リーからも必要とされている。〝あなたがいると、店が活気づく〟と言われていた。これまで、アンティ・リーのような人には会ったことがなかった。ふくよかなプラナカン（中華系移民の末裔）の女であるこの店の主は、ある意味で過保護なおばあちゃんであり、弟子の意欲をかき立てる師匠であり、おしゃべり好きの女友だちだ。そんな三つの顔を持つ女性が、〝おせっかい《ケーポー》〟と〝負けず嫌い《キアスー》〟の服を着て歩いている――それがアンティ・リーなのだ。

アンティ・リーの亡くなった夫とやはり亡くなった前妻のあいだには、マークという息子がいる。マークはアンティ・リーのカフェとケータリング業に花を添えようと、ワインの輸入業をはじめたが、その仕事をチェリルが引き継ぐことになっていた。〈アンティ・リーズ・ディライト〉が二件の殺人事件に巻きこまれ、さらには、同性愛者の結婚――マークと妻のセリーナにとっては殺人事件より、こっちのほうが一大事だったかも――にもかかわることになって、マークはケータリング業は性に合わないと考えたのだった。

その考えに、アンティ・リーは即座に同意した。なにしろ、マークは結局、ケータリング業にはいっさい協力しようとしなかったのだ。理由は、ケータリングに使われるのが、いま、チェリルが用意しているようなプラスティックのコップだから。マークがワインの輸入業をはじめるときに、資金を出したのはアンティ・リーだ。いっぽう、チェリルは夫のマイクロフトを説得して、マークから仕事を引き継ぐための資金を出してもらうことになっている。マイクロフトは妻がカフェで働くのに大賛成というわけではないが、シンガポールの高級住宅街にある店で働けば、チェリルもその住宅街が自分の居場所と思えるようになるだろうと期待していた。

何かをするのは誰かを幸福にするためで、それによって自分も幸福になれるのを、みんなに知ってもらいたい――アンティ・リーはそんなふうに考えて、カフェの仕事をしている。自分を犠牲にしてまで人のために何かをしたら、結局はみんなが不幸になるのだ。チェリルが見るもの聞くものすべてから、あらゆることを吸収しようとしているのに、それでも夫の属する上流社会に馴染めずにいるのは、アンティ・リーにもわかっていた。アンティ・リー自身も、亡き夫M・L・リーの妻になって何年も経ってようやく、夫の属する世界に馴染んでこそすばらしい人生が送れると、身をもって知ったのだ。だからマークやその妻セリーナ、ロンドンにいるマークの妹のマチルダに反対されても、チェリルを雇うことにしたのだった。

それに、マークと仕事をするより、チェリルとのほうがはるかにやりやすかった。

チェリルは頭の中で渦巻くさまざまな思いを振りはらって、カットしたスイカ、パパイヤ、パイナップルとグアバの山に視線を戻した。昨日、切っておいたリンゴ、ナシ、ニンジンは冷凍庫の中だ。

「このジュースは〝ドクテル〟ね」

「はい？　アヒルのしっぽ《ダックテイル》？　どうしてアヒルなの？」とアンティ・リーが言った。

「いやだ、アヒルじゃないわ。カクテルがあって、ノンアルコールのモクテルもある。このジュースは体によくて、いかにも医者《ドクター》が薦めそうだから、ドクテルと呼んだらどうかと思って。緑茶と大麦湯《バーリーウォーター》と豆乳と玄米茶に、搾りたての果汁を混ぜたのよ」

アンティ・リーはそのアイディアが気に入った。どうして自分がさきに思いつかなかったのかと、悔しくなるほどだった。「お客さんの目のまえで果物を搾ったらどうかしら？　お客さんに果物を選んでもらって、それをジュースにするの。フードコートでやってるみたいにね」

チュリルはマークとは大ちがいだった。マークは自家製の大麦湯《バーリーウォーター》にしろ、豆乳にしろ、水にしろ、アンティ・リーがカフェで出している飲みものすべてにケチをつけた。そんなものを出すより、厳選したワインの中から、飲みものを選ばせたほうがいいと考えていたのだ。マークが主催したワインの会は、自分が溺愛する上質なワインを客に飲ませて、ワインについてもっと知ってもらうのが目的だった。いっぽう、チェリルはアンティ・リーと同じように、みんなでおいしいものを食べて、楽しんで、さらに、料理を食べた人が健康になればいいと思っていた。

ふくよかなロージー・〝アンティ〟・リーはプラナカン料理の達人で、自慢の料理を人に食べさせるのも大好きなら、相手が望んでいようがいまいが、人生を見つめなおす手助けをするのも大好きだった。アンティ・リーにとってそのふたつは、コインの表と裏のようなものなのだ。

相手を理解していないのに、どうして、その人に合った食事を出せるの？　それに、不幸のどん底だったら、たとえ達人が作った料理でも堪能できるはずがない。食べたいものをただ選んでもらうだけでは、なんの役にも立たない、とアンティ・リーは思っていた。たいていの人はどんな食べものが自分に合っているか、わかっていないのだ。多くの人が、おばあちゃんが作った愛情たっぷりの料理を懐かしんだり、恋したときの新鮮な気持ちを口にしたりする。それでいて現実には、昔ながらの味わい深い料理を食べてもいなければ、恋もしていないと、ぼやきながら生きている。

プラナカン料理はシンガポールで最高の料理、いや、世界一の料理だと、アンティ・リーは信じて疑わない。といっても、伝統的なものだけがプラナカン料理だと考えている人にしてみれば、アンティ・リーの料理は邪道ということになるかもしれない。なんと言ってもアンティ・リーは、「わたしはプラナカンの女。だから、わたしが作るものはなんでもプラナカン料理よ」と豪語しているのだから。

小柄でふくよかなアンティ・リーは、典型的なプラナカンのおばあちゃんで、シンガポールではそれなりに有名だ。それは、〈アンティ・リーのとっておきアチャー〉や〈アンティ・リーのおいしい！サンバル〉のラベルに、彼女の顔が印刷されているせいでもある。ラベルを見た人は、カバヤ（プラナカンの民族衣装で、刺繍がほどこされたブラウス）に身を包んで、にっこり笑っているアンティ・リーと目を合わせることになる。

今日、アンティ・リーが着ているのはいつもの仕事着だ。ライムグリーンのTシャツに、黄色い地にピンクと緑の華やかな刺繍のカバヤをはおり、深緑色のゆったりした太極拳パンツを穿《は》いている。その上にポケットがあちこちにあるろうけつ染めのエプロンをつけている。自分でデザインして、メイドのニーナに作らせたエプロンだ。足元は派手な緑のソックスに、黄色と白のスニーカー。それなりに伝統を重んじるアンティ・リーではあるけれど、伝統以上に快適かどうかが大切なのだ。

住み込みのフィリピン人のメイドのニーナ・バリナサイは、アンティ・リーとは対照的だ。痩せていて、肌は浅黒く、仕事第一。といっても、シンガポールでのニーナの主な仕事は、アンティ・リーを幸せにすること。観察力はもともと鋭いほうだったが、世話好きのおばちゃんと一緒に暮らすようになって、ますます磨きがかかっていた。

だから、どんなことを心配して、どんなことは心配しなくていいのか、きちんと心得ている。アンティ・リーが目にも留まらぬ速さで野菜をスライスしようが、さいの目に切ろうが、誤って指を切ることはない。話に夢中になって包丁を振りまわそうが、刃で目を突いてしまうこともない。何はともあれ、そういうことに慣れなくては、アンティ・リーとは一緒にいられないのだ。

フィリピンでは看護師をしていたニーナだが、その看護師免許はシンガポールでは使えない。それでも、万が一にもアンティ・リーが手を滑らせて、怪我をしたとしても、止血ぐらいはお手のもの。それに、アンティ・リーが何かしようと決めたら、それを止めるほうが危険。いや、止めるのはほぼ不可能なのも、ニーナはもうわかっていた。

〈アンティ・リーズ・ディライト〉があるからこそ、世間の基準からすれば若くして未亡人になったアンティ・リーは、退屈せずに済んでいた。ケータリングの客が指定してきた予算で料理を作るのはたいへんなどと、しょっちゅう文句を言っているが、たとえ客が予算を上げたところで、料理の品数を増やして、やはり文句を言うに決まっていた。そういうことは、カフェで働きだしてまもないチェリルでも容易に予想できた。アンティ・リーの文句は、裏を返せば、人のために料理を作るのを心から楽しんでいる証拠なのだ。なにしろ、誰に頼まれなくても、ただで料理を作るのだから。アンティ・リーはひとりでもケータリングの料理を作れるが、チェリルがカフェで働きだして、喜んでいるのはまちがいなかった。

マークはワインの輸入業をはじめるためにアンティ・リーからお金を借りたが、そのお金をまだ返していなかった。それを考えれば、そのビジネスをただでチェリルに譲ってもいいはずだった。それなのに、譲渡契約書にサインをするのを渋って、店やワイン貯蔵室の鍵も返していなかった。どうやら、ビジネスを手離したくないらしい。

アンティ・リーはもうチェリルに店の鍵を渡していたが、厨房の勝手口と、店の奥の廊下に面したワイン貯蔵室には、予備の鍵がなかった。だから、そのふたつの鍵はドアのわきにかけておくことにした。

「それと、今日のケータリングのお客さんから、まだ代金をもらってませんよ。忘れずに、払ってもらってくださいね」とニーナがアンティ・リーに念を押した。「今日中にもらわなくちゃだめですよ。あとで払ってもらおうとすると、〝あら、もう払ったはずよ〟なんて、しらを切られかねませんからね」

ニーナの〝あら、もう払ったはずよ〟という口調は、先週、そのことばをしれっと口にしたニャティ・フォーネルそっくりだった。アンティ・リーは思わず甲高い声で笑った。チェリルも控えめながら笑わずにいられなかった。ニーナは物真似がうまいのだ。普段は、いかにもフィリピン人ならではのちょっと訛《なま》った英語を話すが、それはメイドとして目立たないようにするためだ。チェリルにもそれはお見通しだった。なぜかといえば、チェリル自身、訛りが強くて、きれいな発音の英語が話せずにいるからだ。チェリルの両親はマレー語と英語が混ざった福建語と潮州語を話していた。そういうことばは、純粋な福建語を話す人たちから馬鹿にされていた。同じように、チェリルが通った学校で使われていた〝シングリッシュ〟は、夫のマイクロフトが通ったミッションスクールの生徒から馬鹿にされていた。マイクロフトの友人の大半が、留学先によってイギリス人やアメリカ人、さもなければオーストラリア人のような英語を話す。チェリルの英語の発音や文法のまちがいを笑う者もいる。ある友人——もしかしたら、その女性はマイクロフトのことを好きだったのかもしれない——は、親切にも〝正しい英語を話そう〟というインターネットの学習サイトを教えてくれた。プライドより自分のためになるかどうかで物事を判断するチェリルは、そのサイトが勉強になると気づいた。それでも、あまりにも簡単に人の声や話し方を真似るニーナを見ていると、自分がいないときに、ニーナがいかにも馬鹿にするように自分のシングリッシュを真似てしゃべっているのではないかと、つい疑いたくなる。もしそういうことをしていたとしたら、アンティ・リーはいまみたいにおかしそうに笑うのだろうか?

車に積みこもうと料理を運んでいるニーナが、にっこり笑いかけてきた。チェリルも笑顔で応じた。

ニーナはメイドを雇うような大金持ちだろうと、いざケータリング代を支払うとなると、誰よりもあさましく、誰よりも喧嘩腰になるのを知っていた。アンティ・リーがケータリングを請け負うときに、前金をきちんともらっているのは、しっかり者のニーナのおかげだ。アンティ・リーの頭の中には、世間を騒がしているニュースと、料理のメニューのことしかない。だから、事務的なことをきっちりこなすニーナがいるのは、大助かりだった。逆に、ニーナにとってもアンティ・リーのもとで働くのは、いいことずくめだった。シンガポールにやってきた頃は、料理もほとんどできず、車の運転もできなかったのに、いまではどちらもかなりの腕前だ。アンティ・リーはこれまでの投資の中で、ニーナに対する投資がいちばん有益で、見返りもたっぷり得られていると思っている。そもそもケータリング業を堅実に続けられて、きちんと利益を得ているのはニーナのおかげだ。

アンティ・リーが料理の天才だとしたら、ニーナは経営の天才。もしニーナが経営を一手に引きうければ、ケータリング代の支払いを渋る客は、高利貸し並みの厳しい取りたてに遭うはずだった。

九月の土曜日の晴天のその朝、アンティ・リーはニーナのあとから、うきうきと車へ向かった。やりがいのある仕事ができて、その上、知らない人の家に入れるのが嬉しかった。そう、これ以上に楽しい人生などそうはない。とはいえ、生粋の負けず嫌い《キアスー》なシンガポール人としては、現状に満足するわけにはいかないけれど。

「雨が降るかしら？」アンティ・リーはそう言いながら、うっすらとした白い雲がところどころに浮かんでいる青空を見あげた。「雨に降られたら、料理が台無しだわ。まったく、豪邸に住んでる大金持ちは、なんだって、わざわざ庭でパーティーを開きたがるのかしら。そうなのよね？　豪邸なんでしょ？」

「それはもう大豪邸よ。グーグルマップを見るかぎり」チェリルがアンティ・リーとニーナに歩みよりながら言った。「心配いらないわ、雨は降らない。今日は一日晴れよ」

「となると、外で食事をするには、暑すぎるかも。ニーナ、ドライアイスを多めに用意してね」

「ところで、中国から来た女の人が自殺をしたっていう記事が新聞に載ってたけど、もう読んだ？」チェリルがその話題を持ちだしたのは、アンティ・リーが天気のことでやきもきしないようにするためだった。不審な死ほど、アンティ・リーのツボを刺激するものはない。

「もちろん読んだわ。だけど、新聞はいつだって、肝心なことは書かないのよね。自殺の裏には絶対に、おかしなビジネスが絡んでるはずよ」

「でも、自殺した女の人はバルコニーから飛びおりると書き残して、そのとおりにしたんですよね？　おかしなビジネスなんてかかわってませんよ」とニーナがやけにきっぱりと言った。敬虔《けいけん》なカトリック教徒のニーナは、どういうわけかアンティ・リーが巻きこまれる殺人事件も許せなければ、自殺も許せなかった。

チェリルが言った。「中国語の新聞によると、自殺した女性の恋人は手術のまえに電話を寄こして、すべてうまくいってると言ったんですって。でも、女性は電話の向こうで天使の歌声が聞こえたから、まずいことが起きると思ったんだそうよ」

「英語の新聞にはそんなこと書いてなかったわ」アンティ・リーはむっとした顔をした。

「ニーナ、中国語も読めるようになってちょうだい。英語のニュースより中国語のニュースのほうがはるかにおもしろいもの。それで、中国語の新聞にはほかにも何か書いてあった？」

「ビー・シャオ・メイと同じ部屋にいた女性――ワンルームの公営住宅の部屋で寝泊まりしてた女性のインタビューが載ってたわ。その女性によると、その部屋は一泊五ドルで泊まれるんですって。ビー・シャオ・メイは昼間はずっと恋人を捜し歩いて、夜は泣きどおしだった。恋人が死んだという証拠も、手術を受けたという証拠も、何ひとつ見つからなかった。違法な手術だったから、埋葬されたんじゃなくて、どこかに捨てられてしまったんじゃないかと心配してたそうよ。それはともかく、インタビューに答えた女性によれば、自殺するまえの晩に、ビー・シャオ・メイと一緒にブキ・ティマ・プラザに行ったら、そのときにも、電話で聞こえたのと同じ天使の歌声が聞こえると、ビー・シャオ・メイが言いだしたんですって。そして、翌日、自殺した」

「インタビューに応じた女性も、天使の歌声を聞いたの？」

「聞こえたのは、歌台《ゲータイ》（野外コンサート）の演奏だけだったそうよ。ブキ・ティマ・プラザにはアルツハイマー病のおじさんがいたりする。歌台から音楽が流れてくると、そのおじさんは椅子に座って、歌うのよ」

「自殺した女性の恋人がほんとうに死んだのかどうか、怪しいものですよ」とニーナが言った。「ほんとうは死んでないかもしれない。中国に帰りたくないとか、結婚したくないとか、そんな理由で、誰かに頼んで自分は死んだと家族に伝えてもらったんじゃないですか？」ニーナはこれまでの経験から、男性に対してはかなり辛口だった。

アンティ・リーはますます興味を覚えて、唇をすぼめた。なにしろ、恋愛や裏切りや死にまつわる噂話が大好きなのだ。

「中国語の新聞には、自殺した女性の恋人ジャオの父親の話も載ってたわ。〝息子は働いて結婚資金を貯めようとシンガポールに行った〟とね。違法な手術のためにシンガポールに行くわけがないと思ってたみたい」

「そのジャオという男性はシンガポールで働いて、結婚資金を貯めるつもりだったんですか？　だとしたら、世間知らずもいいところです。この国で一ドル稼ぐには、食事に二ドル、家賃に三ドル払わなくちゃならないのに」

「そうとも言い切れないいんじゃない」チェリルはそう言うと、アンティ・リーとニーナにバナナを差しだした。バナナはカリウム、食物繊維、マンガン、ビタミンCとB₆が豊富な健康食品だ。「さあ、バナナを食べて、がんばりましょ。そうそう、わたしは中国からシンガポールにやってきて五年足らずの男の人を知ってるけど、その人は公営住宅を借りて……もちろん違法に借りてるんだけど……それをまた貸ししてるわ。週に一度、家賃をもらいにいくついでに、掃除をしてる。最初は一戸だったのが二戸になって、さらに三戸になって、もっと増えて、いまじゃ、大金持ちよ」シンガポールの住宅開発庁は公営住宅を借りる際にも、また貸しに関しても、厳しい規則を定めている。とくに外国人は、そう簡単には借りられない。それでも、中国からやってくる人たちは、あらゆることに裏の手を使えるらしい。

「腎臓って、いったいいくらで売れるのかしら？」アンティ・リーは真顔でつぶやくと、ニーナが下ごしらえをしたカニ肉の前菜やエビのパテが入ったクーラーボックスを見つめた。

「いくらお金がもらえたって、割に合わないに決まってます」とニーナがきっぱり言った。

「なんといっても違法ですから」

「自殺した女性の家族の話では、恋人が死んだと聞かされて、女性はかなり落ちこんでたみたい。これから赤ん坊が生まれるんだもの、それはもう不安でたまらなかったでしょうね。女性のもとにジャオの家族から手紙が来たんですって。息子の代わりに約束どおり腎臓代をもらったから、これ以上騒ぎたてるな、と書いてあったそうよ。どうやら、ジャオが前金として受けとったのは、シンガポールへの飛行機代だけだったみたい。いずれにしても、ジャオの家族は息子が何をしようとしてたのか、ほんとうは知ってたんだわ」

「わたしたちの仕事は、料理を出すことですよね。行きましょう」ニーナが有無を言わさぬ口調で言った。料理と器材を車に積み終えると、店の看板をひっくり返して〝閉店〟と書いてあるほうを表にして、ドアに鍵をかけた。そうしながらも、たわしとモップで厨房を掃除する時間がなかったのが、悔やまれた。店に入ってきた人はみな、隅々まで掃除が行き届いていると言う。けれど、ひっきりなしに人が出入りする店を、いつでも塵ひとつなく、すべてがきちんと片づいた状態にしておくには、どれほどの労力が必要かということには気づかない。

「あれってマークの車よね?」車に乗りこんで出発しかけたところで、チェリルが言った。

「マークさんには、今日は店はお休みだと伝えてありますよ」とニーナがまたきっぱりと言った。「忘れちゃったんでしょうかね。となると、申し訳ないけど、出直してもらうことになりますね」

アンティ・リーはなんだかそわそわした。生粋の負けず嫌い《キアスー》としては、パーティーがはじまる三十分以上まえに会場に入っていたいから、そのためにはすぐに出発しなければならない。それでも、生粋のおせっかい《ケーポー》だから、人のことが気になってしかたない。そんなわけで、出発を遅らせてでも、ほんとうにマークの車なのか、マークが何をしにきたのかを確かめずにいられなかった。

「ワインのビジネスの譲渡の件で、わたしと話しにきたのかも」とチェリルが言った。

「マークさんはワインを見にきただけですよ」とニーナが言った。「マークさんにとってワインは目に入れても痛くないわが子のようなものです。貯蔵室の中で、大切なワインに話しかけてるぐらいですから」

2 スゥーン法律事務所

その土曜の朝、グレースフェイス・アーンは自分の姿に惚れ惚れしていた。もちろん、外見にはつねに気を配っているが、青と白の星模様がプリントされた緑色の身頃に、フレアスカートという新しいワンピースのおかげで、美しさにますます磨きがかかっていた。当然、髪形もメイクもばっちり決めて、地下鉄に乗っていても、注目されているのがわかった。この世で何がいちばん気分がいいかと言えば、憧れのまなざしで見られることだ。それは自分が進歩している証拠。みんながほしがるものを持っているのは、成功を意味するのだから。とはいえ、最近は、憧れのまなざしで見られなくても、人生が軌道に乗っているのを実感していた。それでも、人にうらやましがられると、心が弾む。白人男性が席を譲ろうと、目を見てにっこり笑いかけてきた。それに応じて、笑みを返したものの、はにかむようにうつむいて、あまり長く目を合わせないようにするのも忘れなかった。正直なところ、地下鉄やバスに乗るような男性は、笑顔で応じる価値すらないと思っている。ただし交通省の大臣なら話はべつ。そう、あの大臣はかなりハンサムだ。いずれにしても、どんなところにすてきな出会いが転がっているかはわからない。無愛想にしていてはチャンスをつかみそこなうかもしれない。そんなことを考えて、席を譲ってくれた男性が手にした新聞に視線を移した。またもや恋愛沙汰で自殺した女がいるらしい。そんなダメ女に興味はなかった。何か大きな目的のために、やむなく命を絶つなら、まだわからなくはない。といっても、絶たれる命はあくまでも自分以外の誰かのもので、自殺など笑止千万だ。

スゥーン法律事務所に出勤して、入口の鍵があいていても、大して驚かなかった。きっと清掃員だろう。さもなければ、昨日、最後に帰った者がうっかり鍵をかけ忘れたか。鍵がかかっていなかったと報告したら、メイベル・スゥーンはそれはもう怒るにちがいない。そう思うと、少しわくわくした。スゥーン法律事務所の創設者で、独裁的なボスであるメイベルは、セキュリティとプライバシーにはとくにうるさいのだ。でも弁護士はみんなそういうものかもしれない。メイベルの娘のシャロンもこの法律事務所の弁護士で、やはりそのふたつをかなり気にしていた。

グレースフェイスが法律事務所の秘書になったのは、弁護士と結婚したかったからだ。そうして、この法律事務所で働きはじめて二年が過ぎて、そろそろ転職しようかと思いはじめた矢先に、ちょっとした変化があって、とりあえずいまの仕事を続けていた。スゥーン法律事務所で日常的に顔を合わせる男性といえば、メイベルの夫のヘンリーと息子のレナードだけだった。スゥーン家の財産や人脈を考えれば、レナード・スゥーンを狙おうかと、ちらりと考えたこともあった。けれど、レナードには絶対に許せない欠点がある。

普通教育認定試験《GCE－Oレベル》にも落ちるほどの馬鹿息子なのだ。家が貧しければ、レナードは進学できずに、職業訓練を受けるしかなかっただろうが、金にものを言わせて、アメリカに留学した。そうして、留学先のアメリカでどんなことをしたかという話は、自然に耳に入ってきた。親が大金を積んでも、アメリカの大学の単位は買えなかったなどなど。

それでも、シャロンに比べれば、レナードのほうがまだましかもしれない。女よりも男の肩を持ってしまうのは、いつものことだった。

いずれにしても、グレースフェイスはとりあえずこの法律事務所に留まって、大きなチャンスが巡ってくるまで、貯金に励むつもりだった。

メイベルのオフィスのドアも半開きだった。ここも清掃員が閉め忘れたの？　となれば、メイベルが激怒するのはまちがいない。数時間後にはじまるスゥーン邸での退屈で無意味なブランチ・パーティーに比べれば、怒りくるうメイベルを見ていたほうが、断然おもしろい。メイベルに電話して、清掃員が無断でオフィスに入って、ドアを開けっぱなしにしていったと話そうか？　この数週間、いつになくメイベルは穏やかだった。娘のシャロンに法律事務所の経営を譲るというメイベルの決断には、誰も文句をつけなかった。

シャロン・スゥーンのことを考えて、むかむかした。なんなの、センスのかけらもないあの服や、やぼったい髪形は？　それでいて、わたしのおしゃれな服にはまったく関心を示さない。甘やかされたお金持ちのお嬢さまで、親が敷いたレールの上を走っているだけなのに、自分は賢いと思っている。そう考えると、いよいよ腹が立ってきた。貴重な土曜日にわざわざスゥーン邸のあるキング・アルバート・ライズへ行って、どうでもいいことを祝うパーティーに出なければならないのにも腹が立った。それでも、身なりはきちんと整えていた。身に着けているシルクの高級なワンピースは、肌を露出しすぎだと非難されはしないだろう。それでも、胸元はそれなりに開いていて、自慢のヒップラインもよくわかる。

これぐらいはいいわよね？　大枚をはたいて買ったワンピースなのだから、今日着なくて、いつ着るの？　といっても、このワンピースの力を借りて玉の輿《こし》に乗るまでは、目下、取りかかっている仕事を済ませなければ。

グレースフェイスはメイベルのオフィスのドアをぱっと開けたところで、驚いて立ち止まった。

シャロンが母親の大きな机について、何かを読んでいた。くるりと踵《きびす》を返して、走って逃げようか――グレースフェイスはとっさにそう思った。でも、逃げることはない、そうよね？　シャロンがメイベルのオフィスにいるからといって、何かを見つけたとはかぎらない。わたしが何をしているかは、誰も知らないのだから。

「お早いんですね」とグレースフェイスは明るく声をかけた。

「ずっとここにいたのよ」

「ずっとって、ゆうべからですか？　ここで徹夜したんですか？」

シャロンは答えなかった。

グレースフェイスの法律事務所での主な業務は、メイベルが滞りなく仕事を進められるように補佐することだ。さらに、事務所の職員全員のために、メイベルが上機嫌でいられるようにするのも、重要な仕事のひとつだった。

けれど、シャロンだけはそんなことを気にもしていないらしい。メイベルの感情を逆なでするような態度ばかり取る。その点では、裕福な家に生まれて、甘やかされて育って、家業を受け継ぐ典型的な子どもとはちょっとちがう。ただのおとなしいお嬢さまであれば、母親のメイベルともっとうまくやれているはずだ。シャロンは自分は優秀な弁護士だと自信満々。優秀すぎて、母親が手がけた仕事の粗を指摘せずにいられないらしい。

「家に戻られたほうがいいですよ。今日は、あなたが共同経営者に昇格したのを祝うパーティーなんですから」

シャロンはわざわざ答える気にもなれなかった。頭も目も痛んで、肩もこっていた。けれど、いちばん痛むのは心だ。事務所で一夜を明かしたのに、家族は誰も心配していないらしい。電話のひとつもかけてこなかった。

「メイベルに言われて、迎えにきたの?」

「いえ、ちょっと用事があって、寄ったんですけど――」

「わたしがここで死んでても、誰も気にもしないんだわ」

「はい?」

グレースフェイスは弁護士の秘書として失格だ、とシャロンは思った。わざわざ時間をかけて化粧をして、マニキュアを塗るのは、中身がからっぽだからだ。わたしは外見のために貴重な時間を費やしたりしない——シャロンはそれを誇りに思っていた。外見など、見苦しくない程度に整っていれば、それでかまわない。だから、ヘアスタイルも学生時代からずっとボブだった。服は毎年、仕事用のシャツとスーツを五着、フォーマルなワンピースを三着、旧正月に着る青か緑のワンピースを一着買うと決めている。旧正月用のワンピースの色はしかたなく青か緑にしている。ほんとうは黒い服のほうが気が楽だが、メイベルは敬虔なキリスト教徒なのに、旧正月には縁起を担いで、娘に赤い服を着せたがる。さすがに赤い服はかんべんしてほしいから、とりあえず、青か緑でお茶を濁しているのだった。

「家にお戻りになって、パーティーの準備をしたほうがいいんじゃないですか？　今日はあなたの大切な日なんですから」グレースフェイスはどうにか説得しようとした。

「大切な日ですって？　ちがうわ、大きな責任を担う日よ。そのためにわたしはずっと準備してたんだから」シャロンは眺めていたバインダーを乱暴に閉じた。きちんと綴じられていなかった書類がはさまって、バインダーを閉じる音は思ったほど響かなかった。その音で相手を威圧するつもりだったが、失敗だ。「盛大なパーティーを開いて、着飾ったって、仕事が終わるわけじゃない」

「ご自分のためのパーティーなのに、嬉しくないんですか？　お母さまがっかりしますよ。あなたのために計画したパーティーなんですから。あなたは自慢の娘なんです」

「メイベルがくだらない友達だかなんだかに電話して、プラナカン料理を持ってくるように頼んだんですってね。プラナカン料理なんて、わたしの気に入るわけがないのに、そんなことも知らずに」

「あら、そんなことないと思いますよ。プラナカン料理はみんな大好きです。それに、アンティ・リーのオタ（魚のすり身をサンバルなどで味付けして、バナナなどの葉で包んで焼いた料理）を食べたら、誰だって〝おいしい《シオッ》〟と言うはずです」

「グレース、あなたってときどき、どうしようもなくくだらないことを言うのね。あなたにしろ、誰にしろ、デブになって、体に悪いだけの料理を崇《あが》めすぎてるわ」

シャロンは机の上のバインダーをまとめて、書類用のキャビネットに戻すと、キャビネットにしっかり鍵をかけて、メイベルのオフィスを出ていった。これ見よがしにキャビネットに鍵をかけたのは、グレースフェイスが驚くと思ったからだった。メイベルがいつでも厳重に鍵をかけているそのキャビネットは、鍵がかかったオフィスのドア以上に、勝手に開けてはならないものなのだ。

グレースフェイスはシャロンの期待どおり、驚いた顔をして見せた。自分に向かって投げつけられた〝デブ〟ということばにも、傷ついた顔をするのを忘れなかった。そんなことでシャロンの気分が晴れるなら、いくらでも演技するつもりだった。

シャロンがエレベーターに乗りこんだのを確かめて、グレースフェイスは仕事に取りかかった。ぐずぐずしてはいられない。やるべきことをやって、十一時にはスゥーン邸へ行かなくては。

メイベルのキャビネットの鍵なら、すでに手に入れていた。

メイベルは人を威圧することにかけては天才的だ。法律事務所を牛耳って、自分のやることはすべて正しくて、誰にも何も言わせないと、どこまでも強気。実際、メイベルは難局に真っ向から立ち向かって、すべてを木っ端みじんに破壊して、ばらばらになった破片を新たな場所にきっちりおさめるのが得意だ。要するに、膠着《こうちゃく》状態を打破して、新たな道を切り開く。それに成功したときには、手柄を独り占めして、失敗したら、人のせいにする。グレースフェイスはメイベルの秘書として、誰よりも長続きしていた。長く勤めてこられたのは、メイベルが人に責任をなすりつけようとしているときに、即座にそれを察知して、すかさず自分以外の誰かを身代わりに差しだしてきたからだ。それに、大きな成功を手にするためなら、たいていのことに堪えてみせると、心に決めているからでもあった。いま、グレースフェイスが手に入れようとしているのは、これまでで最大の成功だった。

3

大金持ちの家族

キング・アルバート・ライズ八番に建っている家は、優良階級の一戸建て《グッド・クラス・バンガロー》——略してGCBだ。シンガポールの都市再開発庁が建設する不動産事情に通じている者なら誰でも、GCBとは、なだらかな斜面に建てられた、屋根裏部屋つきの二階建ての豪邸だと知っている。要するに、高級住宅街の一軒家で、敷地は間口十八・五メートル以上、奥行き三十メートル以上。面積は千四百平方メートル以上となる。シンガポールでは、大邸宅の広さも法律で決まっていて、もちろん、決められた場所にしか建てられない。そういう家を誰が買えるかと言えば、当然、大金持ちだけだ。

ヘンリー・スゥーンはキング・アルバート・ライズのわが家が気に入っていた。広さも立地も文句のつけようがなく、ここに住んでいるだけで、みんなから一目置かれる。値段も高いから、スゥーン家がそれだけのものを買える資産家だという証拠にもなる。権力も金もある証というわけだ。そう、妻のメイベルはそう言っていて、ヘンリーは妻の言うことをなんでも鵜呑《うの》みにしていた。メイベルのやることは、たいていなんでも正しい。スゥーン家の財産の大半は、メイベルの賢い資産運用のおかげといっても過言ではなかった。たとえ、メイベルがまちがったことをしても、逆らわないほうが幸せでいられる。波風立てずに、平穏無事で暮らせればそれでいいと、ヘンリーは思っていた。誰だってそう望むはず。だが、目下の問題はその望みがかなっていないことだった。

家はコンクールで賞を取った建築家の設計で、インテリアは世界的に名高いインテリアデザイナーが手がけた。メイベル・スゥーンの特集を組んだふたつのファッション雑誌にも、取りあげられたことがある。なにしろ、メイベルは国立シンガポール大学の法律学部初の女性の学部長で、シンガポール屈指の法律事務所であるスゥーン法律事務所の創設者なのだ。それなのに、キング・アルバート・ライズ八番にそびえる豪邸は、お世辞にも居心地がいいとは言えなかった。

ヘンリーは監視カメラの映像を見つめた。映っているのは、今日のパーティーのケータリング業者。裏門のところでふたりのアシスタントと笑いながら話しているおばあさんだった。そう、ロージー・リーはM・L・リーの後妻だ。もしかしたら、いずれ自分も後妻を……。ヘンリーはある女性を思い浮かべて、にやりとした。目下、この家で暮らしている妻とはちがう女性のことを考えただけで、秘めた恋をしている気分になった。いまのところ深い関係ではないが、妻は息子の部屋に入ったが最後、数時間は出てこず、部屋の外で何が起きようと、気にもしないのだ。

「だが、それもそう長くは続かない」

そんなことを考えながらも、自分も妻もこの美しい監獄に永遠に縛りつけられて生きるしかないのもわかっていた。自分から行動を起こさないかぎり、ここからは逃れられない。けれど、妻とのつながりを断ちたいと思えるような女性が現われた。そして、その人から、まだしばらくはここに留まって、がんばるように言われたのだ。もう少し堪えれば、何もかもうまくいく、と。メイベルが法廷でも家庭でも、気に食わない相手を片っ端から屈服させてきたのを知っていれば、わずかでも望みがあるとは思わないはずだ。もちろん、ヘンリーは法廷や家庭でのメイベルを知っている。それでも、たとえ少しのあいだでも夢を見ることにした。もしメイベルが反撃に出ると決めたら、生きるか死ぬかの修羅場になるのはまちがいなかった。

「シャロンはどこ？」いつのまにか息子の部屋から出てきたメイベルが、苛立たしげに訊いてきた。

「事務所じゃないか？」ヘンリーは振りむきもせずに答えた。

「そんなわけがないでしょう。どうして、今日という日に事務所に行ったりするの？　もうすぐお客さまがみえるのよ。シャロンを探して、したくをするように言ってちょうだい。いつ、お客さまが来てもおかしくないんだから」

ブザーが鳴った。門のブザーではない。息子のレナードの体がすっかり衰えて、自力で歩けなくなると、メイベルはレナードの部屋にビデオカメラと呼びだし用のブザーを取りつけたのだった。メイベルが息子のためにさらに何かするつもりでいるのは、ヘンリーも気づいていた。なにしろ、庭に電線が何本も引かれて、外国人労働者がうろうろと歩きまわっているのだから。何をしようとしているにせよ、そういうことにヘンリーはもううんざりしていた。ブザーが立てつづけに二度鳴ったかと思うと、レナードの声が響いた。「ママ、誰もシーツを取りかえに来ないんだ」

「病院か療養施設に入れたほうが、レニーのためなんじゃないか？」ヘンリーがそう言うのは、それがはじめてではなかった。家に病人のにおいがたちこめるのも、汚れたシーツが山のように出るのも、不愉快だった。子どもたちが赤ん坊だった頃、世話はメイドや子守りに任せきりだったが、その当時ですら堪えられなかった。それがいま、大人になった息子がさらに大きな面倒をかけて、おまけに、文句ばかり並べているのだから最悪だ。「病院や施設なら専門家が面倒を見てくれる――」

「あなたは息子を厄介払いしたいだけだわ。あ、あ、あなたの息子なのよ。それなのに、面倒くさがって、どこか遠くへやることしか考えられないの？　それが父親のすることかしら？」メイベルはその気になればそういう話を何時間でも続けられたが、レナードがまたブザーを鳴らすと、そそくさと階段へ向かった。「とにかく、シャロンを見つけて。シャロンに協力させなくちゃ。今日はあの子のためのパーティーなんだから、協力して当然だわ」

オフィスの電話が鳴りだした。けれど、グレースフェイスは無視した。いま、やっていることのほうが大切で、電話に出ている場合ではなかった。オフィスでシャロンと鉢合わせしたおかげで、土曜の朝に事務所にやってきたうまい言い訳ができそうだった。

その日、〈アンティ・リーズ・ディライト〉が請け負ったのは、五十人分のブランチ・パーティーの料理だった。どんなパーティーかと言えば、母メイベルが築いたスゥーン法律事務所のトップの座を、娘のシャロンに譲るのを祝うためのものだ。ある意味で、家族の祝いごとではある。それでも、アンティ・リーは不思議でならなかった。仕事上のパーティーなら、自宅ではなく、ホテルやカントリークラブで開くのでは？　弁護士というのは、高級なレストランで高級なワインやお酒で祝うのを好みそうな気がする。とはいえ、スゥーン法律事務所の創設者メイベルは、敬虔なキリスト教徒という噂だ。高級店で飲み食いするお金があるなら、貧しい人たちに分け与えたいと考えているのかもしれない。

アンティ・リーはそんなふうに自分を納得させようとしていたが、キング・アルバート・ライズ八番にそびえたつ大邸宅を見たとたんに、そんな考えは頭から吹き飛んだ。スゥーン家の人々は自分のために湯水のようにお金を使うのを、なんとも思っていないらしい。

料理の搬入に使うように言われていた裏門には、誰もいなかったが、門の鍵は開いていた。門の隙間から中を覗きこむと、プールがある中庭に大きなテーブルと、ガーデンチェアが置いてあった。ひと目でそこがパーティー会場だとわかった。乗ってきたフォードの黄色いフォーカスを、裏門のわきの路肩に停めるよう、ニーナに指示した。道の両側に終日駐車禁止を意味する白線が引いてあったが、住人が通報しないかぎり、陸上交通庁が取り締まりにくるとは思えなかった。

裏門はどう見ても、使用人と業者用の出入り口だった。そこから見るかぎり、アンティ・リーの自宅よりはるかに広い大邸宅だった。アンティ・リーの夫が残した財産とちがって、スゥーン家の財産は景気や社会情勢に左右されやすいと噂されている。けれど、噂のほとんどは妬みが入っている。それはアンティ・リーもよく知っていた。

アンティ・リーがどうしても知りたいのは、スゥーン家の息子レナードのことだった。スゥーン一家のハヴ、ハ、ハ、ヴェックな子ども、つまり、甘ったれでわがままなお坊ちゃんは、最近アメリカから戻ってきて、ふたたび両親と暮らしはじめた。レナードは麻薬中毒だとか、エイズだとか、癌だとか、あるいは、その三つのすべてだとか言われている。といっても、好奇心をかき立てるいくつもの噂を披露してくれた人たちの中で、アメリカから帰国したレナードに実際に会った者はひとりもいなかった。実の子どもがいないせいなのか、アンティ・リーは問題児にまつわる噂話を聞くのが大好きだった。けれど、レナード・スゥーンにとりわけ興味を抱いているのは、亡き夫の娘マチルダから聞かされた話のせいだった。かつて、メイベルがレナードとマチルダを結婚させようと画策したのだ。

「メイベルは自分の申し出が断られるはずがないと思いこんでるのよ」アンティ・リーが今回のケータリングが誰の依頼なのかを話すと、マチルダはさも不快そうに言った。夫が亡くなってからも、ロンドンに住むマチルダとは、週に一度は電話で話をしていた。頻繁に電話をかけているのは、マチルダにシンガポール人であることを忘れてほしくないからだ。いや、それ以上に、マチルダのことが好きだから、話をしたかった。

「あなたはメイベルの息子と結婚しなかった。ってことは、断ったのよね？」

「メイベルが息子を誰かと結婚させるまで、わたしはできるだけシンガポールに近づかないようにしてるの。どうしてだと思う？　メイベルはもう、わたしと口をきこうともしないわ。当時は、パパにまでレナードとわたしを結婚させろとしつこく迫ったのよ。この縁談を断ったら、わたしは中華系の男性とは絶対に結婚できない、とまで言ったみたい。長いこと外国で暮らして、西洋かぶれした娘には、中華系のまともな結婚相手は見つからないって」

そんな話を聞かされたからには、アンティ・リーはレナードがどんな息子なのか、なんとしても見てみたかった。けれど、裏門を開けても、人っ子ひとりいなかった。

「ごめんください」ニーナが裏門のインターフォンに話しかけても、応えはなかった。

「鍵が開いてるんだから、入って、準備しちゃいましょう」とチェリルが言った。

ニーナは到着したのを知らせるべきだと言いかけた。けれど、アンティ・リーは早くも門を押しあけて、準備をはじめる気満々で、おまけに、幼い少女のように好奇心丸出しだった。

中に入ったアンティ・リーは、敷地内がどんなふうになっているのかと、周囲をぐるりと見まわした。噂どおり、礼拝堂と洗礼用のプールがあるの？　息子が病気になって、スゥーン家の人たちはキリスト教に入信したらしい。けれど、洗礼用の施設は見あたらず、青いタイル張りの小ぶりのプールと、その傍らに並ぶビュッフェ用のテーブルがあるだけだった。

いや、もうひとつ。プールの奥のほうに小さな建物が見えた。あれが噂の礼拝堂？

家はまちがいなく豪邸だった。アンティ・リーも大きな家に住んでいるが、いま、目にしている豪邸ほどではない。高級住宅街の真ん中に鎮座する小高い一角に建てられたスゥーン家の母屋は、敷地の中でもいちばん高い場所にそびえたち、裏手の斜面に造られたプールや中庭とは、屋根つきの階段やチェアリフトのようなものでつながっていた。調理設備やバーベキュー用のコンロ、大型冷蔵庫が完備された屋外キッチンがあるのは、母屋からかなり離れたプールのわきの石敷きの中庭だ。つまり、裏門の近くだった。

プールの奥の小さな建物は、よく見てみると礼拝堂というより、ゲストハウスのようだった。プールと中庭に面した壁に両開きの窓がついているが、窓には銀色のフィルムが貼ってある。アンティ・リーが窓から中を覗こうとしても、歪んで映る自分の顔が見えるだけだった。その建物や裏門からの砂利が敷き詰められた車まわしが、屋根つきの石の階段とチェアリフトで母屋とつながっている。ということは、年寄りが住む隠居部屋のようなものかもしれない。家族と一緒に食事ができて、孫が好きなときに遊びにこられて、なおかつ、おばあちゃん専用のバスルームと麻雀室があるような隠居部屋。いままでアンティ・リーは子どもがいなくて寂しいと思ったことは一度もなかった。子どもがいなければ、子どもの成績に悩まずに済むのだから。それでも、孫に甘えられてみたいと、ちらりと思うことはあった。

快適な隠居部屋を思い描いてわくわくしたものの、実際には、プールの近くにあるその建物は、なんとなく不吉な感じがした。中が見えないせいなの？ 世の中には何よりもプライバシーを大事にする人もいる。けれど、そのせいで、建物の中で何かまずいことが起きても、気づいてもらえないこともある。たとえば、転んで立ちあがれなくなったら、誰も助けにきてくれなくて、何時間も倒れたままでいるなんてことにもなりかねない。

チェリルが隣にやってきて、アンティ・リーは空想の世界から現実に戻った。

「ミキサーと保冷庫に使う延長コードを持ってきたほうがいいかしら？　それとも、もう少し待って、この家の人に貸してもらえるかどうか訊いたほうがいい？　たしか、延長コードはあると言っていたような気がするけれど」

「全部こっちで用意しましょう」アンティ・リーがそう答えたのは、料理をしない人を信用していないからではなかった。自分の直感と道具のほうが、はるかに信じられるからだ。

パーティーがはじまるまでにはまだ少し時間があった。それでも、何人かの客はもうやってきて、石の階段を歩きながら、庭を眺めていた。早くやってきた客に、チェリルが飲みものを出した。紅茶、コーヒー、フレッシュジュース、そして、自慢のモクテル。その間に、アンティ・リーとニーナはテーブルクロスを広げて、料理の保温器をコンセントにつないだ。

「うまくいきそうね。わくわくしてきたわ」とチェリルが嬉しそうに言った。

わくわくしていられるのもいまのうち、とアンティ・リーは思った。腹をすかした客、あるいは、食い意地が張った客が大挙して押しよせてきたら、そんな悠長なことは言っていられない。それをわざわざチェリルに言って、出端をくじくつもりはなかったけれど。

チェリルが言った。「コーヒー味のシロップが足りなくなりそう。ちょっと取ってくるわ」

アンティ・リーはビュッフェ用のフードウォーマーを並べた。

「いやだ、テーブルの下がごみだらけです。洗剤だかなんだかの瓶が、ごろごろ転がってます」フードウォーマーをテーブルの下のコンセントにつなごうとしたニーナが言った。

ちょうどそのとき、アンティ・リーは何気なく裏門に目をやった。チェリルがシロップの瓶を入れたバッグをふたつ肩にかけて、裏門から敷地の中に入ろうとしていた。門が自動的にゆっくり開くと、チェリルは感激したようだった。もちろん、門はリモコンで操作できるのだ。リモコンはスゥーン家の誰かの車の中にあるのかもしれない。となると、車が入ってくるの？　アンティ・リーはチェリルに車に気をつけるように言おうとした。けれど、声をかける間もなく、いきなり道をそれた黒い車が、スピードも落とさずに裏門に突進してきた。次の瞬間には、車の助手席側のサイドミラーが、チェリルのバッグのストラップに引っかかった。ストラップが肩にぐいと食いこんで、チェリルは車に引っぱられて、走るしかなかった。

「たいへん、転んだら轢《ひ》かれるわ。止まって！　その車、止まりなさい！」アンティ・リーは叫びながら、並べていたフードウォーマーが倒れるのもかまわずに、車に駆けよると、ぐるぐると腕を振った。このときばかりは、お達者クラブの体操教室にまじめに参加しておくのだったと後悔した。チェリルが片方の肩にかけたバッグを落として、ミラーに引っかかっているバッグも、肩からはずそうとしていた。運よく、バッグのストラップが切れた。車はガラス瓶の破片とシロップを盛大にまき散らしながら、そのまま斜面をのぼって、母屋へ向かっていった。あとには、うずくまってがたがた震えているチェリルが残された。

ニーナや客が駆けよったときには、チェリルは立ちあがって、「大丈夫」と言っていた。バッグのストラップが食いこんだ腕にはまっ赤なみみずばれが、脚には痛々しいすり傷や痣《あざ》ができていたが、大きな怪我はなかった。そうこうするうちに、電動式の門がゆっくり閉まった。

「今日はもうお帰りなさい」とアンティ・リーはチェリルに言った。「ニーナに車で送らせるわ。家に帰って、休んでちょうだい」

「いいえ、これぐらい大丈夫。今日ははじめての大きな仕事だもの。でも、コーヒー・シロップはなくなっちゃったけどね」

「運転手はあなたのことが見えてなかったようね」と客のひとりが言った。「最近の車は何かにぶつかっても気づかないことがあるのよ。窓に黒いフィルムが貼ってあったり、カーステレオで音楽を流してたり、振動を吸収するショックアブソーバーや防音装置がついてたりするから。家に着いて、車がへこんでるのを見て、ぶつかったことにやっと気づくらしいわ」

さもなければ、血のりがべったりついているのを見て、やっと気づくとか？　それもプライバシーを尊重しすぎるからだ。そのせいで、人やものに危害をくわえているのに、まるで気づかないこともある。あるいは、そんなことは気にもしないのか……。

4

ビュッフェの準備

ずらりと並ぶビュッフェ用のフードウォーマーに盛られた料理は、見るからにおいしそうだった。早めにやってきた客は、庭を歩きまわって景色を存分に楽しんで、いまは、あちこちに数人ずつかたまって、飲みものを手におしゃべりをしていた。

アンティ・リーとニーナとチェリルは、ドライブウェイに散乱するガラスの破片とシロップを掃除した。

「飛行機が乱気流に入ったときのことを思えば、こんなのはどうってことないわ」チェリルがあっさり言った。「客室乗務員として、飛行機の天井についたコーヒーもケーキも、床に落ちて割れたガラスも吐しゃ物も、どんなものも掃除してきたわ。しかも、ばっちりメイクしてマニキュアも塗ったままで。それを思えば、片づけられないものなんてないのよ。ここはドライブウェイで、この家には犬も子どももいない。ならば、ほんの小さなガラスの破片にまで気をつける必要もない」

チェリルの掃除には、ニーナも文句のつけようがなかった。チェリルと一緒に仕事ができるかどうか、アンティ・リーの心の隅に一抹の不安が残っていたとしても、いまの出来事で不安は一掃された。一緒に働くには、問題が起きたときに協力して、解決できるかどうかがカギとなる。そして、ほんとうに協力できるかどうかは、問題が起きてみなければわからない。

レストランで人を雇うときには、わざと問題を起こしてみるのもいいかもしれない、とアンティ・リーは思った。レストランのスタッフ訓練ガイドを作って、〈アンティ・リーズ・ディライト〉でも新米スタッフを雇ってみようかしら？　もしかしたら、ドキュメンタリー番組で取りあげられて、高視聴率を上げるかもしれない。みんなが口では馬鹿にしながらもその番組を見て、内心では真剣に受け止めるかもしれない。

「何を考えてるんですか？」とニーナが訝《いぶか》しげに尋ねた。ニーナは堅実で、採算が取れる仕事しかする意味はないと考えていた。

「大したことじゃないわ。もしかしたらチェリルはこういう仕事に向かないんじゃないかと思ってたけど、余計な心配だったみたい」

「どういうこと？」とチェリルが訊いてきた。

「なんでもないですよ」アンティ・リーより先にニーナがそう言って、シロップを拭いた新聞紙とガラスの破片が入った袋の口をしばると、ごみ箱に持っていった。

「あなたはもっと神経質かもしれないと、ニーナは思ってたの。だから、こういう仕事には向かないんじゃないかって」アンティ・リーは説明した。「わたしも心配だったわ。だって、あなたはすごく痩せてるでしょ。レストランで働けるのかしらって。食べるのが好きじゃないのに、レストランで働くのは辛いものね」

「あら、わたしは大食いよ。でも、肥らない体質なの」

「それは幸せね。わたしは布袋《ほてい》スタイルだから」

「布袋スタイル？」

「布袋さまよ。でっぷり肥って、にこにこしてる中国の仏さま。痩せてて悲しげなインドの仏像とはまるでちがう。布袋さまの太鼓腹を撫《な》でると、お金と幸運が手に入るのよ。でも、わたしは布袋さまのお腹をわざわざ撫でるまでもない。ここにりっぱな太鼓腹があるもの」

アンティ・リーはそう言うと、自分のお腹を撫でて、チェリルを笑わせた。「健康で、裕福で、賢くなれますように」

「そのおまじない、絶対に効きそうね」

好奇心旺盛で料理が大好きなアンティ・リー。チェリルが結婚して新たな人生を歩みはじめてから知りあった人の中で、アンティ・リーは誰よりも幸せそうだった。


いっぽう、広々としたスゥーン邸の中は、幸せいっぱいとはいかなかった。

メイベルは息子の部屋を出ると、叩きつけるようにドアを閉めた。またメイドが辞めたいと言いだした。レナードが家に帰ってきてから、これで三人目。三人とも主な仕事は家事全般なのに、辞める理由はそろいもそろってレナードだった。レナードが怒鳴り散らす、ものを投げつける、抱きついてキスしようとすると訴えた。そういうことをやめるように、メイベルはレナードをたしなめた。けれど、レナードに反省の色はない。メイドはろくでもない女だから、そういうことをされて当然だと言うだけだった。

子どもの頃からレナードは気分屋だった。メイベルにとっては甘えん坊ということになる。レナードはそういう面を人には見せないようにしてきたが、もちろん母であるメイベルは気づいていた。息子が勝手に買ったものの代金を支払って、息子が起こした不祥事をお金で解決してきたのだから。そして、そういうことをできるだけ夫に知られないように、細心の注意を払ってきた。そう、レナードは意志が強くて、ハンサムで、天賦の才と可能性に満ちている。シンガポールの型にはまった教育や、アメリカの道徳的で平等を重んじるシステムが肌に合わなかったのは、レナードのせいではないのだ。たしかに、若さゆえに暴走したが、いずれ落ち着くはず。母親が手を差しのべれば、どこに出しても恥ずかしくない息子になるはずだった。

だが、いまのところはまだ、その兆しは見えない。それでも、これほど体が弱っている息子に、腹を立てられるはずがなかった。その代わり、息子のために何もしようとしない夫には、腹が立ってならなかった。夫は医者なのに、レナードの命を救おうと奮闘しているのはわたしなのだ。レナードの病気が治るなら、母親としてなんでもする気でいた。完璧な息子とは言えないけれど、それでもわが子なのだから。

そんなことを考えながら、メイベルは携帯電話の画面を見た。セキュリティに異常なほど気を遣っている夫に、自宅に何台か監視カメラをつけようと提案したのは、メイベルだった。そうすれば、仕事に行っているときにも、レナードがきちんと世話をされているか、確かめられるからだ。

いま、携帯電話の画面に映しだされている映像は、椅子を支えにして立っているレナードの姿だ。シーツを取りかえているメイドに向かって、嬉しそうに奇声を発しながら何かを投げつけている場面だった。メイベルは映像を食い入るように見た。レナードが本を破いた。破った紙に大人用おむつについた排泄物をなすりつけては丸めて、悲鳴をあげるメイドに投げつけている。辞めたいと言いだしたメイドに、たったいま昇給を提案したばかりだが、それでもやはり辞めてしまうだろう。けれど、レナードが笑っているのが、せめてもの救いだった。

メイベルは映像をべつの監視カメラに切り替えて、パーティーにやってきた客の数を確かめた。いかにも上流階級然とした客に来てもらうようにしたのだ。ケータリングを担当しているアンティ・リーの姿もあった。ぽっちゃりとして出しゃばりなおばあさんは、自分もパーティーに呼ばれたかのように、客のひとりとおしゃべりしていた。メイベルも夫も、M・L・リーと知り合いだった。M・L・リーはりっぱな学校に通い、りっぱな人たちと仕事をして、りっぱな家に住んでいた。いっとき、メイベルはリー家の子どもたちこそ、わが子の結婚相手にふさわしいと考えた。リー家の子どもたちにきちんとした家柄の相手と結婚するのがいかに大切かを理解している母親がいたら、子どもたちを結婚させられたはずだった。

けれど、継母のロージー・リーではどうしようもない。「結婚は本人同士の問題よ」などと無責任なことを言うのだから。親より子どものほうが、世知に長《た》けているとでも思っているの？

それでも、ロージー・リーの料理人としての腕は確かだった。レナードはフィリピン人のメイドにほんもののシンガポール料理が作れるわけがないと文句を言った。レナードは体が弱っていて、ほとんど食べられず、おまけに、温めなおした料理が嫌いなのだ。けれど、自分がうまく立ちまわれば、パーティーがはじまるまえに、ビュッフェの料理を取りわけてレナードに持っていける、とメイベルは思っていた。そうすればレナードも満足して、しばらくおとなしくしてくれるはずだった。

「メイベル、ちょっと話があるの」階段を下りていくと、シャロンが声をかけてきた。

「いまはだめよ。忙しいから」メイベルはますます不愉快になった。シャロンに〝メイベル〟と呼ばれるたびに、不愉快になる。スゥーン法律事務所では、採用した職員全員に、〝メイベルと呼んでちょうだい〟と言ってきたが、それを真に受ける者はいなかった。シャロンから面と向かって、「わたしもこのさきずっと〝ミセス・スゥーン〟と呼ばなければならないの？」と訊かれたときにも、「そんなことはない」と答えた。それ以来、シャロンは〝メイベル〟と呼ぶようになったのだ。

「メイベル――」

メイベルはまた顔をしかめた。ずいぶんまえのことだが、シャロンには、事務所では〝ママ〟ではなく〝ミセス・スゥーン〟と呼びなさいと注意したこともあった。そのとき、シャロンは見るからにむっとした表情を浮かべた。そう、だから、これはそのときの仕返しなのだ。そう考えて、メイベルは名前で呼ばれたのを気にもしていないふり、いや、気づいてもいないふりをした。

「メイベル、大事な話なの。事務所のことよ。大事な話というだけじゃない。深刻で急を要する話なのよ。大問題なのよ」

「だったら、あなたが事務所に行って、処理してちょうだい。そのために、共同経営者にしたんだから」

「メイベル、ほんとうにたいへんなの。どう考えても、事務所のお金が消えてるわ。いまだけは、わたしの話を聞いて。くだらないパーティーなんかより、はるかに重要なんだから」

「料理が冷めるまえに、あなたの弟に食事を持っていかなくちゃならないの。お金が消えるわけがないでしょう。そんなことを言って、みんなを驚かせないでちょうだい。お金は現金じゃなくて、いくつかの銀行に振りわけてあるわ。きっとグレースフェイスが振込先をまちがえたのよ」

「いいえ、グレースフェイスが着服してるのかもしれない。あんな秘書をそこまで信頼してるなんて、どうかしてるわ。事務所をきちんと経営するなら、経験のある弁護士か、せめて会計士を雇うべきよ」

メイベルはわざわざ秘書をかばう気になれなかった。「グレースフェイスに訊いて、納得いくまで説明してもらいなさい。どうして、グレースフェイスはまだ来てないの？　早めに来て、準備を手伝うように言っておいたのに。電話して、すぐに来るように言ってちょうだい。でも、お金のことを訊くのは、月曜日になってからよ、いいわね？」

「きっとまだオフィスにいるんだわ」シャロンは自分が正しくて、メイベルは騙されていると確信していた。それでも、グレースフェイスに訊けばなんでもわかると言われて、頭にきた。

「馬鹿なことを言わないで。土曜日にオフィスに行くわけがないでしょう」そう言うと、メイベルはプールと中庭に通じる屋根つきの石の階段へ向かった。

シャロンは宙ぶらりんのまま、その場に取り残された。けれど、今朝、事務所でグレースフェイスに会ったのは事実で、グレースフェイスが事務所に来たのは、メイベルに言われたからではないことだけはわかった。

「ほんとうにこの家なのね？　どうして、すぐに入れてもらえないの？　なぜ、玄関先で待たされるの？」女性は鼻音で巻き舌の北京語で尋ねた。それは、北京、あるいは、中国の北東部の省からやってきた証拠だった。

「ええ、この家ですよ。ぼくは毎日通ってるんですから。お話ししたとおり、ぼくは医者で、この家のご子息を診察してるんです」男性はマレーシア出身で、故郷の家では北京語を話していたが、シンガポールに移ってからは、学校でもすべて英語で通していた。そのせいで、北京語を話す女性から、北京語が下手だと思われているような気がしてならなかった。いっぽうで、シンガポールの人たちからは、英語が下手だと思われているはずだった。といっても、いま目のまえにいる女性も、中国からやってきたばかりの人たちも、この国では、学校で習った以外の英語を知らないと、見下されている。自分はそこまでではなかった。いずれにしても、そんなことは大した問題ではなかった。いまは大きなチャンスをつかめるか否かの瀬戸際だ。金も権力もある男になるという、長年の夢がかなうかもしれない。そう、権力がほしい。誰からも一目置かれる人物になりたかった。

「あなたは医者なのに、なぜ、タクシーを使わなかったの？　なぜ、高級車を持ってないの？　なぜ、貧乏人のように外で待たされるの？」

「さっきも言ったとおり、十一時半に会う約束をしてて、ちょっと早く来すぎたからですよ」

「いますぐに入れてもらえないなら、帰るわ」

5　メイベル・スゥーン

アンティ・リーは料理を出すときには、いつでも上機嫌だ。とりわけ、今日のようなビュッフェ形式が大好きだった。真っ白な皿を積みかさねて、カトラリーを用意して、料理を美しく盛りつける。漬物《アチャー》、辛味調味料《サンバル》、スパイスを利かせて揚げたアンチョビとピーナッツ、バスケットにあふれんばかりのえびせん《クロッポ》。それに、もちろん、腕によりをかけて作ったいくつもの料理。湯気の上がる白いご飯、黄色いご飯、ココナッツ・ライス。温かい料理から立ちのぼる芳香に包まれていると、心が和んで、満ちたりた気分になる。そう、少なくともそのときだけは。

アンティ・リーはみんなに幸せになってほしかった。だから、おせっかいを焼いて、他人のことに首を突っこみたがるのだろう――そんなふうに考える人もいる。といっても、さすがのアンティ・リーも、いつでもみんなを幸せにできるわけではない。なかには、幸せで平穏な人生など送るものかと心に決めているような人もいるのだ。それでも、そういう人が料理を食べにきたら、ありとあらゆる手を使って、心が満たされるとはどういうことなのかを、気づかせてみせる。ちょっと刺激的な辛味と、甘味と、酸味を駆使した料理と、いつの時代でもほっとするほかほかのご飯、滋味深い澄んだスープを用意して。

「そう、これが昔ながらのココナッツ・ライス《ナシ・レマ》よ」とアンティ・リーは料理に興味を示しているふたり組の客に言った。「秘伝レシピで作った伝統的なココナッツ・ライスなの。ココナッツクリームを入れて炊いてあるわ。香りづけに使ってるのは、うちの庭で採れたニオイタコノキ《パンダン》の葉。だからこんなに香りがいいのよ。ウコンとココナッツ・ミルクで炊いた黄色いご飯《ナシ・クニ》もある。鶏肉とパンギナッツの煮込み《アヤム・ブア・クルア》と一緒に召しあがれ。白いご飯も用意したわ。こっちのほうが好きな人もいるでしょうからね。これはわたしが考えたアンチョビ入りのサンバル。気に入ったら、店へ買いにきてちょうだい。瓶入りで売ってるから、冷蔵庫で一カ月はもつわ。といっても、ひと月もかからずに食べ終わっちゃうだろうけど。使ってる材料はタマリンドの汁と乾燥トウガラシ、アンチョビ、ニンニク、タマネギ。すごくおいしい《シオツ》わよ。固ゆでのウズラの卵もあるわ。鶏の卵より食べやすい。こっちには、ザルガイのサンバルとコウイカのサンバルもある。このふたつは瓶詰めで売りだしてはいないけど、食べたければ、店に来てね。あぶったピーナッツと一緒に食べても、フライドチキンにかけてもおいしいわ」

ほかにも空芯菜《カンコン》炒め、漬物《アチャー》など、アンティ・リーお得意のつけあわせをたっぷり用意した。香ばしく揚げた天日干しのカタクチイワシ、ライスペーパーに包んでこんがりきつね色に焼いたピーナッツ。

アンティ・リーは一歩下がって、客が自由に料理を選べるようにした。それもまた、ビュッフェの楽しみだった。どの料理をどんなふうに取るか、注意して見ていれば、たいていはその人がどんな人なのか見当がつく。前回、家族で高級ホテルのビュッフェへ行ったときには、自分で食べるぶんは各自で取ろうとみんなが言っているにもかかわらず、マークの妻のセリーナは全員分の料理を自分が取ってくると言ってきかなかった。それでいて、自分は料理をほとんど口にせず、自分の分を夫の皿にごっそり移して、母親のような口調で、「全部食べるのよ。食べものを無駄にしないでね」と言ったのだった。

マークとセリーナに早く子どもができないものだろうか、とアンティ・リーは思った。そうすれば、セリーナは子育てで手いっぱいになるだろう。それで、マークは？　ビュッフェで好物を取ってこられる。たぶん、レモンとケーパーが添えられた牡蠣《かき》を三個ほど。でも、考えてみれば、以前のセリーナはなんでもマークにやってもらおうとしていたのでは？　今度、マークに訊いてみよう。ついでに、そろそろ子どもを作ってはどうかと話してみよう。ニーナに言わせれば〝余計なおせっかい〟なのだろうけど、わたしがマークに言わなくて、誰が言うの？　それが、母親代わりの自分の役目、そうでしょう？

こういうときだけは、M・L・リーと結婚したときに、マークとマチルダがすでに成人していたのを、都合よく忘れることにしていた。ふたりとも父親の新しい奥さんとして歓迎してくれたけれど、母親代わりはもう必要なかったのだ。

いずれにしても、セリーナは夫の継母がおせっかい《ケーポー》なのをよく知っている。それを考えれば、いまさらアンティ・リーが何をしたところで驚かないはずだった。

アンティ・リーはマークの妻からまるで信頼されていないと感じていたが、それでもマークが結婚してよかったと思っていた。男は結婚するとはるかに扱いやすくなるものだ。セリーナもそう感じているの？　まあ、人生も食べものと同じで、少し酸っぱいものがあったほうが、ほかの食べものが引きたつのはまちがいない。

今日のようなパーティーでのケータリングの仕事を、マークが手伝うことはなかった。ケータリング代が発生する仕事には、絶対にかかわらないのだ。どうやら、お金は稼ぐものではなく、親から受け継ぐものと思いこんでいるらしい。かつて、マークは博士号を目指して勉強していたが、途中で飽きてやめてしまった。その後、二度ほど事業を立ちあげようとしたが、それもうまくいかなかった。二度目のワインの輸入業では、アンティ・リーも全面的に協力した。内心では、マークがその仕事に飽きるのも時間の問題だろうと思っていたけれど。いずれにしても、協力したせいで、チェリルと知りあえたのは大収穫だった。チェリルはマークが主催したワインの試飲の会の常連客で、チェリルの夫の妹は、アンティ・リーが解決した殺人事件の被害者だった。チェリルは時間を持て余していた。それも子どもができるまでかもしれないが、子どもがいても仕事を続けられるかもしれない。仕事をしている母親は、子どもにとってすばらしい手本になると、チェリルを説得してみようか。そのときには、〈アンティ・リーズ・ディライト〉で子ども向けメニューを出すのもいいかもしれない。

アンティ・リーとチェリルは、ある意味で似ても似つかなかった。チェリルは長年客室乗務員として、料理や飲みものを客に提供してきた。九カ国語で客を出迎えて、座席に案内し、ハイヒールを履いていても、命にかかわる緊急事態に対応できる。いっぽう、アンティ・リーはシングリッシュで客と話して、カフェや自宅で客をもてなして、足が痛くなるような靴は決して履かない。天と地ほどもちがうふたりの共通点は、どちらも噂話が大好きなこと。噂話はアンティ・リーにとって〝人を気遣っている〟証拠で、チェリルにとっては大衆文化なのだ。

目下、ふたりが抱えている共通の問題はただひとつ、マークがはじめたワインの輸入業が、なかなかチェリルに引き継がれずにいることだ。マークが正式な譲渡契約書にサインしようとしないのは、アンティ・リーの店にわざわざ作ったワイン貯蔵室に眠っているワインを手離したくないからかもしれない。さもなければ、チェリルがその仕事を引き継ぐのに意欲満々だからなのか……。もしかして、マークは人がほしがると、手離すのがものすごく惜しくなるタイプなの？　行列に並んでまでみんなが買うようなものは、自分も持っていたいと考える典型的なシンガポール人なのだろうか？

アンティ・リーはぶるりと身震いした。マークはワインのビジネスを譲ると言っているのだから、問題はないはずだ。そんなことを考えて、メイベル・スウーンがうらやましくなった。メイベルは法律事務所を起こして、成功した。そして、自分の法律事務所を娘に譲ると決めたら、息子がそれをどう考えるかなんて悩むこともなく、実行したのだから。ところで、メイベルと娘のシャロンはもう外に出てきたの？　アンティ・リーはあたりを見まわした。

ふたりの姿はまだなかった。

アンティ・リーは手持ちぶさたな時間が苦手だった。ビュッフェ料理はすべて並んでいて、客は料理を食べはじめたところだ。料理はまだたっぷりあるから、補充する必要もない。となると、何もすることがない。もしかしたら、チェリルかニーナがてんてこまいだったりする？　そう考えて、ようすを見にいった。けれど、ふたりとも飲みものを冷やしている大きなケースのそばで、やはり何もすることがなく、突っ立っていた。

ちょうどいい、大豪邸をちょっと探検してみよう。まずは、プールの向こう側のゲストハウスか礼拝堂のような建物から。最初からずっと気になっていたのだ。

亡き夫からは、食べものと他人のことに〝キアスー・ケーポー・エム・ザイ・セ〟だと、しょっちゅう言われていた。キアスーとは〝負けず嫌い〟という意味で、自分だけが取り残されたり、人から遅れを取ったりするのを、極端に嫌うシンガポール人気質のひとつだ。アンティ・リーはその傾向がとりわけ顕著で、何か事が起きたら、いちばん乗りして、ほかの人も遅れを取らないように全面的に協力する。また、おせっかい《ケーポー》なおばあさんとして、人の言動に興味津々だから、あらゆることを親身に考える。さらに、命知らず《エム・ザイ・セ》であるがゆえに、直感や本能のおもむくままに行動する。望むものをほとんど手に入れてきたのは、そんな気質のおかげかもしれない。いま、アンティ・リーはこの豪邸に住む家族について、もっと知りたくてたまらなかった。

それに、プールの向こうにある小さな建物が、場違いに思えてならなかった。最近建てられたとおぼしきその建物は、最新の空調設備を完備した優美で重厚なギリシア風の母屋とは、どう見ても不釣り合いだった。茶色の煉瓦造りで、ところどころに赤い縁取りのようなものがあり、壁は部分的に緑がかっている。そんな建物を見ていると、カビが生えた大量生産の月餅《げっぺい》が頭に浮かんだ。

いつもの癖で、もしもそれが自分の家だったらと妄想した。わたしはこの小さな建物に住めるかしら？ 住むとしたら、どこを改装する？ 母屋との位置関係にしろ、広さにしろ、未亡人やおばあちゃんが暮らすのにうってつけだ。万が一、マークかマチルダが夫婦そろってビンジャイ・パークの家に引っ越したいと言いだしたら、わたしは庭にこのぐらいこぢんまりした家を建てて、そこで暮らそう。もちろんニーナも一緒に。客が来たり、大きなパーティーを開いたりするときには、これまでどおり母屋を使って、キッチンも自分が取りしきる。

だけど、いま目のまえにあるこの建物の見た目は、いまひとつだ。

アンティ・リーはじっくりと壁を見た。スクレーパーを持っていたら、壁の汚れをこすり落とせるのに……。さらによく見ると、壁に生えたカビのようなものが、ペンキだとわかった。壁のところどころに緑色のペンキが塗られていた。少しうしろに下がって眺めてみると、横のほうの壁に絡みついているツタだとばかり思っていたものが、壁画だとわかった。パイプに絡みつくツタの絵だ。描かれた葉を指でそっとつついてみる。わずかに弾力があった。煉瓦に塗ったペンキが膨張したの？ ケーキにアイシングをしたように、ペンキがかすかに盛りあがっている。この絵を描いた人は、ケーキのデコレーションもうまそうだ。いずれにしても、才能のある画家なのはまちがいなかった。アンティ・リーはふんわりしたスポンジケーキを焼くことなら、誰にも負けなかったが、デコレーションとなると、せいぜい薄く切ったモモを飾るのが精いっぱいだった。

ペンキは簡単にはがれるの？　ちょっと爪でひっかいてみる？　そんな衝動が湧いてきたところへ、誰かの手が伸びてきて、手首をがっちりつかまれて、建物から引きはなされた。

「ロージー・リー！　お会いできて嬉しいわ。あなたの料理はほんとうにおいしそうだもの」メイベル・スゥーンがやけに明るく言うと、強引に腕を組んで、アンティ・リーをビュッフェのテーブルのほうへ連れもどした。

メイベルは走ってきたの？　アンティ・リーは不思議に思った。どういうわけか、少し息が上がっているようだ。そんなことはともかく、メイベルに歓迎されたのだから、喜ばなくちゃいけないのよね？　でも、これまでケータリングを依頼してきた人たちは、喜んでいようが、不安がっていようが、アンティ・リーがつねに料理にへばりついていなければならないとは思っていなかった。

「まさにプロの料理ね。つまり、レストランやホテルのケータリング料理と同じという意味よ」とメイベルが言った。

アンティ・リーは反論しなかった。ホテルの料理ならなんでもおいしいとは言えないが、いま、ここに並んでいる料理はまちがいなくおいしい。それに、料理はスゥーン邸のきれいなプールの近くに並べたテーブルの上の保温トレイにのっていて、見た目でも四つ星ホテルのビュッフェに引けを取らなかった。

メイベルはピンクと白の花模様のドレスを着ていた。写真より老けて見えた。六十代後半、とアンティ・リーは見積もった。丸い顔には十代の頃のニキビ跡が残っていた。声はもともと高いほうで、息切れした少女みたいな声と言えなくもない。さらに、強気で独断的な口調のせいで、やたらと興奮しているように聞こえた。

「みんなが気に入るはずよ。秘書に言わせると、あなたのオタはシンガポール一だそうね。お店の名刺を配ってもいいわ。このパーティーを広告費不要の宣伝の場として使ってちょうだい。きっと売り上げが伸びるわよ。今日のお客さまはシンガポール料理に目がないから、あなたが作ったおいしい料理にいくらでもお金を払うわ」

メイベルはそこでことばを切った。自分のような有力者とのコネができるのだから、アンティ・リーは小躍りして〝ケータリング代を割り引く〟と言ってくるはずだ。いいえ、ここまで親切にしておけば、家族ぐるみの親しい友人のように錯覚して、請求すらしてこないかもしれないなどと、虫のいいことを考えていた。

けれど、ほんとうに親しい友人が山ほどいるアンティ・リーは、メイベルの作戦に乗る気はさらさらなかった。

「秘書の方から十パーセントの前金をいただいてるわ。残金の請求書は、今日お渡しすればいいかしら？」

「このパーティーの費用は経費で落とすことになってるから、内訳を書いた請求書を送ってもらえば、事務所の誰かが処理するわ」

「事務所の人がパーティーに出席しているなら、今日、お渡ししてもいいわよね？」

大金持ちにかぎって、やたらとけちくさいことを言いだすものだ、とアンティ・リーは思った。自分の名前が記念碑に刻まれるなら、二万ドルでも寄付しようと、そそくさと小切手を書くくせに、カフェのテーブルに置くチップは持っていないのだ。

「ヘンリー、ほら、こちらが――」

ヘンリー・スウーンとなら、アンティ・リーはもう話をしていた。ビュッフェ用の保温トレイをつなぐコンセントの場所を教えてくれたのも、庭の水道栓を開けてくれたのもヘンリーだった。それにしても、この家では庭師が水道を使うにも、いちいち家主の許可を受けるのだろうか？

「こんにちは、ロージー」

「料理を見た？　ほんとうにすばらしいわよ。ロージー、あなたって天才ね。若い女性のための料理教室を開いたらどうかしら？　最近の若い子は料理がぜんぜんできないんだから」

「おいおい、若い子に料理を教えて、みんなが自分で料理するようになったら、アンティ・リーの商売はあがったりだよ」ヘンリーは妻に応じてそう言うと、大きな声で笑った。

アンティ・リーは笑顔でヘンリーを見た。メイベルはといえば、夫を無視した。

「それで、請求書はミスター・スウーンにお渡ししてもいいのかしら？」とアンティ・リーは尋ねた。

「いいえ、ヘンリーはこのパーティーとはなんの関係もないの。これはわたしの法律事務所が開いたパーティーですからね。わが家での夫の担当は医療よ。夫は法律とは縁がないの。法律事務所を取りしきってるのは、わが家では女だけ。そう、これがほんとうの男女同権よ。そう言えば、うちのシャロンはあなたのご主人のお嬢さんと同級生だったわ。名前はたしか……モーリーン？　いえ、マリアだったかしら？　イギリスに留学したまま、帰ってこないんだったわね？　子どもはあっというまに大きくなるわ。まだ学生だと思ってたら、もう家業を継いでるんですものね」

「うちの新顔を紹介するわ。飲みものを担当するチェリルよ」アンティ・リーは手招きしてチェリルを呼んだ。

「こんにちは、ミセス・スゥーン、ミスター・スゥーン」チェリルがにっこり笑って、言った。「新メニューのジンジャー・ハニー・アーモンドミルク・フリーズはいかがですか？」

ヘンリーはグラスを受けとったが、メイベルは重要でない事柄や人を相手に時間を費やすタイプではなかった。

「レナードに料理を持っていかなくちゃ。息子は体調が悪くて、パーティーには出られないけど、あなたが腕によりをかけて作った料理は食べたがるはず。料理を楽しみにしてたんですもの。あれが有名なアヤム・ブア・クルアかしら？　少し持っていってあげましょう」

メイベルは夫に皿を何枚も持たせて、料理をたっぷり盛りつけた。アンティ・リーはそれ

アヤム・ブア・クルア

Ayam Buah Keluak

ジャワ島から伝わったブラックナッツと鶏肉を煮込んだ料理で、プラナカンの定番人気料理のひとつ。生のブア・クルアには毒が含まれるため、1カ月以上かけて毒抜きをする。

を見て、アチャーとサンバルをよそるための皿とお盆を差しだした。メイベルはお礼を言って、受けとった。

「これを息子のところへ持っていったら、すぐに戻ってくるわ」

「この飲みものはうまいぞ。これも持っていってやろうか？」

「何を馬鹿なことを言ってるの。レニーに冷たいものを飲ませてはならないのよ、知ってるでしょう？」

そのことばには棘《とげ》と苛立ちが感じられた。といっても、長く連れそった夫婦では、長年の苛立ちだけが絆という場合もある。

アンティ・リーは去っていくメイベルに目をやった。すると、階段の下で色黒の痩せぎすな男性に呼び止められるのが見えた。

「どうしたの？」とメイベルが男性に応じた。「いまはだめよ。見ればわかるでしょ、忙しいんだから」

男性が低い声で何か言った。盗み聞きの達人アンティ・リーでも、さすがにその声は聞こえなかった。それでも、メイベルの返事ははっきり聞こえた。

「なんのつもりなの？　パーティーの客だって母屋の中には入れないようにしてるのに、よりによってどうして、あの女性を連れてきたの？」

母屋のトイレをちょっと借りようかしら、とアンティ・リーは思った。大金持ちというのは、ときに誰の目にも明らかなことを見過ごすものだ。そして、この場所で目にしたあらゆるものが示しているように、スゥーン家はまちがいなく大金持ちだった。

　男性は食い下がっているようで、さらに何か言ったが、やはりアンティ・リーには聞きとれなかった。家に帰ったら、夫が使っていた補聴器を探して、使えるかどうかボリュームを調整してみよう。いまでも耳は達者で、普段の生活で困ることはない。けれど、こういう場面では、機械の助けが必要だ。そんなことを考えながら、黒糖蜜入りの餅菓子《オンデ・オンデ》をいくつか皿によそると、メイベルと男性のところへ歩いていった。

　メイベルは唇をぎゅっと結んで、首を振っていた。そうしながらも、色黒で痩せぎすの男性に向かって、「わかったわ。そうしましょう」と言った。

　アンティ・リーが歩みよると、男性が見るからに迷惑そうな顔をした。

「メイベル、息子さんにオンデ・オンデを持っていってあげてちょうだい。作りたてなのよ。特別に今朝作ったの。あら、こちらの男性も、おひとついかが？　ひと口食べたら、ヤシ糖《グラ・メラカ》が口いっぱいに広がるわよ」

「こちらはエドモンド・ヨーン」とメイベルが言った。「息子の主治医よ。エドモンド、有名なアンティ・リーのことはもちろん知ってるわね？」

「ドクター・ヨーンです。お会いできて光栄です。ぼくはスゥーン家のホームドクターで、レナードの健康管理を任されているんです」

「息子さんは病気なの？」アンティ・リーは興味津々で尋ねた。

「いえ、そういうわけじゃないんですけどね。騒ぎたてないでくださいね。ほんとうに大したことじゃないんですから。すみませんが、スゥーン家の奥さまと話があるので、ふたりきりにしてもらえますか？」

ヨーン医師はパーティーの客やホームドクターというより、貧相な親戚のようだった。スゥーン家の人たちをよく知っていて、この家にも何度も来ているようだが、どう考えても、人あしらいが下手すぎる。それに、話している英語を聞くかぎり、チェリルと似たような出自らしい。幼いころから日常的に英語を使っていたのではなく、学校で習ったのだろう。それはつまり、家庭教師やコネの力で学位を手に入れたわけでもなく、誰もが憧れる御曹司として、あっさり大学を卒業したような身分でもなかったという意味だ。アンティ・リーはむしろそういう人のほうが好きだった。そういう医者を雇うとは、メイベルも意外と人を見る目があるのかもしれない。

アンティ・リーがなおも見ていると、若い医者はメイベルを髪の長い若い女性と引きあわせた。医者の態度は、客のご機嫌を取ろうと必死になっている保険外交員のようだった。で、女性のほうは？　メイベルによく似ている気がした。歳は三十代のようだが、化粧のせいでかえって老けて見える。着ている服は、ブランチ・パーティーにふさわしい華やかなものではなく、地味なスーツで、どう見てもこの場の雰囲気にそぐわなかった。その上、豪邸に驚いてもいないのを、わざわざこの家の持ち主に伝えようとしているかのように、苛立ちと侮蔑をこめて周囲を見まわしていた。話がはっきり聞こえたわけではないけれど、三人が北京語で話しているのは、アンティ・リーにもわかった。北京語のアクセントから、女性はシンガポール人やマレーシア人ではなく、中国人らしい。アンティ・リーは英語やマレーシア語はもちろん、福建語や潮州語や広東語で仕事の話もできれば、噂話もできる。もちろん立ち聞きだってお手のものだ。それを考えれば、北京語の簡単な会話ぐらいはわかりそうなものだが、そうはいかなかった。わかったのは、会話の主導権を握っているのが中国人の女性で、なおかつ、エドモンド・ヨーンがその女性の言いなりになっていることだけだった。いや、メイベルも言いなりのようだ。意外にも、メイベルは中国人の女性におべっかを使って、おまけに、少し怯えてもいるようだった。

アンティ・リーはチェリルを探して、まわりを見た。ちょうどチェリルがこっちにやってきた。「嘘でしょ？　あの男はここで何をしてるの？」

「この家の息子の世話をしてるんですって。あの人を知ってるの？」

「世話をしてるって、ボディガードか何か？」

「いいえ、医者だと言ってたわ。まあ、体を守るボディガードと言えなくもないけど。ここの息子は病気みたいね。ねえ、どうして、あの人を知ってるの？」アンティ・リーの五感が激しく反応していた。不快感、苦い思い出、戸惑いが、チェリルの全身からひしひしと伝わってくる。チェリルとヨーン医師はただの知り合いではなさそうだ。「元恋人とか？」

「とんでもない、冗談でも勘弁してほしいわ」

「でも、あの人は医者よね」アンティ・リーはますます興味をかき立てられた。シンガポールでは結婚相手の職業として、弁護士――チェリルの夫――より医者のほうが格上だ。チェリルがエドモンド・ヨーンに男性としての魅力を感じていないとしても、過去に何かなければ、これほど毛嫌いするわけがなかった。

もしかしたら、おもしろい話が聞けるかも、とアンティ・リーはうきうきした。念のために、チェリルが持っているセロリとスイカのカクテルがのったトレイを受けとって、傍らのテーブルに置いた。

「あの人はエドモンド・ヨーンと言って、以前、ブキ・ティマ・プラザでクリニックをやってたの」チェリルはそう言うと、地面まで届くテーブルクロスで隠しておいたクーラーボックスを引きだして、氷を取りだすと、大きなガラスのボウルにたっぷり入れた。長年、シンガポールの一流航空会社で客室乗務員として働いていたチェリルは、バレリーナのような見かけとは裏腹に、どんなに重いものでもボディービルダーのように軽々と持ちあげるのだ。

「優秀なお医者さまなの？」医者なら何人知っていても損はなかった。

「診てもらったことがないから、わからないわ。クリニックがあったのは、わたしがマイクロフトと結婚するまえのことだから」

「もしや、あなたは持病があるとか？」

「いえ、そうじゃなくて……ただ……ちょっと手直ししたいと思っただけで。ある部分を強調して、ある部分を引っこめて、ある部分は少し調節して……まあ、いわゆる基本プラン。でも、結局、あのクリニックに行くのはやめたわ」

「ヨーン医師じゃ不安だったから？」

「友だちに、韓国のほうが断然安いと言われたから」チェリルはそう言いながら、氷の入ったボウルの中に、ジュースを入れた小ぶりのグラスを並べていった。

アンティ・リーはそれまでとはちがう好奇心が湧いてきて、チェリルをまじまじと見た。果たして、チェリルのくっきりした目は、神さまからの贈り物なのか、整形手術によるものなのか？ 間近で見ても、まったくわからなかった。でも、これから一緒に仕事をしていくのだから、真相を突き止めるチャンスはたっぷりあるはず。いまは、チェリル以外に、じっくり眺めてみたい興味深い人たちがいっぱいいる。たとえば、メイベル・スゥーン。メイベルをじっくり眺めても、顔にも体にも、何かをつけたしたり削ったりしたようすはなかった。少なくとも、そういった処置が有効活用されている部分はどこにも見あたらなかった。メイベルの外見から伝わってくるのは、〝わたしはあなたより権力のある重要人物よ。だから、尊敬して、平伏しなさい〟という威圧感だけだった。長い髪の中国人女性の話を聞きながら、おとなしくうなずいていても、メイベルはそんな雰囲気を漂わせていた。

「あなたのヨーン先生と一緒にいる中国人の女性を知ってる？」

「いいえ、見たこともないわ。それに、わたしのヨーン先生じゃないですから」

長身で髪の長い中国人女性はやはり場違いだ、とアンティ・リーはあらためて思った。決定的に何かがちがうとか、不快だとか、そういうことではなく、この場にまったく合っていなかった。それは単なる直感とはちがう。長年、人に喜んでもらおうと料理を作ってきて、人が食べているものはもちろん、その人の見た目や声や匂いなど、わずかなちがいを察知する能力を身につけたのだ。何が気になるのか、いつでもはっきりことばにできるわけではないけれど、何かがおかしいことだけはよくわかる。たとえば、クローブやガーリック・オイルが入っていた空き瓶に、甘いタピオカ・ペーストが詰められていたら、違和感を抱く。それと同じで、ヨーン医師が連れてきた女性は、なんとなくこの場にそぐわなかった。いや、そぐわないのはヨーン医師のほうかもしれない。

メイベルはヨーン医師と中国人女性との話を終えると、パーティーの客に向かって〝すぐ戻ってくるわ〟と言いたげに手を振って、母屋に通じる階段を上がっていった。ヨーン医師と中国人の女性は低い声で話を続けていた。アンティ・リーはふたりににじり寄った。テレビのボリュームを上げるように、話が聞きとれるようになるのではないかと期待した。まったく、ニーナはどこにいるの？　いまこそ、そばにいてくれなくちゃ困るのに。

ふいにメイベルの秘書が現われて、ヨーン医師と中国人の女性に歩みよると、ちょっとおどけたしぐさで、挨拶代わりにヨーン医師の腕をぎゅっとつかんだ。

「エドモンド、飲みものは？　お友だちも何かいかがですか？　こんにちは、お会いするのははじめてですね。わたしはグレースフェイス・アーン。メイベルとシャロンの法律事務所で働いていて、〈生きつづける会〉のメンバーです。だから、このパーティーに出席してるんです」

中国人の女性はヨーン医師に何か言うと、立ち去った。完全に無視されたグレースフェイスは、おどけてふくれ面をして見せた。

「自分以外の人があなたに話しかけるのが気に入らないのかしら？　あの人は誰なの？」

「ただの仕事相手だよ。特別な人じゃない」

「でも、パーティーに誘うぐらいには、大切な人なのよね」グレースフェイスはもうおどけていなかった。「見ず知らずの人をこの家に連れてきたのを、メイベルは知ってるの？」

「ウェン・リンは見ず知らずの人じゃない。メイベルに会いにきたんだ。これから仕事に発展するかもしれないけど、いまのところはまだ秘密だよ」

　グレースフェイスはすぐさま〝かわいこちゃんモード〟に切り替わって、もっと詳しく教えてほしいと甘えた声で言った。けれど、ヨーン医師はグレースフェイスを残して、立ち去った。

　これでアンティ・リーにも、中国人の女性の名前がわかった。

　グレースフェイスはいまどきの若い子らしく、おしゃれに余念がなかった。メイベルの代理で〈アンティ・リーズ・ディライト〉にやってきて、パーティーのケータリングを注文したのはグレースフェイスだった。そのとき、アンティ・リーはケータリング料理として、スパイスが利いたイカ《ソトン》団子とウナギのオタを勧めたが、結局、普通のメニューに落ち着いたのだった。

「目新しい魚料理は苦手な人もいますから」とグレースフェイスが言ったからだ。

「菜食主義のお客さまが来るの？」とアンティ・リーは尋ねた。菜食主義のアメリカ人と知りあったのをきっかけに、伝統的なプラナカン料理の菜食バージョンを考案しようとしているところだった。

「いいえ、ちがいます。パーティーの参加者は全員、キリスト教徒ですから」

アンティ・リーは客の信仰については、どんなことでも知っておきたかった。

「ヒンズー教徒や仏教徒には菜食主義の人がいるわ。キリスト教徒で菜食主義の人がいても不思議はないんじゃない？」

「まあ、そういうちょっと変わった人はいるかもしれませんね。でも、ご心配なく、普通の料理でかまいません。菜食主義の食事を出したら、レニーはそれはもう大声で怒鳴るでしょうし」

「レニー？」

「レナードです。メイベルの息子さんです」グレースフェイスはさりげなく声をひそめた。「レニーは体調が芳《かんば》しくないんです。それで、〈生きつづける会〉はもっぱらレニーのために祈ってるんです」

〈生きつづける会〉ならアンティ・リーも聞いたことがあった。熱心な祈禱と積極的なヒーリングの会らしい。夫も癌を宣告されたときにその会に誘われたが、〝金持ちの戯言だ〟と歯牙《しが》にもかけなかった。

「あなたとはお会いしたわね。ケータリングを予約しに、店に来たでしょ」アンティ・リーはグレースフェイスに声をかけた。「いつもおしゃれなのね。最近の若い子は身なりに無頓着な子が多いのに。ところで、あなたも〈生きつづける会〉のメンバーなの？どこか悪いの?」

「〈生きつづける会〉は祈りと癒しの会で、メイベルは息子さんが病気になって入会したんですよ。一緒に祈ってほしいと、事務所のスタッフにも入るように薦めたんです」グレースフェイスは応じながらも、続々とやってくる客に目をやった。そうして、ヘンリー・スウーンを見つけると、視線を留めた。ヘンリーは階段の下で年嵩の女性と話しこんでいた。妻が息子のために取りわけた料理が山ほどのったお盆を持ったままだった。メイベルの姿はもうなかった。

「ちょっと失礼します」とグレースフェイスが言った。

アンティ・リーはヘンリーのほうへ歩いていくグレースフェイスを目で追いながら、ヘンリーと話しこんでいる女性に見覚えがあるのはなぜだろうと考えた。女性がアンティ・リーの視線に気づいて、〝こっちにいらっしゃい〟と言わんばかりに、嬉しそうに手を振った。アンティ・リーも手を振りかえしたものの、その場を動かず、忙しいふりをした。その女性と面と向かって顔を合わせるまえに、名前を思いだしておきたかった。

6 突然の死

その日の真の騒動は、裏門でのいざこざからはじまった――アンティ・リーはあとで振りかえって、そう思った。裏門でガッチャーンと大きな音が響いて、悲鳴があがると、ヘンリーが階段の手すりを支えにして持っていたお盆を落とした。もちろん、お盆にのっていた料理も飛び散った。店から持ってきた皿が割れて、アンティ・リーは顔をしかめたが、足が向かったさきは裏門だった。裏門には男性がいて、ヨーン医師がその男性の腕がはさまるのもかまわずに、重い鉄の門を無理やり閉めようとしていた。

グレースフェイスも駆けつけて、ヨーンを門から引きはなした。「何をしてるの、エドモンド？　どうしたの？　やめなさい」

「こいつはトラブルメーカーだ」とヨーン医師が言った。

「腕が折れちゃうわ。やめなさいったら」グレースフェイスはヨーンを押しのけて、男性が門から腕を引きぬけるようにした。「どんなご用件ですか？　今日はプライベートなパーティーなんです」

門に腕をはさまれそうになっていた男性の顔に、アンティ・リーは見覚えがあった。いや、これが認知症のはじまりかもしれない。そんなことをふと思ったものの、その思いを頭から振りはらった。ざわついている客のあいだを縫って、男性に近づくと、じっくり顔を見た。まちがいない、見覚えがある。といっても、ヘンリーと一緒にいた女性とはちがって、男性はアンティ・リーを知らないようだった。

「スゥーン夫妻に話がある」と男性は言った。「職場に電話をかけたけど、つないでもらえなかった。行方不明になってる友人について、訊きたいんだ。友人はここでの仕事を請け負ってた。名前はベンジャミン・ンだ」

「そんな名前の人はここにはいないよ」とヨーン医師が言った。いじめっ子のような口調だった。もしかしたら、学生時代にいじめられていて、いま、その仕返しをしているのかもしれない。「不法侵入だ。すぐに出て行け。さもないと、警察を呼ぶぞ」

「待ってください」と男性が言った。「友人がここで働いてたのはまちがいないんだ。まだここにいるんじゃないかと思って。友人と連絡を取りたいだけ、それだけなんだ。それか、せめて伝言を頼みたい」

「どんな伝言なの？」アンティ・リーは興味津々ながらも、穏やかな口調で尋ねた。ベンジャミン・ンとは何者なのか知りもしなかったが、見つけてあげたかった。

男性がアンティ・リーのほうを向いて、何か言おうとした。けれど、そのまえに、グレースフェイスが男性を押しだして、門を閉めて、鍵をかけた。

「行きましょう。料理が冷めて、パーティーが台無しになっちゃうわ」グレースフェイスの口調は高飛車な上級生のようだった。

「嘘でしょう？」とシャロンが言った。「グレースフェイスが裏門の鍵を持ってるのに、この家の娘のわたしは、門から車で中に入るのに、家に電話をかけなくちゃならないなんて。そんな馬鹿なことがある？　これじゃあ、グレースフェイスがこの家の娘みたいじゃない。パーティーの計画を立てるときに、グレースフェイスはメイベルに、プールに藻が生えてるから処理したほうがいいって言ったのよ。わたしはメイベルにプールで泳ぐ人なんていないんだから大丈夫と言ったけど、もちろんメイベルはわたしの話に耳を貸そうとしなかった。それで、どうなったと思う？　あんなに大騒ぎして、藻を駆除したのに、誰も泳ぎもしないし、料理を食べもしないわ」

いや、アンティ・リーが見るかぎり、客はみな料理を食べていた。ビュッフェの料理はすでになくなっているものもあった。いちばん人気はココナッツ・ライス《ナシレマ》。ココナッツ・ライスはケータリングの鉄板メニューだ。そのライスと一緒に食べる料理――カリカリに炒めたカタクチイワシやピーナッツ、卵焼き、オタ、骨付き鶏の唐揚げ、魚の唐揚げ――も、同じ保温トレイに並べて、ほかほかに温めてあった。

当然、そのココナッツ・ライスはアンティ・リー特製だ。ココナッツクリームに浸した米を、庭から採ってきたパンダンの葉で包み、しごいたレモングラスの茎で縛ったものだ。今日は鶏のソーセージやさつま揚げ、ランチョンミート、野菜のカレーも用意した。頭の固い食通に言わせれば、邪道ということになるのかもしれないけれど、そういった料理はこの国でも、ココナッツ・ライスのつけあわせとして定番になりつつある。アンティ・リーにとっては、食べる人がおいしいと思える料理が、最高の料理だった。ココナッツ・ライスのつけあわせではないけれど、特製のアヤム・ブア・クルアにも誰もが舌鼓《したつづみ》を打っていた。

「会いたがってる人が来た、とメイベルとヘンリーに伝えたほうがいいわ」とアンティ・リーは言った。

「どうして？」とシャロンが言った。「頭のおかしな人がわけのわからないことを言ってるだけよ。どうして、わざわざそんな人の相手をしなくちゃならないの？」

「シャロンはすぐに熱くなるタイプだから」とグレースフェイスが言った。「いえ、悪く取らないで、批判してるわけじゃないの。メイベルがいつも言ってるのを思いだしたのよ、〝シャロンは熱心になりすぎる〟って。いずれにしても、クライアントの中には、公私混同しちゃう人がいるから困るわね」

「レニーに料理を持っていかないと」ヘンリーがそう言いながら、途方に暮れた顔でビュッフェのテーブルを見た。手羽先の唐揚げをつまみあげて、しげしげと眺めてから、保温トレイに戻した。手にしたお盆はこぼれた料理にまみれて、ズボンには飛び散った肉汁が染みていた。

アンティ・リーは階段を見た。ニーナとチェリルが散乱した料理を片づけていた。

「料理はわたしが持っていくわ。パパはメイベルに見られるまえに、着替えて」シャロンがそう言って、父親からお盆を受けとった。

「わたしがやります」グレースフェイスがお盆に手を伸ばすと、シャロンは無言で、お盆をぐいと引っこめた。

シャロンの体型はグレースフェイスと大差ない。けれど、黒いワンピースとパンプスのせいで、痩せすぎで、ぎすぎすしているように見えた。

シャロンよりはるかにリラックスしているように見えるグレースフェイスは、にっこり笑って、肩をすくめると、その場を立ち去った。

シャロンはお盆に皿を何枚か並べたところで、アンティ・リーの視線に気づいて、言った。

「憶えてらっしゃらないかもしれないけれど、わたしはシャロン・スウーン。マチルダと同じ学校に通ってたのよ」

血走ったシャロンの目を見て、アンティ・リーは思わず願った。シャロンとちがって、マチルダはたっぷり眠ってますように。

「弟さんはアヤム・ブア・クルアを食べるかしら？　今日の料理の中で、とくに腕によりをかけたのよ」

「持ってきてほしいと言ってたみたい。でも、食べるつもりなのか、メイドに投げつけるつもりなのかは知りませんけどね」

アンティ・リーはシャロンがアヤム・ブア・クルアを皿によそって、お盆にのせるのを見つめた。お盆にはほかにも、鶏のもも肉の唐揚げとカタクチイワシの揚げものとライスがのっていた。シャロンが料理を覚えたら、かなりの腕前になるにちがいない、とアンティ・リーは思った。それぞれの料理が映えるように盛りつけているのだ。盛りつけも料理の一部なのを忘れている料理人は、大勢いるというのに。

「なんで、みんなブア・クルアに大騒ぎするのかしら？　理解に苦しむわ。木の実の中身をほじくりだすのに手間がかかるから、それはもう特別な料理で、じっくり味わって食べなければならないと思いこんでるみたい。普段の食事は味わいもせずに、がつがつ食べてるくせに」シャロンはかなり早口だった。そのせいで、人前で知識をひけらかす学生のような雰囲気が漂っていた。「まったく、こんなことして何になるんだか。弟はメイドが作った食事が気に食わないと、ファストフード店に電話して、フライドチキンを配達させるのよ。パパはお金の無駄遣いだって、弟を叱るけど、〝だったら、メイドの給料から差し引けよ〟と弟は口答えする。〝メイドがちゃんとした料理を作ってれば、配達なんて頼まない〟って」そう言って、シャロンは苦笑いした。

アンティ・リーがM・L・リーと結婚したとき、夫の連れ子のマチルダはすでにイギリスにいた。それでも、長い休みにはシンガポールに帰ってきて、ビンジャイ・パークの家でクラス会を開いた。その会でマチルダの同級生が言ったことを、アンティ・リーはいまでもはっきり憶えていた。「新しい奥さんに子どもができたら、あなたのパパはあなたじゃなくて、その子に全部あげちゃうわよ」そう言った子は、いまのシャロンと同じように苦笑いした。アンティ・リーはそのことばに傷ついたわけではなかった。それよりもっとひどいことを考えている人が、何人もいるのを知っていた。

むしろ、ほかの人が口に出さないようなことを、ずばりと言うシャロンが小気味よかった。

「今日は法律事務所が開いたパーティー、そうよね？　わたしが共同経営者になったのを祝うパーティー、そうよね？　だから、それらしい服を着ることにしたわ。それなのに、個人の家でのパーティーだから、カジュアルな服装でかまわないと思った人がいたみたいね。どういう神経をしてるのかしら？　招待状にドレスコードを書いておけばよかった。だけど、法律事務所のパーティーなんだから、どんな服装がふさわしいかぐらいは、言われなくてもわかるはず」

シャロンは服装のことで事務所のスタッフに嫌味を言っているのかもしれない。けれど、事務所のスタッフの中でただひとり、そのことばが聞こえるところにいたグレースフェイスは、にこにこして、ふわりとした髪を撫でつけただけだった。

シャロンは身を守るかのように片手を胸のまえに渡して、反対の腕の肘を握っていた。そうして、自分の言わんとすることを強調するかのように、何か言うたびに、手にした皿を振っていた。身構えるようなその仕草を見て、アンティ・リーは雇ったばかりの頃のニーナを思いだした。当時のニーナはそれまでの経験から、シンガポールのあらゆることとあらゆる人を怖れていた。けれど、いまはもう何も怖れていない。必要ならば、雇い主にも説教するぐらいなのだから。

シャロンはスプーンでブア・クルアの汁をすくって、味を見た。

「どうして食べるの？　レニーに持っていくんじゃなかったの？」とグレースフェイスが訊いた。

「レニーに食べものを持っていくときは、かならず味見をするのよ。わたしの中のルールのようなもの。味見しておけば、何かあっても誰かがむやみに責められたりしないから」

「わたしもそうしてるわよ」とアンティ・リーは言った。

「なるほど、だから、あなたは腕のいい料理人なのね」

どうやらシャロンは精いっぱい愛想を振りまいているつもりらしい。普段とはちがう態度を取っているせいなのか、ずいぶんぎこちなかった。街角で見かけた赤ん坊に話しかけるように、声がやたらと甲高く、肩に力が入って、笑顔は眉間にしわが寄るほどこわばっていた。

「弟さんがこの料理を気に入ってくれますように」

怪しまれないぐらいに距離をあけて、アンティ・リーはシャロンのあとから母屋に通じる階段を上がっていった。どこに行くのかと訊かれたら、トイレを探していると答えるつもりだった。けれど、ほんとうはレナードのことを探りにいくつもりだ。

「あら、ロージー、また会えたわね、嬉しいわ。憶えてる？　ほら、ドリーンよ」

声をかけてきたのは、さきほど見覚えがあると思った女性だった。もちろんドリーン・チューのことは知っている。ものすごく親しいわけではなかったが、同世代の人が相次いで亡くなると、残された者は自然に親しくなるものだ。といっても――。

「ねえ、ちょっといじったのよ」とドリーンが言った。「いい感じでしょ？」

「いじったって、整形手術をしたってこと？　そういう手術は危険だという噂だけど、大丈夫なの？　たしか、有名な作家が首のたるみを取る手術を受けて、心臓発作で死んだんじゃなかった？」

「それに、瞑想太極拳もやってるわ。何もしなくていいの、ただ動きをイメージするだけなの。韓国ドラマを見ながらでもできるわ」

アンティ・リーは納得したようにうなずいたものの、韓国ドラマにはまる女性のことは理解できなかった。たしかにドラマに出てくるのは美男美女ばかりだけれど、現実の出来事のほうがはるかにおもしろい。「家に入るの？」

「ええ、ちょっとトイレを……」

「わたしもよ。リフトを使いましょう。ひとりしか乗れないけどね。実は、このところ体調がすぐれないの。一緒に行ってくれると助かるわ」

石の階段のわきに据えつけられた小さなチェアリフトは、母屋の二階まで一気に上がれるようになっていた。

「一階でよかったんじゃない？」

「二階のトイレのほうがきれいなの。下のトイレに飾ってあるのは造花だけど、二階はほんものの花よ」

「しっ」誰かの声がして、アンティ・リーはあわてて言った。

「パパ、メイベルをなんとかしてよ」どこかの部屋でシャロンの声がした。応じるヘンリーのことばは、はっきりとは聞きとれなかった。

アンティ・リーはますます興味を覚えた。娘のシャロンは母親を名前で呼んでいるのに、夫のヘンリーは妻を〝ママ〟と呼んでいるとは。もしも自分が七十を過ぎた男性から〝ママ〟などと呼ばれたら……考えただけで、寒気がする。

「こんなところに突っ立って、人の話を聞いてるもんじゃないわ」とドリーンが言った。

「だったら、どうやって人の話を聞けばいいの？」アンティ・リーは図太く応じながらも、声はひそめた。

「どっちにしても、わたしはよく聞こえないわ。耳が少し遠いから。目は手術を受けて、よくなったんだけどね」

「目の手術って？　白内障？」

「白内障もね。それに、角膜移植のような手術も受けたのよ。ヘンリーがここにいる若いお医者さまに指示して、手術をさせたの」

「この家の息子を診てるヨーンっていう医者のこと？　そうだ、ヘンリーも医者だったわね？　それなのにどうして、息子を診ないのかしら？」

「ヘンリーは優秀なお医者さまよ。でも、誰だって歳は取る。だから、普段の診察は若い先生に任せてるの。それに、ヨーン先生はメイベルの祈りと癒しの会のメンバーでもあるわ。それもあって、メイベルはヨーン先生を目の届くところに置いておきたがってるみたい。それで、すべてが丸くおさまるのよ」

「あの医者は手術をしながら祈ってるの？　それって、集中力を高める方法か何かなのかしら？　車を運転しながら、携帯電話で神さまと話をするとか、そういうのと一緒？」

「いやだ、ちがうわよ。ヨーン先生が手術をしてるときに、ほかのメンバーが祈るのよ。ただ祈るんじゃなくて、ものすごく科学的なの。ついこのあいだも、メイベルから聞いたんだけど、アメリカのステージⅣの肝臓癌患者が、プラシードで治ったんですって」

「プラシード？　プラシード・ドミンゴのことかしら？」アンティ・リーはあてずっぽうで言ってみた。「クリスマス・ソングを歌ってる歌手の？」

「そうかもね。詳しくは知らないわ。だって、耳がよく聞こえないから。耳の手術もするつもりだったんだけど、ブキ・ティマ・プラザのクリニックが火事で焼けちゃったじゃない？　だから、延期になったの。あら、グレースフェイス、こっちへいらっしゃいよ。ロージーにプラシードで治ったアメリカ人の話をしてあげてちょうだい。メイベルが話してた癌患者のことよ。冷房が利いてるから、しばらくここにいたいわ。暑いところで立ってるなんて堪えられない。なんだって、この南国で屋外パーティーを開きたがるのかしら？　リー・クアンユーだって、冷房を使ってるのに」

よその国では知らないが、シンガポールでは誰もが、〝わが国の初代首相は絶対にまちがったことはしない〟と考えていた。

「ドリーン、そんなに暑くないでしょう」グレースフェイスはそう言うと、ドリーンの腕をそっとつかんで、有無を言わさずチェアリフトのほうへ向かわせた。「それと、メイベルが言ってたのは、偽薬《プラシーボ》よ。祈りと偽薬。さあ、チェアリフトに乗ってください。スイッチを入れますよ」

「おっと、危ない」ドリーンがつまずいて、転びそうになった。「脚が弱ってるから、早く歩けないの。いやだ、何をするの？　腕が痛いじゃないの。すごく痛くて気を失うかと思ったわ。しばらく静かに座ってなくちゃ。ねえ、白湯《さゆ》をもらえる？　ロージー、もしわたしがパーティーに戻れなかったら、ヘンリーとメイベルに伝えてちょうだい、〝あなたたちのせいじゃない〟って。歳のせいで、体調が悪いだけだって」

グレースフェイスが椅子を二脚用意して、白湯を取りにいくと、ドリーンはアンティ・リーに言った。「よかった、しばらくここに座ってのんびりしてましょう」

ドリーンもなかなかの役者だ、とアンティ・リーは感心した。

「ねえ、さっきブキ・ティマ・プラザで火事があったと言ったわね？」どんな火事のニュースも見逃さない自信があった。「どうして、わたしはその火事を知らないのかしら？」

「ブキ・ティマ・プラザが全焼したわけじゃないのよ。外国人がひとり焼け死んだようだけど、身元はわからずじまいだったみたい。大したニュースにならなかったから、知らないのも無理ないわ」

「父を待ってるんですか？」部屋から出てきたシャロンが、いつにも増して仏頂面で訊いてきた。

「メイベルと話したいの。目の手術を手配してくれたのは、メイベルだから。術後の検査が必要なのに、ブキ・ティマ・プラザのクリニックが燃えてしまって、どこに連絡すればいいのかわからないわ。手術の契約には術後の検査も含まれてたのよ。そうだ、あなたも法律事務所の共同経営者になったんだから、ちょっと行って、メイベルに確認してきてちょうだい」

「ドリーンおばさま、スゥーン法律事務所と〈生きつづける会〉はなんの関係もないんですよ――」

ドリーンはシャロンの話をさえぎった。「それから、手術のあとに、誰かから電話をもらって、耳の手術も受けるかどうか訊かれたわ。だけど、軟骨を入れるとかそんなことを言われても、なんのことだかわからないじゃない？　しかも、電話がかかってきたのは、友だちと外出してるときで、メイドが対応したから相手の電話番号がわからないのよ。そうそう、ロージーにも手術のことを話したわ。ロージーも興味津々よ」

「きっと、誰かがまた連絡してきますよ」シャロンの返事はそっけなかった。「とにかく、わたしはあの会のメンバーとは無関係なんです。そういうこととスゥーン法律事務所はいっさい関係ないんです」

「費用はそれなりにかかります」そう言ったのは、シャロンが出てきた部屋の隣の部屋からいきなり現われたヨーン医師だった。

アンティ・リーは疑わずにいられなかった。もしかしたら、ヨーンもシャロンが父親に怒鳴っているのを立ち聞きしていたのかもしれない。

「それは大丈夫。わたしの友だちのロージーは大金持ちだから」とドリーンがさらりと言った。

「メイベルを探してきます」とヨーン医師が言った。

「見つけたら、パーティーの客の相手をするように言ってちょうだい」とシャロンが言った。

「わたしにかこつけてメイベルが開いたパーティーなのよ。それなのに、どうしていなくなるわけ?」

「まあまあ、シャロン、落ち着いて。ここにもお客さまがいらっしゃるんだから」ヨーンはそう言いながら、アンティ・リーとドリーンに微笑んだ。その態度はまるで、癇癪《かんしゃく》を起こした子どもをなだめるベビーシッターのようだった。

「ちょっと、わたしに向かって〝落ち着け〟だなんて、何さまのつもり? この人たちが何か言いつけるんじゃないかって、びくびくしてるの?」

告げ口などしない、とアンティ・リーは言いたかった。他人のことを探るのは、いわば趣味のようなものだが、秘密にしてほしいと頼まれれば、人には決して話さない。そろそろ行こうとドリーンのほうを見ると、ドリーンの姿はなかった。都合が悪くなると弱々しいおばあさんを演じるドリーンだが、その気になれば、それはもう機敏に動けるのだ。

なるほど、これはとんでもなくおもしろいパーティーになりそうだ、とアンティ・リーは思った。

グレースフェイスが戻ってきた。そのことに最初は誰も関心を示さなかった。普段のグレースフェイスはとくに注意を払わなければならないような重要人物ではないからだ。けれど、いま、グレースフェイスは全速力で走ってきたかと思うと、きゅうに立ち止まった。顔がとんでもなくこわばっている。無理やりジェットコースターに乗せられたような顔だ。不安で、恐くてたまらず、いまにも吐きそうな顔をしていた。息が上がっていて、呼吸するたびにすすり泣くような声が漏れている。必死で助けを求めるように、目を見開いていた。

いったいどうしたのだろう？　アンティ・リーは不思議に思って、グレースフェイスに歩みよった。このときばかりは好奇心ではなく、心配で体が勝手に動いていた。腕に触れると、グレースフェイスが身震いして、まっすぐ見つめてきた。

シャロンとヨーンも何かがおかしいと気づいたようだった。

「レニーがどうかしたの？」シャロンが呆れたような口調で言った。「また何かしたの？　今度は何をしたの？」

「メイベルとレナードが死んでます」グレースフェイスがロボットのような一本調子の声で言った。〝ふたりはテレビを見ています〟と言っているかのような、感情がまったくこもっていない口調だった。

アンティ・リーは息を呑んだ。どういうことなのか訊きたくてうずうずしたが、その気持ちを抑えて、シャロンとヨーンが尋ねるのを待った。

「レナードが？　メイベルも？　ふたりとも？」わけがわからず、シャロンが訊いた。

グレースフェイスがうなずいた。顔はこわばったままだ。

「ほんとうなのか？」とヨーン医師。にわかには信じられずに、笑っているような、咳払いのような小さな声を漏らした。「何かのまちがいだろう。それか、またレニーの悪ふざけか。きみはレニーにかつがれたんだよ」同意を求めて、グレースフェイスとシャロンを見たが、どちらからも返事はなかった。

グレースフェイスとシャロンは顔を見合わせて、アンティ・リーはそのふたりを見つめていた。

「ヘンリーはどこ？」とシャロンが尋ねた。そう言ってから、メイベルがここにいたら、父親を名前で呼んだのを咎められると思ったのか、あわてて言い直した。「パパはどこ？」

「わかりません。見かけてません。メイベルとレナードは、レナードの部屋で。部屋には食べものが散乱してて。ふたりとも目を覚ましません。ふたりとも死んでるんです」

一瞬、シャロンの体が凍りついた。けれど、すぐにギアが切り替わったらしい。さもなければ、母親に代わって、この場を取りしきらなければならないと思ったか。あとで考えると、アンティ・リーは後者のような気がした。

「部屋に散らばってる食べものに触らないで」シャロンが母親そっくりの命令口調で言った。「鑑識が調べることになるわ。グレースフェイス、警察に電話して。警察が来るまで、何も触っちゃだめよ。警察はありとあらゆるものを調べるわ。それと、いま、この家にいる人はひとりも帰さないで」

「テレビドラマじゃないんだぞ」ヨーン医師がシャロンに向かって語気を荒らげた。「まだ通報しないほうがいい。どういう状況なのかはっきりしないんだから。まずは確認してからだ」

「パパ、どこに行ってたの？　何が起きたか知ってるの？」

ヘンリー・スゥーンがぼんやりした顔で廊下を歩いてきた。ドリーンも一緒だった。

「祈ってると思ったんだ」とヘンリーは言った。「メイベルを探しにいった。ドリーンが話したがってると伝えるために。でも、部屋がやけに静かだった。メイベルが黙ってるのは祈るときだけだ。だから、ふたりで祈ってると思ったんだよ」

「床にブア・クルアの殻が散乱してたわ」とドリーンが言った。「殻を投げつけたみたいに」

「なんてこと！」とシャロンが叫ぶように言った。「グレースフェイス、警察に電話して、人がふたり死んだと伝えるのよ。死んだのは、メイベル・スゥーンとその息子だと言って。そうすれば、警察は何をおいても駆けつけるわ。それから、死因はブア・クルアかもしれないと言うのも忘れないで」

「ちがうわ」アンティ・リーは思わず声が大きくなった。「ブア・クルアのわけがない」

7

サリム警部

電話がかかってきたとき、ブキ・ティンギ地区警察署の指揮官であるサリム・マワール警部は、自分のオフィスにいた。といっても、それは特別なことでもなんでもなかった。つい最近、表彰されて、警部に昇進したところなのだ。永遠にこのままかと思っていた地位から脱して昇進のレールに飛び乗り、いまやつねにオフィスで待機していられる身分になった。

「警部、二番にお電話です。現場にいる長官補佐からです」

「ありがとう、パンチャル巡査部長」

「それと、べつの電話もかかってきたんですが、女性からで、待っていられないと言って、伝言を頼まれて……」ネハ・パンチャル巡査部長はことばを濁した。パンチャルはその部署に配属されたばかりで、住人が気軽にかけてくる電話にも、警察署にふらりと立ち寄ることにも、まだ慣れていなかった。

「伝言？」サリムは訊きかえしながらも、受話器を取って、二番を押した。

「ブア・クルアのせいじゃない、と伝えてほしいとのことでした。どういう意味なのか訊いたんですけど、いまは話せないと言われて。正直、話し方がちょっとおかしかったんですが、もしかしたら重要なことかもしれないので、お伝えしておいたほうがいいかと……」

サリムは電話がつながると、部下にもう下がって、ドアを閉めるように、身振りで示した。

パンチャルは上司に話が伝わったのかどうか、よくわからなかった。そもそもサリム警部は部下の話に耳を傾ける気はないのかもしれない。そう考えると、わざわざ伝言を取り次いだのが馬鹿らしくなった。けれど、先週、フィリピン人のメイドの件で、サリム警部に注意されたばかりだった。警部に面会を求めたメイドに、面会するには申込書の記入と女性警官の同席が必要だと言ったのが、いけなかったらしい。また叱られるようなことはしたくなかった。いっぽうで、何かあったときのために、上司が無視した規則をすべてメモしていた。

サリム警部が管轄内で王さま気取りで身勝手なことをして、それで問題が起きても、パンチャルは警部の味方をするつもりはさらさらなかった。その点は、この署で上司を崇拝しているほかの警察官とはちがっていた。そう、ものごとを規則に則って処理するのが、昇進への近道に決まっている。たとえば、前任のティモシー・パン巡査部長が、憧れの国際部に異動したように。パン巡査部長はサリム警部やさらに偉い人の粗を見つけたからこそ、あれほどの地位に大抜擢されたにちがいない。パンチャルはそう信じて疑わなかった。

いまの部署に配属されるまえから、サリム警部のことは徹底的に調べていた。サリム・マワール警部は幸運としか言いようがなかった。教育奨励金のおかげでシンガポール国立大学を卒業して、法学士を取得した。その後、シンガポール警察の奨学金をもらって、犯罪学と法学で修士号を得た。それだけの学位があれば、政府の高官になっても不思議はない。そうなっていたら、それこそマイノリティならではの特権を利用して、実力者の地位にのぼりつめたはずだ。それなのに、どうして、そうしなかったのか？

「三台こちらに向かっているところです。でも、長官は現場にいらして、あなたを呼んでいます」

サリムは教えられた住所をメモした。「警察車両は？」

「はい、ふたり……」

「死人か？」

サリムはすっくと立ちあがると、ドアへ向かった。すでに運転手には行先を伝え、車で待機するように指示してあった。

「死者の身元は？」

「メイベル・スゥーンと息子のレナードです。自宅でパーティーか何かを開いていて、食中毒を起こしたようです」

「それはまずいな。客は何人だ？　ほかに具合が悪くなった者は？　料理を作ったのは？」

「ほかに具合が悪くなった者はいまのところいません。ケータリングを請け負ったのは、〈アンティ・リーズ・ディライト〉です」

「それはまた……」

サリムは〈アンティ・リーズ・ディライト〉の常連と言ってもよかった。ビンジャイ・パークにあるその小さなカフェは、ブキ・ティンギ地区警察署から歩いて行けるのだ。パンチャルから聞かされた伝言が、ふと頭に浮かんだ。誰からの伝言かわかったような気がした。

「パンチャル、行くぞ」

現場に急行するのをパンチャルが予測していなかったのはしかたないとしても、サリムはこれほど待たされるとは思ってもいなかった。パンチャルは携帯電話を充電器からはずして、机の引き出しに鍵をかけ、パソコンの電源を切った。もちろん、すべては規則どおりだった。こんなときには、ティモシー・パン巡査部長がいてくれたらと思わずにいられない。パンならすでにあちこちに電話をかけて、さまざまな情報を集めているはずだ。現場に着く頃には、死亡者の年齢や学歴、申告している収入はもちろん、無申告の収入まで突き止めているにちがいない。ひときわハンサムなパンと一緒だと、カメラを構えた野次馬も集まってくるけれど。

サリムは新たな助手の視線を感じると、かならずと言っていいほど落ち着かなくなった。いや、変化はいいことだ、と自分に言い聞かせた。パンチャルはシートベルトを締めなければならないのを、思いださせてくれるのだから。

「現時点でわかっているのは？」キング・アルバート・ライズ八番の表の門が開くのを待ちながら、サリムは部下に尋ねた。「被害者の素性は？　発見者は？」

パンチャルがぽかんとした顔で見返してきた。「わたしが調べるんですか?」

8
パンチャル巡査部長

「こちらです」

サリムは広いドライブウェイで部下に出迎えられた。いったん立ち止まって、大豪邸を眺めてから、視線を周囲に移した。この家は近所の人からどんなふうに見られているのだろう？　高い塀と植え込みに囲まれて、外からはそう簡単には覗けないようになっていた。

「入らないんですか？」パンチャルが上司をせかした。

サリムは答えなかった。

「警部、入ったほうが――」

「セキュリティはどうなってる？　監視カメラは？」サリムは門のそばに立っている警官に尋ねた。

「監視カメラは四台です。この門と裏門、プールサイド、それに、息子の部屋の四カ所に。死体が発見されたのはその部屋です。これから近所の聞き込みをします」

現場に到着すると、パン巡査部長がいてくれたらという思いがますます強くなった。いま隣にいるパンチャルは、綱を解いてほしくてうずうずしている猟犬のようだが、パン巡査部長ならもう隣にはいないだろう。すぐさま周辺を歩きまわって、見知らぬ人たちから注目を浴びて、見知った人たちから新たな情報を聞きだしているにちがいない。俳優かモデルかと見まごうばかりの容姿は、捜査の邪魔になることもあるが、端整な顔と気さくな態度というギャップのせいで、誰もがつい心を許してしまうのだ。かたや、パンチャルはその場にいる者全員を、いかにも疑わしそうに睨みつけている。それではなんの役にも立たなかった。

家の中に集められた人たちは、不安げに顔を見合わせて、ひそひそと話をしていた。声高に何かを言う者はいなかった。ラジャ長官はパーティーに遅刻してやってきていた。スゥーン法律事務所の新たな共同経営者にお祝いを言って、早々に退散するつもりだったのだ。ところがメイベル・スゥーンが亡くなって、足止めを食っていた。

「長官」

ラジャは呼ばれて振りかえった。そこにはサリム警部とパンチャル巡査部長がいた。すばやく敬礼したパンチャルに、うなずいて応じた。「パーティーに招待されていたんだ。人が死んだから駆けつけたわけではないよ」そう言えば、更紗《バテック》のシャツを着ている説明になるはずだった。

「スゥーン家の人たちとは長年の友人だ。ここには死体が発見された直後に着いた。正午をまわった頃だ。来てくれて助かったよ」

「スゥーン家の人と親しいんですか？」驚いた顔でサリムが訊いた。

「まあ、そう言えなくもない」ラジャはにこりともせずに応じた。実のところ、メイベル・

スゥーンのことはどうしても好きになれなかった。メイベルは自分の思いどおりにするためなら、人を操るのもいとわなかった。味方にすると心強いが、逆らうと危険な人物だったのだ。「世の中には敵対するより、親しくしておいたほうがいい相手もいるからな。それはともかく、サリム、この事件はきみが担当してくれ。わたしも証言はするが、捜査はきみに任せたい。ところで、ここにはきみも見知った顔がいるぞ。このあたりでちょっとユニークな商売をしている者は、かならず現場に現われるらしい」

見知った顔？　サリムは部屋の中を見まわした。アンティ・リーとチェリル、それに、そう、ニーナがいた。でも、好戦的なカーラ・サイトウはもういない。カーラがつい最近シンガポールを離れたのを思いだして、ほっと胸を撫でおろした。中国へ行ったらしい。中国のみなさん、ご愁傷さま。

「見ちゃったのよ」アンティ・リーが〝ここよ〟と言わんばかりに手を振った。「死体を見ちゃったの」

「身分証明書をお願いします」パンチャルがそう言いながら、ノートとレコーダーを取りだした。

「わたしのことは知ってるでしょ？　アンティ・リーよ。〈アンティ・リーズ・ディライト〉のアンティ・リー。昨日、警察署にクエ・ダダを持っていったじゃないの、忘れたの？今日のパーティーのために、多めに作ったから持っていったのよ」

「ふたりを見たんですか？」とサリムは尋ねた。「二階で亡くなっているメイベルとレナー

クエ・ダダ

Kueh Dadar

パンダンで緑色に着色したクレープ状の生地で、ココナッツの甘煮を巻いたお菓子。

「クエ」は「お菓子」、「ダダ」は「焼く」という意味。

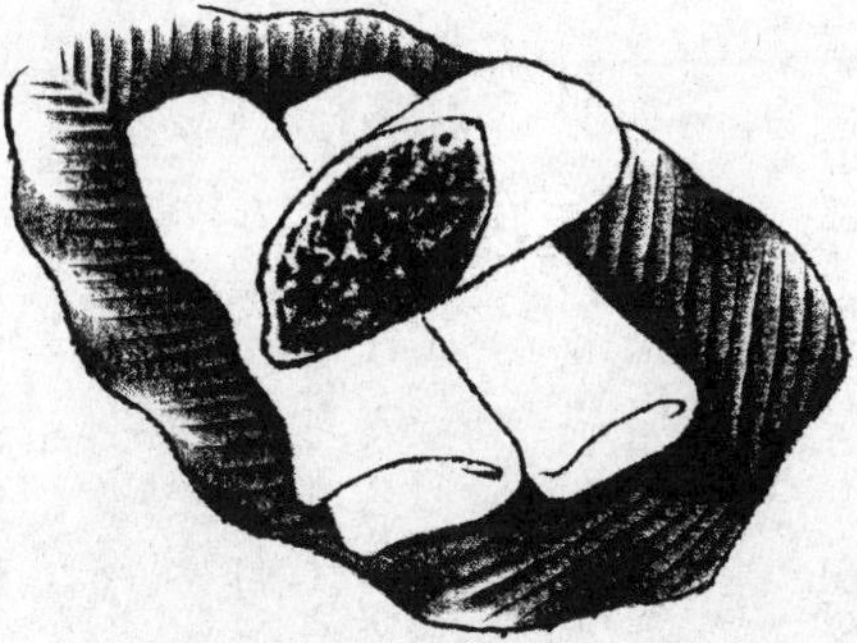

ドを？　どうして見ることになったんです？」

「ふたりが死んでると聞かされて、確かめに行ったのよ。人が死んでると言われて、それを鵜呑みにするわけにはいかないわ。通報してから、実は気絶してるだけだったなんてことになったら、どうしようもないものね。人騒がせもいいとこよ、そうでしょう？　それはともかく、状況を説明するわ。この家の息子のレナードはベッドの上で倒れてた。ベッドに折り畳み式のテーブルを置いて食事をして、眠るように仰向けになって、そのまま目を覚まさなかったみたい。メイベルはベッドのわきの床に、うずくまるような格好で死んでたわ。でも、グレースフェイスの話では、メイベルを呼びに部屋に入ったときには、ベッドの横のソファで眠っているように見えたそうよ。だから、メイベルの肩をそっとゆすって、死んでるとわかって、びっくりしたんですって。あわてて手を引っこめた拍子に、メイベルを突きとばしてしまったというわけ。ソファのわきの小さなテーブルの上にも何枚か皿が置いてあった。メイベルはそのテーブルで食事をしたようね。それで、息子はベッドの上で亡くなって、その横のソファに座った状態でメイベルも亡くなった」

見るからに不安そうな顔のニーナとチェリルが、アンティ・リーに歩みよった。

「なるほど、よくわかりました。いまの話はパンチャル巡査部長が証言として記録します」

サリムは三人を安心させようと微笑んだ。「わたしは家族から話を聞いてきます」

パンチャルはさほど重要でない目撃者を押しつけられたと思った。けれど、ラジャ長官が近くにいるのだから、自分がいかに有能な警察官かをアピールする絶好のチャンスだ。そこで、三人の女性に向き直ると、大きな声ではっきりとアンティ・リーに話しかけた。模範的な事情聴取が、長官の耳にきちんと届くように。

「皿があったそうですね？　亡くなるまえに、ふたりが何を食べたか、わかりますか？」

「わたしが作ったアヤム・ブア・クルアよ。でも、ふたりが死んだのとその料理は関係ないわ」

「メイベル・スゥーンとは昔からの知り合いですか？　親しかったんですか？」パンチャルは尋ねながら、アンティ・リーとチェリルを見た。

「いいえ」とチェリルが答えた。「メイベルのことは知りませんでした」

「そうとも言えないんじゃない？」アンティ・リーがやけに明るく言うと、ニーナがうなった。

「どういうことなのか、もう少し詳しく聞かせてください」

「メイベルのことは知ってたわ。メイベルの夫のヘンリーはわたしの亡き夫の友人で、イベントや共通の友人の家でしょっちゅう顔を合わせてたから。それに、スゥーン家のお嬢さんは、わたしの亡き夫の連れ子と同じ学校に通ってたから、娘たちはいまでも連絡を取りあってるかもしれない。でも、わたしはスゥーン家の人たちと友だちだったとは言えないわね。つきあう相手がまるでちがってて、親しくなりようがなかったの。メイベルは有能な弁護士で、わたしは料理人だもの。夫が生きてたときには、メイベルから祈りと癒しの会に誘われたこともあったけど、夫は断ったわ。なぜって、メイベルがぐうたら息子や内気な娘の結婚相手が見つかるように祈ってるのを、夫は知ってたから。わが子を危うい目に遭わせるわけにはいかないと思ったんでしょうね」

パンチャルはひるむことなく、たったいま耳にした話をすべてきちんと書きつけた。それでも、次の質問は声をひそめた。「メイベル・スゥーンが自宅でのパーティーのケータリング料理をあなたに頼んだのは、どうしてですか？」

「ケータリングを依頼しに店に来たのは、メイベルの秘書よ。そのときに、メイベルがココナッツ・ライスをメインにしたビュッフェ形式のパーティーを、自宅で開きたがってると聞かされたわ。秘書に直接訊いてみてちょうだい。二階にいたから。名前はグレースフェイス・アーン。たしか名刺をもらったはずだけど……」

「ご心配なく、連絡先はこちらで調べます。それより、事件のまえに何か気になることがありましたか？　ミセス・リムーピーターズはいかがです？　それから、身分証明書を見せてください」

「車に置いてある財布の中だわ。あとで取ってきますね」とチェリルは言った。「とくに気になることはなかったわ。わたしは飲みもののテーブルの担当で、グラスやナプキンを並べて、飲みものを配ったの。オレンジジュース、マンゴージュース、アロエジュース、緑茶なんかをね。シャンパンのボトルを二本頼まれたけど、結局、それは開けなかった。お客さんは知らない人ばかりよ」

パンチャルはその話もノートにしっかり記した。

「とくに知りたいのは、どんなこと？」とアンティ・リーは尋ねた。

「憶えていることすべてです。みなさんの証言をまとめれば、事実がはっきりします」

「プールのわきにおかしな建物があるわ」とアンティ・リーは言った。「いえね、壁に妙な絵が描いてあるの。誰が描いたんだろうって不思議だった。もしかしたら、メイベルの息子が使ってた建物で、息子が絵を描いたのかもしれないわね。外国に留学した若者は、帰国する頃にはやたらと芸術に目覚めてたりするものね。まあ、帰国すればの話だけれど。いずれにしても、メイベルの息子はシンガポールに戻ってきた。戻ってこない子も大勢いるのにね。たとえば、わたしの夫の娘がそう。でも、メイベルの息子は帰国したのに、永い眠りについてしまった。となると、帰国してよかったのかどうか……」

こんな話まできちんと記録しているの？　ニーナは不思議に思って、女性警官をちらりと見た。そうして、感心せずにいられなかった。パンチャル巡査部長は自分は有能な警官だと言わんばかりに、あらゆることをノートに書きつけながら、ときどきうなずいては、アンティ・リーから話を聞きだそうとしていた。

「今日、ここへは何時に？」パンチャルの事情聴取は続いた。

「十一時頃だったかしら……いえ、十一時ちょっとまえかもしれない。それとも、十時何分か。十一時にはお客さまがいらっしゃるということだったから、それよりまえに料理の準備を終えるつもりだったの。ブランチ・パーティーだけど、昼食も兼ねるように料理をたっぷり用意して――」

「午前十一時過ぎですか？」

「九時四十八分よ」とチェリルが訂正した。「着いたときに夫にメールしたから。携帯電話をサイレントモードにすると伝えておいたの。そのメールに時間が記録されてるわ」

パンチャルはそれもノートに書きつけてから、チェリルに質問にした。「あなたはミセス・リーのところで働いてるんですね？　フルネームのスペルを教えてください。身分証明書の番号も」

チェリルは不安そうな顔で、名前のスペルを言うと、身分証明書の番号も教えた。シンガポールでは、移民の子どもや孫ともなれば、身分証明書をつねに持っているように、うるさく言われることはまずない。チェリルもそうだった。身分証明書番号を訊かれるのは、病院に入院するときや、交通違反で警官に止められたときぐらいだった。

「身分証明書をつねにお持ちじゃないんですね。となると、あなたか代理人が身分証明書を提示するまで、警察に勾留されてもおかしくないんですよ、わかってますか？」

「チェリルは最近、うちの仕事を手伝いはじめたところなの」とアンティ・リーはチェリルに代わって答えた。「今日もビュッフェと飲みものを手伝ってもらおうと、一緒に来てもらったのよ」パンチャルの横柄な物言いに腹が立ったが、感情を表に出さないようにした。情報源になってくれそうな人を、わざわざ敵にまわすことはない。パンチャル巡査部長からは何かしら情報をもらえそうだった。「チェリルはあとで身分証明書を見せるわ。でも、いまはべつの女性と話してみたらどうかしら？　その女性はメイベルと初対面のようで、招待客のリストにも載ってないわ。長い髪をしていて、北京語を話すの。その女性が誰かもうわかってるの？」

「まもなくわかります。ビュッフェの料理にブア・クルアをくわえたのは、どうしてですか？　注文されたのはココナッツ・ライスのビュッフェですよね。ココナッツ・ライスとブア・クルアがセットになってるわけじゃないですよね」

「わたしのアヤム・ブア・クルアを食べたいと言われたからよ」

「メイベル・スゥーンがあなたの店に行って、直接そう言ったんですか？」

「秘書のグレースフェイスが言ってたの。ケータリングを依頼しにきたときに、メイベルが食べたがってるって。そうよ、はっきり憶えてるわ。ココナッツ・ライスのビュッフェで、イエロー・チキン・カレーとアヤム・ブア・クルアはかならず入れてほしいって」

パンチャルはそれもノートに書きつけた。

アンティ・リーはメイベルがなぜその料理を注文したのか、わかったような気がした。メイベルは息子を殺して自分も死ぬつもりでいたのかもしれない。ブア・クルアに毒を混ぜれば、毒の味がわからなくなると考えたのだろう。なるほど、わざわざその料理を注文したのは、息子と心中するためだったのだ。警察官にもそれに気づいてほしかった。けれど、パンチャル巡査部長がそこまで頭がまわるかどうか……。

「それが事実だという証拠はありますか？」

「グレースフェイスに訊いてみてちょうだい。メイベルがその料理を希望してると言ったのは、グレースフェイスなんだから。そういうことなのよ」思わず声が大きくなった。「メイベルはあらかじめ計画を立ててたんだわ」ブア・クルアを注文したのは心中する計画だったからなのだ。その料理はいきなり言われて出せるものではない。下準備に長い時間がかかるのだ。

けれど、パンチャルはアンティ・リーの話を本気にしていなかった。「もしかしたら計画していたのかもしれませんね」とひとり言のように答えた。「さもなければ、食中毒か」

「そんなわけないわ」とチェリルが抗議した。

「警察はまず、全員を疑ってかかるのよ」アンティ・リーはチェリルと同じぐらい腹が立っていたが、冷静に言った。人が死んで、原因は食中毒で、すべては料理人の不注意ということにすれば、事件はあっさり解決する。冗談じゃない、世界じゅうの料理人を代表して、そんな簡単な方法で事件を解決させてたまるものですか、とアンティ・リーは思った。そういえば、裏門でひと悶着起こした若者がいた。たしか、友人の居場所をスゥーン家の人が知っていると言っていた。その若者の顔に見覚えがあったのに、どこで見たのかまだ思いだせなかった。といっても、以前、どこかで顔を合わせたわけではないことだけは確かだった。それなのに、なぜ見覚えがあるのだろう？

「裏門で若い男の人が騒いでたわ。ベンジャミン・ンという友だちを探しにきたから、家に入れてほしいと頼んでたけど、門を閉められてしまったの。その男性のことはもう調べたのかしら？」

「これから誰かが調べます」パンチャル巡査部長の口調は丁寧だが、そういうことは自分の仕事ではないと思っているようだった。さもなければ、そんなことはどうでもいいと思っているか。

「出世したいなら、些細なことや、一見無関係に思える人にもっと注意を払ったほうがいいわ」親切心からアドバイスしたが、完全に無視された。

「ミセス・リー、要するに、メイベル・スゥーンをどのぐらい知ってたんですか？」

「そうね、メイベルについて知ってることと言えば……人種と話すことばと財産以外には自分とはなんの共通点もない人について知ってることと同じぐらいよ。メイベルと夫のヘンリーは、わたしの夫と知り合いだったから、アイランド・クラブやチャリティーの夕食会で何度か顔を合わせたわ。高額の寄付をした人だけが招かれて、高級料理を食べるような会よ。そういう会で、〝あなたのレストランはうまくいってるの？〟とメイベルに訊かれたことがある。わたしが〝正確にはレストランではないのよ〟と答えたら、メイベルは〝いつか友だちを誘って行ってみるわ〟なんて言ってたけどね。でも、一度も来なかった。だから、パーティーの料理を頼まれて、びっくりしたわ」

「お店に行ったこともないのに、なぜ、ケータリングを頼んだんでしょう？」

「あまりお金をかけたくなかったからじゃない？　メイベルが普段行っているレストランに比べれば、うちは安いから。それに、今日は祈りと癒しの会の人たちも来てるみたいだから、食べものに大金を使ってると思われたくなかったんでしょう。ところで、いま、あなたが何いた。

を考えてるかはお見通しよ」

パンチャルは中華系のおばさんも、インド系のおばさんに負けず劣らず騒々しいと思っていた。

「わたしのことをおせっかいなおばあさんだと思ってるんでしょう？　だったら言わせてもらうけど、招待客リストにベンジャミン・ンという名前があるかどうか、教えてちょうだい。裏門で騒いでいた男性が捜していた友だちの名前よ。パーティーの招待客リストはもう手に入れたのよね？　イエスかノーかで答えてくれるだけでいい。それから、ここにいる人たちの事情聴取が終わったら、ビンジャイ・パークの店に来て、厨房をじっくり見てちょうだい。ブア・クルアの材料と残りを、警察に持って帰ったってかまわない。そうすれば、あなたがいかに有能な警官かという証拠になるわ。みんながあっと驚くわよ」

たしかに、とパンチャルは思った。サリム警部も感心するだろう。パンチャルはつねに礼儀正しく、規則どおりにものごとを進める性質だった。それに比べて、サリム警部のやり方は野暮ったい。それでも、上官であることに変わりはないけれど。誰かに指示されなくても、アンティ・リーの厨房や調理道具を徹底的に調べれば、サリム警部から一目置かれるのはまちがいない。それに、サリム警部はアンティ・リーをなんとなく怖れているようだ。独身男性の中には、女性を相手にするのが苦手な人もいる。アンティ・リーのようなおばあさんなら、なおさらだ。こういうおばあさんは、独身の男の人の食事から人生設計まで勝手に世話して、本人の気持ちも無視して結婚相手を選んで、子どもの名前まで決めかねない。そうだ、サリム警部の行動を見張るのはいったん中止して、アンティ・リーに親切にしよう。それでサリム警部を出しぬけるなら、それほど嬉しいことはない。

「招待客のリストにベンジャミン・ンという名前はありませんね。ほかにもひとりかふたり、裏門で若い男を見たと言っている客がいますが、その男性が何者なのか誰も知りませんでした。といっても、その男性は屋敷の中には入ってませんから、容疑者ではありませんけど」

「そうね、裏門からは入れてもらえなかったわ。でも、裏門で追いはらわれたあとに、表の門に向かったとしたら？　表の門のほうが、メイベルの息子の部屋に近いわ。男性はなんとしてもメイベルに会うつもりだったみたいよ。メイベルが家にいるとわかっているのに、裏門で追いはらわれて、あっさりあきらめるかしら？」

パンチャルはアンティ・リーの意見を真剣に聞いていなかった。携帯電話にメッセージを打ちこむのに、一生懸命だったからだ。

アンティ・リーは知りたいことがわかって、満足だった。裏門で騒いでいた若い男性がメイベルの死と直接関係があるとは思わなかったが、あのタイミングでこの家にやってきたからには、メイベルが死んだ理由と何かしら関係があるような気がしてならなかった。近頃は、コンピュータを頼りに料理をする人がいる。インターネットで見られるレシピには、何秒とか、百分の一グラムとか、そこまで細かく指示しているものもあって、そのとおりに料理すれば、おいしいものができると思いこんでいる。けれど、ほんものの料理人は、盛りつける皿の色まできちんと計算に入れてこそ、おいしい料理ができるのを知っている。

チェリルも携帯電話でメールを打っていた。夫にメールをしたらしい。すぐに電話がかかってきた。「マイキー、何があったと思う？　信じられないでしょうけど、メイベル・スゥーンと息子が亡くなったのよ。毒殺みたい。いま、警察に事情を聞かれてるの。殺人事件の事情聴取よ」

夫の話を聞くうちに、チェリルの表情が変わっていった。「マイクロフトに言わせると、わたしたちはたいへんなことに巻きこまれてるんですって。すぐに行くから、それまでは何も話しちゃいけないって」

9 家族と恋人

マイクロフト・ピーターズとラジャ長官ができるだけのことをしたにもかかわらず、土曜日に開かれた不運なブランチ・パーティーの客もケータリング業者も、日が暮れるまで帰れなかった。

それでも、翌朝はアンティ・リーもニーナも、九時まえにはもう〈アンティ・リーズ・ディライト〉にいた。開店は十一時だが、夜にケータリングの仕事が入っていて、さらに、マークから、アンティ・リーとチェリルに重要な話があるから店に行くというメールをもらっていた。マークはワインのビジネスを正式にチェリルに譲るつもりなのだろう。アンティ・リーはそう考えて、話がまとまったらみんなで食べようと、チュイー・クエ（米粉の餅に、炒めた塩漬け大根やエビなどをかけたお菓子）を用意することにした。昨日の事件でまだ気持ちが昂《たかぶ》っていたが、沸騰した湯に塩を混ぜた米粉とタピオカ粉をふるい入れて、とろとろになるまでかき混ぜていると、少し心が和んだ。とはいえ、もちろん、最新情報を入手するための努力も怠らなかった。ニーナのよく見える目と、厨房のカウンターの上のｉＰａｄ２があれば、どんな情報も見逃さない。

それなのに、これまでのところ新たな発見はひとつもなかった。

夫を亡くしてからは、繁盛しているカフェを切り盛りするのが、唯一の生きがいだった。店にいると夫に見守られている気がした。店の入口のわきには、車椅子に座った夫の写真が飾ってある。歩くのに不自由しない頃から、M・L・リーはよく車椅子を使っていた。家から店まで歩いて、疲れたときなどに。

店でも家でも、すべての部屋に夫の写真が少なくとも一枚は飾ってある。だから、アンティ・リーはどこにいようと夫に話しかけられた。話しかけても返事はないが、それを言うなら、生きていた頃だってほとんど返事はなかった。〝小柄で明るい妻が自分のぶんまで話をしてくれる〟というのが、M・L・リーの口癖だった。店の入口に飾ってある写真のM・L・リーは、青と白のポロシャツを着て、太陽の光にまぶしそうに目を細めていた。

アンティ・リーはカフェの小さな厨房を、この上なく気に入っていた。小ぢんまりとしているから、数歩で必要なものはなんでも手に取れる。それでいて、友人が入ってきても困らない程度に広かった。一緒に食事をするより、一緒に料理をしたほうが絆が強まると、アンティ・リーは信じて疑わなかった。

「いい匂い」店にやってきたチェリルが、厨房に入ってきた。

「チュイー・クエはマークが大好きなの。いつものトッピングのほかに、ヤシ糖《グラ・メラカ》を使ったバナナ・ソースも用意するわ」

「おいしそうね」そう言いながらも、チェリルはげっそりして、疲れた顔をしていた。

いっぽう、アンティ・リーは事件に興奮していたわりには、ゆうべはあっというまに寝ついて、朝までぐっすり眠った。夫が病に臥《ふ》せったときに、しっかり眠るためのコツを身につけたのだ。寝室をクーラーできんきんに冷やしておいて、熱いシャワーを浴びて、電話の電源を切る。明かりをすべて消して、〝明日は六時に起きる、六時に起きる〟と呪文を唱えながらベッドに入るのだ。さもないと、あれこれ考えすぎて、まんじりともせずに一夜を過ごすはめになる。一睡もできなかったような顔をしているチェリルが、かわいそうでならなかった。

「マークとの話し合いが終わったら、家に帰って、お休みなさい。今夜はニーナとふたりでなんとかなるから」

「どっちにしても、十一時には家に戻らないと。警察が事情を聞きに来るのよ」

「店に来てもらって、話をすればいいじゃない。わたしだって事件現場にいたんだもの。ここなら、三人の話をいっぺんに聞けるわ」

「アンティ・リー、あなたの話は昨日たっぷり聞かされた、と警察は言うはずですよ」そう言ったのは、ニーナだった。アンティ・リーは何も心配していないような顔をしているが、ニーナは事件の影響を気にしていた。なんと言っても、食中毒が起きたら、まっさきに疑われるのはケータリング業者なのだ。

「マイクロフトはメイベルが息子を殺したんじゃないかと思ってるわ。だって、病気が治る見込みはなかったんでしょ？　メイベルは息子が苦しむのを見ていられなかったのよ。苦しむと考えただけで、辛かった。だから、息子を殺して、自殺したんだわ」

「メイベルが自殺するもんですか」アンティ・リーは自信満々だった。「いえね、どう考えても、自殺なんてしそうにないわ。それに、息子を殺すわけがない。殺されたのが夫なら、メイベルが犯人ということもありそうだけど。でも、息子を殺したりしないし、自殺もしない」

「おはよう」マークがやってきた。続いて、セリーナも店に入ってきた。

「アンティ・リー、昨日、ブア・クルアを食べたのがふたりだけだったのは、不幸中の幸いでしたね」とセリーナが言った。

アンティ・リーはM・L・リーと結婚するまえから、マークに〝アンティ・リー〟と呼ばれていた。けれど、セリーナからそう呼ばれるのは、妙な気分だった。いや、そんなふうに感じるのは、セリーナがいかにも嬉しそうにしているせいかもしれない。

セリーナが上機嫌で話を続けた。「アンティ・リー、運が悪ければ、パーティーの参加者全員が食中毒を起こしたかもしれないんですよ。そうなったら、それこそたいへん、大量殺人よ。わたしたちはチャンギ刑務所に行って、囚人と面会するはめになってたかもしれないわ」セリーナは高らかに笑って、一緒に笑ってよと言わんばかりに、マークをつついた。けれど、マークは笑わなかった。「おはよう、チェリル。調子はどう？」と言っただけだった。

「チェリル、どうしたの？　疲れた顔をして。具合でも悪いの？　ちょっと太ったんじゃない？　もしかして妊娠したとか？」義理の母が刑務所に入っている場面を想像して喜んでいたセリーナだが、それでも、ほかの女性に嫌味を言わずにはいられないようだった。

「こういうときには誰もがまずは疑うのよ、食中毒だって」アンティ・リーはワイン貯蔵室のドアのわきに飾ってある夫の写真に向かって言った。

「言いたい人には言わせておけばいいんですよ。訴えられないかぎりは」ニーナも写真を見ながら言った。

「食中毒じゃないなら、なんなんだ？　まさか、また殺人事件だなんて言うつもりじゃないだろうね」マークがそう言って、笑った。

「自殺かもしれないと、シャロンが警察に話してたわ」とアンティ・リーは言った。「弟は重病で、鬱々としてたから、以前にも死にたいと言ってたんですって。もしかしたら母が弟を殺したのかもしれないなんてことも言ってた。弟が苦しむのを見ていられなかったから。でも、ヨーン医師の意見はちがった。メイベルはレナードの病気がまもなく治ると信じてたんですって」

「そう言ったのは、祈りと癒しの会のメンバーじゃなかったですか？」ニーナは早くもカウンターの掃除を終えていた。

「いいえ、あの怪しい医者が言ってたのよ」アンティ・リーはきっぱり否定した。「そのせいで、シャロンに睨まれて、あの医者は口を閉じたんだから」

「それにしても理解に苦しむよ。なんだってまた、へんなにおいがして、死ぬはめになるかもしれないものを、わざわざ食べる人がいるのか」マークがまた笑った。

「フグを食べる人もいるぐらいだもの」チェリルが言いかえして、マークを睨みつけた。

といっても、それは一瞬のことで、ほんとうに睨まれたのかどうか、マークにはよくわからなかった。いずれにしても、ついこのあいだ、日本の高級レストランで生まれてはじめてフグを食べて、そのときの写真をチェリルに見せていた。わずか数切れの薄っぺらなフグの刺身が、三百五十シンガポールドルもしたのだ。

「愚かとしか言いようがない危険を冒す人もいるのよ」セリーナは何かを企んでいる目つきで、カフェを見まわした。

そのことばは自分に向けられたものだ、とチェリルは思った。けれど、いまはセリーナと一戦交える気にはなれなかった。「ねえ、マーク、今日はワインのビジネスを正式に譲ってくれるのよね」

「譲るわけじゃないわ」セリーナがすぐさま否定した。「買収よ。あなたがマークから事業を買いとるの」

セリーナを除いて、みんなの視線がマークに集まった。けれど、マークは〝ぼくに訊かないでよ。ボスはセリーナだ〟と言いたげに、肩をすくめただけだった。マークはセリーナの言いなりなのだ。

「ワインの輸入業にどのぐらいの資産価値があるか、計算してみたわ。試算にはワインの会の収入は入れていない。ワインの会から手を引くつもりはないから。これからもマークはその会を手伝うわ。もちろん、コンサルタント料をもらってね」

「はっきり言うけど、その会にはぼくが必要だからね」とマークが言った。「ぼくは目をつぶってたって、貯蔵室にどんなワインがあるのかわかるんだ」

〈アンティ・リーズ・ディライト〉のまえをパトカーがゆっくり通りすぎて、アンティ・リーやチェリルが住む高級住宅街へ向かっていった。それに気づいたチェリルが、あわてて言った。「帰らなくちゃ」

「この話はなかったことにするなんて、言うつもりじゃないでしょうね。あなたはもうマークと約束したのよ」とセリーナが言った。「だから、契約したも同然よ」

「そんな単純な話じゃないわ」チェリルが仕事に気持ちを戻して言った。「いまの条件だと、ここにあるワインの大半は委託販売ということになるわよね」

「そう、そう、そういうことだよ」とマーク。「納入業者がきみのことをよく知ってれば、話はちがってくるけど、彼らが知ってるのはぼくだからね。そう考えれば、なんの問題もない」

「マークの名前だけを利用するなんて許しませんからね」とセリーナもすかさず言った。「この店にあるワインは、マークが販売を請け負ったものよ。だから、マークがワインをあなたに売って、その代金でマークが納入業者に支払いをする。それが正しいやり方でしょ？なんと言っても、ワインを輸入できるように手筈を整えたのも、ワインを最高の状態で保管してるのもマークだもの。そう考えれば、この方法がいちばんいいの。あなたがマークにお金を払って、マークがすべてをこなすのが。これで話は決まりね。それじゃあ、どこへでも行って、用事を済ませてちょうだい」

「わたしはマークからワインを買いとるつもりはないわ」とチェリルは言った。「いまの話は無茶苦茶よ。ワインを返品すれば、お金は発生しないはず」

「ねえ、チェリル、考えてみて。ワインを買いとらないで、どうやってワインで商売をするの?」セリーナはクラスでいちばん頭の悪い生徒に言い聞かせる先生にでもなったつもりらしい。嫌味なほどひと言ひと言を強調しながら話した。

「ワインで商売をするつもりはないわ。飲みもので商売するのよ。契約書にはそう書いてある、そうよね、アンティ・リー?　セリーナに契約書を見せてあげて」

たしかに、契約書にはそう書かれていた。ワインのことしか頭になかったのはマークだった。マークは自分が興味のあることしか考えられないのだ。

「ワインのことでわからないことがあったら、いつでも呼んでくれ」とマークが明るく言った。「たとえば、シンガポールではワインを保管しておく部屋の温度に、細心の注意を払わなければならない」セリーナは大学を出ていないチェリルを見下しているが、マークは話をじっくり聞いてくれるチェリルが好きだった。「フランス人は赤ワインを室温で飲むように薦めてるが、フランス人が考える室温とは、十八度から二十度ぐらいなんだ。シンガポールでは室内の温度は三十度を超してもおかしくない。そんなところに出しておいた赤ワインを飲んだら、重くて、硬くて、渋みが強くなってしまう。だから、ワインを保管しておく部屋の温度が重要なんだ。甘いデザートワインとなると、ますます厄介だ。といっても、冷やしすぎもよくない。複雑で敏感なワインはね。とくに注意が必要なワインがどれか、教えてあげるよ。もちろん、そういうのは高級品だけど、高級だから丁寧に扱うだけじゃないんだ。脈動を邪魔しないようにするためなんだよ」マークは立ちあがると、チェリルを連れて大切なワイン貯蔵室へ向かおうとした。

　チェリルは首を振った。「いまはだめよ、マーク。でも、ありがとう。ワインのことをたくさん教えてくれて。わたしはワインだけを出したいわけじゃないの。温かい飲みものでも冷たい飲みものでも、料理に合うものを出したい。だから、ワインも出せば、ビールも出すかもしれない。どれかひとつに絞るつもりはないわ」

　マークが啞然としていると、セリーナが話に割りこんだ。「だったら、ここのワイン貯蔵室はどうするの？　あの部屋には大金をかけたのよ」

　それはアンティ・リーも知っていた。あの部屋の改装費を支払ったのは、誰でもないアンティ・リーなのだ。カフェの持ち主が支払うべきだ、とセリーナが言い張ったせいだった。それに、アンティ・リーもワインの貯蔵室を気に入っていた。粗削りのオークの壁には高密度の分厚い断熱材が入っていて、アメリカ製の静かな最新式ワイン冷却装置が二十四時間作動している。マークが選んだスモークガラスの二重扉のおかげで、外から中がよく見えないのも気に入っていた。

　アンティ・リーは伝統料理と伝統的な料理法を頑なに守る小柄なおばあさんのように思わ

れているが、実際は、最新式の電化製品が大好きだ。店の裏には昔ながらの炭火用の大きなコンロがあるが、いっぽうで、二十四時間対応の防犯・火災警報システムを設置して、何かあったら最寄りの警察署に通報されるように、ニーナに設定させた。また、質のいいスパイスは頑丈な石のすり鉢とすりこぎ——どちらも洗剤では決して洗わない——ですりつぶすにかぎると信じて疑わないが、ケータリング料理に使う最新式のブレンダーはもちろん、食中毒を予防するこれまた最新式の菌検出装置と、水道管の錆からヒ素まで、食物汚染のもとを検知する重金属検出器も持っていた。

そんなわけで、厨房の勝手口には大いに不満だった。そもそも勝手口は、かつて店の裏にあったトイレに行くためのものだった。「勝手口の鍵をかけ忘れたら、酔っぱらいがふらりと入ってきて、わたしの大事な厨房から道具を盗んでいくかもしれないわ」そんなことを言って、セリーナに呆れられたことがある。「酔っぱらいが調理道具を盗むわけないじゃないですか」

「酔っぱらいが好きなのは酒を飲むことだけで、料理は嫌いだと決まってるわけじゃないでしょ?」

「マークにきちんと鍵をかけさせますから、安心してください」とセリーナは言ったのだった。

いま、アンティ・リーはシンガポールの料理人なら誰もが夢見る温度管理が行き届いた広い貯蔵室を手に入れたというわけだ。ワインがなくなれば、醤油や胡麻油といった常温保存の食品のかっこうの保管場所になる。「キムチを作ってみようかしら」つい夢見るように言っていた。「アチャーとキムチ。漬物の融合よ」

「いえ、店ではワインも出すつもりよ」とチェリルが言った。「ワインの販売許可を持ってるのに出さないなんて、宝の持ち腐れだもの。といっても、ワインがメインではないけどね。カクテルもモクテルもドクテルも出すわ。ドクテルというのは……」訊かれるのを見越して説明した。「ドクテルは薬効のある飲みもののこと。漢方や民間療法で効果があると言われてるわ。ハチミツを使った飲みものや、アロエやクコのお茶は、りっぱなエナジードリンクよ」

「それはいいアイディアね」とセリーナが嬉しそうに言った。「漢方は注目の的だもの。ねえ、マーク、わたしたちでやりましょうよ。契約書にはまだサインしてないんだから。きっとうまくいくわ。ワインはあなたが担当して、それ以外の飲みものはわたしが担当する。そして――」そう言いながら、アンティ・リーを見た。「アンティ・リーには冷たい飲みものやデザートを出さないと約束してもらう。そうすれば、客が注文した冷たい飲みものやデザートの売り上げは、わたしたちのものになるわ」

マークはシンガポールならではの上質なワインの楽しみ方を広めたいと思っていた。ワインで金儲けをするのが目的ではなかった。それなのに、協力したいと申しでても、誰からもまるで感謝されなかった。

「そんなのいやだよ」マークがむっつりと言った。

この件がマークの次の仕事にどう影響するのだろう？　とアンティ・リーは考えた。やはり、M・L・リーは賢かった。妻が生きているあいだは、マークが父親の遺産を自由に使えないようにしておいたのだ。アンティ・リーがこの世を去ったら、マークとマチルダは父の莫大な遺産を手にすることになる。そうなれば、シンガポールではかなりの金持ちだ。けれど、マークは将来相続するはずの財産を食いつぶしそうな勢いで、アンティ・リーから大金を何度も借りていた。

店の電話が鳴りだした。「おはようございます、〈アンティ・リーズ・ディライト〉です」ニーナが軽やかな声で電話に出たが、相手の話を聞くうちに、顔がどんどん曇っていった。「いえ、そうじゃないんです。明日かあさってに延期するとか？　だめですか？　じゃあ、アンティ・リーと話してみてください。店にいますから、替わります、少々お待ち――」

「今夜のケータリングをキャンセルすると言ってきたのね？」

ニーナはうなずいた。「身内に不幸があったから、パーティーを中止するんだそうです」

「飲みものを冷やすためのドライアイスはもう注文しちゃったのに。それより、用意した料理をどうするの？」とチエリルが言った。「嘘に決まってるわ、身内に不幸があったなんて、見え透いてるもの。どうせ、ピザの宅配か、ファストフードのフライドチキンで済ませることにしたんでしょう。それこそ、食中毒でも起こせばいいのよ。いい気味だわ」

「まあまあ、そんなことを言っちゃだめよ」とアンティ・リーはたしなめた。「食中毒になってもいい人なんて、この世にいないんだから」

食中毒を出したという噂が流れただけでも、レストランの経営は何年も影響を受けかねない。この店でそんなことが起きませんように……。アンティ・リーは祈るような気持ちで、M・L・リーの写真を見た。夫はいつものように穏やかな笑みを浮かべていた。けれど、その写真のまえに立っているチェリルは、かなり不安そうだった。

「予約がひとつキャンセルになっただけよ」とアンティ・リーは明るく言った。「調理済みの料理をまるまるキャンセル料としてもらえるから、用意した材料代はまかなえる。前金をまるまるキャンセル料としてもらえるから、どんなふうに冷凍するか考えたいから、手伝ってちょうだい。イエロー・チキン・カレーとライスとアチャーは、ふたり分ずつ小分けにしたらどうかしら？　ほら、ガソリンスタンドで売ってるでしょ、電子レンジで温めればすぐに食べられる食事。あんなふうに冷凍してみるのもいいかも。といっても、味はわたしが作ったもののほうがはるかにおいしいわ」

10

自宅での事情聴取

ビンジャイ地区は、シンガポールのほぼ中央の小高い場所にある。その地区の真ん中に位置するビンジャイ・ライズに、ピーターズ家の豪邸が建っていた。マイクロフト・ピーターズが生まれ育った家だ。いま、マイクロフトと妻のチェリルが暮らしているのは、一、二階ともに建て増ししたばかりの部分で、ドライブウェイから砂利敷きの小道を通って、直接入れる専用の玄関もついていた。

「なるほど、これが大金持ちの暮らしなんですね」とパンチャル巡査部長が皮肉をこめて言った。

内心では怖気づいているのだろう、そう考えて、サリムはパンチャルに何も言わなかった。門のインターフォンを押すと、母屋の玄関からマイクロフトが現われた。

「そこには停めないでください」マイクロフトはスバルのパトカーに気づいて、言った。白線からはみ出して車を停めるのは駐車違反だが、それで捕まるドライバーはめったにいない。ビンジャイ・パークのような道幅の広い高級住宅街では、駐車違反で切符を切られることはまずなかった。シンガポールでは賄賂で罪を逃れられるとは誰も思っていないから、交通課の警察官にとって、交通違反は単純な書類仕事と罰則以外の何ものでもない。それを思えば、車をどかすように注意するだけで済ませたほうが、警官にとってもドライバーにとっても楽だし、道をあけるという第一の目的もかなえられる。

とはいえ、ドライバーの中には——ときには警察官でも——車を移動させたくないとごねる者もいる。

「あとで自分に駐車違反で厳重注意しておきます」とサリムは言った。

マイクロフトは笑った。「では、お入りください」

昼間なのに、マイクロフトはめずらしく家にいた。チェリルから電話をもらって、警官が事情を訊きに家に来ると知ると、ふたつの会議を延期して、昼食の予定もキャンセルしたのだった。そうして、家に戻って、約束の時間にやってくる警察官を待ちかまえていた。

マイクロフトはあらかじめチェリルに訊いておいた。「警察官とは昨日、話をしたんだろう？　なのに、なんでまた話を聞きにくるんだ？　なぜうちに来るんだ？　カフェで話をしたほうが手っ取りばやいのに」

「マイキー、そんなこと言われても、わたしにわかるわけがないじゃない」チェリルは不安そうだった。

マイクロフトは気遣うように妻を見た。周囲の人から下層階級の女性と結婚したと思われているのは知っていた。騙されて結婚したとか、親へのあてつけにわざとそういう女性を選んだなどと言われていた。けれど、実際は、チェリルの物おじしない積極的なところに惹かれたのだ。チェリルは世の中の仕組みを知りたがっていて、それはマイクロフトも同じだった。一緒に日本語を習いはじめると、マイクロフトはチェリルを愛するようになった。そして、いま、何があろうと妻を守るつもりだった。

「おふくろは外に食事にいってる。だから、家で警官と話しても問題ないよ」

長いこと集合住宅に住んでいたせいで、2DKのアパートとは比べものにならないほど広々した家での暮らしに慣れずにいるチェリルは、弁護士でもある夫が警察官を威圧しようとしているのに気づいた。

「でも、やっぱり不思議よね。わたしは容疑者なの？　だから、わざわざ家まで来るの？」

「いや、アンティ・リーのいないところで、話したいだけだろう。心配しなくて大丈夫だよ、一緒に警官の話を聞くから」

マイクロフトはふたりの警察官を居間に案内した。サリムにとってもパンチャルにとっても、その居間は市民センターのバスケットコートくらいだだっ広く思えた。ソファに座るやいなや、パンチャルが質問を口にした。アンティ・リーがいないところでチェリルと話をしようと提案したのは、パンチャルで、何かしら証拠をつかんで自分の手柄にするつもりだった。

「ミセス・スゥーンとその息子が死体となって発見されたあとで、あなたが〝アヤム・ブア・クルアのせいじゃないといいけど〟と言ったのを聞いた人がいます。なぜ、そんなことを言ったんですか？」

「それは……準備が不充分だと毒が残ってしまうこともあるから。でも、アンティ・リーが作ったブア・クルアで具合が悪くなった人はいないわ」チェリルはそう言いながら、夫とサリム警部をちらりと見た。

マイクロフトは相変わらずのポーカーフェイスで、サリムは小さくうなずいた。

「昨日、事情を訊かれたときに、そのことを話しましたか？」

「いいえ。あれはちらりと頭をよぎったことが、口に出ただけで。冗談みたいなものだったから」

「昨日のケータリング料理の準備を手伝ったんですよね？」

「手伝ったといっても、飲みものだけよ」

「じゃあ、料理にはいっさい手を出してないんですね？　料理はまったくしなかった？」

「いいえ、ちょっとは手伝ったわ。だって、三人しかいないから。アンティ・リーとニーナとわたしだけだもの」

「調理師免許はお持ちですか？」

「それは……いまはまだ見習いみたいなものだから……」

「それでも、昨日のパーティーの料理の準備を手伝ったんですよね。アヤム・ブア・クルアも手伝いましたか？」

「いいえ」

「以前は客室乗務員をされていて、何か苦情があって、お辞めになったと聞きました。そうなんですか？　料理の提供に関する苦情とか？」

「それはちがうわ」

「ほんとうに？　苦情のコピーがあります、スコット・バーバーという乗客が――」

「そのお客さまは自分でメインディッシュにチキンを選んだのに、イスラム教徒用に調理された鶏肉は食べたくないと言い張ったのよ。自分はイスラム教徒じゃないからって。機内サービスで提供してる鶏肉はすべて、イスラム教徒でも食べられるように調理されたものだと説明したら、怒りだした。かなり酔ってたみたいだった。でも、仕事を辞めたのはそのせいじゃない。結婚したから辞めたのよ」

「家で料理はしますか？」

「そんなこと関係ないでしょ？」とチェリルは反論した。「なんで、そんなどうでもいいことを訊くの？」

チェリルはマイクロフトを見た。けれど、マイクロフトはパンチャルを見ていた。パンチャルはノートに〝非協力的〟と書きつけた。

「そろそろお引きとり願いましょう」とマイクロフトは言った。

「このさきもカフェの仕事を続けるつもりなのか？」警官が帰ると、マイクロフトは妻に尋ねた。「料理教室にでも通ったらどうだ？　そうだ、きみ専用の本格的なキッチンを作ったっていい」

「カフェの仕事は続けるわ。アンティ・リーは事件とは関係ないもの。事件が起きたときに、たまたま居合わせただけよ」

「それにしたって、何か起きるたびに、アンティ・リーがその場にいることが多すぎやしないか？　きみまでトラブルに巻きこまれたら困るよ。おそらく警察は食中毒としてこの件をおさめるだろう。そうなれば、アンティ・リーの店は閑古鳥が鳴く。それでもカフェを手伝うのか？　よく考えたほうがいい」

「アンティ・リーのほかに、経験のないわたしを雇ってくれる人がいるかしら？　それはともかく、スゥーン家の亡くなったふたり。あのふたりの死を願ってた人がいそうよね。たとえば、メイベルの娘に恋人がいたりして」妻の話に、マイクロフトが鼻を鳴らした。「さもなければ、メイベルの夫に愛人がいるとか。そういう人たちが何かしたとしても不思議はないわ。あなただって言ってたじゃない？　いくら息子が苦しんでるからって、メイベルが息子を殺して、自殺なんてするだろうかって」

チェリルの口調は、料理の師と仰ぐ小柄なおばあさんそっくりだった。マイクロフトはこれまで、妻が幸せなら何をしてもかまわないと思っていた。けれど、そのせいで自分は気苦労が絶えなくなりそうだった。

11　アヤム・ブア・クルア

「招待客の名簿を見直そう」車に乗りこみながら、サリムは言った。

「パーティーの参加者に質問してまわっても、時間の無駄じゃないですか？」とパンチャルが応じた。「誰かを殺そうとして、あんなやり方をする人はまずいないでしょう。ブア・クルアの毒で死者が出たんですから、ケータリング業者を重要参考人として連行するべきです。警部と親しくなければ、あのカフェの人たちはとっくに逮捕されてますよ」

「いや、そこまで単純な事件とは思えない」

「知り合いだから、犯人だと思いたくないだけなんじゃないですか？」

「これまでに得た情報からも、警察官としての経験からも、ただの食中毒とは思えない」

「だったら、どうするつもりですか？」

「もっと情報がほしい」

署内の意見はほぼパンチャルと同じだった。ブア・クルアが危険な料理だということは、都市伝説となって知れ渡っている。たとえ警察官でも、その料理を食べて死んだ人を知っている者はいないが、それでも、料理を作ったのがアンティ・リーでなければ、サリムもブア・クルアによる中毒死と考えていたかもしれない。

「スゥーンの家で何か見つかったか？」

質問に応じたのは、チャン巡査長だった。「プールの近くに殺藻剤と殺鼠剤が大量に置いてありました。シンガポールでは使用を禁止されてるメーカーのものです。メイベル・スゥーンの夫も娘も、誰がどこでそんなものを手に入れたのか、わからないと言ってます。ふたりの話では、メイベル・スゥーンは不潔なものや有害な生き物を毛嫌いしてたようです。息子の体に悪影響があるんじゃないかと、心配だったみたいです。殺藻剤と殺鼠剤は、メイベルがつてを頼ってマレーシアから手に入れたんでしょう。シンガポールで認可されてる安全な薬では効かないと、こぼしていたようですから」チャン巡査長と、もうひとりのイスマイル巡査長は、三カ月の研修期間中で、鑑識や事情聴取の報告も熱心におこなうほど初々しかった。

「もうひとつの事件については？　建物から飛び降りた女性については？」

「自殺した女性は、シンガポールで腎臓を売るつもりだった恋人が、違法な臓器摘出手術で死んでしまったと、周囲の人に話していたようです。でも、女性の恋人が死んだという記録もなければ、死体も見つかってません。恋人の身に何があったのか、まるでわかりません」

「胡散臭い話です。恋人はその女性から逃げたかっただけかもしれません」二十二歳のイスマイル巡査長の口調は、そういうことには詳しいと言わんばかりだった。「それに、もし恋人が違法な移植手術のためにシンガポールに来たなら、これから堂々と姿を現わすこともないでしょう。前回、シンガポール人への腎臓移植のために入国した外国人が逮捕されたときには、ドナーと患者の血縁関係が証明できなかったせいで、有罪判決を受けて、刑務所に送られましたから」シンガポールでは、臓器売買を阻止するために、血縁関係のないドナーと患者のあいだの臓器移植は、法律で禁止されているのだ。

サリムは自分のオフィスに戻ると、スゥーン邸での捜査結果が記されたノートを見直した。鑑識結果はまだ出ていなかった。あっというまに鑑識結果が出るのは、ドラマの中だけだ。部下にはパーティーの客の証言だけでなく、見たものすべてを記録するように指示していた。人が警官に話すことより、人の行動から得られる情報のほうがはるかに有益なのだ。事件直後にスゥーン邸を調べた警官によると、ヘンリー・スゥーンは事件の発覚後、ずっとパソコンのまえに座って、屋敷内に取りつけられた防犯カメラの映像を見ていたとのことだった。その映像を素直に警察に提出したが、警官が確かめてみると、肝心の場面は録画されていなかった。ヘンリーは協力的ではあるが、ある意味で昔ながらのおじいさんで、家庭内のことや、妻の行動をほとんど把握していなかった。四十年近く勤めた病院では、専用のオフィスと〝顧問医〟という肩書を与えられているが、実務にはもうたずさわっていなかった。

シャロン・スゥーンは事件後にスゥーン法律事務所に戻って、メイベルのファイルや書類に目を通した。エドモンド・ヨーン医師とグレースフェイス・アーンも法律事務所に顔を出して、シャロンと一緒に過ごした。シャロンにつきそった警官の記録によれば、そういうことだった。

サリムはその警官をオフィスに呼んだ。

「エドモンド・ヨーンはレナード・スゥーンの主治医だったそうだな？　医者が何をしに法律事務所に行ったんだ？」

事件後にシャロンの監視と保護を担当した若手のボーン巡査部長は、その質問に答えられなかった。命令どおり何も見落とさないようにしていたが、何かに疑問を抱くことはなく、退屈な仕事だと思っていたのだ。オンラインゲームのキャンディ・クラッシュのマニアであるボーン巡査部長にとって、現実での出来事の大半は、とんでもなくつまらないものだった。

「ミス・アーンと話をするために行ったようです。ミス・スゥーンは自分抜きでふたりが話をしていると怒りだしました。どんなことでも秘密があってはならないと言ってました。いまは自分がこの法律事務所の責任者だから、と。それで、三人で話すために、オフィスに入って、ドアを閉めたんです。だから、話は聞こえませんでした」

「自分の仕事を理解していないのは大問題だわ」戸口からパンチャルが言った。「ボーン、あんたってほんとうに使えないわね。一緒にオフィスに入って、話を聞かなければならないと、シャロン・スゥーンに言えなかったの？」

このときばかりは、サリムもパンチャルの意見に同感だった。ふたりの若い巡査長はボーン巡査部長のポカのおかげで、重要な仕事を任されることになるかもしれないと、ますますやる気になった。けれど、サリムはそのふたりに重要な仕事を任せる気はなかった。シャロンはわざとボーンを締めだして、保護は必要ないと態度で示したのだ。何か隠しごとがあるのかもしれない。それを突き止めなければ。そういうことに関しては、ふたりの巡査長以上に有能な人物を知っていた。

サリムはちょっと出かけてくると言い残すと、呆気に取られている部下を無視して、オフィスをあとにした。

十五分後、サリムは〈アンティ・リーズ・ディライト〉のドアを開けた。

「アンティ・リー、ブア・クルアについて詳しく教えてください」

「なんのご用ですか？」とニーナが応じた。「わたしたちはすごく忙しいんです、ご存じでしょう？　あなたにだって、もっと大事な仕事があるんじゃないですか？　一軒一軒聞き込みをするとか」

ニーナがいつも忙しいのは、サリムも知っていたが、怒りはほんもののようだった。ピーターズ家に事情を聞きにいったのを、チェリルから聞いたのだろう。けれどいま、この店に来たのは、自分もまさに忙しく働いているからで、問題の料理と自分が理解すべきことの両方を知っている人から話を聞いたほうが、インターネットで調べるより手っ取り早かった。

「自分の仕事はしっかりこなすつもりだよ。でも、まずは基礎知識が必要だからね」そう言うと、ニーナの向こうでうなずいているアンティ・リーを見た。アンティ・リーならわかってくれるはずだった。どこがまちがっているのか突き止めるには、これまでのことをきちんと理解しなければならない。母からもアンティ・リーからもそう教わった。「ここへ来たのは、聞き込みのためじゃありません、教えてほしいことがあるんです。ブア・クルアは何度も食べたことがあるけど、作り方はほとんど知らなくて」

「ニーナ、サリム警部にお茶を」アンティ・リーはサリムに手招きすると、厨房のカウンターのバースツールに座らせた。食べものの話ならいつでも大歓迎。とくに、若い人がめったに口にしない伝統料理となればなおさらだ。

「昔は、ブア・クルアがほしければ、歳を取った野性のブタ《バビルサ》を探したものよ。バビルサは熟れたブア・クルアに目がなくて、その木の実がなるケパヤンの木がどこにあるか知ってるの。でも、いまのシンガポールには歳を取ったバビルサが棲める場所はない。歳を取った人間が住める場所もないけどね。わたしはたいてい、テッカ市場でブア・クルアを買ってくるわ。でも、子どもの頃はブア・クルア狩りに行ったものよ。昔はどんなに貧しくてお金がなくても、食べるものはあったのよ。キャッサバ、空芯菜《カンコン》、鶏、魚……場所さえあれば、自分で育てられた。いまはお金がないのは食べるものもないってこと。それなのに、昔より豊かだって言うんだから、笑っちゃうわね。いま、ブア・クルアはインドネシアの女性が採って、シンガポールに持ちこんでるわ。インドネシアにはまだ野性の木がたくさん生えてるから、あっちの女性が採って、毒抜きをしたものを売ってるの。でも、わたしは念のために、買ってきたブア・クルアを最低でもひと晩は水に浸けて、あく抜きしてから、料理してる。ほら、見て、そこに浸けてあるから。使うのは来週だけど、もうあく抜きをしてるの」

サリムは水が張られた大きなたらいを覗きこんだ。ゴルフボールほどのいびつな黒い木の実は、なんとなく毒々しかった。アンティ・リーは料理で大きなミスをするわけがないと、自分に言い聞かせようとしているのだろうか？

そこへ、さきほどかんかんに怒っていたニーナが、レモングラスのお茶を運んできた。いまのアンティ・リーの話を聞いてなかったような顔をしているが、実際は聞いていたにちがいない。

「わたしはすごく用心深いんだから。この店にアヤム・ブア・クルアやナシ・ラウォンを食べにくる人は、生のブア・クルアにシアンが含まれてるのを知らないわ。その実がなる木そのものや、木の葉にも毒がある。生のブア・クルアを割って、その実をトカゲや虫、家畜のダニよけに使うこともある。生のままだと、少し食べただけで、人でも呼吸困難になったり、めまいがしたり、頭痛がしたり、発作を起こしたりするわ。大量に食べれば、心臓発作で死ぬこともある。この店のお客さんはそんなことを知りもしないけど、わたしはちゃんと知ってる。だから、料理するときにはとくに注意してるのよ」

生のブア・クルアを大量に食べたときと、メイベル・スゥーンとその息子の死に方は似ているのでは？　とサリムは思った。アヤム・ブア・クルアはブア・クルアと鶏肉を煮込んだ料理で、ナシ・ラウォンは同じように煮込んだものを、ご飯にかけたインドネシアの料理だ。かなり濃厚で味も独特だから、誰もが好む料理ではなかった。

「そうでしょうね、充分に注意して料理されてるんでしょう」とサリムは穏やかに応じた。

「でも、事件現場にいた全員を疑うのが、警官ってものなんですよ」

「そうよ、あの場にいた全員を疑うべきよ。何もかもわたしの料理のせいにして、事件が解決したことにすれば、警官は楽できるでしょうけど。少なくとも、わたしのブア・クルアは二度と食べないってことにしておけばね。この店を閉めれば、お客は食べにこられないわ」

アンティ・リーの口調はやけに芝居がかっていた。

「でも、きちんと毒抜きしたブア・クルアなら、食べても大丈夫なんですよね？　どんなふうに毒抜きするんです？」

「毒を完全に抜くために、実から種、つまり、ブア・クルアを取りだして、ゆがくの。それから、穴を掘って、バナナの葉を敷いて、灰を入れる。その中にひと月ほどブア・クルアを埋めておく。最初は黄色かったのが、掘りだす頃にはこげ茶色になってるわ。いえ、真っ黒と言ったほうがいいかもしれない。中身は発酵して、やわらかくなってる。においはアヘンに似てると言う人もいるわね。それから、しっかり洗う。発酵して出たシアン化水素は水溶性だから。わたしがブア・クルアを買うのは、テッカ市場かゲイラン・セライ市場の乾物店よ。売ってるのはもう毒抜きされてるけど、かならずもう一度水に浸けるようにしてるわ。そう、四、五日は浸けておくかしら。ニーナが日に二回は水を換えるから、蚊が発生したりしないわよ。水に浸けておくのは毒抜きのためもあるけど、泥臭さを消すためでもある。ケパヤンの木はたいてい、マングローブの森に生えてるから、泥だらけ。それに、水に浸すと固い殻が割りやすくなる」

「ものすごく手間がかかるんですね」

「あら、こんなのはまだ序の口よ」アンティ・リーは得意げだった。悲惨な事件に巻きこまれていることは、料理の話をするうちにすっかり頭から抜け落ちていた。

「充分に水に浸けたら、今度はひとつひとつしっかり洗って、殻の端を切り落として、中身をほじくりだすんだから。そうして、ほじくりだした中身を集めて、よく混ぜて、味付けをする。小さなナイフを使って、殻の切り口を滑らかにすることもあるわ。そうしないと、食べるときに唇を切ったりするから。味付けした中身を殻に詰め直したら、ほかの材料と一緒に弱火で煮込む。スープにとろみがついて、すべての材料の香りが立つまで何時間もね。わかったでしょ、ものすごく手間のかかる料理なのよ」

「ほんとうですね」サリムはそう言いながらも、なぜそこまでして料理するのだろうと思った。

「何度か食べれば、おいしさがわかるようになるわ」アンティ・リーがにっこり笑って、言った。「たとえ、味はさほど好きじゃなくても、ものすごく手間がかかる料理だと知ったら、食べてみたくなるものよ」

12 家で過ごす夜

その日、〈アンティ・リーズ・ディライト〉が早めに店じまいすることは、何日もまえから店に表示してあった。それはケータリングの仕事が入っていたからだが、結局、その仕事もキャンセルになった。アンティ・リーとニーナは思いがけず夜をのんびり過ごせることになって、サリムが店を出ていくとすぐに家に帰った。ふたり分の夕食をこしらえて、静かな夜を過ごすのは、ずいぶん久しぶりだった。

店の厨房よりずっと小さなキッチンで、ニーナはアロス・カルドを作った。故郷のフィリピンでよく作っていた料理だ。風味のあるとろりとした鶏肉入りのお粥《かゆ》で、それを食べたアンティ・リーは鶏の中華粥と、韓国の参鶏湯《サムゲタン》を思いだした。たいていの人は気づいていないけれど、心安らぐ料理というのは、国がちがってもよく似ているものなのだ。さらに、食べもの以上に、心の安らぎは万国共通だ。

その夜はテレビのある居間ではなく、ダイニングルームで食事をした。広いテーブルの上に、無数のメモを並べるためだった。

「メイベルが息子を殺して、自殺する理由は山ほどありそうね。レナードはアメリカ留学中に麻薬に溺れて、心臓と肺を悪くして、心臓移植を待ってたんですもの」

「でも、息子が移植手術を待っていたなら、母親は息子を殺したりしないでしょう？　ドナーが現われるのを待つはずですよね？」ニーナがちょっと呆れたように尋ねた。答えを知りたくて質問したというより、そうでなければおかしいと断言しているような口調だった。

「だけど、レナードが臓器移植を受けられる可能性はほとんどなかったのよ。ドナーはもともと健康で、心臓に問題がないまま植物状態になった人でなければならない。ドナーの心臓がまだ動いてるうちに病院に運んで、同時に移植手術の準備をすることになる。おまけに、ドナー本人か家族が同意書にサインしていなければならない。臓器移植を商売にするのは違法だから、妙な取引がされてないか警察がしっかり調べるわ。妙な取引とかそんなものがなくても、そういうことをすべて、ほぼ同時におこなうなんてまず無理よ、そうでしょう？」

「どうして、シンガポールでは臓器売買は違法なんでしょうね？　シンガポールの人は売れるものはなんでも売るはずなのに。お金になればなんだってかまわないって」

「ほんとうにお金に困ってる人を保護するためよ。臓器売買なんて、それはもう危険で、問題が山積みだもの」

「ほんとうにお金に困ってる人に必要なのは、お金ですよね？　保護じゃなくて」

ニーナの物言いが気になって、アンティ・リーはその夜テーブルについてはじめて、ニーナをまじまじと見た。緊張して、不安そうな顔をしている。食事にもいっさい手をつけていなかった。アンティ・リーはと言えば、テーブルを埋めつくすメモを満足げに眺めながら、繊細な味付けの鶏肉が入ったなめらかなお粥を堪能して、おかわりまでしていた。

「もう一杯召しあがりますか？」

「そのまえに、ニーナ、何が気になってるのか話してちょうだい」

ニーナはメモに書かれた文字や大きな矢印、ぺたぺたと貼られた付箋を見つめるだけで、何も言わなかった。

「もしかして、あのふたりは自殺したのかもしれないと思って、苛立ってるの？」ニーナはカトリックだ。カトリックの教義では、自殺や避妊は殺人や流産より罪深いのかもしれない。いつものニーナなら、こういうときには興味深い話ができる。それなのに、いまはずいぶん不安そうで、気持ちが落ちこんでいるようだった。

「アンティ・リー、わからないんですか？　ものすごくたいへんなことに巻きこまれてるんですよ。警察はチェリルさんの家まで行ったんですから。それって、アンティ・リー、あなたを犯人に仕立てあげるためかも――」

「ニーナ、サリム警部はそんなこと――」

「人がふたりも死んだのはブア・クルアのせいだと、みんな思ってます。このままじゃ〈アンティ・リーズ・ディライト〉は営業停止になりますよ。そうならなくても、お客さんはひとりも来なくなります。今日だって、ケータリングがキャンセルになったじゃないですか。このさき、ケータリングがすべてキャンセルになったら、どうするんですか？」

ニーナは自分のことを心配しているわけではなかったのだ。ニーナは広い畑を買えるほどの大金を、故郷の母と妹たちに送っていて、いまや村一番の大地主だ。メイドの仕事を辞めても、故郷の村で何不自由ない暮らしができる。それでも、いまだにシンガポールにいて、こんなふうに暗い顔をしているのは、自分の雇い主がどうなってしまうのか、心配だからだ。それに、死んでも認めないだろうが、ほかにもうひとり、気になる人がいるにちがいない。

「ニーナ、わたしだってそれぐらい考えてるわ。だからこそ、真相を突き止めるのよ」

「それは警察の仕事ですよ」

「でも、警察よりも、あなたと仲良しのサリム警部よりも、わたしたちのほうが一歩先を行ってるわ。警察はメイベルと息子が死んだのは、ブア・クルアによる食中毒なのかどうかを、調べなくちゃならない。だけど、わたしたちはそうじゃないと知ってるわ。だから、あのふたりが自分で毒を飲んだのか、誰かに毒を盛られたのか、突き止められるのはわたしたちなのよ。そうでしょ？」

ニーナはうなずいた。「でも、言っときますけど、わたしとサリム警部は仲良しじゃありませんから」そう言いながらも、サリムの名前を口にして、ニーナは微笑んだ。サリム警部が何をしようとしているのかもわからず、それについて自分がどう思っているのかもわからなかったけれど。

サリムからは、一緒にインターネットの法学部入学準備講座を受けようと誘われていた。メイドが空き時間を勉強にあてるのを、アンティ・リーなら喜ぶはずだと、サリムはわかっているのだ。それなら、法律を勉強するのも悪くないかもしれない。でも、いままで身につけようとしてきたのは、料理や髪の結い方やマッサージだ。要するに、すぐに役立つ技術。そういう技術があれば、どんな国でも働ける。いっぽうで、シンガポールで弁護士になれるはずがない。法律を勉強するなんて夢のような目標を立てて、それに向かって努力するのは、仕事もしないでふらふらしているのと同じ。時間の無駄でしかない。サリムだって弁護士にはなれないだろう。サリムはそれがわかっていないのだ。いや、わかろうともしていない。サリムはいまの仕事が気に入っていて、警察をよりよいものにできると信じている。そのためには、警察という組織に属していなければならないのだ。外から文句をつけて、批判するだけでは、車の屋根にたまたま落ちた鳥の糞程度の効果しかない。

サリムがわざわざプリントアウトしてきてくれたインターネットの法律講座の要項や資料に、ニーナは目を通すと約束した。一緒に講座を受ければ励みになると、サリムは照れくさそうに言った。シンガポールでのほかの男友達は、ピクニックやダンスや映画に誘ってくる。けれど、サリムとは図書館の自習室に行ったり、法律について話しながら、いくつもの国立公園を結ぶ遊歩道《パーク・コネクター》を散歩したりする。

意外にも、そういう話がおもしろかった。それでも、サリムがふたり分の講座申込書を持ってくると、尻込みせずにいられなかった。どう考えても、そんなのは胸躍るただの夢でしかない。現実の生活では、自分はアンティ・リーに必要とされているのだから。

「ニーナ？」頭の中で渦巻いている思いに、アンティ・リーの声が割りこんできた。

「はい、なんでしょう？」

「女の子みたいなしゃべり方をする大柄な女の人。あの人は弁護士なのかしら？　それとも、祈りと癒しの会のメンバー？」

「さあ、わかりません」

やはり、アンティ・リーとの暮らしは、普通の人が考える〝現実の生活〟とはちがっていた。

アンティ・リーは遠くを見るような目をして、パーティーで見かけた顔と、招待客のリストに書かれた名前を、頭の中で照らし合わせた。結局、生きているレナード・スゥーンの姿は見られなかった。それでも、ニーナがインターネットで検索して、レナードのいかにもお坊ちゃま風の小学生の頃から、がりがりに痩せこけて薄笑いを浮かべている青年になるまでの写真を、何枚も探しだした。レナードの学生時代の友だちは、何年も顔を合わせていないと言いながらも、レナードの〝一風変わったユーモアのセンス〟と、呆れるほど〝常軌を逸したいたずら〟を憶えていた。

メイベル・スゥーンのほうは？　新聞によると、歳は七十四歳。ということは、ストレスや心配事を抱えているにしては、実際の年齢より若く見えたのだ。美人というより、さっそうとした女性だったのはまちがいない。あらゆることを自分の思いどおりにして、目立つ存在だった。そういえば、誰かに似ているような……。誰だろう？　ああ、数学の先生だ。とんでもない堅物で、その先生に教わった生徒はみんな数学嫌いになった。どういうわけか、最近は、先週会った人より、二十年か三十年まえ、いや、四十年まえに会った人のほうがすぐに思いだせる。

そんなことより、メイベル・スゥーンだ。メイベルはほんとうにストレスや心配事を抱えていたの？　ビュッフェのテーブルをトントントンとせわしなく叩いていたマニキュアも塗っていない短い爪が目に浮かんだ。メイベルは苛立ちを隠そうともせず、夫や娘を怒鳴りつけていた。それから、エドモンド・ヨーンが連れてきた長い髪の女性に気づいたときの不可思議な表情。そう、メイベルはまちがいなく苛立っていた。それなのに、どういうわけか、あの中国人の女性に媚を売っていた。必死に機嫌を取っていた。

メイベルとその息子が死んだのは息子の部屋だ。夫のヘンリーは家の中でもかなり離れた自室にいた。ヘンリーのことは何度か見かけたのに、妻とちがって、あまり印象に残らなかった。それなりに成功した人物だが、強いて言うなら、死んでも、通夜にやってくるのは元大臣だけといった感じ。運動とはゴルフコースをカートでまわることと思いこんでいるような人だ。それで、ヘンリー・スゥーンとドリーン・チューの関係は？　ふたりが一緒にいるのを見かけたのは、ほんの束の間だったけれど、ふたりが初対面でないのはすぐにわかった。初対面ならまず挨拶をしてから、話しはじめる。まあ、友だちや知り合いでもそうかもしれない。でも、ヘンリーはいかにも親しげにドリーンに歩みよって、何も言わずに隣に立った。ドリーンのほうも、すっと手を差しだして、自然なしぐさで、ヘンリーが手すりにのせていた料理のお盆を支えた。それに気づいたときに、〝犯行現場を見てしまった〟ような気がしたのだ。

でも、ほんとうにそうなの？　ドリーンのことはずいぶんまえから知っている。ドリーンとも亡くなったご主人とも、とくに親しくしていたわけではないけれど、この歳になると、長年の知り合いというだけで、昔といまの自分をつなぐ貴重な絆に思える。そういうことはニーナにもしょっちゅう話していた。

「最初は誰だかわからなかったのよ。でも、その後、わからなかったなんてどうかしてると思ったわ」

「同級生だったんですか？」

「いいえ。ドリーンは青いノースリーブの制服の女子高に通ってたから。わたしの父は妻にも娘にも、袖がない服は絶対に着させなかった。品がないと思ってたみたい。でも、結局、わたしだって、わきの下や脚の無駄毛を剃刀《かみそり》で処理するような上品なお嬢さまのふりをしながら、セーラー服とブルマーで不良少女みたいに遊びまわったりしたんだけど」

そんな話をしながらも、ヘンリーとドリーンについては黙っていた。ふたりが怪しい関係なのはまずまちがいなかったが、いくら素直なニーナでも、雰囲気だけでは証拠にならないと言うだろう。それに、ヘンリーとドリーンが深い関係だったとしても、それで何か重大なことがわかるわけではない。まずは、ドリーンと話してみなければ。

パーティーにはほかに誰がいたかしら？　法律事務所の職員が何人か早い時間に来たけれど、死体が見つかったときにはもう帰っていた。ほかにもふたりの弁護士が招待されていたが、結局、来なかった。どうやら、スゥーン法律事務所は傾きはじめていたらしい。それ以外の客はメイベルの友人か、メイベルが入れこんでいた〈生きつづける会〉のメンバーだ。そして、客は誰も母屋に入らなかった。たぶん、プールサイドの小さな建物の向こう側にもトイレがあったのだろう。都合よく、わたしはそれに気づかなかっただけで。

もちろん、シャロン・スゥーンは家に入った。それに、メイベルの秘書も。舞台化粧のようなぱっちりメイクの色白の若い秘書。

「グレースフェイス・アーン」とニーナが言った。

「そうそう、グレースフェイス・アーン。ご両親が敬虔なキリスト教徒なんでしょうね。あの子のお兄さんがジョイ－ホープで、妹がチャリティピースという名前でも驚かないわ。でも、チャリティピースなんて名前だと、小学生のときはたいへんでしょうね。からかわれるに決まってるもの」

ニーナとアンティ・リーがうまくやっていけるのは、アンティ・リーの脱線した話を巧みに無視する能力がニーナにあるからだった。

「グレースフェイスは警察に、シャロンがパーティーの前夜に徹夜して、母親の仕事の資料を読んでたと話しましたね。でも、それって嘘かもしれませんよ。古い資料を読むために、わざわざオフィスで徹夜する人なんていませんよね」

「もしかしたらオフィスで眠りこんでしまって、秘書にはひと晩じゅう仕事をしていたと話したのかもしれないわ。さもなければ、早急に終わらせなければならない仕事があったたか」

アンティ・リーはそう言いながらも、それはまずないだろうと思った。目下、スゥーン法律事務所で引きうけている仕事はないと、グレースフェイスが言っているのを聞いたのだ。実際、レナードが帰国してからは、メイベルは新規のクライアントを開拓しようとしなかった。それに、シャロンの共同経営者への昇格を祝うパーティーの翌日は日曜で、法律事務所はお休みだ。新規のクライアントからの仕事を断っても、事務所はやっていけるものなの？　それとも、いま抱えているクライアントだけで手いっぱいなの？　そういうことはマイクロフトに訊けばわかるかもしれない。

「それか、シャロンさんは親に反対されてた恋人と会ってたのかもしれませんよ。そのことをグレースフェイスさんがご両親に話してしまって、ご両親はシャロンさんを叱って、それで逆上したシャロンさんがお母さんを殺したとか」

「それはどうかしら？　そういうことなら、弟じゃなくて、両親を殺すはずでしょ？」アンティ・リーはシャロンのことを考えた。シャロンは親に内緒の恋人がいるようには見えない。といっても、もちろん、若い女性の恋人に対する態度は千差万別だ。見た目に異常なほどこだわって、ハンサムな男性を恋人にすることで自分のプライドを守ろうとする者もいる。それとは対照的に、恋人の着古したシャツを着て、ぷくぷく肥って、それで幸せという女性もいる。それでもやっぱり、シャロンには親に内緒の恋人などいそうになかった。

「母親が死んだその日に、シャロンさんは事務所に戻って、仕事をしたんですよね。そんなのどう考えてもおかしくないですか？」

そういうことも充分にあり得る、とアンティ・リーは思った。M・L・リーが亡くなった日、アンティ・リーは亡き夫が横たわる病院のベッドから、厨房へ直行して働いたのだ。あのときは、手間のかかるヤムイモの蒸し料理を作った。干しシイタケと干しエビを水に浸けてもどし、千切りにして、さらにみじん切りにするという細かい作業に没頭したおかげで、人生でいちばん悲しい日をどうにかやり過ごしたのだ。シャロンの気持ちが痛いほどわかって、同情せずにいられなかった。母親に代わって法律事務所を経営するのが、シャロンなりの母親の弔い方だったのだろう。

「あれは事故じゃないわ。つまり、自殺か殺人だという意味よ。さもなければ、無理心中か。でも、なぜあんな方法を選んだのかしら？　それに、どうして……」

やはり無理心中ではなく、殺人事件だ。火花が散るような急激な怒りと、腹の中で長いことふつふつと煮えたぎっていて、ついにあふれでた怒り。今回はどっちなの？

関係者をじっくり見ていけば、答えがわかるにちがいない。人はある種の食べものに惹きつけられ、同じように、ある種の殺人方法に惹きつけられるものだ。まずは、そこからはじめよう。たいていの人は意識的に食べるものを選んでいるわけではない。ある味や食感に惹かれるのは、最初に食べたときの印象――まずいと感じたとしても――によるものだ。世の中とはこういうもので、それはこのさき永遠に変わらない、と思いこむのと同じだ。

「髪の長い中国人の女性のことを、警察に詳しく話すのを忘れたわ」とアンティ・リーは言った。「あの女性はパーティーの招待客じゃなかった。だって、メイベルと初対面だったんだから。ヨーン医師がふたりを引きあわせてるのを、この目で見たのよ。三人でお金の話をしてたみたい。中国人の女性はメイベルにお金を払わせようとしてたか、さもなければ、メイベルがあの女性からお金を借りてたのか。どういうことなのかはよくわからなかったけど」

「それより、どうしてそこまでわかったんですか？　北京語はしゃべれないのに。また、勝手に想像してるだけなんじゃないですか？」

アンティ・リーがシンガポールで生まれてこのかた覚えた北京語より、ニーナがこの国に来てから身につけた北京語のほうがまだましだった。

「メイベルの北京語はわたしと同じぐらいお粗末だったのよ。だから、ヨーン医師が通訳して、それでわたしもわかったの。髪の長い女の人の話し方はどう考えても中国人だったけど、純粋な北京語とはちょっとちがって、もっと気取ったアクセントだったわ。あの女性が何者なのか、あなたと仲良しのサリム警部は知ってるのかしら？」

「あの女性は中国から来たみたいですよ。観光ビザで」

「ヨーン医師は女性の気を惹こうとしてるようだった。男の人ってたいてい、女の人の気を惹こうとしながらも、そんなことはしてないふりをするのよね。なんだってそんなおかしなことをするのかしら、そう思わない？　それに、ヨーン医師はすごく神経質になってるみたい」

それとも、ヨーンはもともとそういう性質で、とくにあのときにかぎったことではなかったのか……。親しくない人の言動から答えを得ようとしても、そう簡単にはいかなかった。答えを得るには、その人のことをもっとよく知るしかない。

それに、招待客のリストにはないが、わかっている名前がひとつ。スゥーン邸の裏門にいたなんとなく見覚えがある若い男性は、パーティーの招待客リストに載っていない友人を捜していた。その友人がメイベルから仕事を請け負っていたと言っていた。裏門にいた男性の名前はわからないが、行方不明の友人はベンジャミン・ン。ならば、そこからはじめよう。

「ベンジャミン・ン」とアンティ・リーは言った。「なぜ、裏門のところにいた男性はベンジャミン・ンを捜しに、スゥーン邸に来たのかしら？　パーティーに出席してると思ったの？」

ニーナには答えようがなかった。

アンティ・リーは裏門での騒動を思いかえした。「ちがう、あの男性はパーティーが開かれてることも知らないようだった。スゥーン夫妻と話がしたくて、法律事務所に電話してもつないでもらえなかったから、家に来たの。わたしは一瞬、あの男性のことを囮《おとり》捜査中の刑事かと思ったわ」

「なんで、そう思ったんですか？」

「ティモシー・パン。いつも現場にいたハンサムな巡査さん……」

「ティモシー・パン巡査部長はものすごい昇進をして、ここの警察署からほかに移ったんですよ。忘れたんですか？」

「いいえ、よく憶えてるわ」

電話が鳴った。かけてきたのはチェリルだった。夫のマイクロフトと一緒にちょっと行ってもいいか？　と尋ねてきた。〝もちろん〟とアンティ・リーは答えた。とはいえ、そんなことで電話をかけてきたのは意外だった。近所の人が訪ねてくるときはたいてい、いきなり門までやってきて、そこから声をかけてくるのだから。マイクロフトがチェリルに、うちでのケータリングの仕事を辞めるよう迫っていなければいいけれど……。そう思ったのは、チェリルがいてくれないと、自分が困るからというだけではなかった。チェリルとマイクロフトはお似合いの夫婦だ。でも、自分の仕事を犠牲にしてまで、マイクロフトの妻でいる必要があると、チェリルは思うだろうか？　それはともかく、マイクロフトが来るなら、ちょうどいい。法律事務所の経営について訊いてみよう。


サリムは帰宅する車の中で、メイベル・スゥーンとその息子が死んで、あとに残された人たちについて考えた。電話に出たときのヘンリー・スゥーンのようすから、妻以外の女性の影がちらついた。といっても、もちろん、それが事件に直接関係しているとは思えない。秘書のグレースフェイスとシャロンの関係もぎくしゃくしている。それに、エドモンド・ヨーンは？　あの医者はスゥーン法律事務所で何をしていたんだ？

ふたりの死因がブア・クルアによる食中毒だとはっきりすれば、面倒はない。新聞はメイベル・スゥーンの写真とともにブア・クルアの危険性を書きたてる記事を載せるだろう。ブア・クルアの輸入を制限する新たな法律もできるかもしれない。そうして、今回の事件は記憶のかなたに葬り去られる……そう、〈アンティ・リーズ・ディライト〉とともに。

アンティ・リーの家で、マイクロフト・ピーターズも同じような話をしていた。

アンティ・リーはデザート・スープを出した。ピーナッツ・ペーストを包んだ米粉の小さな餅が入った熱々の甘いスープ。ぴりりと辛いショウガで味を引き締めたそのスープには、気が鎮まる作用があった。

「米粉の餅が冷凍しておいたものだとはわからないでしょう？」とアンティ・リーは言った。

その質問には答えずに、マイクロフトは本題に入った。

「ブア・クルアを出したせいで、厄介なことになりそうですね」

「言っておきますけど、わたしのアヤム・ブア・クルアは、メイベルとその息子の身に起きたこととは無関係よ。あの場にいた大勢の人が、あの料理を食べたんだから。わたしも食べたけど、ほら、ぴんぴんしてるわよ」

「それだけじゃ、有力な証拠にはなりません。スゥーン家の人たちは権力者ですからね。メイベル・スゥーンはかなり厄介な人だったとはいえ、権力を持つ知り合いが大勢いた。そういう人たちが、今回の件をあなたのせいにしようと考えたら、それはもうたいへんなことになります」

「あの家の人たちは敬虔なキリスト教徒なんでしょう？」とチェリルが不満そうに言った。

「それなのに、許して、忘れるってことができないの？」

「ああいう人たちは気に食わないものはなんでも踏み潰すんだよ。だから、許したり、忘れたりはしないんだ」

マイクロフトはチェリルに仕事を辞めさせるつもりはなさそうだった。アンティ・リーはほっとした。その件はすでにふたりで話しあって、決着がついたのだろう。

「母は学生時代からメイベルを知ってますが、あまり好きでないようです。〝お粥顔〟なんてあだ名をつけてたそうですから」とマイクロフトが言った。「母によると、メイベルはものすごく傲慢で、自分は誰よりも偉くて、みんなが自分の言うことを聞くべきだと思ってたんだそうです。父の話では、メイベルは弁護士として、自分の都合のいいように法をねじ曲げて解釈するところがあったようです。そういう人に楯突くのは得策じゃない。あなたたちはいい人ですからね。メイベルの知り合いがどんな攻撃をしかけてくるか、わかったもんじゃない」

「マイキー、メイベルはもうこの世にいないんだから、そんなに怖がらなくても大丈夫でしょ？」

「たしかに、メイベルはもういない。でも、メイベルそっくりの人はいるかもしれない。それに、ここだけの話ですが……」マイクロフトは声をひそめた。「メイベルはちょっとまえに、生命保険を解約して、解約返戻金を受けとってます。だから、保険金殺人の線は消えました」

「あら、そうとも言い切れないんじゃない？　メイベルを殺した人は、生命保険が解約されたのを知らなくて、保険金がもらえると思ってたのかもしれないわ」とチェリルが言った。

「人を殺すなら、そういうことはきちんと調べるものだよ」マイクロフトの口調はあくまでも冷静だった。素人探偵気取りの妻に、協力する気はないらしい。それでも、妻を心から愛しているのはまちがいない。アンティ・リーにしてみれば、それだけでどんな欠点も大目に見られた。

「どうして、メイベルが生命保険を解約したのがわかったの？」

マイクロフトは首を振った。

その仕草を見ただけで、アンティ・リーはこれ以上訊いても無駄だとわかった。

「なるほど、それは教えてくれなくていいわ。でも、メイベルは息子が帰国してからは、新たなクライアントや新たな仕事を引きうけなかったそうね。そんなことで事務所の経営が成り立つのかしら？」

「雇ってる弁護士が大勢いるなら、やっていけるかもしれません。でも、スゥーン法律事務所は……それが、その……あまりいい状態じゃないというか……。雇われてる弁護士も仕事をしてないようです。もっといい事務所に移れる者は、さっさと辞めてしまいましたからね。それに、メイベルが事務所のお金を宗教団体に注ぎこんで、従業員から訴えられそうになっているという噂もあります。だからといって、従業員に何がしかのお金が支払われるとも思えない。なにしろ、あの事務所は破産寸前のようですから。もしかしたら、シャロンが事務所を立てなおすかもしれません。でも、わたしがシャロンだったら、わざわざそんなことはしないんじゃないかな」

サリムはエレベーターを降りた。母が作る料理のにおいが漂っていた。そのせいで、今日は〝カレーの日〟だと思いだした。〝カレーの日〟にはかならず、アンティ・リーはさまざまな辛さのカレーを鍋ごと持って、警察署にやってくる。それなのに、今日は来なかった。

母のアパートでは、近所の人たちがテーブルを囲み、玄関で靴を脱いでいるサリムに、大きな声で挨拶した。

「さあ、早く手を洗って、こっちに来て、食べなさい。ミセス・クマルはヒツジ肉のカレー。ヴェラはプライ豆を持ってきてくれたのよ」テーブルの上にはほかにも、母が作ったアヤム・マッサ・メラーサリムが並んでいた。黄金色に揚げた鶏肉を辛いトマトソースで煮込んだその料理があるということは……。

「もちろん、あなたが好きなトマト・ライスもあるわよ。テーブルに置ききれないから、台所にね。さあ、早く手を洗ってきなさい」母はさっそく、息子の好物のトマト・ライスを皿に山盛りにした。それを見て、みんなが大笑いした。長いことこのあたりに住んでいる人たちは、家族のようなものなのだ。

これからおいしい料理が食べられるなら、腹がすいているのも悪くない。お金がすべてじゃない。そんなことをふと考えて、がらんとした大豪邸にいるスゥーン家の人たちが頭に浮かんできた。すると、狭苦しい母の家がやけに居心地よく思えた。母は生きているかぎり、息子のために料理を作るのだろう。母の願いは、自分が死ぬまえに息子が結婚して、孫の顔を見ること――それだけだ。サリムはひとりっ子で、すでに実家を出ている。手を洗いながら、裕福なのに死んでしまったふたりのことを、頭から追いはらった。誰も口にしないが、この家にだって問題はある。そのひとつが自分の結婚と将来についてだ。だが、とりあえずその問題は棚に上げておこう。せめて今夜のカレーを食べ終えるまでは。

携帯電話が鳴りだした。手を洗っていて、出ないでおくと、留守番電話に切り替わった。

「スゥーン家の裏門にいたなんとなく見覚えのある若い男の人。スゥーン家に入ろうとしてた男性が、誰なのかわかったわ」

13

警察本部

〈アンティ・リーズ・ディライト〉にて

「メイベル・スゥーンのお葬式に行くんですか？　まさかケータリングを頼まれたとか？　いやだ、そんなわけないわね」セリーナが冗談を言って、自分で笑った。

「あなたとマークは行くの？」とアンティ・リーは尋ねた。マークとセリーナは、たまたま、いい、通りかかったついでに店に寄ったと言ったが、ほんとうは営業停止になっていないか確かめにきたのだろう。

「たぶん行きません。メイベル・スゥーンがわたしのことを憶えてるとも思えませんからね」とセリーナが言った。死んでしまったメイベル・スゥーンは誰のことも憶えてないでしょうね――アンティ・リーはそう言いたくなるのをこらえた。生きていた頃の記憶はそのままに、あの世からこっちを見ているなら話はべつだけれど。それなら、セリーナのことも誰のことも憶えているにちがいない。

「とにかく、いまはシャロンがすべてを取りしきってるそうですよ」セリーナがさらに言った。「こういうときって普通は、〝献金は辞退させていただきます〟と言うものよね？　さもなければ、〝献金はすべて……たとえば……捨てネコとか、怪我をしたイヌとか、病気の子どもとか、故人が支援した慈善事業に贈られます〟とか。でも、シャロンはそんなことは言わなかった。母親の葬式代を母親の友だちに払わせる魂胆よ」

「シャロンもたいへんだもの」とアンティ・リーは言った。「そういうことをうっかり忘れてるんだわ。だって、誰かを殺した人であれ、殺された人であれ、そういう人のお葬式を挙げるのは、ものすごくたいへんでしょ。たしか、どんなお葬式にも対応できる式次第があったんじゃないかしら。実際に見たことはまだないけど。いずれにしても、メイベルの友だちが協力するはずよ」

「どんなことにも首を突っこみたがる世話好きのお年寄りは、山ほどいますからね」

そのとおりだ、とアンティ・リーは思った。むしろ、年寄りはそのためにいると言ってもいい。

「わたしも行かなくちゃ。恨んでないのを伝えるためにもね。どっちにしたって、そうよ、あとでみんな行かなくちゃならなくなるわ」

死というものには常日頃から準備してはおけないけれど、アンティ・リーはどんなことにも備えておきたい性質だった。そんなことを考えて、ふと余計なことが頭をよぎった。

わたしのお葬式はどんなものになるの？　ニーナだかマチルダだか、誰だかわからないけれど、わたしのお葬式を出してくれる人が困らないように、葬式用のメニューをまえもって作っておいたほうがいいかもしれない。たとえば、カレーの揚げパンとか。あれを食べれば誰だって、生きてるうちに人生をたっぷり楽しみたくなるはず。おっと、いけない、自分のお葬式の計画を立てるのはわくわくするけれど、いまはそんなことを考えている場合ではなかった。まずは、まもなくおこなわれるお葬式に、気持ちを集中させなければ。自分のお葬式について考える時間は、まだたっぷりあるのだから。

ニュー・フェニックス・パークにある警察本部のラジャ長官の部屋

「好きなように葬儀を挙げてもらってかまわない、と伝えておいてくれ。ただし、調べが終わるまで死体は返せない、と言うのも忘れるな」

「長官、それでは文句が出ると思いますよ。それでなくても、遺族の許可も立ち会いもなしで検死解剖がおこなわれることに、遺族は不満なんですから」

「言うべきことを言って、遺族の機嫌を取るのも仕事のうちだぞ。とにかく、調べが済むまで死体は返せないんだ」

ラジャにそう言われた警察官は、怒れるスゥーン家の人々に会うために、オフィスを出ていった。

ラジャはサリムのほうを向いた。サリムはいま耳にした会話は自分にはまるで関係がないような顔をして、無言で座っていた。

「これでいいのか？」

「はい、ありがとうございます。誰もが満足する結果が得られるには、もう少し時間がかかりますから」

「今日、きみをここに呼んだのは、これだけが理由じゃない。昨日、マイクロフト・ピーターズ任命議員の家に行ったそうだな」

長官であるラジャは、ブキ・ティンギ地区警察署でのサリムの行動を逐一追っていた。ブキ・ティンギ地区警察署の管轄には、有力者が大勢住んでいて、そういう人たちがサリム警部の指揮のもとで安全に暮らしていると感じることが重要だった。そして、そんな有力者の中でもとくに大物の任命議員マイクロフト・ピーターズから、苦情があったのだ。

「ピーターズ議員は妻が警官と話すのが不満のようです」とサリムは言った。「でも、苦情を言ってくるとは思いませんでしたが」

「議員の妻から話を聞いて、役に立つ情報が得られたのか？」

「いいえ」

「だが、役立つ情報が得られると考えていたんだな？」

チエリルから有力な情報が得られると自信満々だったのはパンチャルだった。その自信に根拠がないのはわかっていたが、部下にある程度の権限を与えるべきだと考えているサリムは、パンチャルの意見にしたがったのだった。だが、ピーターズ家から署に戻ると、パンチャルは本心を口にした。メイベルとレナードが死んだのはブア・クルアのせいだとチェリルに言わせたくて、話を聞きにいった、と。「ミセス・ピーターズはシェフではありません。料理のことなんてまるでわかっていないんです。もしかしたら自分が手順をまちがえたのかもしれないと言わせれば、それで事件は解決です。ケータリング業者に罰金を科して、こんなくだらない事件を終わりにできます。でも、弁護士の夫が妻にしゃべらせようとしませんでしたね」

その発言をサリムは黙って聞いて、上に報告することもなかった。ただし、パンチャルの職務評価書には書くつもりだった。

けれどいま、サリムはパンチャルを指導する上司として言った。「あらゆる手がかりを追うのが、わたしたちの仕事ですから」

幸いにも、パンチャルの稚拙な試みは、あざといというほどのものではなく、政府も〝なんびとも法を遵守すべし〟という考え方を支持していて、自ら手本となろうとしていた。つまり、捜査しているのを国民に知らしめることも、ときには大切なのだ。真実の中にはわざわざことばにしないほうがいいこともあるが、長官はそうは思っていないようで、サリムに説明を求めていた。

「職場ばかりか家にまで警官がやってきて、妻を困らせたというピーターズ議員からの苦情を、どう処理すべきだと思うかね？」

「わたしが謝罪の手紙を書きます。でも、長官、ピーターズ家にいたのはごく短時間で、大した質問はできませんでした。ミセス・ピーターズを困らせたという事実は、絶対にありません」

「ああ、そうだろう。実のところ、ピーターズ議員がこの程度のことで苦情を申し立てるとは意外だった。いずれにしても、この件をどう処理するかは、きみに任せる。ピーターズ議員からの苦情はともかく、ブキ・ティンギ警察署に配属されたばかりのネハ・パンチャル巡査部長も苦情を申し立ててるぞ。パンチャルによると、きみが管轄内の住人とかなり親しくしているせいで、職務を果たせなくなっているとのことだ。ふたりも死者を出した料理を提供したカフェを、営業停止にすべきだと、パンチャルが何度言っても、きみは証拠を無視して、営業停止に応じないそうだな」

「科学的な証拠はまだ得られていません。〈アンティ・リーズ・ディライト〉は長年営業していますが、いままで苦情は一件もありませんでした。それに、よく考えると、妻が職場のカフェでも嫌がらせを受けたというピーターズ議員の苦情と、わたしがあのカフェの人たちの肩を持っているというパンチャルの苦情は矛盾していると思いませんか？」

ラジャ長官はため息をついた。ラジャはシンガポール国立大学の法学部を出ただけでなく、ケンブリッジ大学とハーバード大学の犯罪学と犯罪心理学の学位も持っている。いつもは学位をひけらかさないようにしているが、ときにはそれが役立つこともある。

「パンチャルはスタンドプレイを好む警察官なんだな？」

「自分が正しいと考えることを、実行する警察官です」

「そのやり方に、きみは賛成しかねると?」

「何が正しいのかということからして、意見が食いちがってます」

ラジャ長官は苦笑いした。「すまなかった、呼びだしたりして。だが、こういうことはすぐに解決しておいたほうがいいからな。それに、実際に顔を合わせて解決するのがいちばんだ」

「お気遣いなく。実は本部に用事があったんです」

「それならよかった。ほかに何か気になっていることは? 何かあるんだろう? わかるぞ」

「〝何か〟と言うより〝誰か〟です。このカレー入りの揚げパンを長官に届けた人です」

警察本部のべつの部屋

ティモシー・パン巡査部長はパーテーションで区切られた自分のデスクについて、パソコンのモニターを見つめていた。パンは自分がハンサムすぎてわずらわしいと感じているめずらしいタイプの男性だ。刑事になりたいという子どもの頃からの夢がかなわずにいるのは、端整すぎる顔が邪魔しているのかもしれないと思っていた。上司からは、〝ティモシー・パンが役に立つのは、いかがわしい地域での売春を取り締まる囮捜査のときだけ〟などとからかわれてばかりいる。ああ、そういうことばは冗談だと信じたい。国際部に異動してからも、同僚からしょっちゅう飲みに誘われる。同僚ばかりか、同僚の娘や妹との食事にまで誘われていた。よく誘われるのは、異動してきたばかりだからなのか？　誰もがこんなふうに歓待されるのだろうか？

そんなわけで、自分のデスクに近づいてくる足音が聞こえると、顔をしかめた。報告書を書いているのに、また邪魔されるのだろうか……。

「ティム、特殊部隊でうまくやってるか？」

「上級巡査部長。いや、ちがった、サリム警部」パンはすぐに振りむいて、立ちあがった。誰もが見とれるほどなめらかな動きだった。「サリム警部、お会いできて嬉しいです。でも、どうしてこんなところに？　わたしに何か用ですか？」

「時間はあるか？　数分で済むよ」

このところ、〝時間がある〟と思えることはまずなかった。それでいて、何かを成し遂げたとか成功したとか、そんなふうに思えることもなかった。目下の最大のストレスは、犯罪が起きるたびに、いかにもお役所的な書類を処理しなければならないことだ。とはいえ、貧困には犯罪がつきものと言われるように、犯罪には書類仕事がつきものだった。いずれにしても、サリム警部が用もないのに訪ねてくるわけがなかった。

「コーヒーをおごりますよ。残念ながら、そちらの署みたいにおいしいコーヒーはないですけどね」

かつて、パンはサリムのことをのんびりした性格で、ブキ・ティンギ地区警察署のことを退屈だと思っていた。けれど、いまは、かつての上司であるサリムを、誠実で公正なすばらしい人だと感じていた。それに、以前の署の近くの店で食べられるおいしい料理も恋しかった。

「ブキ・ティンギが懐かしいのか？」

「ええ、毎日懐かしんでます。いや、正確には、お昼と休憩時間が来るたびに」

「あっちでもきみを懐かしがってる人がいてね」サリムが戸口を指さすと同時に、戸口で待っていた人が、虹色のつむじ風のように勢いよく入ってきた。

「やっぱりそうだわ。裏門のところにいた男性にそっくり。もちろん、あの人はティミー・パン巡査部長じゃない。でも、うりふたつよ。ティミー、あなたには兄弟がいるの？　よく似た顔のいとこは？」

パンはふっくらした小柄のおばあさんを見て、満面の笑みを浮かべた。刺繡入りのピンクのブラウスに、ピンクと黄色の花柄の巻きスカート。足元はピンクと白のスニーカーだ。警察本部に行くならばと、アンティ・リーは身だしなみを整えた。けれど、礼儀作法は店に置いてきたのか、パン巡査部長に抱きついた。

「アンティ・リー、また会えるなんて嬉しいです」パンはアンティ・リーが以前の署にしょっちゅう持ってきてくれたごちそうが、何よりも懐かしかった。アンティ・リーに会えたのももちろん嬉しかったけれど、続いて部屋に入ってきたニーナが胸に抱えているバスケットを見て、さらに嬉しくなった。新たな部署の同僚がいっせいに、おいしそうな匂いにつられて、顔を上げた。

「ティミー、聞いてちょうだい、ほんとうにおかしなことが起きたのよ。土曜日にパーティーのケータリングの仕事があったんだけど、そのパーティー会場だった家に、あなたにそっくりの男の人が来たの。そのときは、顔に見覚えがあるとは思っても、どこで見たのかどうしても思いだせなかった。ほんと、頭が爆発しそうだったわ。でも、思いだしたのよ。ティミー、あなたにそっくりだって。でも、あなたじゃなかった」

「うりふたつの兄弟がいるのか？」とサリムが尋ねた。

兄弟などいないほうがよかったと、パンはこれまでに何度思ったことか、それはもう数えきれないほどだった。あんな兄弟はいらない。兄弟なのに、まるでちがう人生を歩んでいるのだ。それなのに、いまになって人生が交差するとは。

「ええ、ひとりいますよ。みんなからそっくりだと、よく言われました。自分ではそうは思いませんけどね。でも、なんでそんなことを訊くんです？」

「家の門のまえまで来たのに、中に入れてもらえなかったのよ。あの医者に腕をへし折られるんじゃないかと心配したわ。そのすぐあとに死体が見つかったから、男性のあとを追えなかったのよ」

「死体？」

アンティ・リーがせわしなく何度もうなずいた。「そう、そう、そう。そうなのよ」

サリムは一度だけうなずいた。

「こっちへ」とパンは言うと、サリムとアンティ・リーが入ってきたのとはべつのドアに向かった。「会議室があいてるはずです。キルティガ、第一会議室の鍵をもらうよ」

「キルティガさん、さあさあ、バターの風味たっぷりの特製パイナップルタルトを食べてちょうだい」アンティ・リーはパン巡査部長のあとを歩きながら、キルティガと呼ばれた警官にタルトの箱を押しつけた。

「あなたの顎と額は特徴的ですもの……」アンティ・リーはそう言いながら、パンやサリムと一緒に小さなテーブルを囲んだ。ニーナはドアのそばの椅子に腰かけた。

コーヒーを持ってきた同僚にパンが指示した。黄金色のタルトを好きなだけ食べていいから、会議室には誰も入れるな、と。

「パトリックが家を出てからは、ほとんど会ってないんです」

ティモシー・パンはいまでも、クイーンズタウンの生まれ育った公営住宅で両親と一緒に暮らしていた。母の兄弟の家族も、父のいとこや子どもたちも、歩いていける範囲に住んでいた。そんなわけで、パンもいずれは近所に自分のアパートを持ちたいと思っていた。結婚するか、三十五歳になるかしたら。けれど、兄のパトリックはひとり暮らしができるようになると、すぐさま遠くに引っ越していった。

「兄のパトリックは音楽の教師をしてました。でも、いまは、CDになるような曲を作っているはずです。何年かまえには、国祭日《ナショナルデー》の歌も作りました。実は、先月、電話があって、友人の行方がわからないと言ってきたんです。だけど、警察に届ける気はない、と」

「それで、どうしてほしいと？」とサリムは尋ねた。

いくら親しいとはいえ、上司に向かって肩をすくめてみせるわけにもいかず、パンは黙っているしかなかった。

「その友人というのが、ほんとうに行方不明だとは思わなかったんだな？」

「いえ、まあ、行方がわからないのは事実でしょう。でも、自分から姿をくらましたのかもしれません」

「なるほど」

「ベンジャミン・ンよ」とアンティ・リーは言った。

パンはうなずいた。「そう、たしかそんな名前でした」

「なぜ、自分からいなくなったと思うの？」

「とくに理由はありません。ただ、パットの友だちはみんな、ちょっと……いえ、なんでもありません」

「その友だちがスゥーン家でどんな仕事をしてたか、知ってる？」

「いえ、そういうことは訊かなかったので」パンはメモを取っているサリムを見て、兄の話をもっと真剣に聞くべきだったと後悔した。

「だったら、お兄さんに会いにいきましょう」とアンティ・リーが気軽に言った。

「えっ？　いまからですか？」

「そうよ。余分に作ったお菓子が車の中にあることだし」

パンはサリムを見た。今度はサリムが黙っていた。重要なのは、サリムが〝ノー〟とは言っていないことだった。

「わかりました。でも、いきなりみんなで訪ねていくわけにはいきません。まずは兄と話をさせてください。それから、おふたりをお呼びします」

電話をかけると、パトリックはすぐに出た。

「兄さん《ゴー》？」パンはつい中国語で呼びかけていた。「ティムだ。いま会えるかな？」

「ベンのことだね。ベンは死んだのか？」


ふたりはパトリックが住むリフォームされたアパートの下で待ちあわせて、近くの屋台村《ホーカー・センター》へ行った。まだ十一時半まえで、昼食には早すぎたが、それでも、気まずい相手と打ち解けるには、シンガポールでは一緒に食事をするのがいちばんだった。その界隈をよく知るパトリックが、二人前の黄色い細麺《ミーキア》を注文した。

麺の上にのっている濃厚でやわらかいブタのレバーは、滋味深く、ぺろりと食べられた。香ばしく揚げたブタの背油ときらりと光る酢と、弾力のある麺のおかげで、兄弟は幼い頃のような絆でふたたび結ばれた。

「このまえ電話をくれたとき、友だちが行方不明だと言ってたけど」ティモシー・パンはからになった丼をわきに押しやりながら、言った。「まだ連絡はないんだね？」

チェンドル

Chendol
パンダンで緑色に着色した米粉のゼリーとあずきが入ったかき氷。

パトリックは首を振った。「友だちと言っても、ただの友だちじゃない。その……なんと言うか……かなり親しいんだ」そう言って、持参したプラムのジュースを飲んだ。

ティモシー・パンはふいに腹が立った。椅子を蹴って立ちあがって、〝そんな話はやめてくれ。聞きたくもない〟と怒鳴りたかった。けれど、怒りを必死にこらえて、冷静に言った。

「長いあいだ、行方がわからなくなってるわけじゃないんだから」

「そろそろ二カ月だ」

ティモシー・パンは首を振った。「大丈夫、よくあることさ。どこかへ行ってて、友だちに連絡するのを忘れるのは、めずらしいことじゃない。大したことじゃないよ」

パトリックは答えなかった。どう見ても納得していないようだった。

「いずれにしても、捜索願いを出すかどうかは、家族が決めることだ。きっと休みを取って、旅行にでも行ったんだよ」

「ベンの家族はマレーシアにいる。家族にも訊いてみたけど、連絡がないと言ってた。でも、ベンが行方不明だとは思っていないようだった。家族にも連絡してないとなると……」

もしパトリックが行方不明になったら、自分や両親はそのことにいつ気づくのだろう？　ティモシー・パンはそんなことを考えながら、さまざまなデザートを売っている店に、何気なく目をやった。チェンドルとタウ・スアンのどちらが、栄養があるのだろう？　そんなことを考えた。豚肉入りの麺でお腹はいっぱいになったが、兄とのぎこちない会話を続けるには、甘いものが必要だった。

タウ・スアン

Tau suan

皮を除いた緑豆を砂糖などと煮て、でんぷんでとろみをつけ、中華揚げパンをちらした温かいデザート。

「家族が捜索願いを出すまで、何もしないほうがいい。兄さんの友だちは誰か特別な人と出会って、そのことを誰にも話せずにいるだけなのかもしれない。なあ、チェンドルを食べないか？」

「いらない。もし、特別な人と知りあったなら、ベンは話してくれるよ。ベンはスゥーン家で大きな仕事を任されたって、それはもう喜んでたんだ。その仕事で大金が手に入るから、ふたりで暮らす家が買えると言ってた。どんな仕事なのか詳しくは聞かなかったけど、家に終末ケア・システムを設置するような話だった。複雑な装置とか生命維持モニターとか、そういうものも設計して、大金が稼げると言ってたよ。いなくなったのは、システムの最終調整とチェックをしてる頃だった。〝今日は帰りにシャンパンを買ってくる〟と言って、出かけていったんだ。それで、ぼくはステーキ用の肉を用意して、ベンが帰ってきたらすぐに焼こうと準備した。でも、帰ってこなかった。式は先週の土曜の予定だったのに――」

ティモシー・パンは兄をまじまじと見た。パトリックは弟と目が合うと、口をつぐんだ。

「式？」

「結婚するんだ。誓約式をすることになってた。この国では正式に結婚できないけど、式は挙げようと思ってね」

長い沈黙が流れた。なぜそんなことまで話してしまったのか、パトリックはわからなかった。兄弟といっても弟は警察官なのに。

「どのぐらいまえからの関係なんだ？」

「五年になる」

弟は兄を助けようという気持ちはなく、あくまで警察官として尋問するつもりなのだろうか？　友人はみな、ベンは式を挙げることに怖気づいて逃げだしたのだと思っている。そんなときに、さらに追い打ちをかけられたら、堪えられるわけがない。そうだ、もう行こう。立ちあがった拍子に、座っていたプラスティックの椅子が倒れて、転がった。

「待って」テーブル越しに伸びてきた弟の手に、手首をがっちりつかまれた。「兄さん、すまない」

「すまないだって？　何が？　これから、謝らなくちゃならないようなことをするつもりなのか？」

「何も知らなくて、すまなかった。大切な人と出会えたのを、弟にも話せなかったなんて、ぼくは悪いことをしてしまったよ」

パトリックはわけがわからず、弟を見つめるしかなかった。戸惑いを隠そうと虚勢を張るのも、もう忘れていた。かつての物静かな弟の姿が、頭をよぎった。中学生の頃、目のまわりに痣ができるほど、いじめっ子に殴られたことがあった。すると、それから二カ月のあいだ毎日、一歳年下の弟は休み時間のたびに、教室の入口まで来てくれたのだ。当時でさえ、自分はクラスメイトから普通の男の子とはちがうという目で見られていた。だが、弟はどんなふうに感じていたのだろう？　ティモシーはいい意味で目立つタイプだった。柔道の全国大会で優勝して、総合格闘技クラブのキャプテンだった。そっくりな顔をしているのに、どういうわけか、兄は女らしい顔立ちに見えて、弟は学校一のハンサムだった。そして、そう、毎日、弟は見え透いた口実を作って、教室まで来てくれた。「ねえ、この数学の問題を教えてよ」とか、「財布を忘れちゃったんだ。五十セント貸してよ」とかなんとか。ティモシーがいれば、いじめられなかった。

そんなことを思いだして、パトリックの目に涙があふれた。そんなやさしい弟に、なぜ真実を打ち明けられなかったのか……。

「話したら、怒るだろうと思ってた」けれど、ほんとうに怖れていたのは、家族の面汚《つらよご》しだと思われて、嫌われることだった。けれど、さすがにそれは言えなかった。

「ああ、怒ってるよ。腹が立ってしかたがない。誓約式をするつもりだったのに、たったひとりの弟にも教えてくれなかったんだから。腹が立ってあたりまえだ」

パトリックは返すことばがなかった。

「それじゃあ」ティモシー・パンは言った。「どうにかしてベンを見つけよう。でも、もしもそいつが何も言わずに兄さんのもとを去ったなら、この手でぶっ殺してやる」

14　パトリック・パンのアパートで

「ほんとうに部屋に上がって、話を聞いてもいいのかな？」ティモシー・パンはそう尋ねながら、狭い居間を見まわした。壁際の小さなテーブルには、両親の銀婚式の写真が飾られていた。その隣には、賞状を手にしたティモシーの写真。新聞から切り抜いたもののようで、イケアのフォトフレームにおさまっていた。ティモシーは胸が熱くなった。同時に、自分がとんでもない勘違いをしていたことに気づいた。兄のパトリックは家族や親戚の中で自分だけがずば抜けた才能があるから、家族と縁を切りたがっているにちがいない、いままでそう思いこんでいたのだ。

アンティ・リーとサリム警部を部屋に入れて、兄に事情聴取をすることになるかもしれないと思うと、なんとなく落ち着かなかった。

「ああ、いいよ。協力してくれるなら誰だろうと、話を聞いてもらいたい」

「今夜、家に食事をしにこないか？　兄さんに会えれば、母さんも父さんも喜ぶよ」

いや、喜ぶわけがない、とパトリックは思った。

「今夜はやめとくよ。でも、ありがとう」

パトリックとベンジャミンが借りている部屋は、古びた公営住宅の最上階だった。階下の共用スペースは風雨にさらされて色褪せて、ガタガタと動くエレベーターは年季の入った代物だ。室内の壁も煤けているが、新しい公営住宅に比べると、広くて、天井も高かった。

アンティ・リーはゆっくり上へ向かうエレベーターに乗っていた。この国の人口が増えて、公営住宅がどんどん狭くなって、少人数でしか住めなくなっているのが、残念でならなかった。

一階の色褪せた灰色の壁とはちがって、パトリックとベンジャミンが住む十九階の外廊下の壁は、淡い桃色に塗られていた。ふたりの部屋はつきあたりで、サリムと一緒に外廊下を歩いていると、壁に描かれた鳥や蝶の絵が目に飛びこんできた。絡まるツタや葉や木の絵もある。その絵をたどっていくと、クマデヤシやブーゲンビリア、咲き乱れるスイートピーの絵に囲まれた黒っぽい木のドアにたどり着いた。温かくて心地いい風がかすかに潮の香りを運んできた。はるか遠くに目をやると、ビルの隙間で海が光っていた。

壁に描かれた植物が、なんとなく気になった。なにやら重要な意味を持っているような気がしたのだ。けれど、どんな意味なのかはわからなかった。歳を取って何が困ると言えば、思いだしたいときにかぎって、記憶が頭の奥底に埋もれたまま、掘りだせなくなってしまうことだ。

三階以上の建物に住みたいと思ったことはなかった。エレベーターが壊れたらどうするの？　けれど、いま、このときだけは、せわしない都会の喧噪から逃れて、高いところで暮らすのも悪くないと思った。

「違法だな」とサリム警部がつぶやくように言った。「公共の壁に許可なく絵を描くのは法律違反だ。防火規定にも外廊下を汚してはならないと定められているのだから」

「でも、すてきな絵よね」

サリムがドアホンを押した。小型の布袋像のおへそがドアホンのボタンになっていて、それを押すと、鳥のさえずりのような音が響いた。サリムは顔をしかめて、アンティ・リーはにっこり笑った。

アンティ・リーとサリムのためにドアを開けたのはティモシー・パンだったが、パトリックも傍らに立っていた。

「そうよ、あなただわ。スゥーン家の裏門から中に入ろうとしてたでしょ？　あの家の人が亡くなった日に」

「ええ、そうです。でも、あの家には入ってません。だから、事件のことは何も知りません。弟から聞きました、あなたはベンジャミンのことで話があるんですよね？」

「そうなの、でも、ほかのこともいろいろ訊きたいと思ってね。あがってもいいかしら？」

「ええ、もちろんです。気がつかなくてすみません。どうぞ入ってください」パトリックの口調は丁寧だった。この若者はそうとう苦しんでいるにちがいない、とアンティ・リーは思った。目の下には黒いクマができて、肩には疲れと緊張感が漂っている。よほどのストレスを抱えているのだろう。ストレスにさらされているがゆえに、やけに丁寧なのだ。

「もしかして、遺体が見つかったんですか？　DNAのサンプルが必要だとか？　ベンジャミンは死んだんですか？　もしかしたらと思ってました」

「いや、何も見つかってませんよ。これは正式な事情聴取ではありませんから」とサリムが冷静に言った。「ちょっとお訊きしたいことがあるだけです。非公式に」

サリムがしゃがんで、いつになく時間をかけて靴紐を解いて、靴を脱いだ。アンティ・リーはピンクと白のスニーカーをすばやく脱ぎながら、ひとつ大きく息を吸うパトリックを見つめた。

「警察がベンを見つけていないってことは、まだ生きてるんですよね？」

「いや、いくつかお訊きしたいことがあるだけですから」サリムはもう一度言った。「まずは、ほんとうに行方不明なのかどうか、確かめなければなりません。旅行に行ってるとか、あなたに言わずに何かをしてるとか、そういうことではないのを確かめるのがさきです。ちょっと出かけているだけなのに捜索願いを出されたら、本人が困るでしょうから」

「ベンは何も言わずにふらりといなくなったりしません。それはおっしゃりたいことはわかります。実は捜索願いを出そうとしたんです。でも、出せなかった。家族じゃないから。テイモシーに連絡するまえのことですけどね。スゥーン家に行ったときには、なりふりかまっていられず必死でした」

声がかすかに震えているのに気づいて、アンティ・リーはパトリックのことがますます気の毒になった。

「すてきなお宅ね。でも、最上階だとやっぱり暑いのかしら？」アンティ・リーはほんとうに知りたくて尋ねた。

「ベンが最上階を気に入ったんです。トイレやキッチンに無骨なパイプがないので。ああ、すみません、どうぞ入って、座ってください。ぼくも最上階が気に入ってます。上の人の足音や何かを引きずる音なんかがしないですからね。それに、ベランダに洗濯物やゴミが落ちてくることもありません」

「それに、これぐらい古い建物なら、壁に絵を描いてもほかの住人に文句を言われることもなさそうね」

「ええ、そうなんです。ベンが描いたんです。ベンの絵は画廊にも飾られてて、けっこう人気があるんです。廊下の絵もイタリアの雑誌が取材に来て、写真を撮っていきました。どこで撮ったかは秘密にしてもらいましたけどね。だって、壁に絵を描くのは違法ですから」

ふたりの警官はいまの話を聞かなかったふりをした。

「ということは、あなたのお友だちは画家なのね。すごいわ。おまけに建築家でも、技術者でもあるのよね？　多才なのね。建物の設計をしてほしいと、メイベル・スゥーンに頼まれたんでしょう？」

「そうです」どうやらアンティ・リーはスゥーン家の人たちをよく知っているらしい、とパトリックは思った。「ベンは副業で建築設計もやってたんです。すばらしい設計をするんですけど、大企業で働くつもりも、会社を起こすつもりもなくて、フリーランスで仕事を請け負うようになりました」

「そういうことを、もっと早く話してくれればよかったのに」とティモシー・パンが言った。「ベンはスゥーン家の亡くなったふたりのために仕事を請け負って、行方不明になったってことだろう？　どうして、それを話してくれなかったんだ？」

「ベンがいなくなったのは先月だ。二カ月近くまえのことだ。そのときは、誰かが死ぬなんて思いもしなかった」

スゥーン家のふたりが死んでいるのが発見されたのは、パトリックがあの家に入ろうとした直後だ。これはまずい、とサリムは思った。そこで、尋ねた。「きみの友だちはスゥーン家でどんな建物の設計をしていたのかな？」

「わかりません。本人もはっきりとは知りませんでした。指示にしたがってただけでしたから。病気になった老人を自宅で介護するための建物だと思ってたみたいです。自宅での終末ケアのための」

「ベンは前金をもらって、仕事を請け負ったのかしら？」とアンティ・リーは尋ねた。「せめて、手付金ぐらいは受けとってるといいけど」

「いえ、受けとってません」パトリックがふいに声を荒らげた。「それに、こんな状態じゃ、払ってもらえるとも思えない。あの家の人がどんな豪邸に住んでるか、ぼくはこの目で見ました。マンションだって建ちそうなぐらい広い庭だった。そう、二棟は建ちそうだった。ジムもプールもあった。それなのに、前金をくれなかったんです。詳しい企画書を仕上げても、それでもびた一文払わなかった。建物も中の設備も何から何まで任せるから、完成したら一括で支払うと約束はしてたけど、ほんとうは払う気なんてなかったのかもしれない。もしかしたら、あの家の人がベンをどこかに監禁したのかもしれません」

もしかして、プールの近くのあの建物に？　とアンティ・リーは思った。

「弁護士を雇ったほうがよさそうだ」ティモシー・パンは兄の話をさえぎった。このままでは、兄は警察官を罵倒しかねない。「これ以上しゃべらないほうがいい」

けれど、パトリックはアンティ・リーに訊きたいことがあった。「ベンがあの家の建物を設計したと、スゥーン家の人が言ってたんですか？　あの家の人たちはとんでもなく秘密主義で、ベンは守秘義務の書類にもサインさせられたんです。それに間の抜けてることに、サインした契約書の写しさえもらえなかった。だから、仕事を請け負った証拠はひとつもなくて、たとえベンが支払いを求めて裁判を起こそうとしても、逆に訴えられかねません。どう考えても、おかしいですよね？」

たしかにそんな仕事を請け負うのは、間抜け《グンドゥ》だ、とアンティ・リーは思った。とはいえ、人を信じて疑わない純粋な人こそ、多くの人から愚か者と言われる。それに、純粋だからこそ、災難に巻きこまれることもある。

携帯電話が鳴って、ティモシー・パンが小声で電話に出ながら、その場を離れた。自分と兄に会ってほしいと、誰かに頼むつもりなのだろうか、とアンティ・リーは不思議に思った。けれど、話の途中で、べつの着信があったらしい。なぜ、それがわかったかと言えば、ふいに話が変わって、ある老人のせいで高速道路でタイヤを付け替えるはめになった、と話すのが聞こえたからだった。そのせいで頭痛がして、制服も汚れてしまったから、署で緊急事態が起きていなければ、このまま家に帰りたいと言っていた。

「スゥーン家の人は、家族のための集中治療室をベンに作らせたとか、そんなことを言ってましたか？」パトリックは弟に聞かれないように、小声でアンティ・リーに尋ねた。

「いいえ」

「だったら、なぜあなたはそういうことを知ってるんですか？」

「勘よ。外廊下の絵。あれはベンが描いたのよね？　似たような絵をスゥーン邸でも見かけたわ。プールの近くの建物の壁よ。壁を這うようなツタと葉が描いてあったわ」

「ああ、なるほど。それなら、写真を見せてもらったことがあります。ベンはいつも芸術家としての血が騒ぐみたいで。ぼくもそうですけどね。ベンは自分が描いた緑の葉が、緑色のプールによく映えると自慢してました」

「プールは緑じゃないわ」たしか、プールの底は真っ青なタイルだったはず。

「いいえ、緑色ですよ。写真に写ってます。ほら、この写真です」

たしかに、写真に写ったプールの水は、まぎれもないエメラルドグリーンだった。その色が画家の目に留まったのも不思議はなかった。

「ベンは才能豊かな画家で、建築家としても優秀だったのね。すごいわ。もっと作品を見てみたい」

「といっても、穏やかな作品じゃないですけどね」

「なおさら、いいわ。穏やかな芸術なんて、そこらへんにあるただの広告と同じだもの。ところで、お湯を沸かせるかしら？　キクとクコの実で作ったティーバッグを持ってきたの。気持ちが落ち着いて、元気になるお茶なのよ。カップはこれでいいわ。軽くゆすげば大丈夫。お湯を沸かしてるあいだに、お友だちのアバンギャルドな作品を持ってきてちょうだい。それと、ドアホンを買ったお店の住所を教えてね。ここの玄関についてる鳥のさえずりのドアホンを売ってるお店よ」

「このフォルダーに入ってるのが、ベンの作品です。個人的に描いてた絵です」

フォルダーには、ベンジャミンが描いたエロティックな絵が入っていた。サリムとティモシー・パンはばつが悪いのか、見ようとしなかった。だから、そこに紛れこんでいたものを見つけたのは、アンティ・リーだった。設計図にプリントアウトしたメール、希ガス封入中空ファイバを利用して血液に酸素を送りこむことのメリット――効果的だが使用は短期間のみ、手術室では有効――と、均質膜を使うメリット――長期の生命維持に有効――に関する大量の資料。

ほかにも大切なものが入っていた。

「これはベンが言ってた新しい装置だと思います。心臓を拍動させる代わりに、ローターを回転させて、血液を循環させる装置。人は羽をばたばた動かしても飛べませんよね。それを考えれば、何も心臓の鼓動だけで血液を循環させる必要はない、ってことみたいです」

「それで、どっちの装置を採用したんだろう？」とサリムが尋ねた。

「両方でしょう」ティモシー・パンが何枚もの領収書を見て、眉間にしわを寄せながら言った。「金に糸目はつけない。そういうことみたいです。もちろん、ベンが使ってたのは自分の金じゃありませんけど。少なくとも、その金を誰が支払ったのかは調べられそうです」

「わざわざ調べなくても済みそうよ」アンティ・リーが差しだした領収書にはグレースフェイスのサインがしてあった。

15　情報

翌日、アンティ・リーはパトリック・パンのアパートで得た情報を、チェリルとニーナに話した。おしゃべりの時間が持てるのも、〈アンティ・リーズ・ディライト〉をやっていることの、ちょっとした恩恵だった。

ベンジャミン・ンはスゥーン邸での終末治療システム、さもなければ、集中治療室の機材の考案から、設計、建設まで、すべてを任されていた。パトリックの話では、ベンジャミンをスゥーン家の人に紹介したのはエドモンド・ヨーンにちがいないとのことだった。なぜなら、ベンジャミンは何年かまえに、ヨーン医師の美容整形クリニック〈ビューティフル・ドリーマー〉の設計をしていたからだ。

「それも秘密の仕事だったんですって。クリニックでは違法な美容整形もすることになってたから」

「実はブキ・ティマ・プラザのそのクリニックに行ったことがあるの」とチェリルが言った。

「でも、去年、火事で燃えちゃったのよね。そのせいでヨーン医師はレナードの治療を担当することにしたのかもね。それなら、なんとなくわかる気がするわ。なにしろ、あの医者は強欲だから。〈二十四時間で金持ちになる〉とか、〈有力者と知りあう方法〉なんていうセミナーに、かならず顔を出してたわ。クリニックの診察室の棚にも、そういう本が並んでた。並んでるのが医学書だったら、わたしだってあの医者をもう少し信用できたかも」

「それから、ゆうべ、オットーから電話があったわ。パトリックから連絡があって、わたしを信用しても大丈夫か訊いてきたんですって」アンティ・リーはそう言ってにやりとすると、思わせぶりに口をつぐんだ。

「オットーはなんて答えたの？」とチェリルが尋ねた。

アンティ・リーがオットーとそのパートナーのジョーと知りあったのは去年だが、殺人事件と家族の問題を一緒に解決したことから、いまや親戚以上に親しくなっていた。

「オットーはよくできた子よ。わたしのことを、誰よりも愛すべき、すばらしいおばさんで、全財産を預けてもいいほど信用してる、と答えたんですって」そう言うと、満面の笑みを浮かべた。「それはともかく、オットーはベンジャミンがスゥーン家の仕事を請け負ってるとは、夢にも思わなかったそうよ。もし知ってたら、注意したと言ってたわ。レナード・スゥーンの蛮行なら、数えあげればきりがないからって。レナードはそうとうひねくれ者で、乱暴者で、かなりの不良だったようね」

「同性愛者が嫌いだっただけかもしれませんよ」とニーナが言った。ニーナは同性愛にも批判的なら、アンティ・リーの同性愛を認めるような発言にも批判的なのだ。

「わたしはラクサに牡蠣を入れるような人は好きになれないけど、だからって、そういう人を咎めたりしないわ」

「いいえ、咎めてますよ」

「あら、そう？　そうだったかしら？　まあ、そんなことをしたら、牡蠣もラクサも台無しだものね。それはともかく。オットーの話では、レナードは学生の頃から問題児だったんですって。同級生をいじめてただけじゃない。人気のある女性の教育実習生までいじめたんだそうよ。その先生を誘惑して、縛りあげて、写真を撮れば、おもしろいことになると思ったみたい。そうしてみせると、同級生に吹聴してまわったらしいわ。それから、そのロザリオ先生を追いかけまわした。高価なものをプレゼントして、家庭教師になってほしいと、週末には別荘に招いたそうよ。限度額のないクレジットカードで、食事をごちそうするなんてことも言って、誘ったらしいわ。でも、ロザリオ先生はレナードを相手にしなかった。それどころか、つきまとわれて困っていると、学校に報告したんですって。同級生はみんな、レナードはふざけてるだけだと思ったらしいわ。その一件があって、その先生はますます生徒から好かれるようになった。でも、レナードはかなりショックだったみたい。ロザリオ先生のことをほんとうに好きだったのかもしれない、とオットーは言ってたわ。でも、レナードが知ってた女性の気を惹く方法はただひとつ、プライドを傷つけることだけ。もしかしたら、そのときはじめて、お金があればなんでも手に入るわけじゃないのを、思い知ったのかもしれないわね。レナードはロザリオ先生の人生をめちゃくちゃにしてやろうと、あらゆることをした。結局、先生は学校を辞めた。レナードは最初の目論見どおりに先生を追いはらったと言ったそうよ。たいていの人はレナードが父親にそっくりだと思ってた。へらへら笑ってるだけで、物事を真剣に考えないって。でも、ほんとうは母親そっくりよ。狙った獲物は手に入れなければ気が済まない。そのためなら手段は選ばない。同級生と同じようなものは欲しがらない。なぜって、もう持ってるから。それに、人を困らせるのが楽しくてしかたない。レナードはオットーと同じ学校に通ってたんだけど、女の子に暴行して、訴えられて、退学になったんですって。ゲームセンターで知りあった女の子を、家に連れて帰ろうとしたけど、断られて暴力をふるったんだそうよ。そんなことがあって、転校したんだけど、そこでもまたクラスメイトに麻薬を与えて、写真を撮って、インターネットのサイトに写真を載せた。〝シンガポールの麻薬取締官〟なんてふざけたタイトルをつけて」

「それって、麻薬を使ってる人たちへの警告だったのかしら？」チェリルが驚いて言った。亡くなったレナードについて耳にした噂を考えれば、そうとは思えなかったけれど。

「オットーの口ぶりからすると、レナードは自分でも麻薬を使うと同時に、売ってもいて、自分から麻薬を買わない人たちに嫌がらせをしてたみたい。実際、十六歳のときにはもう、親から小遣いをもらわなくてもやっていけると、豪語してたんですって。それ以上の金を稼いでると、自慢してたらしいわ」

それを考えると、母親よりも、レナードのほうが敵が多そうだった。

「でも、病気だったのは、ほんとうなのよね？　人を寄せつけないために、病気のふりをしてたわけじゃないんでしょう？」こうなるとチェリルも、レナードのすべてを疑ってからずにいられなかった。

「オットーも、レナードはほんとうに病気だと思ってたみたい。シンガポールに帰れずに死んでしまいそうだと、本人が言ってたそうだから」

「となると、レナードが母親を道連れにして自殺したのかもしれないわね」

ベッドの上で死んでいた痩せ衰えたレナードの姿が、アンティ・リーの頭の中にちらついた。レナードはまちがいなく痩せ細っていた。骨が浮いて見えるほどだった。発疹やいぼだらけの肌は、青紫色に変色していた。

「レナードが料理に毒を盛る気でいたとしても、誰かの手助けが必要よ。協力者がいなければ、毒を手に入れられないわ。だって、どう見ても、ひとりではベッドから出られないような状態だったから」

「それなら、母親ね」

「母親だとしても、やっぱり誰かの協力がいるわ。それに、メイベルがそんなことをするとは思えない。そんなことをしそうな人といえば、レナードの治療を任されてた医者ぐらいかしら」

アンティ・リーはどうしてもエドモンド・ヨーンが怪しく思えてならなかった。あの医者は自分にどれほどの力とコネがあるかを、人に見せつけたがっていた。それがどうにも気に食わなかった。だけどいくらなんでも、大金を払ってくれる患者を殺したりするかしら？

いや、ここぞとばかりにビュッフェの料理を食べていたくらいだから、そんなことはしないだろう。

人と話をすれば、その人のことがよくわかる。でも、それと同じぐらい、アンティ・リーは人がものを食べる姿を見るだけで、多くのことがわかった。何を食べているかだけでなく、どんな食べ方をしているかで、多くのことがわかるのだ。テーブルマナーではなく、食べものの関わり方の問題だ。食べものとの関わり方によって、人は自分自身や他者との関係の基礎が築かれて、育まれるのだ。

スゥーン家でパーティーが開かれたあの日、アンティ・リーはエドモンド・ヨーンがとくに高級な料理ばかりを選んで食べているのに気づいた。たとえば、アヤム・ブア・クルア。その料理を食べるチャンスは二度とないと思っているかのように、がっついていた。アンティ・リーは自分が作った料理をおいしそうに食べてくれる人を嫌いになることはまずなかった。でも、エドモンド・ヨーンは料理を食べていたと言えない。ひたすら胃袋に詰めこんでいただけだ。たとえば、ガソリンスタンドに行って、愛車のガソリンタンクを満タンにしようとしている人みたいだった。それに、ヨーン医師はさんざん食べてお腹いっぱいになっても、まだビュッフェ・テーブルのまわりをうろついていて、エビのパイの上にのった新鮮で高価なカニの卵を、こっそりつまんでいた。そのせいで、残ったパイは捨てるはめになった。むやみに食べものを無駄にしてもなんとも思わない人は、むやみに人を殺せるのかもしれない。それでも、大金を払ってくれる患者を、エドモンド・ヨーンが殺すとは考えにくい。

となると、誰が殺したの？　いま一度、パーティーを思いかえした。やっとはじまったと思ったら、いきなり悲劇的な結末を迎えたパーティー。主役であるシャロンは、ほとんど何も食べなかった。

いまごろシャロンはすっかり仕事モードに入って、母親が残した法律事務所を引き継ごうとがんばっているはずだ。それを意外に思う人もいるだろうが、アンティ・リーにとっては意外でもなんでもなかった。シャロンは仕事に没頭して悲しみをまぎらわせようとしているのだ。夫を亡くした直後の自分もそうだった。

あの地獄のような日々。死にゆく夫を看病するほうがまだましだった。死んでしまったら、やることもなくなって、希望も消えてしまうのだから。そう、あの地獄のような日々に、みんなから〝休みなさい〟とか、〝のんびりしなさい〟などと言われた。そういうことを言うのは、問題の本質をまるでわかっていない証拠だ。体を休めても、のんびりしても、問題は解決しない。どうにかしなければならないのは、取り返しがつかないほど切り裂かれてしまった心と人生なのだ。じっと座って、ひとりぼっちの人生について思いを巡らせるのは、慰めになるどころか拷問でしかない。

そうよ、シャロンが母親の仕事を引き継ごうと必死になっているなら、そっとしておいたほうがいい。それでもやはり、シャロンがパーティーの料理に口をつけようとしなかったのが気になった。弟に持っていく料理を皿によそりながら、つまみ食いもしなかった。それとも、料理が気に入らなかったのではなくて、弟のことが気に入らなかったの？　オットーによると、スゥーン家の親は息子の欠点にまるで気づいていなかったらしい。でも、姉なら弟がどんな人間なのか気づいていたにちがいない。もちろん、人前で食事をするのを嫌がる人もいる。シャロンはそういうタイプなの？　弟のために手際よく料理を取りわけていたのに、自分では何も食べなかった。ただし、弟に持っていくまえに、毒見はした。そうだ、そうだった。

「ブア・クルアをレナードに持っていくまえに、シャロンが毒見をしたわ。たとえ、メイベルとレナードが死んだのがブア・クルアに入ってた毒のせいだとしても、毒はシャロンがその料理を持っていったあとで混入したとしか考えられない。あるいは、ブア・クルアに毒などなかったのか。ふたりは毒薬を飲むか何かして、死んだのかもしれない」

「それか、シャロンが毒見をしてから、毒を混ぜたか」とチェリルが言った。「さもなければ、グレースフェイスかも。グレースフェイスは自分がレナードに料理を届けると言ったわ。家に入る口実がほしかったのかもしれないけど」

アンティ・リーもグレースフェイスが家に入っていくのを見た。

「そういえば、もうひとつ妙なことがあったわ。ドリーン・チューも家の中で何かしてたみたい。家の中のどこに何があるか、ずいぶん詳しかったわ。どういうことなのか突き止めなくちゃ。わたしと話をしてたと思ったら、次に見たときには、いなくなってたの」

「ドリーンがメイベルに毒を盛ったとか？　ドリーンが邪魔者のメイベルを始末して、ヘンリー・スゥーンを手に入れようとしたの？」とチェリルが言った。

アンティ・リーはチェリルをまじまじと見た。「ドリーンはそんなことしないわ」

「そうとも言いきれない気がするけど」

「いずれにしても、ドリーンさんとミスター・スゥーンは関係があるようですね」とニーナが話に割って入った。

「ドリーンが？　そうかしら？　そんなことがあるかしら？」アンティ・リーはそう言いながらも、おもしろがっていた。いまのニーナのことばで、この目で見たことに確信が持てた。それでも、わざと信じられないふりをしていたほうが、新たな情報が手に入るのだ。

「人畜無害なご主人が生きてた頃は、ドリーンは不倫なんて絶対にしなかった。それなのに、いまさらそんな面倒なことをするかしら？」

「でも、ドリーンさんはずいぶんおしゃれしてましたよね。美容院に通い詰めて、髪を黒く染めてますよ」

アンティ・リーはおしゃれにまったく関心がない。ニーナはそれが残念でならず、自分の責任のように感じていた。だから、ドリーンがいかに外見に気を遣っていたかという話をして、アンティ・リーのおしゃれ心に火をつけようとしたのだった。けれど、アンティ・リーにしてみれば、こんなときにそんな話を持ちだすのは、現状を甘く見ているとしか思えなかった。

「たしかに、ドリーンが妻のいる男性とつきあってたら、黒い髪やメイクやおしゃれな服をそっちのけにしたりしないでしょうね。それはそうと、どうして、ドリーンが足しげく美容院に通ってるのを知ってるの？」

「メイド仲間のいとこが、ドリーンさんと同じマンションに住んでる家族のところで働いてるんです。植物園の向かいのマンションですよ」

アンティ・リーはニーナの情報源を疑うつもりはなかったものの、情報を鵜呑みにするまえに、まずはドリーンと同じマンションのどの家族のメイドが、そういうことを言っているのか知っておきたかった。天日干しのカタクチイワシや、作りたてのテンペを買うときには、ニーナだって品物の出どころを知りたがるに決まっているのだから。

「ミスター・スゥーンはほぼ毎晩、ドリーンさんの家に食事をしにきて、十一時過ぎまで帰らないそうですよ。祈りと癒しの会にも一緒に行ってるみたいです」

「いまも行ってるのかしら？　レナードはもういないのに。メイベルもいなくなって、その会は誰が運営してるのかしら？」

「何かのために祈ろうとする人は、いつだっていますからね。シャロンさんもときどき行くそうです。シャロンさんの恋人も」

ヘンリーとドリーンがあの会に一緒に行ってるなら、いわゆる不倫の関係とはちがうのかもしれない。それに、シャロンの恋人？　あらためて、パーティーで見たシャロンを思い浮かべた。たしかにシャロンには若い女性にありがちな思い込みの激しさはあるけれど、それは男性に対してではない。

「祈りと癒しの会がどこで開かれてるか、あなたの友だちは知ってるかしら？」

「いいえ。ドリーンさんのメイドはミャンマー人ですから。シンガポールに来てまだ三カ月で、英語がほとんどしゃべれないんです」

「ほかにもミャンマー人の友だちはいるわよね？」

「ええ、もちろん」

「その友だちと一緒に行って、ドリーンのメイドから話を聞いてちょうだい。ドリーンのメイドはシンガポールに来たばかりで、知り合いがいないのよね、かわいそうに。きっと寂しがってるわ」

「そんなの無理ですよ。わたしもミャンマー人の友だちも、ドリーンさんのメイドを知らないんですから。それにミャンマーから来てメイドをしてても、日曜がお休みとはかぎりません」

メイドの件はひとまずおいておくことにした。「祈りと癒しの会に出てみたいわ。それから、パン巡査部長のお兄さんの恋人が、メイベルに頼まれてどんなものを作ったのか、もっと詳しく知りたい。それと、あの中国人の女の人が何をしにスゥーン邸にやってきたのかってことも」

「シンガポール人の医者と結婚するためかもね」とチェリルが言った。「シンガポールに来る中国人は、みんなギャング団のメンバーってわけじゃないもの」中国のギャング団の裏をかいたという話なら、チェリルはアンティ・リーから耳にタコができるほど聞かされていた。だから、アンティ・リーの話がこれからどんな方向へ向かっていくかは予想がついた。

「ヨーン医師はマレーシア人よ。シンガポール人じゃないわ。あの中国人の女性がシンガポール人と結婚したいなら、ヨーン医師より有能な医者を見つけなくちゃ。でも、そうじゃない、あの女の人は妙なビジネスのために、スゥーン邸に来たんだわ」

「となると、誰がメイベルの死を望んでいたのか、ますますわからない。そうだ、息子のほうは？ 話を聞くかぎり、レナードを憎んでる人がいっぱいいそうよね。誰かがレナードを殺そうとして、メイベルは巻き添えになっただけなのかも」

「レナードを殺そうとする人なんているかしら？ 病気で死にそうだったのよ。わざわざ手を下すまでもなく、じっと待ってれば済む話でしょ」

「でも、メイベルは息子の病気は治ると思ってたのよね？」

「それはそうよ、母親だもの」アンティ・リーはうかがうようにチェリルを見た。「あなただったら、子どものために自殺する？」

「えっ？ いやだ、いきなり」チェリルは一瞬、本気で驚いた顔をした。

それを見て、アンティ・リーは思った。もしかしたら、チェリルも同じようなことを考えていたの？

「ちょっと思っただけよ」

「自分が死んで、子どもが助かるなら、当然、そうするでしょうね」とニーナが言った。

「でも、そんな保証がないなら、自殺しても意味がない、そうですよね？」

「そういうことに保証なんてないけどね」とチェリルが言った。「それに、自殺したら、わが子がほんとうに生きていられるのかどうか、わからない。それでも、子どもの身代わりになって死ぬかもしれないけど。ほんとうに切羽詰まってたとしたらね」

「麻薬中毒だったから、レナードの心臓はあんなに弱ったのかもしれないけど、先天的に心臓に異常があった可能性もあるわ。もしかしたら、メイベルはそう思いたがってたのかもしれない。以前から胸の痛みと、命に別状がない程度の不整脈を抱えていたから、心臓がかなり悪くなるまで気づかなかったということだってある」だからメイベルは、息子が新しい心臓をもらえるように、必死に祈っていたのだ。

「だけど、簡単な手術じゃないわよ」チェリルはパトリックとベンジャミンの部屋での話をアンティ・リーから聞かされて、心臓移植について調べたのだった。

「まず、心臓をもらうこと自体、ものすごくむずかしい。健康な心臓でなければならないし、拒絶反応を抑えるために、組織も適合していなければならない。それに、脳死状態で生命維持装置につながれてるドナーの心臓でなければならないわ。そうして、移植手術となったら、患者は人工心肺装置につながれる。手術中は、その装置で全身に酸素と血液を循環させるの。それから、患者の心臓を取りだして、すぐさまドナーの心臓に取りかえて、血管を縫いあわせる。それはもう複雑よ。即席の手術室でできるようなものじゃない。移植チームが必要だわ。何人もの医者や看護師、麻酔医が必要なの。装置やモニターだって山のように……」

アンティ・リーはベンジャミンの部屋で見つけた領収書を思いだした。それから、ふと思った。「手術チームのメンバーをどうやって集めるのかしら?」

「レナード・スゥーンの手術チームに入りたいなんていうお医者さまはいないんじゃないですか？」とニーナが言った。「もう助からないほど具合が悪かったんですよね？　麻薬漬けで」

それを聞いて、アンティ・リーの頭にべつの考えが浮かんだ。ブア・クルアに含まれているのはシアンだ。犯人がふたりの死をブア・クルアのせいにするつもりだったとしたら、料理にその毒物を混ぜたにちがいない。シアンはアーモンドやリンゴの種にも含まれている。とはいっても、ごく微量だから、食べても具合が悪くなるほどではない。ほかにシアンが使われているものと言えば？　殺虫剤や農薬は？

ニーナがインターネットで調べると、シアンについて知りたいことがすべてわかった。その毒物がどこで手に入るかということ以外はすべて。

「わたしたちがスゥーン邸にいたとき、プールは緑色だった？」アンティ・リーはチェリルに訊いた。

「青じゃなかった？　だって、水は青く見えるものでしょ」

実際に見たことではなく、いかにも知識をひけらかしているように話すチェリルに、アンティ・リーは少し苛立った。

「水が緑色だったとしたら、藻が繁殖してたってことだわ」とチェリルがつけくわえた。ときどきこんなふうに何気なく重要なことを言うチェリルには、感心させられる。年々物忘れが激しくなっている自分に比べて、チェリルは情報という金塊をひょいひょい拾い集めながら生きているようだ。といっても、拾った金塊を磨いてみる気はないらしい。

「去年、うちの池で藻が大発生して、水が真緑になったわ。庭師に何度も水を換えさせたけど、そのたびにやっぱり緑色になっちゃうの。しかたがないから、業者に頼んで、藻爆弾《アルジー・ボム》で駆除してもらったわ。名前からしてあまり効きそうにないと思ったんだけどね。だって、〝おなかいっぱい食べても痩せられる〟とか、〝ピーリングなしでお肌を美白〟とか、そんな宣伝文句の薬と名前が似てるじゃない？　でも、あれはよく効いたわ。ひと晩で藻が消えて、翌日には池はもう緑色じゃなくなった。魚も全滅しちゃったけどね」

「そうなの？　たったひと晩で……」といっても、アンティ・リーは魚に同情しているわけではなかった。「業者はどんなことをしたの？」

「池に殺藻剤を入れただけよ。大きなバケツ一杯分ぐらいの粉末の薬だったわ。それをどさっと入れて、池の水を飲まないように注意した。そもそも池の水を飲むわけがないけどね。藻はすぐになくなったけど、業者の話ではまた湧いてくるってことだった。日光と酸素があれば藻は繁殖するんですって。つまり、そういう池は環境的には整ってるってこと。ただ、藻が繁殖すると見栄えが悪いだけ。なんという薬を使ったのか、業者から聞きだそうとしたの。だって、自分でやれば安上がりでしょ。藻を殺す薬さえあればそれで済む、そうよね？だから、教えてもらおうと思ったの。家庭用の消毒薬や、ゴキブリ駆除剤じゃ効きそうにないものね。業者はそういうものよりもう少し複雑な薬だって言ってたわ。だけど、魚を殺さずに藻だけを駆除するなら、複雑だろうけど、魚も死んじゃうんだったら、どんな薬を使っても大差ないかもね」

アンティ・リーの頭の中が猛スピードで回転していた。いまの話に重要なヒントが隠されている気がしてならなかった。どんなヒントなのかはよくわからないが、その線をたどってみよう。「ニーナ」

「はい、なんでしょう?」

「スゥーン邸のプールの水を誰が管理してたのか調べてちょうだい。それに、いつ水が取りかえられたのかも」

ニーナはなぜそういうことを調べるのか、わざわざ訊いたりしなかった。いずれにしても、何もしないよりは、何かしていたほうがましだった。店は閉店中で、店も家の掃除ももう済ませた。旧正月まえの大掃除のように、チーク材の食器棚をはじめ何から何まで、ぴかぴかに磨きあげていた。

「シンガポールではシアン入りの殺鼠剤は販売禁止よ。でも、そういう殺鼠剤じゃないと効かないと、みんなが言ってる。だから、知り合いに頼んで、マレーシアで買ってきてもらってる」

「そうでなくても、シンガポールでは殺鼠剤は売ってないわ」とチェリルが言った。「以前、マイクロフトの両親はネズミに悩まされたの。ネズミ捕りの罠《わな》を買ってきたけど、まるで効かないし、認可された駆除業者以外は殺鼠剤の使用は禁止されてるし」

そこまで法をしっかり守っている人を見つけるほうがむずかしい、とアンティ・リーは思った。任命議員と結婚すると、きちんと法を守るようになるの？

「友だちが働いている家でも、ネズミに困ったそうですよ」とニーナが言った。「そのときは、ご主人の妹さんに頼んで、マレーシアで殺鼠剤を買ってきてもらったそうです。ほかの買い物と一緒にビニール袋に入れて持ってきたけど、問題なかったと言ってました。ネズミを見かけるのは夜だけだったから、何匹いるのかよくわからなかったんだそうです。ときどき、部屋の隅のほうを駆けぬけるのを一、二匹見かけるぐらいで。でも、夜に殺鼠剤をしかけたら、翌朝、庭でネズミが死んでたそうです。それも二十匹ぐらい。もしかしたら、今回の事件もシアン入りの殺鼠剤が使われたのかもしれませんね。シアン化物は無色だけど、苦みがあるようです」

「藻爆弾《アルジー・ボム》にしろ殺鼠剤にしろ、スゥーン家でシアンが入った薬品が使われていたかどうか、調べられるかしら？」

「調べるまでもありません。パーティーのときにお皿やナイフやフォークを並べたテーブルの下に、プールの洗浄剤の瓶がごろごろ転がってました。片づけたほうがいいか、メイベルさんに訊いたら、そのままでかまわないと言われました」

「なぜ、そのことをわたしに話さなかったの？　それで、誰かが殺されてもおかしくなかったのに」

「プールの洗浄剤にシアンが使われてるなんて知らなかったんです」

アンティ・リーは考えを修正した。ビュッフェ・テーブルの下にシアン入りの洗浄剤があるのを知っていた者なら誰だって、スゥーン家の母と息子を殺せた。

それに、メイベルも洗浄剤がテーブルの下にあるのを知っていて、そのままにしておくように言った……。

職場でも家庭でも有能な女性は、何をどうすればうまくいくかよく知っている。抗っても無駄なときがあることも知っている。だから、メイベルは息子を殺して、自分も死ぬことにしたの？　これ以上、息子を苦しませたくなかったから？

筋は通る。それでも、パーティーの日のメイベルのようすを考えると、しっくりこない。アンティ・リーは誰もがよく口にするありふれた文句より、自分の直感を信じるタイプだった。それが欠点のひとつでもあるけれど。

もうひとつわからないことがあった。顔が広くてコネもあるメイベルが、なぜ、大切な息子に合法的に心臓移植手術を受けさせようとしなかったのか？

それについては、マイクロフトが調べてくれた、とチェリルが言った。

シンガポールの臓器移植倫理委員会は、生体腎移植しか認めておらず、しかも、ドナーが移植の意味をきちんと理解しているかどうかはもちろん、ドナーの意思を無視して強制的に移植手術がおこなわれていないかも、厳重にチェックして、はじめて許可を出す。それに、シンガポールでも、世界の多くの国でも、〝貧しい社会的弱者〟がドナーとして半ば強制的に臓器を売ることがないように、臓器売買を禁じている。

「貧しい人たちは自分の時間や健康、自尊心を売り渡すはめになってる、とマイクロフトは言ってたわ。それなのに、そういったものの対価をきちんと得られていない。だけど、何をしたところで、一度失った臓器は取りもどせないわ」

もちろん、そういう法律があることは、アンティ・リーも知っていた。中流階級のシンガポール人は、裕福だろうと権力があろうと国民はみな、社会から置き去りにされている貧しい人を守るための法律に従わなければならないのを知っていて、それを誇りに思っているのだ。ほんの一年まえにも、国内有数の同族企業の社長が、二万二千シンガポールドルを超える大金を払って、インドネシア人の腎臓をシンガポールに空輸させたことから、罰金を科せられた。その事件は新聞でも派手に取りあげられて、インターネットではバッシングの嵐が起きた。アンティ・リーはその社長を知っていた。普段は温和でやさしい男性だが、ドナー志望者がお金をほしがっているのと同じぐらい、腎臓がほしかったのだ。その事件が正しく裁かれたのかどうかは、アンティ・リーにはなんとも言えなかった。けれど、買い手も売り手も同意の上に臓器売買がおこなわれていて、双方に罰金が科せられた。けれど、もちろん、貧しいドナーは一万シンガポールドルなどという大金を払えるはずもなく、一年間、刑務所で暮らすことになった。それでは本人の体のためにもよくないし、家族はますますお金に困ることになる。人を守るための法律があまりにも杓子定規だと、かえって人を不幸にしてしまう。たとえて言うなら、カヤジャムを作ろうとして、レシピどおりの数の卵をそろえたはいいが、卵のひとつが腐っていることに気づかないまま、ココナッツミルクと混ぜあわせるようなものだ。

「そういうときには、卵をきちんと調べなくちゃ」とアンティ・リーはつい口に出して言っていた。「ひとつひとつ丁寧にね。それが正しいやり方というものよ」

「なんですか、それ？」

「ケース・バイ・ケースで審理するべきだってことよ。たったひとつの法律をすべてにあてはめるべきじゃない」

「マイクロフトはひとつの法律をみんなが守るべきだと言ってるわ」

「でも、もし臓器があったとして、それを誰がもらうかを法律で決められる？　そういうことを決められるのは、神さまぐらいなものよ。サイコロでもふって、適当に決めるのかしら？　お金を払える人の中から適当に選ぶ？」

チェリルは反論しかけたが、神が決めるというのももっともだと思った。シンガポールという国で生きていると、いろいろなことがわからなくなる。

そんなチェリルを尻目に、アンティ・リーはさらに言った。「何が絶対に正しいのかなんて、簡単には決められないのよ。でも、誰にも決められないとなったら、みんなが立ち往生して、みんなが困ることになる。だから、誰かが決めるの。無理やり決めるしかない。そして、みんながそれにしたがう。もしその決定がまちがってたら、誰かべつの人が決める。そうでなければ、わたしたちは注文もできずにレストランのテーブルについてるようなもの。さもなければ、毎回、何も入ってないお粥を注文するのと同じよ。なぜって、赤ん坊のときに白粥を食べさせられて、それなら食べても心配ないとわかってるから」

アンティ・リーは立ちあがって、電気鍋《スロークッカー》に歩みより、タウ・スアンをかき混ぜた。問題を解決するのに、たっぷり時間をかける人もいる。アンティ・リーも問題を鍋に入れてとろ火で煮るのが好きだった。タウ・スアンに水で溶いたサツマイモ粉をくわえて、とろみをつけた。それから、三つの皿によそって、からりと揚げた中華揚げパンを散らした。一般的には、大きな揚げパンを輪切りにして散らすが、アンティ・リーは最初から小さな揚げパンを作っておく。そのほうがサクサクとした食感が長つづきするのだ。

「食べましょう。機械も人も燃料なしじゃ動かないわ」お金を燃料に誰かを殺す人もいる。

「ドリーン・チューを訪ねてみたほうがよさそうね」アンティ・リーは思案顔で言った。「パーティーの日にはあまり話せなかったし、なんと言っても、ドリーンとはずいぶんご無沙汰してたしね」

16 ドリーン・チューの家

「ニーナ、善はいそげよ。ドリーンには、どんなお土産を持っていこうかしら？ 歯が弱ってそうだから、硬いものはやめときましょう。歯が抜けたらたいへんだもの。まちがいなく治療代を請求されるわ。それに、ホワイトニング代とか矯正代とか、いいえ、やってないことまで請求されるかも」

ドリーンの家に行こうと決めたものの、招かれてもいないのに、いきなり押しかけるのは、さすがのアンティ・リーも気が引けた。ニーナはあくまで冷静で、香草が利いた鶏のスープを色鮮やかなお弁当箱《ティフィン》に入れた。冷凍しておいたものを電子レンジで解凍しただけだが、誰が食べてもそんなことには気づかないはずだった。

「べつに行かなくてもいいと思いますけど」

「だめよ、行かなくちゃ。それに、ケータリングが全部キャンセルになって、何もすることがないんだから。ぶらぶらしてるわけにはいかないでしょう？」

手持ちぶさたのアンティ・リーがやりそうなことなら、ニーナも見当がついた。そわそわ歩きまわって、苛々する。そうやって、買っておいた食材を新鮮なうちに下ごしらえして、冷凍しようとするメイドの邪魔をするのだ。店には大型の冷凍庫があって、いまのところ無駄にした食材はほとんどなかった。だとしても、下ごしらえして、冷凍して、どうなるのか？　このさきどれぐらい、妙な噂のせいで客足が遠のくの？　たとえアンティ・リーが厨房探偵にならなくても、ニーナにはやることが山積みだった。

「どんな顔をしてドリーンに会って、なんと言えばいいのかしら？〝こんにちは。あなたとヘンリー・スゥーンが不倫してるかどうか確かめにきたの。それと、あなたが参加してる祈りと癒しの会に連れっていってくれる？　メイベルが亡くなって、誰が会を引き継いだのか知りたいの〟なんて言えないわよね」

「行けばなんとかなりますよ」とニーナはきっぱり言った。「スープを持ってきたと言えばいいんです。店に客が来ないから、暇でしかたないって。そうだ、夫がいなくて寂しいと、ちょっと泣き真似してみたらどうですか？　わたしのために祈ってと頼んだら、一緒に祈りと癒しの会に行こうと誘われるかもしれませんよ」

「ニーナ、あなたの悪知恵はほんとに天下一品ね」

「そんなわたしがついてるんですから、アンティ・リー、あなたは幸せ者ですよ。じゃあ、車にスープを積んできます。ドリーンさんの家なら知ってますから、送っていきますよ」

ドリーン・チューが住んでいるのは、植物園の真向かいに位置するタマン・セラシのマンションだった。もし植物園に冷房が利いていたら、園の中を散歩しながら、ガーデン・ビスタまで行くのも楽しそうだった。けれど、実際には、巨木と青々とした木のわきをニーナが運転する車で通りすぎて、アンティ・リーはドリーン・チューのマンションのまえに降りたった。香草が利いた滋味深い鶏のスープと、〈アンティ・リー特製おいしいタルト パイナップル味〉をふたつ持っていた。自家製のパイナップルとココナッツのジャムが入った香しいタルトを拒める人はまずいない。そもそも趣味で焼きはじめたタルトだが、旧正月のお菓子として注文が殺到して、売りだすことにしたのだ。それでも、いまだにタルトは効果絶大だった。そのパイナップルタルトを持ってきた客を、誰も断れないのだから。

「お迎えにあがったほうがいいですよね？」とニーナが訊いてきた。

「電話するわ。一時間経っても電話がなかったら、迎えにきて、外で待っててちょうだい」

「ドアはすぐに閉めてね。埃《ほこり》が入るといけないから」訪ねていったアンティ・リーに、ドリーン・チューは言った。ドリーン自ら玄関のドアを開けたのだ。口調は高慢で愚痴っぽくて、不満だらけの女性そのもの。まさに、男性と秘密で暮らしている女性の口調だった。

「新しいメイドに人を出迎えさせるわけにいかないの。ドアホンが鳴るたびに、飛びあがって驚くんですもの。ミャンマー人のメイドを雇うのはいいアイディアだと思ったのよ。この国で使われてることばがわからなければ、恋人もできないし、妊娠して、前金だけ持っていかれることもないでしょう？ それに、行くあてもないから、家出されることもない。まあ、その点はそのとおりだったんだけどね。でも、なにしろ鈍い子で、わたしが言わんとしてることがまるでわからないの。それはもうゆっくり、何度も同じことを言わなくちゃならないわ。それでもまだわからないんだから、呆れるわよ。ほんと、何かを投げつけたくなる。でも、そんなことはしないわよ。おせっかい《ケーポー》なご近所さんに通報されたら困るもの。ハンドバッグで顔を隠してる写真が新聞に載るなんて、まっぴらごめん。メイドはなんだか奇妙な名前でね、しかたなく〝若い女〟って呼んでるの」

ドリーン・チューが困っているのは、アンティ・リーにもよくわかった。

「ねえ、あなたのお名前は？」伏し目がちにキッチンのドアのあたりを見ている若いメイドに、アンティ・リーは声をかけた。

「はい、あたしの名前はハエ・マル・ヒニン・ニン・カインです」

「普段、家族からなんと呼ばれてるの？」

「デイジーと呼ばれてます。あたしは英語を勉強するのが好きだったから」

「だったら、わたしたちもデイジーと呼んでいいかしら？」

「はい、どうぞ」

メイドがスープとデザートを受けとってキッチンに向かうと、ドリーン・チューが言った。

「ロージー、あなたって天才だわ。いまみたいなこと、わたしにはとうていできない」アンティ・リーはその褒めことばを家に入る許可と見なして、中に入った。

「すごくすてきなお部屋ね」〝でも、わたしの趣味じゃないけど〟とつけくわえるのは我慢した。家具はどれも高級品で、造花にしろ何にしろ、埃がかぶっていることもないのだが、広い部屋がものであふれかえっている。たしか、ドリーンと亡くなった夫は、子どもが大学に入って家を出ていくと、東海岸のだだっ広いマンションから、ここに引っ越したのだった。どうやらドリーンは狭くなった家に、ものをぎゅうぎゅうに詰めこんでいるらしい。

「お子さんたちは一緒じゃないのよね？」

「ええ、ここには住んでないわ。夫が以前のマンションを売って、子どもたちにそれぞれマンションを買い与えたから。でも、息子は夫が買ったマンションをすぐに売ってしまったのよ。賃貸の古い店舗付き住宅《ショップハウス》に住みたいなんてことを言いだして。三階建てで、信じられないほど間口が狭い家。文化財に指定されてて、わたしのためにエレベーターもつけられないの。なんだってそんなところに住みたいのかしら？　息子には何度も一緒に住まないかと言ってみたんだけどね。ここのほうがはるかに広くて、わたしみたいなおばあちゃんには、こんなにいくつも部屋はいらないわ、ってね。でも、息子はまるで聞く耳を持たない。親子でも、プライバシーが必要だなんて言ってね。何がプライバシーよ、母親に見られて困るものなんて、あるわけないのに。それでも、わたしの言うことなんてどこ吹く風よ。シェンはひとりで暮らしたいみたい。まあ、ときどき顔を見せにくるけどね。ほかの子はちっとも来やしない。こうなったら、ひとりでやっていかなくちゃ。子どもには頼れないわ」

ドリーンの雲をつかむようなおしゃべりは、隠しておきたいけれど、ほんとうは話したくてたまらないことがあるからなのだろう。

ミャンマー人のメイドがお茶を持ってきた。上等な白磁のカップとソーサーには、明るい黄色のつる草模様と金線が描かれていた。ずいぶん年季もののようで、ところどころ模様や金線が薄れて、縁も欠けていた。そういうところが、なんとなく持ち主と似ていた。

「素敵なカップね」アンティ・リーはお世辞を言いながら、小さな傷が見えなくなるなら、目が衰えるのも悪くないと思った。

「ずいぶんまえにイギリスで買ったのよ。王室ご用達のボーンチャイナ。子どもたちは、〝これを売れ〟なんて言うの、信じられる？　こういうものこそ、親から子へと受け継いでいくものなのに。最近の若い子は、いいものを大切にするのを知らないんだから」

「こういうものは親から譲りうけるものだとは、お子さんたちは考えてないのね？」

「そういうことにはまるで興味がないみたい。子どもたちが好きなのは、壊れにくくて、食洗機で洗えるものだけ」

「まだ子どもなのよ」そう応じながらも、アンティ・リーは思った。そろそろ、ドリーンの子どもたちの話題から抜けだして、祈りと癒しの会に誘ってもらえるような話をしなければ。そう、ニーナが迎えにくるまえに。

ドリーンが首を振った。「口ばかり達者で、頑固な子どもだわ。それに、わがまま。夫のせいよ。夫は娘たちにそれはもう甘かったから。いま、娘たちは自分の子どもを甘やかしてる。娘たちがまだ小さい頃に、このままじゃろくな大人にならないと思ったものよ。まさに予想的中、わたしをこんなふうに扱ってるんだから。実の母親をひとりぼっちにしておいて、元気かどうか見にもこないなんてね」

「お嬢さんたちはシンガポールにいるの？」

「ふたりはね。もうひとりはアメリカに留学させたんだけど、あっというまに向こうで恋人を作って、結婚して、帰ってきやしない。注意してたのよ、そう、夫には口が酸っぱくなるほど言ったわ、娘を留学させちゃだめだって。でも、夫はわたしの言うことなんて聞きもしなかった」

ドリーンの子どもたちが、なぜ母親に会いにこないのか、アンティ・リーはなんとなくわかる気がした。

「でも、ひとり暮らしでも不自由はないんでしょう？　目も悪くないようだし。ここ何年かで、わたしは目がずいぶん弱ったわ」そう言うと、目のかすみを取るようにまばたきして、さらに、ティーカップをつかみそこねるふりをした。

ドリーンがすかさず手を伸ばして、ティーカップを押さえた。そうやって身を寄せたついでに、囁《ささや》いた。「わたしの目だってずいぶん弱ってたわ。白内障だったのよ。長年診てもらってた医者はやぶだったみたいで、白内障の気があるとはひと言も言わなかったわ。ほんとうに心配だった、もしかしたら目が見えなくなるんじゃないかって。そんなことになったら、どうすればいいの？　何もできず、せいぜい祈るしかないわよね、そうでしょ？　あのやぶ医者はどうすればいいか、何も言ってくれなかったんだから。それに、子どもたち。あの子たちも治療法を調べようともしなかった。そんなとき、メイベルに連れていかれたのよ。例の会のことは知ってる？」ドリーンの口調から、かなり警戒しているのがわかった。

アンティ・リーもドリーンに身を寄せて、小声で言った。「〈生きつづける会〉でしょう？　祈りと癒しの会」

「そう、その会よ。あなたも行ったの？　それなのに、何もしなかったの？」

アンティ・リーはためらいがちに応じた。「決心できなくて。でも、あなたは経験者なのね」

幸いにも、ドリーンは結論にすぐに飛びつくタイプだった。「あなたが治療を受けるまえに、メイベルは死んでしまったのね。正直なところ、あの会の人たちが何を考えてるのかよくわからない。どんなことだって、後継者は必要よね。リー・クアンユーだって後継者を育てるつもりだったんだから。でも、メイベルはそんなこともせずに死んでしまって、みんなを途方に暮れさせた。でも、心配いらないわ。誰かが会を引き継いでるでしょうから。それに、あなたはもうリストに載ってるんだろうし」

情報を提供してくれる人に対しては、いつもアンティ・リーは何も知らないふりをすることにしていた。それが礼儀だと考えていた。自分のために手間暇かけて豪華な食事を作ってくれた人に対して、おなかがすいていると言うのと同じこと。どちらもちょっとした嘘をつくだけで、たいていみんなが幸せになれる。だから、いまもぽかんとした顔でドリーンを見た。さらに、テーブルから皿を落としかけた。ドリーンがすばやく皿を押さえた。

「リストに載せてもらえてるのかどうか……。同意したわけじゃなかったの。もう少し詳しく話を聞きたかったし、それにメイベルって……」

「死んだ人を悪く言っちゃだめよ。でも、まあ、たしかにメイベルは辛抱強いほうじゃなかったわ。大丈夫、わからないことはなんでも訊いてちょうだい。わたしは断崖絶壁から飛び降りる気分で思い切ったのよ。それで、ほら、ずいぶん目がよくなった」

「そうなのね。祈るのはともかく、担当するのはほんもののお医者さまなのよね？　それと、ブタやサルの臓器を移植されるかもしれない、なんてことを誰かが言ってたけど」アンティ・リーは自分で言っておいて、そんなでたらめを真に受ける人がいるわけがないと思った。けれど、ドリーンはさも嬉しそうに、にっこり笑った。

「いやだ、そんなわけないわ。人間のものよ、決まってるじゃない。たいていは中国人。わたしはちゃんと訊いたんだから」

「でも、人間のものだという証拠はあるの？　手術のまえにドナーに会わせてもらえるの？」

「いやだ、なんだって、死体を見たいなんて思うのよ？　ロージー、あの人たちは信用できるわ。書類をくれるから、サインするまえに、弁護士に確認させるといいわ。書類にはドナーの人種や年齢、健康状態がきちんと書いてある。わたしも医学的な項目はすべて、ヘンリーにチェックしてもらったのよ」

なるほど、とアンティ・リーは思った。これが学生時代だったら、〝滑って転んで見えるのはパンツだけ。口が滑ったらそれ以上のものが見える〟などと言っていただろう。けれど、いまは、長年の麻雀で磨きをかけた演技力を発揮して、何も考えていないような顔で、さりげなくお茶を飲んだ。ドリーンに見つめられているのはわかっていた。反応をうかがっているのだ。

「書類をチェックしてくれるお医者さまがいてよかったわね」とアンティ・リーはさらりと言った。「それじゃ、手術をするのはほんもののお医者さまなのね？」

「もちろんよ、れっきとした医者よ」アンティ・リーに勘繰られていないとわかってほっとしたのか、ドリーンのおしゃべりに拍車がかかった。「それに、全体を指揮しているのはヘンリーよ。普段のヘンリーはちょっと頼りなく見えるかもしれないけど、医学界では一目置かれてるの。それに、自分の下ではこの国で教育を受けた医者しか働かせないと言ってたわ。外国の学校を出た医者は劣るんですって。なぜ、わざわざ外国の大学の医学部に通わなくちゃならないのか、その理由ぐらいはあなただってわかるでしょう？　この国の大学の医学部に入れないからよ。それなのに、そういう人たちがいっぱしの医者のような顔をしてシンガポールに戻ってくる。いえね、そういう人たちの頭が悪いと言ってるわけじゃないのよ。そういう人たちの親がお金を無駄にしてると言いたいの。だって、シンガポールの大学に入れないような子どもを留学させてるんだから」

アンティ・リーはヘンリー・スゥーンの手が震えていたのを思いだした。歩いたり動いたりしているときには、わからない程度の震えだった。あれはパーキンソン病の初期症状かもしれない。ものを書くとか、ひげを剃るとか、日常的なことにも支障が出ているはずだ。若い医者をいつもそばに置いておけば、それはもう大助かりにちがいない。

「わたしの手術を担当してくれたのも、ヘンリーが指導してる若いお医者さまよ。ヘンリーがひとつひとつ指示してね。まるで遠隔操作してるみたいだった」

「ドナーがどんな人だったか訊いたの?」

「いやだ、そんなの知りたくないわ。きっと交通事故か何かで脳死状態になった人でしょう。そういうことは極秘だと、ヘンリーも言ってたわ。当然よね」ドリーンは女子高生のようにくすくす笑った。「家族の体の一部を売るとなったら、誰だって秘密にしておきたいわ。だけど、売ったってかまわない、そうでしょう? だって、本人にはもう必要ないんだから。それに、かなりのお金になるわ。手術を受けるほうは、それはもうべらぼうな額を払わされるんだから」

そこですかさず、手術代を訊いてみた。開いた口がふさがらないほど高額だったが、ドリーンはそれだけの価値はあると言った。なにしろ、ほとんど目が見えなくて、鬱々としていたのが、いまは視力がかなり回復して、生きる張りあいも、恋人もできたのだ。お金には代えられないと思うのも無理はない。

「それと、もうひとつ言っておかないと。あなたのカフェの厨房は不衛生だと苦情を提出したわ。ヘンリーにそうするべきだと言われたの。わたしとしては、ヘンリーが喜ぶからそうしただけなんだけどね。ヘンリーはメイベルとレナードが食中毒で死んだと思ってるの。だから、ほかにも被害者がいないかどうか、はっきりさせたいんですって。それに、調べが入って、厨房に問題がないとなったら、あなただって安心するでしょう。そういうことなのよ、ごめんなさいね」

「大丈夫、苦情の手紙の一通ぐらいじゃ大問題にはならないから」

「そう、ヘンリーもそう言ってたわ。だから……」ドリーンが何か言いたげにことばを濁した。

掃除は行き届いているが、ものであふれたリビングルームの大きなガラスのスライドドアの向こうに、テラスが見えた。ブーゲンビリアが咲き乱れるこれまた手入れの行き届いたテラスだった。アンティ・リーはふと思った——ヘンリー・スゥーンはそんな話を、どんなふうに切りだしたのだろう？〝ドリーン、きみの友だちのカフェが不衛生だと苦情の手紙を書いてくれないか？　きみがそのカフェに行ったことがないのは知ってるけど〟とでも？

「実は、祈りと癒しの会でヘンリーがその話を持ちだしたの。その場にいるメンバー全員に、苦情の手紙を書くように頼んだのよ。手紙を書くときには、ヘンリーのことも知らなければ、その会のメンバーのことも知らないふりをしてほしいって。下書きもちゃんと用意してあって、手紙を送る重要人物もきちんとリストになってたわ。今回の手紙だけでなく、中絶や同性愛の問題で政府に嘆願状を送るときにも、あの会はみんなで手紙を書くのよ。でも、今回は、苦情を申したてることで、ヘンリーの心が癒やされると、会のメンバーは思ってるわ。そういうことなの、ロージー、わかってくれてありがとう。こんなふうにみんなが力を合わせなくちゃならないときがあるものよ。みんな内心では、メイベルは自殺したと思ってるわ。あえて口に出しては言わないけどね。かわいそうなヘンリー、メイベルが気にしてたのは、成功した弁護士という自分のイメージと、馬鹿息子のことだけだったのに。メイベルが愛したのはそのふたつだけ。どっちも中身は腐ってたわ。いまは、シャロンがあとを引き継いでる。あの子は母親そっくりよ。絶対に結婚できないわ。そうに決まってる」

〈生きつづける会〉の集会に連れていってもらえるように、話の流れを変えようとしていたアンティ・リーだったが、いまのドリーンの話に圧倒された。話を脱線させることにかけては、誰にも負けないはずだったのに……。

ドリーンのおしゃべりは止まらなかった。年齢に関係なく女性のどんなところに男性が魅力を感じるかについて、とうとうと語りはじめたところで、タイミングよく玄関のドアが開いた。

ドアホンは鳴らず、メイドが驚くこともなかった。ヘンリーは合鍵を持っているにちがいない。アンティ・リーがそう思ったのは、まるで自分の家のように、ヘンリーが部屋に入ってきたからだ。

アンティ・リーに気づいたヘンリーは滑稽なほどうろたえて、一瞬、くるりとUターンして、そのまま出ていくのかと思った。けれど、実際には半歩あとずさっただけで、あとから入ってきたシャロンとぶつかった。

「ヘンリーとシャロンには、しばらくここに泊まってもらってるの」とドリーンが説明した。

「スゥーン邸が落ち着くまでね。どうぞ、一緒に座って、お茶にしましょう。シャロン、お湯とティーカップをふたつ持ってくるように、メイドに言ってくれるかしら?」

シャロンは返事もせずに、部屋を出ていった。

ヘンリーは低い声で言うと、ドリーンの隣に腰を下ろして、ドリーンのティーカップのお茶を飲み干した。「どこもかしこもひっくり返してる。なんだ、このお茶は？　冷めてるぞ。こんなものを飲むんじゃなかった」

「家には警官がうじゃうじゃいるんでね」

「誰かに家を見張っててもらったほうがいいと、わたしがアドバイスしたのよ。警官が何かをくすねないともかぎらないもの。だって、警官は安月給だから。それに、ヘンリーひとりじゃ生活できないし。使用人はひとり残らず辞めてしまったの。派遣会社に登録しなおして、スゥーン家で働くのを拒否してるそうよ。メイベルは使用人の扱いが下手だったものね」

「メイベルのことはお気の毒だったわ」とアンティ・リーは言った。ドリーンとヘンリーは社交辞令とはいえ、同意の意味をこめてため息をついた。

「佳人薄命、というものね」とドリーンがつぶやいた。

「ほんとうに残念ね。だって、帰国したレナードのために家をリフォームしてたんでしょう？　そう聞いたわ」

「プールのわきの小屋をリフォームしてね。レナードがよくなったら、独身男の巣にするつもりで」とヘンリーが言った。

同時に、シャロンが「レナードの集中治療室になる予定だったのに」と言った。シャロンは電気ポットを持って部屋に入ってきて、コンセントにプラグを差しこもうとしていた。

ドリーンは顔をしかめただけで、何も言わなかった。ヘンリーは娘のことばが聞こえなかったふりをした。

どうやらシャロンは戸口のところで、話を盗み聞きしていたらしい、とアンティ・リーは思った。

ドリーンとヘンリーとシャロンは、あらかじめ口裏を合わせておくべきだったのだろう。ひとりひとりの話には信憑性があるが、三人の話を同時に聞くと、それぞれの話を否定しあうことになる。真実ではない話をするときには、話し手が増えればそれだけ矛盾も増えるのだ。

ヘンリーが咳払いをして言った。「実は、あのパーティーの日に、アヤム・ブア・クルアを口にして――」

「お口に合ったかしら?」ヘンリーが話題を変えようとしているだけなのはわかっていたが、料理――とりわけ、自分が作った料理――のこととなると、アンティ・リーは黙っていられなかった。食べものに対する態度は、人生に対する態度そのものだ。

「ああ、まあ、おいしかったけど、急死に一生を得たとはこのことだ。あの鶏料理のせいでふたりが死んだとは言わないが……。でも、なんにせよ、できるだけすばやく行動するべきだ。エドモンドは命にかかわるかもしれない食べものを、みんなが食べたがるのが不思議でならないと言っててね。彼のような若者は、伝統料理のよさがわからないんだろう」

エドモンド・ヨーン医師は嘘をついている、とアンティ・リーは思った。皿にてんこ盛りにしたブア・クルアを、がつがつと平らげているところを、この目で見たのだから。

「わたしたちがここにお世話になってるあいだ、エドモンドに家に泊まりこんでもらってるんです」シャロンがそう言いながら、座っている三人のわきを通って、廊下へ向かった。

「ヘンリー、ロージーは祈りと癒しの会に出たいんですって」とドリーンが言った。「どうしてもそうしたい理由があるんですって。具合が悪いんでしょ、ロージー?」

「ええ、膝の具合が」アンティ・リーはそう言って、立ちあがると、膝が軋《きし》んだ。さきほどまでは、目が悪いとほのめかしていたが、鋭い器具を手にしたヘンリーに、目を覗きこまれると思うと、ぞっとした。ドリーンは不思議に思わなかったのか、何も言わなかった。

「それはどうだろう……。あれは会員だけの集まりだから。あの会のことを、あちこちで言いふらしてはならないんだよ」

「ドリーンおばさまのお友だちなら、もちろん大歓迎ですよ」シャロンが廊下で足を止めて、言った。「木曜日の夜にここで会を開くことになってます。午後六時に。あなたが参加すると、エドモンドにも伝えておきますね」シャロンはやけにはきはきと言って、べつの部屋に消えていった。

残された三人は顔を見合わせた。どうやら、メイベルの押しの強さを、娘はしっかり受け継いでいるらしい。

「喜んで参加させていただくわ」とアンティ・リーは言った。

17
営業停止の〈アンティ・リーズ・ディライト〉

翌朝、サリム警部はまたもや、ニュー・フェニックス・パークにある警察本部に呼びだされた。

「いい知らせと悪い知らせの両方だ。メイベル・スゥーンとその息子の死因は、ブア・クルアによる中毒ではない。鑑識によると、ブア・クルアにも含まれているシアンによる中毒死ではあるが、天然のものではなく、化学薬品に含まれているものとのことだった。つまり、最初から料理に入っていたのではなく、あとから混入したと考えられる。詳細な結果が出るまでに時間がかかったのは、そのためだ。シアンはシアンでも、商業目的で加工されたもの。おそらく、あの家で見つかった殺鼠剤か殺藻剤に使われているものだろう。どの薬剤に使われていたのかは、現在、調査中だ」

「ということは、アンティ・リーにはなんの責任もないんですね？」サリムは考える顔つきで尋ねた。

「鑑識結果を聞いて、きみは喜ぶと思ってたよ」とラジャ長官が言った。

「ブア・クルアによる中毒ではないとなると、悪い知らせのほうは、誰かが故意に料理に毒を入れたことですか？」

「いや、それはむしろいい知らせのほうだ」

「どういうことですか？」

「ヘンリー・スゥーンにはかつて大臣を務めたほどの友人が何人もいて、捜査を中止するように求めてきた。この事件は家族の問題で、他人が詮索するようなことではないと言っている」

「それこそとんでもない特別扱いと言われそうですね」

「保守派にとっては、団結精神とお互いを守りあうということになるらしい」

「よそ者から自分たちを守るんですか？」

「わたしたちが住むこのシンガポールという国の精神は、そういう特権階級の人たちが築いた。移民と積極行動主義の新たな国家を作ったんだ」

「その結果、特権階級の子どもは自分の責任をこれっぽっちも果たそうとせずに、ただこの国に生まれたというだけで、豊かな暮らしをする権利があると思いこんでいる」

「サリム、大多数の国民は必死に働いてるよ。まさにきみもそのひとりだ」

「でも、特権階級の人の中には、自分たちの立場が不安定だと気づいている人もいる。だから、今回のような話になるんですよね？　そういう人たちは、何かを失わないように、必死になってるんです。何かを得ようと、必死に働くことはしないのに」

「おいおい、朝っぱらから、政治学や社会学の議論をしてるわけじゃないぞ。少なくとも、わたしにその気はない」

「殺人として捜査すべき事件の捜査を中止しろと、長官はおっしゃってるんですよね？」

「いや、これは普通の殺人事件の捜査ではないと言ってるんだ。安楽死と自殺の可能性のほうがはるかに高い。メイベル・スゥーンは苦しむ息子を見ていられなかった。息子の病気は治る見込みがなかった。だから、息子を殺して、自殺した。ヘンリー・スゥーンも頭ではそうとわかっていても、認めようとしない。キリスト教徒だから自殺は許されないんだ。不慮の事故、偶発事故、心神喪失状態での事件しか認めない。いずれにしても、この事件を深追いしても、誰も幸せになれない。いちばんいいのは、捜査をやめて、家族がこの一件を早く乗りこえられるようにすることだ。それから、〈アンティ・リーズ・ディライト〉への苦情も来ている。苦情の内容は、カフェの厨房が衛生基準を満たしていない、加熱調理器具に温度監視装置がついていない、家庭内での仕事しかしてはならないメイドが、カフェで働いているの三点だ」ラジャ長官は苦虫をかみつぶしたような顔で言ったが、苦情をアンティ・リーに伝えるのが自分の役目ではないことに、ほっとしているようだった。

「つまり、メイベル・スゥーンの死とは無関係なのに、カフェを営業停止にしろと？」

「いや、そうとは言ってない。どんな苦情でも調べなければならない。苦情の手紙は環境庁や議会の議長、最高裁判所の判事に送りつけられた。調べるように言ってきたのは判事だ。きみの署にも通告を出した。カフェの営業停止は調査が終了するまでの一時的なものだ」

「苦情の手紙は何通来たんですか？」

「わたしが知るかぎり四通だ。苦情はスゥーン家の事件とは、べつものだ」ラジャ長官はサリムを見た。

「ほぼ同時に、四人が苦情の手紙を書いたというんですか？」サリムはそんなことがあるとは思えなかった。「しかも、なぜ、いまなんです？　スゥーン家での事件と関係があるとしか思えません」

「営業停止の通告と一緒に、環境庁の資料もきみに送っておいた。判事と議長の直属の部下から、調査するように電話があった」

「署に戻って、通告書を確認します」その朝、サリムは自宅にいるときに呼びだされて、直接、本部にやってきたのだった。

「通告書にはきみの部下のパンチャル巡査部長がサインした。ただちに処理すると言ってたよ」


〈アンティ・リーズ・ディライト〉


シンガポール警察の青い制服を来た女性警官が、〈アンティ・リーズ・ディライト〉の入口に立って、ドアホンを何度も鳴らしていた。

店のまえに警官がいるのはとくにめずらしいことではなかった。近所のブキ・ティンギ地区警察署の警官がこぞって、アンティ・リーが学生や公務員のために設定した〝制服値引き〟のごちそう目当てに、しょっちゅう店にやってくるのだ。

それでも、ニーナは訝しげな顔でその女性警官を見た。ニーナはサリム警部には好感を抱いていた。〝サリム警部はニーナのそばにいたいから、昇進を断ったのよ〟などとアンティ・リーは言っているが、それが真実なのかどうかはよくわからなかった。いずれにしても、シンガポール人はたいてい、警官を信用している。けれど、いくら制服を着ていても、中身は生身の人間だ。人はすべてが順調なときには、えてして正しいことをする。けれど、窮地に陥れば、たとえ警官だって、銃と弾丸を持ったただの人になる。

「去年はたいへんなことがあったんですから、今年は何ごともないといいですね」ニーナはそばにやってきたアンティ・リーに言った。「でも、今年もますますとんでもないことが起こりそう……」

「何かご用かしら?」アンティ・リーは警官に明るく声をかけた。「ドアに何を貼ってるの?」

「あなたの料理と厨房の衛生に関して、何件か苦情があったんです」とパンチャル巡査部長が応じた。「これは調査中につき一時的に営業停止という貼り紙です。亡くなったふたりの死因が、あなたの料理を食べたことによる食中毒だとはっきりしたら、起訴します」鑑識結果が出ているにもかかわらず、パンチャルは事件が丸くおさまるはずの死因に、まだこだわっていた。

アンティ・リーは驚いた顔をした。「それはたいへん！　わたしを逮捕するつもり？　手錠をかけられちゃうの？　刑務所に心臓の薬と高血圧の薬を持っていけるのかしら？　アレルギーの薬と発作の薬も持っていける？」

「いいえ、そういうことじゃ……」とパンチャルがあわてて言った「逮捕なんてしませんよ」

「ほんとうに？　わたしの料理のせいでふたりも人が死んだのに、なぜ逮捕しないの？」

「まだ調査中ですから。調べが終わったら連絡します」

「でも、今夜、パーティーのケータリングを頼まれてるの。六時までに料理を作って、届けないとならないのよ」

「残念ですが、それは無理です。ケータリング業務はキャンセルしてください。調査のために、厨房からサンプルをとらせていただきます」

「この店の料理を調べるように、警察に頼んだのは誰ですか？　いつ、そんなことを頼んだんですか？　ここの厨房はもう調べてもらったんですよ」とニーナが言った。

パンチャルはメイドが言うことなど無視するつもりだった。けれど、ニーナは無視できるような相手ではなかった。

「うちはA1の評価をもらってます。証明書を見ますか？　とにかく、誰に頼まれたんですか？　捜査令状がなければ、店の中には入れませんよ。そうですよ、もしかしたら、ここの料理を調べるなんて言って、あなたが料理に毒を入れて、人が死んだのをわたしたちのせいにするつもりかもしれませんからね」

「土曜日に使ったものはすべて洗浄済みよ」とアンティ・リーは言った。「でも、どうぞ、厨房の中を見て、隅から隅まで調べてちょうだい。ニーナ、一緒に行って、なんでも見せてあげて」

「そんなのだめですよ。捜査令状もないんですから」

そのとき、急ブレーキの音と金属がぶつかる音がした。サリムが運転するスバルが、植え込みに置かれた灰が入ったお祈り用の赤い缶を倒したのだった。急停止した車からサリムが降りてきて、散らばった灰をひょいと飛び越して、駆けてきた。「ありがとう、パンチャル。交代だ」

「サリム警部、車のドアが開けっぱなしです」

サリムはカフェに入るとドアを閉めて、ジャラジャラと鳴るドアベルを止めた。外ではパンチャルが肩をすくめて、あらためて営業停止の紙を貼りはじめた。

「アンティ・リー、ニーナ、この件は任せてください。ニーナ、その手に持ってる肉切り包丁を置いてくれないか？」

「サインをお願いします」またドアベルが鳴って、パンチャルが入ってきた。

サリムは無言で封筒を受けとった。

「サリム警部、車のドアを閉めて、鍵をかけましょうか？」

サリムは返事もせずに、パンチャルが出ていくのを待った。

「そのまえに、冷たい飲みものはいかが？」アンティ・リーはパンチャル巡査部長にやさしく声をかけた。

「ミセス・リー、言っておきますが、厨房を含むこの店の調査が終わるまでは、食べものも飲みものも出してはなりません。営業停止命令を無視したら、罰金か刑罰、あるいは、その両方が科せられますよ」

サリムが我慢できずに口を開いた。「パンチャル、出ていけ。いますぐに」

言われたとおり、パンチャルは出ていった。

通常の手順を無視しているとか、そんなことで文句をつけるパンチャルが苛立たしいとはいえ、サリムはつい粗野な態度を取ってしまった自分が情けなかった。

いっぽう、パンチャルはサリムが無造作に停めたパトカーの写真を撮った。サリムの不法行為のリストにつけくわえるためだった。

サリムはアンティ・リーに封筒を渡した。中身はわかっていた。パンチャルがカフェの営業停止を執行しようとしているのを知るやいなや、その処分をどうにか保留にしてもらえないかとかけあったのだ。

「ほんの一時的なものです。なぜ、いまなのかは説明できません。書類にサインをお願いします。調査が済むまでは営業できないのを理解しているというしるしに。営業停止処分には、この店で調理した食べものを外で売ることも含まれます。お手数をおかけしてすみませんが、お役所仕事なので。この件は、わたしの部下のあの警官のせいではありません。上からの命令です。パンチャルは異動してきたばかりで——」

「ものすごく意地が悪いわ」とニーナが言った。「おばあさんとメイドをいじめて喜んでるんですもの」

「ということは、アヤム・ブア・クルアから毒が発見されたのね」とアンティ・リーが尋ねた。

ここは慎重に答えなければ、とサリムは思った。「はい、あの料理から毒が発見されました。といっても、毒がどの段階で混入されたかはまだわかりません。ですから、これは予防措置のようなものです。一般人から苦情の手紙が来たら、警察としては対処せざるを得ないんです」

サリムが営業停止にしようとしているのは自分のカフェだというのに、アンティ・リーはサリムに同情した。苦情の手紙のことはドリーンから聞いていて、ヘンリーのしわざなのはわかっていた。

「どれどれ、見てみましょう。ニーナ、わたしの代わりに読んで、どこにサインをするのか教えてちょうだい。サリム警部、冷たいお茶はいかが？」

サリムはお茶を勧められるとは思ってもいなかった。アンティ・リーがお茶を勧めてくれるのは、パンチャルの無礼な態度を気にしていないと伝えるためだ。そう思うと、嬉しくなった。

「ありがとうございます。でも、いまはけっこうです」

「なんなの？」外でチェリルの声がした。「だめよ、やめて」

チェリルのことばにパンチャル巡査部長が応じるまえに、マイクロフト・ピーターズはやさしく、けれど、しっかりと妻の腕を取って、カフェに入ってきた。

「あの警官は何を貼ってるの？」チェリルがその場にいる全員に向かって尋ねた。

アンティ・リーは無言で書類を差しだした。ニーナがそれを受けとって、チェリルに見せた。汚いものや危険なものであるかのように、ニーナは書類を親指と人差し指でつまんでいた。

「こんなものにサインしたらだめですよ。チェリルさんからも言ってください、サインしないほうがいいって。だって、ここにはこのカフェの厨房が衛生基準を満たしてないなんてことが書いてあるんですから。ここの料理で食中毒を起こしたという苦情が来たから、調べなければならないって。そんな苦情は嘘っぱちに決まってます」

「訴えがあったからには」とサリムが言った。「警察は調べなければならないんだよ」

「でも、問題ないとわかったら、店を閉めてたあいだの損失は誰が補償してくれるの？　店を閉めてても、家賃は払わなくちゃならないのよ。いったい、誰が苦情なんて言ってきたの？」チェリルはニーナから書類を受けとった。

「厨房を調べてもらいましょう」アンティ・リーは落ち着き払って言った。「ペンはあるかしら？　ああ、ありがとう、サリム警部。チェリル、書類をこっちへ。どこにサインをするのかしら？」

「ヘンリー・スゥーンのことも調べるよ」とサリムはニーナに言った。「一見幸せそうな夫婦でも、実態はわからないからね」

「そういうことなら、結婚なんてしないのがいちばんだわ」とニーナが言った。

「ちがうわ。ヘンリーじゃない」とアンティ・リーは言った。「ときには妻を殺したいと思ったこともあったかもしれないけど、ヘンリーがあんな派手なやり方をするはずがない。それに、息子は殺さないわ」さらに言えば、メイベルも息子を殺すわけがない。たとえ、苦しむ息子を早く楽にしてあげたいと願ったとしても、殺せるわけがない。

「ねえ、なんとかして」とチェリルがマイクロフトに言った。「警察を止められないの？　これは警察による嫌がらせよ。蛮行よ。ひどすぎるわ」

「申し訳ありません」とサリムは言いながら、アンティ・リーの隣で黙って立っているニーナをちらりと見た。

「サリム警部、あなただって、ここの厨房には何の問題もないのを知ってるはずよ」とチェリルは言った。「ここに来たことがあるんだから。そうよ、まえからこの店に来てたでしょ。食事だってしてたじゃないの。ここでゴキブリやネズミを見たことがある？　調理台に生の肉が出しっぱなしになってたとか、営業停止にしなければならないようなことがあった？　わたしはここよりはるかに汚い厨房で働いたことがあるわ。それでも、誰も苦情なんて言わなかった。この店が気に入らないなら、来なければいい、それだけのことじゃない。誰も死んでないのに、何が問題なの？」

「いや、死んだんだよ」とマイクロフトが言った。「メイベル・スゥーンとその息子の一件と関係がある、そうですよね？」

「いいえ。それとは関係なく、苦情が来たんです」とサリムは応じた。「数件の苦情が」

「苦情を訴えた人の名は教えてもらえないとしても、何人から苦情があったのかは教えてもらえますね？」ひとりからの苦情では問題にならないのを、マイクロフトは知っていた。ウエイトレスにつれなくされたと感じた客が、苦情を訴えるケースはよくあるのだ。

「スゥーン邸でのパーティーで料理を食べたあとに、具合が悪くなったと言っている人も何人かいます」とサリムは応じた。

「ということは、苦情を訴えたのはパーティーの参加者？」そう尋ねたのはチェリルだった。「それはおかしいわ。嘘をついてるのよ。パーティーのときには、誰もそんなことを言ってなかったもの。マイクロフト、なんとかして」

マイクロフトは妻の肩を抱いただけだった。「アンティ・リー、わたしにできることがあれば――」

「申し訳ない」とサリムが落ち着いた口調でニーナに言った。「規則だからしかたがないんだよ。国民から苦情が来たら、調べなければならないんだ。いずれにしても、これは一時的な処置だ」

アンティ・リーが恐れているのは、権力のある人たちが真実を突きとめようとしないことだった。権力者はことなかれ主義に陥って、何かが起きても、記憶のかなたに葬り去りたがる。たしかに、すべてを忘れて前進するのも大切だ。けれど、問題の真相を突き止めなければ、最良の解決策は見つからない。

ニーナが無言でサリムの背中を睨みつけた。それはサリムにとってかなりの吉兆だ、とアンティ・リーは思った。もしニーナがサリムにまるで関心がなければ、出稼ぎ外国人労働者の仮面をつけて接しているはずだ。怒りにしろ親しみにしろ、いっさいの感情を表に出さないどころか、顔の見分けすらつかないふりをするだろう。

とはいえ、いまのアンティ・リーは、サリムの気持ち以外に心配すべきことがいくつもあった。一時的にカフェが営業停止になるのが心配なのではない。もっと根本的なところで、何かがまちがっている気がしてならなかった。たとえば、冷蔵庫の奥のほうで何かが腐っていて、そのせいでほかのものまで腐敗臭を発しはじめているような……。問題は何が腐っているのかわからないことだ。

「お客さんに電話しますけど、いいんですよね？　それに、来週のケータリングもキャンセルするんですね？」とニーナが言った。

「ええ、お願い。買ってきた食材は冷蔵庫に入れてね」

「冷凍したほうがいいでしょう。野菜と肉は下ごしらえしてから冷凍します」

そう言われて、アンティ・リーは冷凍庫に入っているものを思いだした。「スゥーン家のケータリング用に作ったブア・クルアを少し冷凍しておいたはず。サリム警部、そのブア・クルアを調べてちょうだい。パーティーの客で、その料理を食べて具合が悪くなった人はいなかったはずだから」

大量の料理を手早く用意するには、大型冷蔵庫と冷凍庫が欠かせない。食材は早朝に市場に行って、新鮮なものを仕入れてくるが、洗って切った野菜や、軽く下ごしらえした肉は、巨大な冷凍冷蔵庫に保存するのだ。かつて、三十人もの大家族で食卓を囲んでいた時代には、大型の冷凍冷蔵庫にしろ、いまのような電化製品はなかった。いまと当時との大きなちがいは、三十人分の食事のメニューを決めるのは一家の主婦で、家族全員が一緒に同じものを食べていたことだ。その頃は裏庭で野菜を育てて、鶏を飼っていた。さまざまな雑事をこなすのは、インド人や中国人のお手伝いさんや、下働きの若い女の子だった。

「明日の夜、祈りと癒しの会に行ってみるわ。軽食を差しいれしたいから、準備を手伝ってちょうだい。お金をもらわなければ、営業してるとは言わないのよね？」

「その会の人たちが、〝体調が悪くなって、アンティ・リーの料理のせいにできますように〟なんて祈っていなければいいですけどね」とニーナが不満そうに言った。

数々の調理道具を器用に操って、ニーナは五人分の仕事をこなした。それに、大型冷蔵庫のおかげで、営業停止中の食材の無駄を極力減らせるはずだった。とはいえ、それも、営業停止処分がほんとうに一時的なものであればの話だった。

その夜、アンティ・リーは閑静な住宅街に佇む静かなわが家に感謝した。夫が亡くなったときにも、この家から引っ越そうとは思わなかった。ここにいるのがあたりまえと思ってもおかしくないのに、それでも感謝の念が湧いてきて、リビングルームに飾ってある夫の写真に話しかけた。「生きていくうえでいちばん大切な能力は、何かを失うまえに、それを持っているのがいかに幸運かに気づくことね」夫と自分にこの家があって、夫婦としての大半の月日をここでともに過ごせたのは幸運だった。そう、後悔はない。それでも、いま、静かな家にひとりきり――ニーナが裏の自室にいるのだから、ほぼひとりきり？――で、静寂を感じていると、微笑む夫の写真を見つめながら孤独を噛みしめている自分が情けなくなった。夫が恋しくてたまらない。妻をひとり残して逝ってしまった夫が、恨めしくなる。もしかしたら、そろそろ写真を片づけて、前進したほうがいいのかもしれない。もっと小さな家を見つけて、引っ越そうか？　店がこのまま閉店に追いこまれたら、店から近いこの家に留まっている意味があるの？　そうよ、夫のいない人生を受けいれて、歩みださなければ。

夫にはいまでも話しかけている。だからこそ、家にもカフェにも、いたるところに写真を飾っているのだ。けれど、話しかけても、返事はない。生前の夫の声を録音しておけばよかった。たとえばこんな夜に、耳に心地よく響く低い声を聞けばそれだけで、ほっとするだろう。夫の声――それは永遠に失ってみてはじめて気づいた宝物のひとつだった。

「そうよ、そうしておけばよかった」アンティ・リーはつぶやきながら、傍らの電話にそっと手を置いた。同時に電話が鳴りだして、飛びあがらんばかりに驚いた。

「もしもし」電話に応じる声が、いつになく甲高くなった。

「もしかして、電話するには夜遅すぎた？」亡き夫の連れ子マチルダが言った。「具合が悪いの？」

「いいえ、そんなことないわ。あなたからの電話ならいつだって大歓迎よ。お昼ごはんはもう食べたの？」

アンティ・リーはいつでもマチルダからの電話を待っていた。夫の連れ子は男の子より、女の子のほうがはるかにむずかしいと、かつて友人から忠告された。けれど、マチルダとはうまくいっている。マチルダの気立てのよさと辛口なところは父親譲りなのだ。

「カフェが営業停止になったんだって？　大丈夫？　何があったの？」

父がアンティ・リーと再婚したとき、マチルダはすでにイギリスにいた。そうして、アンティ・リーに感謝してもしきれないと言った。十五年まえに母を亡くしてからというもの、寒々としていた父の家と人生に活気が戻った、と。その後しばらくして、マチルダはイギリス人と結婚して、ロンドンに居を構えた。マークのほうもまもなく結婚した。マチルダにしろマークにしろ、家族の集まりや友人との集まりに父と一緒に出かけるようになった、ぽっちゃりした色白のおばさん《アンティ》に、反感など微塵も抱かなかった。それどころか、父のよき理解者で、夫のためにおいしい料理を作るアンティ・リーがいてよかったと、ほんとうに喜んでいた。

「誰から聞いたの？」とアンティ・リーは尋ねた。一瞬、店が営業停止になったのが、どこかのニュースで流れたのかと思った。

「セリーナからメールをもらったのよ。マークに電話するようにってね。相変わらずけち臭いわ、セリーナは。シャロンのお母さんが亡くなったのは、インターネットのニュースで知ったわ。いま、話してても大丈夫？」

午後十一時をまわっていた。マチルダはアンティ・リーの習慣を知っていた。父が生きていた頃には、その時間には夫婦そろってテレビのまえで、二脚セットのアメリカ製のリクライニング・ソファに座っていた。ふたりのあいだにあるテーブルには、飲みもの――父はカナダのライトビールで、アンティ・リーは酸っぱいアンズジュース――と、カリカリの小魚フライが置いてあった。そうして、ふたりとも視線をテレビに据えたまま、その日の出来事を話すのだ。どんなものを見たか、どんな話をしたか、どんなものを食べたか。楽しかったことも、悲しかったことも、腹が立ったことも。それがやがて思い出話に変わっていく。結婚した当時のこと、そして、出会うまえのお互いの人生の知らない部分を埋めていく。何よりも、家族や親戚のこと。共通の友人のこと。生きている友人の話、亡くなった友人の話。いまやM・L・リーもこの世を去って、アンティ・リーが何よりも懐かしいのは、そんなふうに夫婦で話をしたことだった。もちろん、話し相手ならニーナがいる。実際、ニーナとしょっちゅうおしゃべりしている。それに、毎日、大勢の人に会って、話をする。けれど、二度と手が届かない愛する夫との心休まる会話に、匹敵するものはなかった。

「とにかく、マークから頼まれたの、いくらかでもお金になるうちにカフェを売ったほうがいいと、アンティ・リーを説得してほしいって。いえ、まあ、マークがその話を切りだして、すぐに、お馬鹿なセリーナが受話器を奪ったんだけど。セリーナが言わせようとしてることを、マークがきちんと言わないから、しびれを切らしたみたい。アンティ・リーの信用は地に墜ちた、とセリーナは言ってたわ。だから、店を閉めたほうがいいって。アンティ・リーの財産はいずれわたしたちが受け継ぐんだから、もしアンティ・リーがお金を無駄遣いしたら、それはわたしたちを裏切ったことになるというのが、セリーナの言い分みたい。わたしはとにかくアンティ・リーと話してみると言っておいたわ。ほんとうに営業停止なの？　大丈夫？」

アンティ・リーは返事のしようがなかった。たいていの人に比べれば、自分は〝大丈夫〟だ。健康で、たとえカフェが再開できなくて、これまで時間と労力を注ぎこんできたものをすべて失ったとしても、地下鉄の入口でティッシュペーパーを売るような暮らしはしなくて済む。といっても、人生が予想どおりに進むとはかぎらないけれど。

「アンティ・リー？　聞いてる？」とマチルダが心配そうに言った。

「聞いてるわ。ええ、わたしは大丈夫。そうなの、カフェは営業停止よ。苦情があって、カフェが調べられてはいるけど、わたしは逮捕も何もされてない。だから、心配しないで。シンガポールでブア・クルアを売ってるインドネシアの女性から、警察は実を押収したみたい。検査するんだそうよ。お金も払ってくれなかったと、インドネシア人の女性は愚痴ってたわ。こうなるともう、誰もブア・クルアを食べないでしょうね。わたしは伝統料理を広めるつもりだったのに、逆に台無しにしてしまったわ」アンティ・リーは苦笑いした。

「犯人はシャロン・スウーンよ。そうに決まってる。シャロンがやりそうなことだわ。ものすごく負けず嫌いなんだから。シャロンは小学校卒業試験の成績があまりよくなくて、二年間、二番目のクラスで授業を受けさせられたんだけど、いまでもそれを悔しがってるはずよ」小学校卒業試験は全国統一試験で、その結果によって、十二歳の子どもが科学、芸術、専門技術などの分野で、能力別クラスに選り分けられる。それで、子どもたちの将来の仕事や運命が決まると言っても過言ではない。「前回、シャロンに会ったときは、自分がどれだけ稼いでるかしゃべりまくってたわ。トップのクラスにいた子たちとわざわざ比べて、自慢してたのよ。当時、どのクラスにいたかなんて、みんなすっかり忘れてたのに。でも、いまはシャロンもたいへんでしょうね。弟さんの具合はかなり悪かったみたい。シャロンが言ってたわ――母は口ではフェミニストみたいなことを言ってるけど、そんなのは大嘘だって。両親は男の子だからというだけで、家から何からすべて弟に受け継がせる気でいるって。でも、最後に、それでちょうどいいのかもしれない、とも言ったわ。なぜって、弟は生きていくだけのお金も稼げないだろうから。もしかしたら、弟が病気になって、シャロンは心の中でほくそ笑んでたのかもね」

「シャロンの弟のレナードのことを教えてくれる？　わたしが知ってるのは、病気だったことと、死んだということぐらい。あなたはどのぐらい知ってるの？」

「レナード・スゥーンのことなら、誰だって知ってるわ。アメリカに送られて、パーティーと麻薬にのめりこんだのよ。でも、そのまえから、とんでもないトラブルメーカーだった。中学卒業時の試験を受けるまえに、なぜ、レナードがシンガポールを離れたと思う？　学校で問題を起こしたからよ。学校の職員を脅してお金をゆすり取ろうとしたんですって。どうかしてるわよね？　偉大なるメイベル・スゥーンの息子が聞いて呆れるわ。レナードは学校をやめて、麻薬中毒になった。シャロンは弁護士になって、母親の法律事務所に勤めることになった。救いようがないほど問題児の弟を、両親はいつでも猫かわいがりしてたんだもの、シャロンにしてみれば我慢ならなかったでしょうね。シャロンとは何年か同じクラスになったけど、親しいわけじゃなかった。それでも、シャロンの誕生パーティーに招待されたのは、お母さんのメイベルの考えだったんじゃないかな。娘の友だちだから呼ばれたんじゃなくて、パパが大物だったから呼ばれたんでしょうね」

「かわいそうなシャロン」とアンティ・リーは言った。

えこひいきというのは、どうしたら好かれるのかという明確な基準もなく、たとえ基準があったとしても、それがつねに変化するから性質《たち》が悪い。えこひいきしたいがために、基準がころころ変わるのだ。まあ、ものごとの大半はそういうものだと言えなくもないが。

「ほかの人からみれば、シャロンは優秀なほうだけど、両親にとってはちがうのよ」

シャロンがなぜ自分は虐げられていると感じているのか、これではっきりした。普段なら、この問題をもう少し追究して、この世は因果応報だということをシャロンに教えてあげようと思うところだった。弟がどんな最期を迎えたか考えてみなさい、と。けれど、いまは、ほかのことで頭がいっぱいだった。ふたりの人が死んだことよりむしろ、自分が作った料理に誰かが毒を入れたという事実のほうが気になる。個人的にはそうだった。

「わたしからマークに話そうか？　アンティ・リーのお金を使ってばかりいないで、自分で稼ぎなさいって」

「だめ、だめ。そんなこと絶対に言っちゃだめよ」アンティ・リーはあわてて言った。そんなことは考えたこともなかった。

「アンティ・リーからお金を出してもらってるだけじゃないってことを、マークにわからせなくちゃ。アンティ・リーが自分の財産をどんなふうに遺すつもりなのかは知らないけど、もし遺産をマークとわたしで半分ずつ分ければいいと思ってるなら、いまのマークはわたしのお金を使ってることになる、そうよね？　マークはわざと無駄遣いしてるんじゃないか、そんなふうに思えてならないこともあるわ。無駄遣いできるなら、そうしようって。だって、わざとじゃなければ、あんなに次から次へとビジネスをはじめては、失敗したりしないはず。それに、セリーナ。セリーナはマークにできるだけアンティ・リーのお金を巻きあげさせようとしてるわ。最初は、アンティ・リーがカフェにお金を注ぎこんでるんじゃないかって、腹を立ててた。マークとわたしが相続する財産を使い果たしたらどうするのか、アンティ・リーの老後の面倒を見るためのお金を、どう工面すればいいのかって。でも、カフェが繁盛してるから、何も言えなくなったのよ。そして、いまがチャンスとばかりにまた出しゃばりはじめた。いままでマークがどれだけのお金をどぶに捨てたか、わかってるのかしら？　はっきり言って、マークがセリーナのどこを好きなのか、ぜんぜんわからない。といっても、セリーナがマークのどこを好きなのかも、わたしにはわからないけどね」

「あなたのお兄さんにはたぐいまれな才能があるのよ」

「それって、もしかして誰かに面倒を見てもらう才能？　だとしたら、マークにとっては貴重な才能でも、ほかの人にとってははた迷惑なだけよ」

「マークは幸せを感じる方法を知ってるのよ。生きてることを楽しんでるわ。夢を追いかけて、ひとつの夢に飽きると潔くあきらめる。子どもの頃に飼ってた子犬になんとなく似てるわね。何かを見つけては、隅っこに隠して、嬉しそうにかじってた。新しいおもちゃに夢中になると、食事も忘れてしまう。でも、いったん飽きると、それで終わり。まるで興味を示さなくなって、見向きもしなくなる。そうして、次に何かないかと、あたりを見まわすの。マークはいまでも、一生続けていけそうなものはないかと、きょろきょろ見まわしてるのよ。いずれはひとつのことに腰を据えて、家族を養えるだけのお金を稼げるようになるはず。だって、素直でいい子だもの。でも、いまは、そこまで稼がなくても、楽しく生きていけてるのよ」

「みんながマークみたいに生きてたら、経済は破綻しちゃうわ」

「だから、みんなはマークみたいな生き方はしていない。わかったでしょ、セリーナだってたいへんなのよ。セリーナはそもそもすごく几帳面で、計画的で、貯金好きだから」

マチルダは〝セリーナ〟の名前を耳にしただけで、ふんと鼻を鳴らした。けれど、ものごとを客観的に見られる性格で、さらには、とばっちりを受けずにいるぐらい離れていれば、セリーナの置かれている状況に同情できなくもなかった。「セリーナがマークにくっついてるなんて不思議だわ。セリーナは愛しのマークと結婚して、慈善活動みたいな気分で、夫を根本から改造しようと思ったのかもね？　マークのほうはたぶん、そういうことにうんざりするまで、セリーナと一緒にいるんでしょうね。憶えてるでしょう、あのふたりが一緒に弁論術や投資の講座を受けたのを。ふたりとも儲かる会社の社長か何かになるつもりだったのよ。でも、マークは自分がどういうビジネスで成功したいのかもわからなくて、失敗してばかり。そう考えれば、セリーナもかわいそうね。実際、マークがセリーナにくっついてて、よかったのかも。仕事じゃなくて、妻をとっかえひっかえしてたら、それこそたいへんだもの。親戚にそういうおじさんがいたのよ。いまは、四番目だか五番目だかの奥さんと、カナダだったか、オーストラリアだったかに行っちゃった。ところで、マークはワインの商売をマイクロフトの奥さんに譲ったの？」

「飲みものの商売よ」アンティ・リーは無意識のうちに訂正していた。「まだ譲ってないわ。ワインセラーから何本かワインがなくなるという問題があってね。ワインの在庫をチェックしたのはセリーナなんだけど、高価なワインがなくなってると言うの。お客さんがいないときに、わたしとニーナが飲んだんだろうと疑ってるみたい」

「マークが自分で持っていったんじゃないの？」

アンティ・リーもそう思っていた。マークとしては盗んだつもりはない。どんなワインを仕入れるかを決めたのは自分だから、ワインは自分のものだと思っているのだ。たとえ、ワイン代は自分で払っていなくても。

「マークはいまでも少年の心を持っているのよ」

「それに、アンティ・リーとセリーナから小さな子どものように扱われてるかぎり、マークは一生成長しない。でも、正直なところ、マイクロフトの奥さんのほうがまだましと言えるかしら？」

「チェリルのこと？　どうして？」

「まず、がりがりに痩せてるわ。食べるのが好きじゃないのに、カフェで働くなんて想像もつかない」

それはちがう、チェリルは食べるのが大好きだ。かなりの大食いなのに太らないというめずらしい体質なのだ。有能な客室乗務員だったのは、そのおかげでもあるけれど、そのせいで同性から反感を買うこともある。

「でも、チェリルには何かがあるんでしょうね。なんたって、マイクロフトが結婚したんだから」マチルダが考えるような口調で言った。

「チェリルはとても賢いの。どんなことでもすぐに覚えるのよ。ただ、学歴がないだけ。客室乗務員になったのは、世界を見たかったからなんですって。といっても、同僚と一緒に世界じゅうで買いものしまくるのを望んでたわけじゃない。チェリルには伸びしろがあるわ」

「ちょっと妬けちゃうな」とマチルダが素直な気持ちを口にした。

「妬けちゃう？　チェリルに？」アンティ・リーの頭の中が高速で回転しはじめた。「まさか。あなたもマイクロフトが好きだなんてことはないわよね」

「いやだ、ちがうわよ。チェリルがあっというまにアンティ・リーと仲よくなったから。だって、わたしはパパとアンティ・リーが結婚してよかったってことを、いままで一生懸命伝えようとしてきたのに……ごめん、くだらないこと言って」

親というのはときに、わが子の中にお気に入りの子どもがいることにも気づかない。それに、えこひいきしていることにも気づかなかったりする。アンティ・リーとしては、まったく手がかからないマチルダを、ないがしろにしているつもりなどなかった。

マチルダが話題を変えた。「店を休んでるあいだ、何をしてるの？」

「明日は警察の長官とお昼ごはんを食べて。夜は祈りと癒しの会に出るわ」

「万全の手を打っておくわけね？」

「わたしがしそうなことはお見通しなのね」アンティ・リーは笑ってから、ふいに真剣に言った。「でも、まだほんとうのわたしをわかっていないようね。マチルダ、聞いて。わたしはチェリルが好きよ。なぜって、自分を見てるようだから。でも、あなたは、あなたのお父さんを思いださせる。店に飾ってあるあなたの写真を見た人が、わたしの実の娘だと勘違いしても、わたしは訂正したりしない。だって、あなたみたいな娘がほしくてたまらなかったから」

「ありがとう」とマチルダは言った。それから、一瞬の間のあとに、さらに言った。「お母さん」

まさかマチルダがそんなふうに呼んでくれるとは、アンティ・リーは思ってもいなかった。胸がいっぱいになった。涙があふれて、何もしゃべれなくなった。マークと同じように、マチルダも亡き父の許可を得て、父の再婚相手をいままで〝おばさん《アンティ》〟と呼んできたのだった。

18 ラジャ長官とのランチ

「気分転換だよ」とラジャ長官は言った。「店で料理ができないんだから、いつもとはちょっとちがうものを食べるのもいいんじゃないかと思ってね」

アンティ・リーとラジャは長年の友人だった。それでも、アンティ・リーはどうにかして営業停止処分を解除してほしいと、ラジャに頼みこむほど野暮ではなかった。なんと言っても、ここはシンガポールだ。携帯電話のカメラを構えたおしゃべりなブロガーが、いたるところにひそんでいて、記事になりそうなことを探している。アンティ・リーは一時的に――ほんとうに一時的なの？――閉めている店に、これ以上注目を集めたくなかった。それに、わざわざ頼むまでもなく、ラジャができるかぎりのことをしてくれているのはわかっていた。

いつもなら、ラジャと話をするのは楽しかった。でも、今日は少し落ち着かない。ランチに誘ってくれたときに、ラジャはかなりことばを選んでいたが、それでもアンティ・リーが事件の容疑者であることに変わりはなかった。そんな立場に立たされたのは、生まれてはじめてだった。

昼食を食べにやってきたのは、リトル・インディアのアッパー・ディクソン・ロードにある小さなレストランで、ふたりは靴を脱いで上がる二階の席についていた。

「ここは南インドと北インドの両方の料理を出すんだ。肉料理もあれば、菜食主義者が食べられる料理もある」

ラジャはもうリトル・インディアにさほど詳しくなかった。かつて、祖父がその地区で店をやっていて、当時は近所に知り合いも多かった。いまでも古くからの店の主を何人か知ってはいるが、リトル・インディアにかぎらず、シンガポールのどこでも、家業を継ぐ子どもは減って、古い薬局がネイル・サロンやコンビニエンスストアに姿を変えている。

ふたりが通された二階の個室は、ひんやりとして気持ちよく、椅子ではなく床に置かれたクッションに座るようになっていた。アンティ・リーは床の上で横座りをするのは、ずいぶん久しぶりだった。磨きこまれた床板を触ってみる。遠い昔の家族の集まりを思いだした。そういうときには決まって、子どもは膝を抱えて床に座った。かならず椅子が足りなくなるからだ。

「インド料理が好きかどうかは知らないが」とラジャが穏やかに言った。「今日から好きになるのはまちがいない」ラジャは亡くなった祖母がよく作ってくれた野菜のカレーと、特別な日に作ってくれた魚の頭のカレーを思いだすと、とたんにおなかがすいた。じっくり煮込んだ魚の頭が入った辛くて酸味のあるカレーは、この店にもあるだろうか？

「注文しよう」

けれど、アンティ・リーはラジャの最初のことばが頭に引っかかっていた。

「わたしはシンガポールの料理を作ってるのよ。中華料理、マレー料理、インド料理、インドネシア料理が融合したのがシンガポール料理なの。それに、イギリスからの影響もあるわ。だから、シンガポール人はサンドイッチや鶏肉を包んだ揚げパイも食べる。アメリカの影響でハンバーガーも食べるわ。わたしが作る料理は先祖代々伝わる伝統料理だけじゃない。そう、もちろんインド料理も好きよ。自分でも作るもの」

ラジャは降参するように胸のまえで両手を開いた。「ロージー、ここへは喧嘩するために来たんじゃないんだ。今日はおごるから、おいしいものをたくさん食べてくれ。ここのヒツジ肉のビリヤニはうまそうだ」

「去勢した雄のヒツジの肉を使ってるなら、おいしいでしょうね。でも、子どもを産まなくなった雌のヒツジの肉を使ってたら、肉が硬いわよ」

それなら、鶏肉か牛肉のビリヤニにしようか……。ラジャは一瞬そう思ったが、そうしたところでまたもや肉の講釈がはじまりそうだった。そこで、「アンブル・マトン・ビリヤニ」とウエイトレスに注文した。緊迫した状況で冷静にすばやく判断を下せるのも、警察内でラジャが一目置かれている理由だった。シンガポール人は誰かが何かを決めてくれるのを好む。自分で決めろと言われると、たいてい文句をつけるのだ。いずれにしても、アンブル・ビリヤニに使われる酸味のあるナスと豆のカレーにしろ、スライスしたタマネギをヨーグルトとチリトマトで和えたライタにしろ、アンティ・リーも気に入るはずだった。

「ロージー、喧嘩をするつもりはないよ。営業停止命令に関して、わたしは何もできないんだ」

「わたしだって喧嘩するつもりなんてないわ。食事に誘ってくれたのは、そんなことを言うためだったの？」

「いや、昔ながらの友だちと食事をしたかっただけだ。これまでにもきみにはさんざん助けられてるからな。きみのおかげで警察の印象がよくなった。だから、また助けてほしいんだ。スゥーン家の母と息子にきみが毒入りの料理を食べさせてないのは、もうわかってる。それでも、規則どおりにやらなければならないんだ」

「あなたの力をもってしても店を再開できないのはわかったわ。でも、もうひとつの件では力になってくれるわよね。自殺した中国人の女の人のメモが翻訳されて、新聞に載ってたわ」アンティ・リーはおもむろに老眼鏡と折りたたんだ新聞の切り抜きを取りだした。切り抜きには黄色のマーカーを引いておいた。

「自殺した中国人の女性は行方不明の恋人に宛てて、〝わたしのために、自分の体の一部を売るつもりだったのでしょう〟と書いてるわ。ということは、この女性が捜していた恋人は、臓器移植のドナーになるためにシンガポールに来たのよね。警察は身元不明の男性の死体を見つけたけど、公表してないの？　その男性が腎臓だかなんだかを売るために、シンガポールにやってきたのはまちがいないわ。だけど、手術が失敗して、死んでしまったのよ。腎臓を売ってまで結婚したいと思うほど愛してる女性がいながら、その女性にひと言もなく姿を消すわけがない。違法なドナーの死体は、貯水池とか工事現場とかそんな場所に捨てられてしまう。問題はそういうことが組織的におこなわれていることよ。もしかしたら、メイベル・スゥーンは息子のドナーになる人と話をして、違法な臓器提供者だと知って、弁護士としてそういう臓器提供をやめさせようとしたのかもしれない。それで、口封じのために殺された可能性もある。そう、メイベルとレナードは見せしめのために殺されたのかも。犯罪組織がやりそうなことだわ」

「ヨーロッパやアメリカなら、そういうことも考えられるかもしれない」とラジャは言った。

「でも、ヨーロッパやアメリカの人たちは、そういうことが起きるのはアジアだけだと言うでしょうね」アンティ・リーは警察長官の呆れた口調にもめげなかった。「そうなのよ、世界のどこかでそういうことが起きてるの。だけど、みんなが口をつぐんでるんだわ」

アンティ・リーのようにあれやこれやと考えをめぐらすタイプには問題がある、とラジャは思った。たったひとつの情報から、まちがった方向へ大きくジャンプしてしまうのだ。

だが、それでもいいじゃないか。

「そもそもそういう組織はどうやって、メイベルに連絡を取ったんだろう？」

「それはもう考えたわ。メイベルが主宰してた祈りと癒しの会を通じてよ。あれに参加してる人はみんな、切羽詰まってるわ。切羽詰まってる人はいちいち疑問に思ったりしない」

「たしかに、この国に違法でもいいから臓器移植を受けたがってる人がいないとは言わない。だが、移植なんてそう簡単にできるものじゃないぞ。まずは医者が必要だ。麻酔医もドナーも施設も必要だ。手術室や入院施設が。そのための費用を考えただけでも、多くの人が臓器移植のためにタイやインドネシアに行くのも納得できる。それにシンガポールでの取り締まりは、以前よりはるかに厳しくなっている。そんな危険を冒してまで、この国で違法な移植を受けることはないだろう」

「命がかかってるとなったら、受けるに決まってるわ。失うものはもう何もないってぐらいに、切羽詰まってたらね」

ラジャはアンティ・リーの真剣な顔を見た。シンガポール人はそんなふうには考えない、と言いたかった。シンガポール人の多くは、全財産を注ぎこんでもまだ足りないような高額な手術を受けてまで、長生きする必要はないと言うはずだった。そう、移植手術はそもそも保険の適用外だ。違法な手術となれば、もちろん、保険など利くわけがない。となれば、医療費だけで破産してしまう。そんなことを考えながらも、尋ねた。「アンティ・リー、きみだったらどうする？」

「わたしはそんなことしないわ。体を切り開かれて、おかしなものを埋めこまれるなんて、まっぴらよ。寿命が来たら、さっさと逝くわ。でも、大切な人の命を救えるなら……」

アンティ・リーは亡くなった夫を思いだした。夫が病気で、苦しまずに生きられる方法があったなら、違法だろうと躊躇《ちゅうちょ》しなかったはずだ。ラジャも愛する妻のスマティのことを考えているはずだった。手の施しようがないほど癌に侵された妻を看病しながら、ラジャは妻が早く亡くなるように祈ったという。妻の苦しみを早く終わらせてほしいと祈ったのだ。そんなときに妻を救えると言われたら、高額で違法だからと、あきらめただろうか？　アンティ・リーにはラジャの考えていることが手に取るようにわかった。

「いまを精いっぱい生きるために、わたしはいつでも忙しく動きまわってるのよ」とアンティ・リーは言った。「それなのに、警察に店を閉められて、いったいわたしは何をすればいいの？」

「逮捕しなくちゃならなくなるようなことは、しないでくれよ」

「もしかして、隠しマイクをつけてる？」アンティ・リーはテーブル越しに身を乗りだして、小声で言った。

「つけてないよ」ラジャはわざとらしく小声で答えた。「そんなものをつけてたら、声をひそめたところで意味はない。シンガポール警察の隠しマイクは高性能だからね」

「メイベルと息子が食べたものに毒が入ってたのは、わたしとはなんの関係もなかった、そう思ってるのよね？」

「きみが誰彼かまわず、食べものに毒を入れてまわってると思ってたら、ここでこんなふうに一緒に昼食を食べるだろうか？」

「お待たせしました」店の女主人のシャンティが何種類もの料理を載せた盆を手に、やってきた。続いて入ってきたウエイトレスも、いくつもの料理を運んでいた。「注文のアンブル・ビリヤニと一緒に、北インドと南インドの両方の料理を持っていくように、カエセヴァンに言われたわ」

「話はこのへんにして」とラジャは言った。「食べよう」

「わたしは囮捜査中よ」とアンティ・リーは言った。

いつもなら、アンティ・リーはラジャと過ごすのが楽しかった。ラジャはM・L・リーと同じで、余計な口を挟まずにしっかり話を聞いたうえで、何かしら言葉を返してくれる。それに、寒々とした結婚生活を送っていた夫婦とちがって、幸せな結婚生活を送っていた夫婦は、伴侶に先立たれても後悔ばかりが残ることはないのを知っている。そういうことをわかってくれる話し相手はそうはいない。

いっぽうで、たとえば今日のように、ラジャから苛立たしいほど気遣われることもある。それもまた、亡き夫M・L・リーにそっくりだった。〝男の中の男〟の役を演じている自分に酔っていて、この世に女の中の女がいることを忘れているのだ。鶏を絞めて、まだばたばたと暴れている魚のはらわたを抜いてきたのは、いつだって女の中の女なのに。

食事をしながら、ラジャはアンティ・リーに、自分ではどうにもならないことにかかわってはならない理由を、懇切丁寧に説いて聞かせた。そんなふうに説教されながらも、アンティ・リーは料理を堪能した。

ラジャはアンティ・リーへの忠告を終えると、満足げにため息をついて、デザートのラドゥに取りかかった。甘くやわらかいその丸い揚げ菓子は、インドの伝統料理で、幼い頃から慣れしたしんできた味だ。それでも、ひと口かじると、驚いて、手を止めた。

「すりつぶしたココナッツ」アレンジされたラドゥをひと口食べて、アンティ・リーが言った。「それに、スパイスを利かせた松の実のペーストも入ってる。おもしろいわ」

たしかにおもしろい味だ、とラジャは思った。けれど、アレンジしたラドゥは、祖母が作ってくれた引きわりひよこ豆《チャナダール》のラドゥとは似ても似つかない。それを言うなら、やさしくて人懐っこい未亡人にも、未熟で未経験の素人探偵は似つかわしくない。

「それで、これから何をするつもりなの？」とアンティ・リーが尋ねた。

午後の予定を訊かれたわけではないのは、ラジャにもわかっていた。

「きちんと捜査を進めるつもりだ。きみが言うように、事件は違法な臓器売買と関係があるかもしれない。その線で手がかりを丹念に洗って、闇の臓器売買組織に関する情報を、外国の警察からも提供してもらう。最後まで捜査して、解決するよ。ああ、いずれ解決する。犯罪組織を検挙する。あるいは、シンガポールで違法な臓器売買に手を染めるのは危険すぎると、組織の連中に思い知らせて、この国から退散させる」

いつもそうだ、とアンティ・リーは思った。犯罪者がこの国の外にいるかぎり、それはもうシンガポールの知ったことではないのだ。アメリカはよその国の出来事に首を突っこみすぎると批判されているけれど、自分の国の国境の外側で起きていることはすべてわれ関せずというのは、正しいことなの？　これほど世界じゅうの国が密につながっている時代に、自分の国以外のことを無視できるものなのだろうか？

「でも、やっぱり、メイベル・スゥーンとその息子が違法な臓器売買組織に殺されたとは思えないわ」とアンティ・リーは言った。

ラドゥ

Laddu

豆粉、ナッツ、ドライフルーツ、スパイス、砂糖などを混ぜた生地を丸めて揚げたインドの伝統菓子。

「そういう組織がかかわってると、きみが言ったんだぞ」

「ええ、まちがいなくかかわってるはずよ。でも、思いだして。メイベルとその息子が毒殺されたとき、わたしはあの家にいた。わたしの目のまえで、シャロンはアヤム・ブア・クルアやほかの料理を皿に盛りつけた。シャロンはそれを弟の部屋に持っていくつもりだった。でも、グレースフェイス・アーンとエドモンド・ヨーンが、ちょうどレナードの部屋に行くところだったから、シャロンはふたりに任せることにした。それで、ふたりがレナードの部屋に食事を置いた。でも、レナードはメイベルが部屋に来て、一緒に食べてくれるまで、食事に手をつけなかった」

「ということは、いまの話に出てきた者は全員、食事に毒を盛れた。たしかにそのとおりだ。それでも、いちばんの容疑者はやはりメイベル・スゥーンだな。ほかの人には動機がない」

「でも、パーティーの客は誰だって、トイレを使うために自由に家に入れたのよ。わたしもそうしたわ。それに、動機はまだわからないでしょ」

「パーティーの客は全員調べたよ。出席してたのは、家族の友人か、法律事務所の関係者だ。違法な臓器売買業者はいなかった。それに、反論されるまえに言っておくが、そういう組織が存在するとして、連中にはメイベル・スゥーンとその息子を殺す理由がない。そういう組織の人間がこの国にいる目的は、摘出した臓器を売って儲けることだ。連中はできるだけ目立たないようにして、臓器を売って、金を受けとって、誰にも気づかれずにさっさとこの国から出ていきたがるだろう」

「そのとおりよ。だからこそ、そういう闇組織がこの件にかかわっていたとしても、メイベルと息子を殺したとは思えないのよ」

「メイベルはレナードの病気が治らないのを知っていた。レナードは麻薬に溺れて、体を壊した。だから、メイベルは苦しんでる息子を見かねて、殺したんだよ」

ラジャの口調は、これでもうこの話は終わりだと言いたげだった。その証拠に、立ちあがろうとした。けれど、すぐには立ちあがれずに、もたついた。

もたつきながらも、一件落着とばかりに言った。「メイベルが食事に毒を盛ったんだ。そうして、息子と一緒にそれを食べた」

アンティ・リーは釈然としなかった。けれど、シンガポールの法の番人は、たとえ親切なラジャ長官でも、一般人が釈然としないというだけでは動いてくれない。証拠がないと言うに決まっている。同年代の女性が息子を殺したと思いたがらないのは、おばあさんゆえの頑固さだと考えるだろう。だから、アンティ・リーは黙っていた。いまはばらばらのパズルのピースを、ひとつひとつじっくり見ていかなければ。それをつなぎあわせて、パズルを完成させたら、ラジャにプレゼントしよう。

「座るより、立ちあがるほうがたいへんよね」アンティ・リーはもたついている友人を尻目に、すっくと立ちあがると、ゆったりしたズボンのしわをすばやく払った。

「あなたの部下はスゥーン邸で何も見つけられなかったの？　隅々まで調べたんでしょうね？　家の中は？　庭は？　プールは？　怪しいものはひとつもなかった？」

ようやく立ちあがったラジャは、一般人が警察ドラマの呪縛から逃れて、ほんものの警察の仕事がどんなものか理解する日が来るのだろうか、と考えた。「何に毒が盛られたかがわかっているとなれば、家宅捜査にさほど大きな意味はないんだよ。それでも、もちろん部下はあの家を隅々まで調べて、正確で詳細な報告書をまとめたよ」

「ということは、プールのフィルターも調べたのね？」

「ああ、おそらく。あとで確かめてみよう。それできみの気が済むならね。だが、言っておくが、何も見つかってないはずだ。プールは掃除されたばかりだった。だから、不審なものが見つかるとは思えない」

「わたしのブア・クルアに誰が毒を盛ったにせよ、まずは毒をどこかで手に入れなければならないわ。プールは掃除したばかりだったのね。プール用の洗剤には毒性がかなり強いものもある」

ラジャはお腹いっぱいで背筋を伸ばすと、げっぷが出そうになった。おいしいものを食べたことだし、推理がなかなかいい線をいっていることを旧友に教えても、ばちはあたらないだろう。「毒物の出どころはほぼ突き止めた。壁際のテーブルの下に殺藻剤の容器が置いてあった」

「それに、もうひとつ」とアンティ・リーは言った。「警察はスゥーン法律事務所の職員全員から話を聞くべきよ。スゥーン家には中国人の女性がいたわ。メイベルが死体で発見されたときには、もう姿はなかった。いったい何者なのかしら？　あの女性が無事なのかどうか、知りたいわ」

ラジャは鋭い目でアンティ・リーを見た。人を気遣っているような口ぶりだが、本心はちがうと見抜いていた。「この国では、中国人を家庭内の仕事に従事させるのは禁じられてる。スウーン家ではふたりの使用人を雇ったが、どちらもフィリピン人の看護師で、どちらもすでに辞めている。庭師はスリランカ人で、英語が話せない。あの家に中国人の女性はいないよ」

「となると、わたしの勘違いで、あの女性はパーティーの客だったのかしら？　スウーン家の主治医と話してるのを見たわ。エドモンド・ヨーン医師と。ということは、きっと看護師ね。そうよ、たまたま仕事が休みだったんだわ。看護師や保育士って、仕事以外のときでも、ちょっと偉そうに見えたりするものね。もし看護師だったら、毒物中毒の知識もあるはずよ。スウーン家では息子のために常勤にしろパートタイムにしろ、看護師を雇ってたんでしょ？　レナードの具合はかなり悪かったみたいね。家族がおむつを取り替えたり、お風呂に入れたりしないかぎり、プロの助けが必要だわ。いずれにしても、あの中国人が何者なのか警察は調べるべきよ、そうでしょ？」

ラジャは渋々と同意すると、アンティ・リーの視線を感じながら、携帯電話ですばやくメールを打った。それが済むと、携帯電話をしまって、話題を変えた。

「いいかい、ロージー。きみが首を突っこまずにいられないのはわかってる。だが、今回の件は警察に任せるんだ。できるだけ早く調べて、カフェを再開できるようにするよ。厨房に問題がないのはわかってるが、それでも規則にしたがわなければならない。シンガポールはそういう国だからね。正しいことをするだけではだめなんだ。警察は正しいことをしていると、国民に示さなければならない。だから、今回は短い休暇だと思ってくれ。そうだ、旅でもすればいい。最後に海外旅行をしてから、どのぐらいになる？　マチルダに会いに、イギリスに行ってみたらどうだ？　マチルダの好物を作ってやったら喜ぶぞ」

会いにいけば、マチルダが喜ぶのはわかっていた。けれど、いま、シンガポールを離れるのは、コンロの上で沸騰しているカレーの鍋をほったらかして、家を離れるようなものだ。食べられなくなってしまうのはカレーだけではない。もしカレーが煮詰まれば、火事になって、何もかも燃えてしまう。

「でも、こういう場合、警察はシンガポールを出ないように言うものじゃない？」

「ロージー、馬鹿なことを言うなよ。きみは容疑者じゃないんだ」

「事件の日にあの場にいた人はみんな容疑者よ。ついこのあいだも、ヘンリー・スゥーンが自分も疑われてると言ってたわ」

「いつヘンリーと話したんだ？」ラジャの口調がいきなり鋭くなった。

「友だちの家でたまたま会ったの。たぶん、ヘンリーは頭のどこかではメイベルは自殺したと思ってるんだろうけど、敬虔なキリスト教徒だから認めたくないのよ」ラジャの顔に浮かぶ表情を見て、アンティ・リーは笑わずにいられなかった。「どうしたの？　あなたとお昼ごはんを食べるのはいいけど、ヘンリー・スゥーンと話をするのはだめなの？　もしや、焼き餅を焼いてるとか?」

「ロージー、こういうことは話してはならないんだが、きみがこれ以上深みにはまらないためにも、言っておいたほうがいいだろう。〈アンティ・リーズ・ディライト〉を営業停止に追いこんだのは、ヘンリー・スゥーンなんだよ。〝メイベルと息子の件は事故だったとしても、アンティ・リーのせいで誰かが食中毒を起こしたらたいへんなことになる〟というのが、ヘンリーの言い分だ。あの男には有力な友人がたくさんいる。みんな引退しているが、元判事であれ、元大臣であれ、いまだに強いコネがある。新聞には載らないが、影響力は絶大だ。友人であるヘンリー・スゥーンが、妻と息子を亡くしたいま、きみの店を営業停止してヘンリーの気が済むなら、そういう人たちは深く考えたりせずに協力するだろう。ああ、現役の判事や政治家とも顔見知りだから、ひと言かけるだけで、思いどおりになる。それに、きみの友だちのドリーン・チューも苦情を訴えている。ドリーンの場合は、何に対する苦情なのかがいまひとつはっきりしない。詳しい話を聞きにいくと、ドリーンの代わりにヘンリーが文句を言ったよ」

そう、わたしが訪ねていったとき、ドリーンはまず、くだらないおしゃべりを長々とした。ヘンリーの計画に加担したのがばれたと思って、あせったからだろう。

「大丈夫かい、ロージー?」

「やっぱり祈りと癒しの会に行かなくちゃ」

19

祈りと癒しの会

アンティ・リーはいままで、忙しくしていることに幸せを感じて、それが自慢の種でもあった。けれど、昼食を済ませてラジャと一緒に、とんだとばっちりで営業停止になったカフェに戻ると、何もすることがなかった。やるべきことは、ニーナがすべて済ませていた。掃除も整理整頓もゴミ出しも。そうして、ニーナも暇を持て余しはじめているところだった。

「犬を飼ったほうがいいかもしれませんね」

「番犬を飼えってこと？　どうして？　近所にまた空き巣が入ったの？」

「ちがいます。でも、たいていのメイドが……」メイドを雇う人の中には、〝家政婦〟と正式な名称で呼ぶ者もいるが、本人は自分たちのことを、〝メイド〟と呼んでいた。「たいていのメイドが、朝と夕方に犬を散歩させてます。犬と一緒に公園に行って、草の上に寝転んで、音楽を聴いてたりするんですよ。アンティ・リーが犬を飼ったら、わたしもメイド仲間と一緒に犬を散歩させられます」

「犬がいなくても、メイド仲間と散歩していいわよ」

「犬を連れてなかったら、サボってると言われます。仕事もせずにぶらぶらしてると、警察に通報されてしまいます。でも、犬がいれば、堂々と散歩ができます」

たしかにそうかもしれない、とアンティ・リーは思った。けれど、犬を散歩に連れていったメイドが、歩きもしないでおしゃべりしていたら、その場で待たされてる犬は苦痛なのでは？

「カフェが再開したら犬はどうするの？」

「店に連れてくればいいじゃないですか。大きな犬なら番犬になります。小さな犬ならかわいい看板犬だと話題になって、お客さんが増えて、売り上げも上がるかもしれません」

「それより、パーティーを開いたほうがよさそうだわ」とアンティ・リーは言った。

「これ以上人が死んだら、まちがいなく逮捕されますよ」

「店に客を呼ぶわけにはいかないけど、料理を外に持っていくケータリングの仕事はできるの？」ちょうど店に入ってきたチェリルが言った。チェリルも暇を持て余しているらしい。

「店で客に出さなければ、料理しても問題ないんじゃない？　店の厨房で作った料理でなければ、売ってもかまわないかも。クリスマスと新年のごちそうを作って、冷凍しておいたら？　そうよ、冷凍食品として売りだすのもいいね。お客さんが家に持ってかえって、温めれば、自分で料理した気分になるわ」

アンティ・リーはますますチェリルが好きになった。そう思うと同時に、マチルダのことが頭に浮かんで、胸が少し痛んだ。マチルダには何かべつの方法で埋めあわせをしよう。マチルダがいるのは地球の裏側だ。自分にはこの国の厨房にいる仲間が必要だった。

「こんなことに巻きこんでしまって、悪かったわね。カフェの仕事を辞めたければ、それでもいいのよ」とアンティ・リーは言った。

「いやだ、そんなこと思ってもないわ。信じられないかもしれないけど、わたしはこの状況を楽しんでるのよ。みんなで何かをするのが、好きなの。田舎者っぽいって言われそうだけど、ひとりだとやる気が出なくて、すぐに音を上げちゃう。こんなことをやってもしかたない、がんばってもどうにもならない、さっさとやめて、べつのことをやろうってね。客室乗務員として働いてたときは、仕事はきついし、辛いことも多かった。同僚にうんざりすることもあった。それでも、制服を着て、いざ仕事だと思うと、舞台の幕が上がったみたいな気分になれた。どんなに疲れてても与えられた役をきっちりこなしたわ。みんなから何を期待されてるかわかってるから、うまくこなせたの。〈アンティ・リーズ・ディライト〉のお客さんも、この店ならまちがいないと期待してるわ。この店にケータリングを頼むお客さんは、パーティーが成功すると信じてる。パーティーのお客さんに共通の話題がなくても、料理の話で盛りあがれる。そうよ、アンティ・リー、あきらめちゃだめよ」

誰に言われたわけでもないのに、ニーナがレモングラスの温かいお茶を淹れて、チェリルのまえに置くと、笑みを浮かべた。

「営業停止命令の書類を、マイクロフトにしっかり見てもらったわ。書類には、厨房の調べが終わるまでは、店で料理を作ってはならないと書いてあった。でも、アンティ・リーの家やわたしの家のキッチンで、料理を作ってはならないとは書いてなかったわ」

どうやら、若くてまじめなチェリルは、年老いた店主を励まして、意欲をかき立てようとしているらしい。それはアンティ・リーにもわかった。メイベルの死因にこだわるのは、カフェの厨房が閉鎖されて落胆しているせいだと、チェリルは思っているのだ。こんな些細なことで、わたしが落胆するですって？ 長年生きてきて、チェリルには想像もつかないような苦境に何度も立たされた。それをどうにか撥《は》ねかえしてきたこのわたしが？ そんなことを思いながらも、アンティ・リーはチェリルに感謝した。それに、ニーナもいつになく静かで、ようすをうかがっている。ニーナもチェリルも、店主のことを心配しているらしい。

「いい機会だから、新しいメニューを考えましょう。どんな料理なら、冷凍して温めなおしても味が落ちないか、研究してみましょう」

黙って話を聞いていたニーナが、嬉しそうにうなずいた。「でも、冷凍庫はいっぱいですよ。これから料理しても、入れる場所がありません」

「今夜、祈りと癒しの会に行くから、料理を持っていくわ。お金を取らなければ、営業してることにはならない、そうよね？ それに、もしその会の人たちがわたしの料理を食べるのが不安だったら、食べるまえに祈ればいい。それで問題ないわね、よかった」

その夜の祈りと癒しの会で、アンティ・リーは膝が悩みの種だと言うのを忘れなかった。膝というのは、われながらすばらしい選択だった。会のメンバーが共感してうなずいたのだ。

会の中心人物はやはりメイベルだったようで、その後釜になろうという人物はまだ現われていなかった。シャロンもヘンリー・スゥーンの姿もなかった。会が終わりに近づくと、七、八人の自称〝時代遅れの頑固者〟は、メイベルのために黙禱した。それから腰を下ろしてアンティ・リーの料理を食べはじめた。

アンティ・リーは隣に座っているドリーンの話に耳を傾けた。ドリーンのおしゃべりは、南東の季節風が運んでくる小ぬか雨のようだった。家の中に閉じこもっていなければならないほどの雨でも、傘を差さなければならないほどの雨でもない。生暖かい霧雨がしとしとと降りつづき、そんな雨に打たれていると、体が濡れるというより、湿ってくる。そういう雨の日に外出すると、病気になると言われているが、それは迷信だ。風邪をひくのは細菌とビタミンC不足のせい。ドリーンのおしゃべりはとめどなく続いて、アンティ・リーは心が湿っていくような気がした。はっとして、小さく頭を振る。ドリーンが口をつぐんで、見つめてきた。

「膝が」とアンティ・リーはすかさず言った。それまで話を聞いているような表情を浮かべていたが、ふいに顔をゆがめて、膝をさすった。膝のせいにすれば怪しまれない。歳を取れば誰だって、膝が悪くなる。それでいて、これといった治療法がないから、誰もが自分なりのアドバイスを口にしたがるのだ。

ドリーンが勢いこんで言った。「膝が悪いなんて、言ってなかったじゃないの」どうやら、ドリーンは目と同じぐらい、記憶にも手当てが必要らしい。

「でも、歳を取ると……」アンティ・リーはことばを濁した。「ほんとうに、どうしたらいいのかしら」

「そうね、そうなのよ。みんながなんだかんだ言うものね。これを食べるといい、あれを食べるといい、これを食べちゃいけない、あれを食べちゃいけないって。もっと運動したほうがいいって言う人がいるかと思えば、動かないほうがいいって言う人もいる。でもね、そんなアドバイスはなんの役にも立たないわ。たとえば、車の部品が壊れたら、どうするの？　部品を交換するでしょ？　やるべきことはそれだけなのよ。ロージー、SF小説じゃあるまいしと思うかもしれないけど、それが現実なの。ヘンリーにやってみるように説得されるまでは、わたしも信じられなかったわ」

「あなたは膝の手術も受けたの？」とアンティ・リーは訊いた。本気で興味が湧いていた。ドリーンが〝温泉で療養した〟という噂は聞いたことがなかった。〝温泉で療養する〟と言ってしばらく姿を消すのは、しわ取りなどの整形手術を受けるときによく使う嘘ではあるけれど。

「いいえ、そうじゃないの。わたしの膝はまだ大丈夫。長く歩いたり、長いこと立ったりしていなければね。わたしはあなたとはちがうわ。一日じゅう走りまわってるあなたのその元気は、いったいどこから湧いてくるの？　もう少しゆったり過ごしたほうがいいわ。一日じゅう駆けずりまわってる女なんて、もてないわよ。でも、いまさらそういうことには興味がないって言うんでしょう？　言わせてちょうだい、生きてるかぎり、希望はあるのよ。ついこのあいだも、ヘンリーが――」

「ヘンリーが膝の手術を受けたの？」アンティ・リーは話の流れを変えようとした。

「ヘンリーが？　なぜ、そんな手術を受けるの？　あの人の膝は悪くもなんともないわ。一日じゅうゴルフをしたって、平気なぐらいですもの。コースをまわるときには、カートにお乗りなさいって、わたしはいつも言ってるのよ。そうすれば、わたしも一緒にまわれて、ヘンリーが友だちとゴルフをしてるところを見られるから。でも、ヘンリーは歩くのが好きなの。いい運動になると言ってね。もちろん、それはそれでかまわない。だって、わたしはいつでもそばに張りついていたいタイプじゃないから。そういう女は男性から嫌われるわ。女は愛されてると感じたら、いつも一緒にいたいもの。でも、男はそれでは〝息が詰まる〟のよ。そうなの、男って〝息が詰まる〟なんてことばを使うのよ」

ドリーンはそこでようやく口をつぐんだ。不幸な出来事を思いだしたようだった。

「膝の手術は？」アンティ・リーはやや切羽詰まった口調で言った。

「ああ、そう、そうだった。手術の話だったわね。このあいだシャロンに言われたの。わたしはもともとメイベルと話をしてて、メイベルからシャロンに伝わったんだと思うけど。でも、膝じゃなくて、角膜よ」

「角膜……」

「このまえも話したけど、白内障とかなんだかんだで、目がずいぶん弱ってたの。だから、手術を受けて、水晶体の濁りを取り除かなければならなかった。目の中が濁るなんて、ぞっとするでしょ？　考えただけでも、すっかりおばあちゃんになった気分」

ドリーンはいったん話をやめて、笑った。相手が否定してくれるのを待っているのだ。ドリーンの気持ちを察して、アンティ・リーはお世辞を言った。「おばあちゃんだなんて、いったい誰の話をしてるの？　あなたはまだまだ若いわよ」

「目じゃなかったら手術しなかったと思うわ。ほかの部分だったら、さほど支障はないもの。でも、目となるとね……。いずれにしても、濁った水晶体を取り除いて、角膜を移植するんだろうと思ってたの。一回の手術ですべて終わると。でも、手術を受けてもまだ、見づらくてね。もっと遠くまでよく見えて、近くの文字もはっきり見えるようになると思ってたのに、そうじゃなかった。やっぱり老眼鏡は手離せないわ。それはもう大金を払ったんだから、眼鏡なんて必要なくなると思ったのよ。そう、手術代は安くない。だから、もちろん、文句を言ってやったわ。歳を取ってるから、ころっと騙されると思ったら大まちがいよ。メイベルはわたしの話が聞こえないふりをしてたわ。メイベルがわたしを避けてたのはわかってた。でも、シャロンはいい子よ。わざわざ会いにきて、また手術を受けるつもりはあるか、と訊いてきたんだから。前回の手術で満足できなかったようだから、二度目の手術は割り引くと言ってね。でも、言ってやったわ、最初の手術が失敗したんだから、二度目はただにしろって」

「また手術を受けるの？」とアンティ・リーは尋ねた。

「シャロンにもそう訊かれたわ。でも、受けないと答えた。高いお金を払って手術したのに、目は完全には治らなかった。それなのに、もう一度同じ手術を受けてなんになるの？」

そんなドリーンの話を聞かされて、アンティ・リーがそろそろ帰ろうと思いはじめたところに、ヘンリーとシャロンがやってきた。ヨーン医師とグレースフェイスも一緒だった。

グレースフェイスが部屋の中を見まわしてから、ゆっくりとアンティ・リーのところへやってきた。「はじめての参加ですよね？　エドモンド・ヨーン先生のことはまだ紹介してなかったかしら？　亡くなったレナードを診てたお医者さまです」

グレースフェイスが着ているのは、光沢のある黒いワンピースだった。喪に服しているつもりなのかもしれない。そうでなければ、黒い服を着るとは思えなかった。それでも、歩くと鮮やかな色がちらりと覗いた。ふわりとした黒いスカートの下に、オレンジ色のペチコートをつけているのだ。グレースフェイスがその気になれば、それはもうおしゃれに着飾れるのだろう。けれど、おしゃれをしても意味がないときにまで着飾るのが、よくわからない。

「ヨーン先生とは、お会いしたわ」とアンティ・リーは言った。けれど、グレースフェイスは聞いていないようだった。

グレースフェイスは不機嫌そうで、どう見ても苛立っていた。それでも、礼儀正しい態度は崩さなかった。なんと言っても、力のある人におもねるのは、グレースフェイスの得意とするところだ。だからこそ、メイベルの右腕になれたのだ。でも、アンティ・リーに媚を売るのはすぐにやめたらしい。

幸いにも、アンティ・リーはちょっとした匂いにも鼻が利いた。たいていの人は何かを食べておいしいと言うことはできる。けれど、プロは微細な匂いを嗅ぎわけて、なぜおいしいのかということまでわかるのだ。そういう鼻は、何かがおかしいときにも敏感に反応する。グレースフェイスが何を不快に感じているにせよ、それはヨーン医師とシャロンにまつわることにちがいなかった。その夜のヨーンとシャロンは、客をもてなす夫婦のように、会のメンバーひとりひとりに丁寧に話しかけていた。グレースフェイスはシャロンとヨーンのどちらに嫉妬しているの？ それとも、怪しんでいるの？ さもなければ、両方にそういう感情を抱いているの？

いずれにしても、ふたりがアンティ・リーのところに来るまでには、まだ時間がかかりそうだった。ふたりとメンバーとの話の中で〝ブキ・ティマ・プラザのクリニック〟ということばが出て、メンバーの何人かが、新しい手術室はどこにあるのかと尋ねていた。どうやら、この会のメンバーも詳しいことを知らされていないらしい。訊かれるたびにシャロンは、「はっきりしたらお知らせします。いまは準備中なんです」と答えていた。

ようやくアンティ・リーの順番が来た。グレースフェイスがさりげなくその場を離れたかと思うと、シャロンとヨーンが近づいてきた。アンティ・リーが見るかぎり、グレースフェイスは恋愛感情でふたりを見ていたのではなさそうだった。

「膝の調子が悪いんでしたね」とシャロンが言った。

「ええ、そうなの。ほんとうにいやになっちゃう、歳は取りたくないわね。お母さまがはじめたことを、あなたが引き継いでくれて、ほんとうによかったわ」

シャロンはにっこり笑った。「母が望んでいたように、これからも続けていくつもりです」そのことばにはなんとなく皮肉が感じられた。それに、シャロンがヨーンと仲良くしている理由もよくわからなかった。以前、ふたりが一緒にいるのを見かけたときには、シャロンはヨーンを嫌っているようだった。「お店の営業ができなくなったそうで、ほんとうにたいへんですね」

「あんなに悲惨な事件が起きても、スゥーン家の人たちはあなたを責めるつもりはないんですよ。それは忘れないでください」とヨーンが言った。「でも、もちろん、遺族としては事件が早く解決して、普通の生活に戻るのを望んでいる。警察が通常の手順で捜査をするとなると、かなり長引くでしょうね……警察とはそういうものですから。でも、何をどうしたところで、亡くなったメイベルとレナードは生きかえりません。それに、ぼくたちはメイベルのことをよく知っています。メイベルなら、自分がはじめたことをぼくたちに引き継いでほしいと願うはずです」

ヨーンは頑固な幼稚園児の扱いには慣れていると言わんばかりの、いかにもおためごかしな口調だった。要するに、言われたとおりにすれば、キャンディがもらえて、このグループのメンバーと一緒に遊べるというわけだ。

でも、ヨーンが自分の思いどおりに人を動かして喜んでいるのが、手に取るようにわかった。でも、シャロンに対しては、どんな力を発揮しているのだろう？

「いまは仕事ができなくなってしまったから、この機会に膝を治そうかと思って。先生にお願いできるかしら？」とアンティ・リーは言った。

「ええ、任せてください。膝の状態がいわゆる一般的な……。つまり、ちょっと長く歩いたり、立ってたりすると痛むということなら――」

「四六時中痛むのよ」アンティ・リーはヨーンのことばを遮って言った。「誰に相談しても、手術をするしかない、金属の関節に取りかえるしかないと言われるんだけど、それはいやなの。だって、機械の膝を入れたら、空港に行くたびに金属探知機がピーピー鳴って、逮捕されそうになるでしょう。そんなのはいやなのよ」

「いや、そこまでする必要はないでしょう。膝が痛むのはおそらく、軟骨が擦りへってるせいです。軟骨というのは、要するに、膝を支えているクッションのようなものです。歳を取ると誰でも、歩いたり、重いものを持ちあげたりするときに、軟骨が擦りへって、割れやすくなるんですよ。クッションがなくなって、骨が直接こすれるようになるんです。そういう膝には、ドナーから提供された軟骨を入れれば済むだけのことです。ひじょうに安全な手術ですが、費用は安くありません」

「保険に入ってるから大丈夫よね？」

「残念ながら、保険は使えません。保険適用外の治療なんです。でも、お金さえ払えれば、まちがいなく治りますよ」

「そうね、健康第一だものね」とアンティ・リーは言った。「でも、もうひとつ教えてちょうだい。移植を手配してくれる人に、会わせてもらえるのかしら？　いえね、軟骨を提供してくれる人が……」ヨーンに身を寄せて、小声で言った。「中国人だと確認しておきたいの」

「それはできません」とシャロンがきっぱり言った。「わたしたちを信用していただくしかありません」

シャロンのきつい物言いを和らげようと、ヨーンが言った。「ご希望にそえるかどうか、調べてみます。近いうちにお宅にお邪魔して、詳しい話をさせてもらえますか？」

ヨーンがシャロンにちらりと視線を送ったのを、アンティ・リーは見逃さなかった。〝話はこんなふうにもっていくものだ〟と言わんばかりの目つきだった。けれど、シャロンは気づかなかった。何か言いたげにアンティ・リーを見つめているだけだった。

「どうかしたのかしら？」アンティ・リーは話を促すように尋ねた。

シャロンは首を振った。無駄話をするタイプではないのだ。けれど、アンティ・リーはシャロンから話を聞きだす絶好のチャンスを逃すつもりはなかった。

「シャロンは無口なんですよ」とヨーンが言った。「依頼料を受けとってはじめて話をする弁護士なんです」

いまのはちょっとしたジョークなの？　それとも、いちゃついているの？　いや、それよりも嫌味に聞こえる。

シャロンは表情を変えることもなく、黙っていた。

アンティ・リーはシャロンが気に入った。同時に、母と弟が亡くなったのに泣き崩れなかったせいで、みんなから非難されているシャロンがかわいそうになった。

「大きなショックを乗り越えるには、ちがうことで頭の中をいっぱいにしておいたほうがいい場合もあるわ。そうでなければ、失った人や失ったもののことばかり考えて、ほかのことはなんの意味も持たなくなってしまう。だから、仕事をして、忙しくしてたほうがいいのよ」

「シャロンにとっては、きちんと値段が決まっていて、儲かる仕事以外はすべて無意味ですよ」とヨーンが言った。「それに、シャロンはあらゆることを仕事にしようとするんです」

ヨーンを見ていると、アンティ・リーは自分が協力して警察が検挙した中国のギャング団を思いだした。ヨーンは目のまえにいる年寄りなど、力で押さえつけられると思っている。年寄りは時代の流れについていけず、知らないことはなんでも怖がるものだと思いこんでいる。けれど、そんなのは、中国のギャング団同様、とんでもない勘ちがいだ。

「なるほどね」とアンティ・リーは素直に応じた。「最近の若い人は、世の中がどんなふうにまわってるのか、よく知ってるのね」

実際には、若者をどんなふうに扱えばいいのかを知っているのは、年寄りなのだ。

「ところで、ヨーン先生、パーティーの日にスゥーン邸で髪の長い中国人の女の人と話をされてたようだけど、あの方はどなた？」

「何を馬鹿なことを言ってるんですか。なんの話かさっぱりわかりません」ヨーンはすぐさま否定した。

なんと嘘が下手なのか。それに、こんなにすぐに腹を立てていては、どんなこともうまくいきっこない。幸いにも、アンティ・リーは嘘の達人だった。さらに、どんなに辛いトウガラシでも、甘いココナッツミルクで辛みを和らげられるのを知っていた。

「元恋人かしら？　心配しないで。新しい恋人のまえではそういう人の話を持ちだしたりしないから」そう言って、ヨーンを軽くつつくと、シャロンのほうに頭をかしげて見せた。

ほっとしたのか、ヨーンの気取った態度が戻った。もてると思われて得意になって、にやりと笑った。「そういうことは秘密ですよ」

シャロンが不快そうな顔をした。

あの髪の長いウェン・リンという女の人のことを、もっと調べてみよう、とアンティ・リーは頭の中にメモした。

20 ブキ・ティマ・プラザ

真に優秀な料理人は、まずい料理を誰よりも作っていると言ってもいい。さらに、偉大な料理人ともなれば、その二倍は作っているだろう。なぜなら、新たな材料と新たな組み合わせをつねに試しているから。アンティ・リーは偉大な料理人だと自負していた。そう、厨房でも、人生でも。まずいものができるのは、材料の使い方をまちがえたか、合わせるものをまちがえたかのどちらかだ。料理を人生に置き換えれば、材料は人、そして、その人の性格ということになる。

たいていの人は、紙に書いてあろうとなかろうと、既存のレシピにしたがって料理をする。つまり、母親や祖母、あるいは、料理上手の人が使っていた材料と方法を、できるだけ真似ようとする。

アンティ・リーもたいていはそうやって料理を作る。そうすれば、舌に馴染んだ味を再現できるからだ。けれど、ときには手元にある材料だけで、料理しなければならないこともある。そんなときには、冷蔵庫と冷凍庫に入っている材料を確かめ、その場で組み合わせて、おいしい料理ができるかどうか考えなければならない。その結果、非凡な才能が発揮されることもある。アヤム・ブア・クルアもそんなふうにして生まれたのかもしれない。メイベルとその息子が最後に口にしたその料理も。

あの日、メイベルに毒を盛ったのは、パーティーに参加していた人と考えてほぼまちがいない。それこそが、アンティ・リーが考えるべき材料だ。レナードの料理をよそった皿に触れても怪しまれない人物。自分とチェリルとニーナを除くと、考えられるのは——。
・メイベル・スゥーン——重病の息子を殺して、自殺した？
・レナード・スゥーン——これ以上苦しみたくないと自殺して、偶然、あるいは、故意に母親を道連れにした？
・ヘンリー・スゥーン——妻と同じ動機で息子を殺して、たまたま妻も殺してしまった？あるいは、ドリーン・チューと不倫をしていて、妻が邪魔になって殺害し、たまたま息子も殺してしまった？
・シャロン・スゥーン——母親と同じ動機で弟を殺して、思いがけず母親も殺してしまった？
・グレースフェイス・アーン——動機は不明。メイベルを崇拝していて、レナードの病気は治ると信じていた？
・エドモンド・ヨーン——動機は不明。レナードの主治医として、メイベルから多額の報酬を受けとっていたと思われる。メイベルの気が変わって解雇されるような気配はなかった。クリニックを開いていたなら、どんな医者なのかメイベルも人づてに聞いていたはず。チェリルも以前、ヨーンに会っている。ブキ・ティマ・プラザのヨーンのクリニックに通うつもりだったが、クリニックが火事になった。M・L・リーの古くからの友人のコー医師も、ブキ・ティマ・プラザでクリニックをやっている。コー医師ならヨーンを知っているかもしれない?

・スゥーン法律事務所の職員——動機は不明。メイベルの死を望む者がいたとしても、自宅でのパーティーで実行するとは思えない。

・メイベル・スゥーンが主宰していた祈りと癒しの会〈生きつづける会〉のメンバー——動機は不明。メイベルやレナードが気に食わなければ、脱会すれば済む。

・スゥーン家の使用人——動機は不明。わざわざパーティーの日を選ぶ理由がない。

アンティ・リーは自前の容疑者リストを見つめた。満足のいくレシピができたはずなのに、主になる材料——動機——が見つからなかった。計画的な殺人ではなく、衝動的な殺人なのだろうか? その答えを得るには、容疑者の性格をもっと詳しく知る必要がある。たとえば、タクシーの運転手の態度が悪いとそれだけでかっとなるとか、列に並んでいるときに割りこまれると大声で怒鳴りつけるとか……。ちがう、やっぱり動機があるはずだ。

そう、これはまさにブア・クルア殺人。周到に準備して、危険を排除して、芳しい黒い木の実の中身は通好み。そう、誰があの料理を好きになるかは、なかなか予想できない。たとえば、マークはプラナカンの男なのに、ブア・クルアが嫌いだ。かたや、イギリス人とインド人の血を引くマイクロフト・ピーターズは大好きだ。今回の件にかかわっている人たちを、憶測だけで判断してはならない。アンティ・リーは肝に銘じた。といっても、すでにかなりの憶測がまぎれこんでいた。

何よりいけないのは、自分でも気づかないうちに、人を枠にはめてしまうことだ。容疑者リストに連なる人の性格や、衝動的な部分、動機をじっくり考えなければ。それに、リストに載せなかった人についても、もっと調べたい。料理に毒を盛るチャンスはなかったとしても、そういう人が引き鉄《がね》になって、事件が起きた可能性もある。長い髪の中国人女性ウェン・リン。パトリック・パンの恋人のベンジャミン。

すでにサリム警部が担当部署に問いあわせてくれたが、シンガポールでも上海でも、ベンジャミン・ンの居所はつかめなかった。

事件に知り合いがかかわっていると、問題の本質が見えなくなることもある。仲間意識や身内びいきのせいではなく、よく知っている相手だからこそ、見落としてしまうのだ。そう、毎日見ている娘の成長には、普段はなかなか気づかないのと同じ。毎晩テレビのまえで眠ってしまう父親が、いかに歳を取ったかということにも、なかなか気づけないものなのだ。

アンティ・リーは新たな目で眺めてみることにした。もしも容疑者リストに載っている人たちのことを、何ひとつ知らなかったら、そう、全員がテレビドラマの登場人物だったら、メイベル・スゥーンを殺す最大の動機があるのは誰だろう？

　妻を殺害したのは夫。誰もがそう考えるのは、その可能性が高いからだ。殺害動機は、息子の治療に全財産を注ぎこむ妻を、止めるためとも考えられる。メイベルは破産寸前で、スゥーン法律事務所もお先真っ暗だった。それでも、メイベルさえいなくなれば、自分と娘のシャロンの人生は安泰だと、ヘンリーは考えたの？　そうなれば、シャロンは母親とスゥーン法律事務所という重荷から解放されて、ほかの法律事務所で働ける。家を売れば、ヘンリーがこのさき食べていくには困らないぐらいのお金になる。でも、それで息子まで殺すかしら？　夫が妻を殺害するのはめずらしいことではないけれど、息子を殺すのはそうそうあることではない。もしかしたら、ヘンリーは息子が許せなかったとか？　息子に家庭をめちゃくちゃにされて、家名に泥を塗られたと思っていたの？

　メイベルはどうだろう？　息子を殺して、自分も死ぬなんてことができただろうか？　不可能ではない。でも、メイベルなら何かべつの方法を考えたはず。もう少し穏便な方法を？　というか、もう少し目立たない方法を。自宅に大勢の人が集まっているときに、自殺するはずがない。それとも、自殺したのをみんなに見てもらいたかったとか？　でも、遺書を残すこともできたし、自殺するところを映像におさめることだってできたはず。遺書とは言わないまでも、飛び降り自殺した中国人の若い女性のように、ちょっとした書き置きぐらいは残せただろう。中国人の若い女性とスゥーン家のふたりが相次いで亡くなったのは、関連があるの？　それとも、ただの偶然？

なんとかして、パーティーで見かけたあの髪の長い中国人の女性を見つけられないものだろうか。でも、そのまえにブキ・ティマ・プラザに行けば、何かわかるかもしれない。

ブキ・ティマ・プラザなら、アンティ・リーも何度か行ったことがあった。そのショッピングモールはビンジャイ・パークからさほど遠くないのだ。とはいえ、歩いていくには遠くて、わざわざ車で行くほどの距離でもない。かつて、そこにあったエドモンド・ヨーンのクリニックに気がつかなかったのも、不思議はなかった。それでも、そこへ行けば、そのクリニックを憶えている人がいるはずだった。

そこで、やはりブキ・ティマ・プラザでクリニックを開いている旧友のコー・ヘン・キアンに連絡して、会うことにした。

けれど、ブキ・ティマ・プラザに着いて、コー医師にすぐに会いにいったわけではなかった。まずは二階の屋台村《ホーカー・センター》にある繁盛店に寄って、コスモと話をした。

コスモはプラナカン料理の店の三代目で、いまは、そのショッピングモールでプラナカン料理の屋台を切り盛りしていた。その店のナシ・クニは〈アンティ・リーズ・ディライト〉のナシ・クニにはかなわないとはいえ、絶品だ。噂では、リー・シェンロン首相のお抱え運転手も、コスモのミー・シアムを求めて、行列に並んだらしい。シンガポールは平等な国で、たとえ、首相がぴりっと辛くて、甘くて、酸っぱくて、エビの出汁《だし》が利いたおいしい極細の米麵をどうしても食べたいと言いだしたとしても、その願いをかなえるためには、一般人と同じように列に並ばなければならないのだ。

「ずいぶん久しぶりだね、ねえさん」とコスモがアンティ・リーに気づいて声をかけた。

「ちょっと忙しくてね」うしろに長い行列ができていたから、アンティ・リーは挨拶もそこそこに用件を切りだした。「お菓子《クエ》を持ち帰りでお願い。六個ほど包んでちょうだい。以前、ここで火事があったそうだけど、クリニックが入ってる階で一軒燃えたというのはほんとうなの？」

「ああ、そうだよ。といっても、燃えたのは、やさしいコー先生のクリニックとはだいぶ離れたところだ。クエは十個にしたらどうだい？　そうすれば、箱に入れるよ。コー先生のクリニックとは反対側にあった、女みたいになりたい男と、高校生みたいになりたい女が行くクリニックだ。ボボ・テリグも食べてみるかい？　母ちゃんの作り方で、姉ちゃんが作ったんだ」

「持ち帰れるなら、食べたいわ。でも、クエを十個も食べられるかしら……。この店はいつも繁盛してて、座る場所もないわね。で、火事が起きたのはいつ頃？　そのクリニックをやってたのは、なんていう医者なの？」ブキ・ティマ・プラザのことなら、コスモに訊けばなんでもわかる。

「一年以上まえだ。たしか、ヨーン先生とスゥーン先生という医者だったかな。ココナッツミルクはべつにしておくよ。クエは一度に食べなくても大丈夫。冷蔵庫に入れとけば、一週間はもつからな。あそこの医者は教会関係者だったんじゃないかな。手術がはじまると、いつも外で信者が祈ってたから。ほら、このオー・クー・クエ（亀の甲羅の形をした緑豆餡入りの黒い餅菓子）。長寿を祈る亀の形で、緑豆餡がたっぷりだ。こっちの緑のクー・クエはヤシ糖が入ってる。ふたつずつ入れとくよ。ほら、これで十個だ」

「ありがとう。火事では誰か亡くなったの？　おいくらかしら？」

「ああ、たしか女の人がひとり。でも、身元不明だったらしい。ビザなしで入国した外国人の娼婦か何かで、整形手術中に心臓麻痺を起したんだろうなんて噂が立った。結局、誰も引き取りにこなかったらしい。哀れだよな。はい、おつり。じゃあ、また、元気で」

コー医師の亡くなった妻は、アンティ・リーの旅行仲間のひとりだった。旅行仲間はみな女性。ひとりで旅するよりはるかに安全で、夫抜きで旅したほうが何倍も買い物が楽しめるからだ。エヴァ・コーが亡くなってからというもの、コー医師はアンティ・リーが作るクリスマスと旧正月のごちそうの配達先リストに名を連ねていた。そんなわけで、マラッカ生まれのエヴァの大好物だった鶏肉とジャガイモの煮込み《アヤム・ポンテ》を手早く作って、大きなタッパーウェアに入れて持ってきたのは、当然の流れだった。聞いた話では、いま、コー医師は長男家族と同居しているということなので、その料理とコスモの店で買ったお菓子を、家族みんなで食べてもらおうと思ったのだった。

コー医師はシンガポール国立大学付属病院で院長まで務めた人物だった。その医師がかつて外科部長に就任したときに、エドモンド・ヨーンがその病院をふいに辞めたという話も、アンティ・リーはすでに調べて、知っていた。

コー医師は大腸がんの治療を拒んでいるが、それでも元気そうで、アンティ・リーはそれをそのままことばで伝えた。

「ああ、元気だよ。きみが会いにくるなんて言うもんだから、家族に頼まれたのかと思ったよ。これからもまだまだ長生きするように言ってくれとか、なんとかね。いや、そういうことが何度もあったんだ。だから、医者に切り刻まれて、電子レンジに放りこまれても、長生きしろと、言われるのかと思ったよ」

口ではそんなことを言っているが、コー医師は家族に健康を気遣われて、ほんとうは喜んでいるはずだった。なにしろ、孫や使用人からも、治療を受けるように説得されているのだ。けれど、元外科医のその医者は、ステージⅡの癌の治療を断固として拒み、癌を温存したまま、経過観察することにした。その段階の癌と診断された患者の七十パーセント以上が、化学療法を受けずに五年が過ぎても、癌細胞が大きくもならなければ、転移もしないという研究結果がある。コー医師はその可能性に賭けることにしたのだった。「癌細胞が悪さをしなければ、このまま元気でいられる。悪さをはじめたら、予定よりちょっとだけ早くエヴァに再会できる、それだけのことさ」

「エヴァはそんなに早くあなたに会いたいとは思ってないはずよ」とアンティ・リーは言った。たいていの人は亡くなった伴侶の話題を避けたがるが、旧知の仲のアンティ・リーは、コー医師が亡くなった奥さんの話をするのが好きなのを知っていた。「孫が結婚するのが楽しみだから、もう少しこの世でうろついててちょうだい、とエヴァは言うでしょうね。会いにくるのは、結婚式の写真を撮ってからよって」

「そんなのはあの世から一緒に見ればいいさ」そう言って、コー医師は笑った。「ところで、今日、ここに来たのは、エヴァのことを話すためじゃないだろう？　わたしに何かできることがあるのかな？」その口調には、有能な医者としての気遣いが感じられた。いまでもここは〝コー先生のクリニック〟と呼ばれているが、主に診察を担当しているのは、義理の息子とふたりの娘だ。それでも、昔からの患者の多くは、コー先生を指名していた。

「エドモンド・ヨーンを憶えてるかしら？　このちょっとさきのほうでクリニックをやってたわ」

コー医師がまじまじと見つめてきた。なぜ、そんなことを訊くのか尋ねてみようかどうしようか、迷っているらしい。けれど、尋ねないほうがいいと思ったのか、質問にだけ答えた。

「エドモンド・ヨーンか。優秀な成績で医学部を卒業したが、まもなく大学病院を辞めてしまってね。かなり抜け目のないタイプだ。次から次へと新しい治療法を思いついて、昔からの問題を新たな方法で処理したがる」

「ということは、あなたはヨーン医師をあまり評価してないのね」

「まあ、将来有望な医師とは言えないが、まるで使いものにならないわけではないよ。いや、大学病院でちょっとした問題に巻きこまれてね。不適切なふるまいがあったと、ひとりの患者から苦情があったんだ。看護師が病室を出ていってふたりきりになると、ヨーンが体に触れてきて、いやらしいことを言った、と。そういうケースでは、事実はまず闇の中だ。完全な誤解ということもあれば、なんらかの理由で医師を貶めようとすることもある。だが、患者が苦情を言ってきたら、病院としては調べないわけにはいかない。調べた結果、医者の嫌疑が晴れても、もう表舞台には立てず、かなり不満が残る状態で働かなければならなくなる。ヨーンのケースでは、わたしも倫理委員会のメンバーだった」

「あなたもそんな目に遭ったことがあるの？」このままでは、かいつまんだ事実しか聞けそうにないと、アンティ・リーは話の流れを変えるために尋ねた。知りたいのは、その件にかんするコー医師の個人的な見解だ。もちろん、コー医師自身の身にそんな災難が振りかかるわけがないのはわかっていた。なにしろ、どこからどう見ても温厚な医者で、患者から難癖をつけられるはずがないのだから。

「いや、ないよ。その点では、幸運だった。きみも知ってるとおり、わたしは医学校を卒業するまえにエヴァと結婚した。それからは、ずっと結婚指輪をしてたから、病室でも男として見られたりしなかった。ただの〝既婚者〟だったわけだ」

それだけではないはずだ。けれど、コー医師は高校の同級生だったひとりの女性しか目に入らず、ほかの女性に色目を使われても気づかなかったのだろう。アンティ・リーはエヴァのことを思いだして、顔がほころんだ。アンティ・リーの頭の中を見透かしたように、コー医師も笑みを浮かべた。

「それで、ヨーン医師への苦情は事実ではないと、あなたは思っているわけね？」

長い沈黙ができた。アンティ・リーはコー医師をじっと見つめて、返事を待った。体の中では、おせっかい細胞《ケーポー》がいっせいにざわつきだして、警戒態勢に入っていた。

それに気づいたコー医師が大笑いした。けれど、すぐに真顔に戻って、言った。

「それまでの行動からしても、同僚の話からも、ヨーンがそんなことをするはずがないんだが……」

「何かが引っかかるのね」

「ああ、なんとなく。いや、もちろんこれといった根拠はないんだが。しばらくのあいだ、病室には看護師がいなかった。男の医者が異性の患者を診るときには、女性の看護師がかならず同席するという規則がある。だが、この件では、診察の途中で水が飲みたいと患者が言いだして、看護師は水を取りにいった。もちろん規則どおりに、病室のドアは開けたままにしておいた。ところが、水を持って戻ってみると、ドアが閉まっていた」

「水がほしいと言ったのは患者なのね？」

「そうなんだ。それに、患者はそのときに苦情を言ったわけじゃない。退院してから、恋人に話して、苦情を言うことにしたんだ。病院に苦情を申したてるまえに、個人的にヨーン医師に連絡して、賠償金を要求しようとした節もある。だから、そう、患者にも怪しいところがある。いずれにしても、確実な判断はできなかった。病院の倫理委員会は誤解があったとして、患者に丁寧な謝罪の手紙を送った。実際に何があったのかはわからないが、ヨーンも二度とこんなことが起きないように、細心の注意を払えばそれで済むはずだった。真実はさておき、誤解を招くような行動を二度と取らなければそれでいい。でも、倫理委員会がヨーンから事情を聞いたのに、事実無根と判断しなかったのが、ヨーンは許せなかったらしい。若い医者の中には、家族の中で、いや、親戚の中で、はじめて大学に入ったという者もいる。故郷の町では、シンガポールで医者になったはじめての人物という者もいる。そうなると、おごり高ぶってしまうんだよ」

コー医師は口に出しては言わないが、苦情は事実だったと考えているらしい。アンティ・リーはそう感じた。けれど、昔の問題を掘り起こしてほしくないのだろう。もう終わったことで、決着がついているのだから。といっても、ヨーンに名誉を挽回させようと、積極的に働きかけるつもりもなさそうだった。無言の非難は、はっきり言われて解雇されるよりも、はるかに長く尾を引く。

「なぜ、ヨーンのクリニックについて知りたいんだ?」

「友だちのドリーン・チューが言ってたの、そのクリニックで治療を受けたって」

コー医師が声をあげて笑った。どうやらほっとしたらしい。「あのクリニックにヘンリー・スウーンがかかわってたから、ドリーンは診てもらったんだろう。ドリーンは男の生気を吸いとるからな。ありがたいことに、わたしは自分の限界を知っている。望んでいるのは、とにかく平和に暮らしたい、それだけだ。ヘンリーの幸運を祈ろう。娘から聞いたんだが、ヨーンは開院資金をヘンリーから借りたそうだ。〈ビューティフル・ドリーマー〉という名のクリニックだったよ。専門は美容整形だ。その手のクリニックが何より手っ取り早く儲けられると、ヨーンは誰かから耳打ちされたのかもしれない」

チェリルがヨーンのことを知ったのは、その頃だったのだろう、とアンティ・リーは思った。

「でも、そういう仕事だってたいへんよね。だって、カリスマ美容整形医のワッフルズ・ウーみたいにならなくちゃいけないんでしょう？　あの医者は芸術家として仕事をしてて、患者を女神だかなんだか、そんな気分にさせるんですって。それに、あの医者自身がかなりハンサムだわ。もてるタイプよね。そういうことだって、仕事の役に立つんでしょ？　それに比べて、エドモンド・ヨーンの顔と、嘘くさい投資話を持ちかけるような話し方じゃ、誰も信用しないわ。なるほど、だから成功しなかったのね」アンティ・リーはヨーンが好きではなかったが、それでもちょっとかわいそうになった。

「それに、この国の人たちはその手の処置を受けるために、韓国に行くようになった。韓国では美容整形クリニックの競争が激しいから、値段もかなり安い。おまけに、鼻や目をただ直すんじゃなくて、好きな芸能人の顔にしてくれるらしいぞ。まあ、そんな噂を聞いただけだがね」

そのせいでヨーンは違法な臓器移植に手を染めるしかなくなったの？

「だけど重病の人は韓国まで行けないわよね？　噂といえば、シンガポール国内で臓器移植を受ける方法があるらしいわね。ドナーはどうやって見つけるのかしら？」

コー医師は片手を上に向けてひらひらさせた。ふたりがいるのはブキ・ティマ・プラザの吹き抜けになったアトリウムで、コー医師の手の動きは上階を意味していた。

「旅行会社、メイド斡旋業者。上にはそういう会社が軒を連ねてる。中には札束を積めば、人だろうと、人の一部だろうと、ほしいものをなんでも取りよせてくれる会社もある。必要な書類までつけてくれるそうだ。提供者は人がほしがってるものを差しだす代わりに、金をもらう。臓器を差しだして、金を受けとることもある。一部の外国では、法に則っていようがいまいが、そういうことがごく普通におこなわれていて、医療観光の目玉になってるよ。もちろん、シンガポールも無関係じゃない。ここは先進国だから、臓器を提供するほうも、もらうほうも、国内で手術をしたほうが安心だ。中国では、移植に使われる臓器の約九十五パーセントが、囚人のものと言われている。中国では、国で定めた臓器提供システムがないから、そういうことがまかり通っているんだ。不思議だと思わないか？　違法な臓器狩りがここまで噂になってるのに、誰ひとり証拠を示せないなんて」

「婚約者の行方がわからなくて、飛び降り自殺をした中国人の若い女性がいたわね？　婚約者のほうももう死んでると思う？」

「さあ、どうだろう。シンガポールのどこかでまだ生きてるかもしれない。若い男性の臓器だから高値がついて、いまごろは大金を受けとってるよ。となると、婚約を破棄して、この国のマッサージ店で不法に働いてることも充分に考えられる」

「ヨーン医師はメイベル・スウーンに話を持ちかけてたみたいなの。臓器移植を受ければ息子が助かるって。もしかしたら、その臓器をどんなふうに手に入れたかをメイベルが知ってしまって、口封じのためにヨーンに殺されたのかしら？」

「エドモンド・ヨーンにはそんなことはできないよ。学生時代も平凡な学生で、詐欺師になったところで一流にはなれないだろう。人はそう変われるものじゃないからな」

アンティ・リーはさらなる可能性を考えた。メイベルの息子のために臓器を手配したのはウェン・リンで、ヨーンは橋渡しをしただけだとしたら？　いわば、電子レンジで温めるだけですぐに食べられる冷凍食品と同じ。一見、すべての要求を満たして、それなりの材料を使っているように見えるが、中身はすかすかだ。とにかく、メイベルはパーティーの日、つまり、死ぬことになったその日に、はじめてウェン・リンに会った。それだけはまちがいなかった。

「ヨーンは誰からも一目置かれるような人物になりたがっていた。初対面でそういう印象を相手に抱かせることが大切で、その印象をどうやって維持するかということは、そっちのけだった。クリニックをどんなふうに経営していくか、きちんとした計画があったとは思えない。自分の人柄だけで、クリニックを続けていけるとでも思ってたのか」

「さきのことまで考えてなかったみたいね」とアンティ・リーは言った。「でも、火災保険には入ってたのよね？」

「ああ、ここでは加入することになってる。開業条件のひとつだ。それはそうなんだが……。火事の直後にヨーンはマレーシアに戻って、ちょっとのあいだ行方をくらました。火災保険の請求もしなかった。管理委員会が必死に捜して連絡を取ると、ヨーンは言ったそうだよ。

〝誰も死ななかったんだから、大したことじゃない。保険のことは放っておけばいい〟とね」

「女性がひとり亡くなったのよね？　そう聞いたけど」

「そうなのか？」

　ということは、火事で亡くなった女性に注目した人はほとんどいないらしい。名前はおろか、どんな女性なのかもわからなくては、興味の抱きようがないのかもしれない。外国からやってきた身寄りのない若い女性が火事で死んだとしても、誰が警察に報告したりするだろう？　その女性がいなくなって、嘆き悲しむ人がいるのだろうか？

21
それぞれの人のそれぞれの事情

エドモンド・ヨーンはひとりで自宅にいた。自宅はそれなりのアパートだが、人から一目置かれたいヨーンとしては、理想とはかけ離れた狭すぎる住まいだった。

そのアパートでヨーンは荷造りのさいちゅうだった。しばらくスゥーン邸に住みこむのだ。それはまたとないチャンスだった。何しろ、数日間、いや、数週間、あの家を独り占めできるのだ。門のあたりを警官や記者がうろついていることに、ヘンリーとシャロンは嫌気がさして、一時的に友人の家に移った。それで、しばらく留守番をしてほしいと頼まれたのだ。警官が見まわっているのは、しっかり監視していることをスゥーン家や近所の人たちに見せつけるためだ。それはヨーンにもわかっていた。レナードの寝室の捜査はすでに終わって、被害者は毒殺されたと判明した。だから、警察官であろうと、捜査令状なしで勝手に家に入る権利はなかった。

ヨーンは自分の賃貸アパートの中を見まわして、やはり気に入らないと思った。こんなところにはもう住みたくなかった。狭い部屋に閉じこめられて、身動きが取れなくなりそうだ。

低い天井、安っぽいベニヤの壁、ケチな大家がそろえたプラスティックの家具。

スゥーン邸には数日分の服を持っていけば事足りるが、ヨーンは二度と自分のアパートに戻ってこないかのように、マレーシアから持ってきたものすべてをバッグに詰めた。レナードが死んだいまとなれば、スゥーン邸に居残る新たな理由を見つけなければならないが、いずれ何かしら思いつく自信があった。ドクター・エドモンド・ヨーンは生まれながらに持たされたカードを、黙って受けいれたりしない。人生は不公平だと知っている。運命を受けいれていたら、いま頃は故郷のケダーにある、死んだじいさんが開いた自転車屋で、兄弟と一緒に働いているところだ。だが、実際には、シンガポールでいっぱしの医者になって、金持ちや権力者と親しくしている。メイベルに雇われたのは、三百六十五日二十四時間体制で大事な息子の世話をする医者が必要だったからで、どちらかと言えば看護師や子守りと大差なかった。どうしようもない馬鹿息子のレナードなど、内心では死ねばいいと思っていた。そして、メイベルとレナードが死んだいまこそ、ドクター・エドモンド・ヨーンは次なるステージに進むのだ。

携帯電話が鳴った。また金の催促だ。あの連中は目先のことしか頭にない。

「こっちはただの仲介役だよ」とヨーンは北京語で言った。「あんたの取引相手は死んだ。だから、取引はチャラだ。こっちはあんたから何も借りちゃいない。あんたのために新しい取引をまとめるつもりなのに、こんなふうに追いまわされちゃ、まとまるものもまとまらない」怒鳴りつけて、電話を切りたいところだったが、そこまでの勇気はなかった。あんな女の脅しを怖れているのではない。壮大な計画が成功すれば、いずれあの女の協力が必要になるからだ。

携帯電話をおざなりに耳にあてて、小さな居間の中を歩きまわると、隣の住人の怒鳴り声がはっきり聞こえてきた。パソコンをやめて、明日の学校の支度をして、寝なさい、と子どもに怒鳴っている。怒鳴り声に混ざって、口答えや金切声、北京語に吹きかえられた韓国ドラマのテーマソングも聞こえた。ここに住む連中はそろいもそろって低能な貧乏人で、ろくなものにならない子どもに口やかましすぎる。どいつもこいつも厚顔無恥で、このアパートとシンガポールにようこそと言わんばかりに、天下のヨーン医師にこの国での人生をはじめるためのアルバイトや、少しばかり可愛い顔をした姪っ子を紹介したがる。まるで、このドクター・エドモンド・ヨーンには、このアパートの住人のようなくだらない連中の手助けが必要だと思いこんでいるかのように。ああ、早く金持ちになって、ドクター・ヨーンがそういう連中をどれほど軽蔑しているか、教えてやりたい。

そんなことを考えながら居間を歩きまわっているあいだも、携帯電話から聞こえる北京語の怒った声は、途切れることなく続いていた。まもなく、くだらない連中とおさらばして、スゥーン家の大邸宅でひとりで過ごせる。広々とした家を独り占めすれば、憧れの暮らしを手に入れた気分に浸れるだろう。もちろん、問題はある。あの豪邸にいても、誰も会いにこないのだから、誰かに一目置かれることはない。ああいう家を買えるようになったら、使用人を山ほど雇おう。親戚や以前の隣人が金を恵んでほしい、援助してほしいと言ってくるにちがいない。連中は足元の大理石の床やメルセデス・ベンツを見て、ドクター・エドモンド・ヨーンを尊敬することになる。それで、豪邸で一緒に暮らすのは誰だ？　虎視眈々と玉の輿を狙っているグレースフェイス・アーンでないことだけは確かだ。医者の妻にふさわしいのは医者の娘。いや、たとえば、シャロン・スゥーンのような女でもいい。シャロンは勝気でずけずけとものを言うが、このドクター・ヨーンの助けを必要としている。

電話の向こうから聞こえてくる怒った声がついに途切れた。ヨーンは丁寧に別れの挨拶をして、きちんと約束してから電話を切ると、すぐさまオートダイアルの一番を押した。

「シャロン、いそいで取りかかろう」

グレースフェイス・アーンもひとり住まいの小さなアパートの一室で、将来の計画を立てていた。ほしいものはいずれ手に入ると、信じて生きてきた。そして、いま、望みどおりの成功が手を伸ばせば届きそうなところにある。このアパートからも、生きるために地道に働く生活からも、永遠に抜けだせる。ラッシュアワーで人にもまれることも、自分でマニキュアを塗ることも、もうなくなる。

部屋の中を見まわした。スゥーン法律事務所で働きはじめた頃から、狭くてなんの変哲もないこの部屋で暮らしてきた。愛着もなければ、いい思い出も何もない部屋。だからといって、故郷の家に愛着があるわけでもない。最初から、これまでの住まいは一時的な居場所としか思っていなかった。より良い人生を手に入れるための、階段のようなもの。この部屋にある家具――ベッド、小さなテーブルとイス、作りつけの食器棚、カーテン――はすべて、最初から部屋についていたものだった。

わたしは高価な服と靴が好き。化粧品だって高級品しか使わない。けれど、インテリアはどうでもいい。少なくとも、このアパートでは。そう、いまのところは。なんと言っても、一生の伴侶とここで会うことはないのだから。結婚して、大金持ちになったら、一流のインテリアデザイナーを雇って、美しい家にしてもらえばいい。そうなったら、一流雑誌の取材を受けて、さりげないけれど、洗練された家に住む自分の写真を撮ってもらう。そうして、みんなから趣味がいいと褒められるのだ。

そんな将来を夢想していると、携帯電話のメールの着信音で現実に引きもどされた。家に電話は引いていない。だから、携帯電話の電源はいつでも入っていた。メールを送ってきたのは、シャロン・スゥーンだった。〝至急、電話して〟

その頃、パトリック・パンはベンジャミンと暮らしていたアパートにひとりきりでいた。そこは、ふたりでいれば、永遠に幸せでいられると思っていた場所だった。いまでも、いたるところにベンジャミンの痕跡がある。眠れなくて掃除をしていると、デッサン用の炭がごっそり出てきた。それを見たとたんに、涙が止まらなくなって、手にも顔にも灰色の涙の跡がついた。涙に濡れた炭はもう使いものにならないはずだった。

絶望しても何もはじまらないと、自分に言い聞かせた。

〝深呼吸するんだ。しっかり息をすればそれだけで、悲しみを打ち負かせる。自暴自棄になって自殺なんてするんじゃないぞ〟

頭の中で響くその声が誰のものなのかはわからなかったけれど、そういう声が聞こえたほうが、ただ悲しみに屈するよりは、はるかにましなはずだった。大切なのは、生きていて、耳を澄ませていることだ。生きてさえいれば、いつかはこの状況から抜けだせるかもしれない。ひたすら体を動かして、掃除を続けると、もう掃除をするところがなくなった。だったら、アンティ・リーのアドバイスにしたがって、料理でもしようか？　でも、何を作る？

アンティ・リーのことを考えると、少し気分が上向いた。ジョーとオットーは、あのおばあさんが本気を出せば、どんな問題も解決すると言っていた。それに、弟のティムもアンティ・リーを慕っている。といっても、ジョーとオットーとはちがって、アンティ・リーが奇跡を起こすとは、ティムは思っていないようだけれど。

そんなことを考えながら、アンティ・リーからもらったレシピを取りだした。

〝思いつめちゃだめよ。思いどおりにならないことがあったら、何か作りなさい〟――アンティ・リーにそう言われたのだ。そのとおりにしてみよう。

もし、ベンが帰ってきたら、デッサン用の新しい炭をプレゼントしよう。

パトリックがアンティ・リーのレシピをじっくり眺めている頃、警察長官のラジャ・クマルはオフィスでひとり、メールに目を通していた。それから、携帯電話でアンティ・リーに連絡した。

「ということは、サリムから聞いたんだな？　〈生きつづける会〉の会員名簿に名を連ねている人について」

「なぜ、サリム警部がそんなことをわたしに話すの？」とアンティ・リーは尋ねた。

「なぜって、きみがその名簿をサリムに渡して、会員について調べるように頼んだからだよ。この件に関しては、もう首を突っこまないと約束したのに」

アンティ・リーはばつが悪くなる程度には慎みがあった。「怪しいことが何もなければ、わたしが首を突っこもうがどうしようが、事態は自然に終息するはずよ。いずれにしても、あの会の人たちがわたしにも祈らせたいと思ってるなら、誰のために祈るのか教えてくれるのが筋というものでしょう？　これはいわば、投資のようなものよ。投資するときには、まずは背景を調べるわよね。それにしても、わたしみたいな人畜無害なおばあちゃんが、ちょっとおせっかい《ケーポー》を焼いたぐらいで、どうしてサリム警部はあなたに告げ口したりしたのかしら？　飛び降り自殺した中国人の女性の恋人が、違法な臓器移植のドナーだとしたら、その臓器を誰かがお金を払って買ったことになる、そうでしょ？　そんなものを買えるほどのお金を持ってるのは誰？　そんなことができるのは、このあたりか、運河の向こう側に住んでる人ぐらいなものよね？　サリムに渡した名簿を、読みあげてみましょうか……」

アンティ・リーが老眼鏡を探して、がさごそやっている音が、携帯電話を通して、ラジャの耳にも聞こえてきた。「いや、それには及ばないよ、ロージー。名簿は必要ない」

「名簿の中には、週に一度透析を受けてたのに、いきなり具合がよくなった人もいるのよ。シンガポールの大病院で手術を受けたわけでもないのに」

「サリムはきみのことで告げ口などしてないよ。調べたことをわたしに知らせるべきだと思っただけだ」

「わたしに教えてくれるまえに、あなたに話したの？　手がかりを教えてあげたのは、わたしなのに？　まったく、最近の若い人はどうなってるのかしら？　恩義ってものを知らないの？」

「おいおい、わたしはサリムの上司だよ」とラジャは反論した。

「それだけじゃなくて、自殺した中国人女性の恋人がシンガポールに入国した経緯についても調べてるところよ。入国するときには、この国での滞在先を記入してるはずよね？　出入国カードにそういう欄があるもの。そこにはなんて書いたのかしら？　それも調べてほしいと、サリム警部に頼んだの。あのハンサムなティモシー・パン巡査部長はいま、入国管理の仕事をしてるそうね。だから、パン巡査部長にも調べてちょうだいとお願いしたわ」

「調べたそうだ。フランジパニ・インみたいな小さなホテルの住所が書いてあった。ところが、そのホテルを予約したのは〈ビューティフル・ドリーマー〉となっていた。エドモンド・ヨーンのかつてのクリニックの名前だ。記録ではその男性は健康診断のためにシンガポールにやってきたが、姿を現わさなかったとなっている」

「その男性の死体は見つかってないのよね？」

「ああ、見つかっていない」

サリムがラジャに伝えた情報はそれだけではなかった。死亡したメイベルとレナードの検死解剖の結果、どちらも農薬を摂取していたのがわかった。人がシアンを摂取した場合、体重一キロにつき一・五ミリグラムで致死量となる。死亡したふたりの体からは、致死量の約三倍のシアンが検出された。となると、ほぼ即死だったにちがいない。さらに重要なのは、ふたりの遺体から発見されたシアンが、市販されている農薬に使われていることだった。

ラジャがそれを話すと、アンティ・リーはしばらく黙っていたが、やがて言った。「ということは、ブア・クルアでないのはまちがいないのね」

口調に本心がにじみでていた。自分が作った料理で食中毒を起こすはずがないという自信はあったけれど、もしや致命的なミスを犯したのでは、と一抹の不安も抱いていたのだ。

22 スゥーン法律事務所の捜査

アンティ・リーは不快な夢からようやく目を覚ました。キッチンを探して、大豪邸の部屋から部屋へと、歩きまわっている夢だった。行きたいのはキッチンなのに、どういうわけか、かならず寝室に戻ってしまう。また寝室に戻ったところで、パジャマ姿の自分の隣にニーナが現われて、目が覚めたのだった。

「友だちから連絡がありました。グレースフェイスさんがスゥーン法律事務所に行ったそうです。昨日の夕方、いつものように事務所を出て、今朝の五時ぐらいにひとりで出勤したみたいです。そういうことをすぐに知らせるように、おっしゃってましたよね」

「ええ、そうよ」アンティ・リーはベッドから起きあがった。寝つきも悪ければ、目覚めも悪いのは、歳のせいだろうか？「お友だちにお礼を言っておいてちょうだい。それとちょっとしたプレゼントも忘れずにね」

ニーナの友だちが、スゥーン法律事務所のビルの一階にあるコンビニエンスストアで働いていたのは、好都合だった。

「スゥーン法律事務所はここかしら？」一時間もしないうちに、アンティ・リーは法律事務所があるビルのロビーにいた。

「エレベーターで七階に上がって、左へ進んでください」

時刻はまもなく六時。夜勤の警備員は携帯電話を耳にあてたまま、そう言った。もうすぐ日勤の警備員との交代時間なのだろう。昼夜かまわずやってくる客にも慣れているようだった。

アンティ・リーはエレベーターで七階に上がると、スゥーン法律事務所のドアを何度もノックして、何度も声をかけた。すると、ようやくグレースフェイスが出てきた。

「どうして、ここに――」

「おはよう。明かりがついてるのが見えたから、誰かいるとわかったのよ。シャロンはいるかしら？」

管理業者か清掃員が来たのだろうと思っていたグレースフェイスは、アンティ・リーの到来に面食らっていた。そんなグレースフェイスのわきを、アンティ・リーはするりとすり抜けて、ひとつだけ明かりがついているオフィスへ向かった。そこはまちがいなくグレースフェイスのオフィスだったが、その部屋の主が遅れた仕事を処理するために早朝から出勤したわけではないのは、ひと目でわかった。ファイルが入った箱やビニール袋が床に置かれて、書類が散乱していた。デスクのわきには、それまで机の上に飾られていたはずの細々としたもの——やる気をかき立てることばが書かれた飾りなど——と、ハイヒールのパンプスが小山を作っていた。いま、グレースフェイスが履いているのは、クロックスのサンダルだ。泣いていたように目が赤く腫れている。仕事を辞めることになって、荷造りをしていたの？

「シャロンはいません」グレースフェイスはアンティ・リーのあとからオフィスに入ってくると、ドアのそばに置かれた椅子にどさりと腰かけた。椅子の隣のゴミ箱には、からのプラスティックのカップと、サラダのケースが捨てられていた。昨夜の食事の残骸だろう。どう見ても、几帳面なグレースフェイスらしくなかった。ずいぶん疲れているらしい。睡眠不足で頭もぼうっとしているようだ。

「荷物をまとめてるのね」アンティ・リーはわざと明るい声で言った。「ここを辞めるの？スゥーン法律事務所の仕事が気に入ってるのかと思ってたわ。何かあったの？」

「クビになったんです」グレースフェイスは悲しげだった。「あなたは何をしにいらしたんですか？」

「ケータリング代を払ってもらおうと思ってね」アンティ・リーは手にした請求書を振った。店でつけている伝票そっくりに、駐車場であわてて書いた請求書だった。「あのパーティーのケータリング代よ。あなたにわざわざ店まで取りにきてもらうのも悪いと思ってね」いくらか大きな声で話すと、グレースフェイスが頭痛でもするかのように顔をしかめた。「知ってるかしら？　いま、うちの店は営業停止なの。でも、お客さまは来なくても、家賃は払わなくちゃならないわ。そうしないと、追いだされる。だから、いつにも増してお金がいるのよ」

ほんとうは、〈アンティ・リーズ・ディライト〉も、あの通りに並んでいる店も、アンティ・リーのものだった。でも、そのことは、いま、ここであえて言うつもりはなかった。店は名実ともに自分の持ちもので、大家であるアンティ・リーが追いだされるわけがないことも。

「ああ、ケータリング代ですか。それはもちろん。でも、いまは……」

グレースフェイスの目の下に黒いクマができていた。それを隠そうと、コンシーラーを厚塗りしていたが、不自然な厚化粧のせいで、かえって疲れた顔に見えた。

「借金取りみたいにあなたを追いかけまわすつもりはないのよ。でも、営業できないとなると、貯金だけが頼りでね」アンティ・リーは気遣うようにグレースフェイスに笑いかけた。

「でも、どうしてクビになったの？　絶対的な権力を握っていたボスが亡くなって、事務所を閉めるの？」

グレースフェイスは訝しげにアンティ・リーを見たが、お人好しで世話好きなおばあちゃんが黙っていられずに訊いているだけなのだろうと思った。「いえ、いま、この事務所はちょっと厄介なことになっていて。メイベルのせいで厄介なことになってるわけじゃないんですよ。そうです、そんなことはありません。でも、仕事の引き継ぎって、たいへんですよね。いまはシャロンが最高責任者なんですけど――」

「わかった、スタッフの中にあなたみたいな美人がいるから、シャロンは焼き餅を焼いてるのね」とアンティ・リーは大きな声で言った。

「それはそうですけど」女性から嫉妬されるのは、グレースフェイスにとっては日常茶飯事だった。それでも、これほど大きな変化に巻きこまれると、ちょっとした褒めことばがやけに嬉しかった。「ごめんなさい、わたしには何もできないんです。事務所の口座はみんな、シャロンが凍結してしまって、わずかな現金も使えなければ、慈善活動への寄付もできない。その上、職員を解雇してるんです。シャロンより長いことメイベルの下で働いてた人だってクビですよ。わたしもクビです。メイベルの右腕だったのに。引き継ぎのために来月まで残るると申してました。メイベルがいなくなって、この事務所の資金繰りを知ってるのは、わたしだけですから。いくらシャロンでも、ひと晩でどうなっているのか理解できるわけがない。でも、シャロンは不要な経費はすべて即座にカットすると言ったんです。正直なところ、頼まれたって、ここにはもういたくありません。だって、信じられますか？　シャロンはわたしのことを不要な経費と言ったんですから」

「変化のときは、いつだってたいへんなものよ」アンティ・リーは精いっぱいやさしいおばあさんを演じた。「そのうちいいことがあるわ。いい仕事が見つかるだけじゃないかもしれない。そう、パーティーの日、メイベルの家で、あなたはあの若くてやさしいお医者さまとずいぶん仲がよさそうだったわね」

「ああ、ヨーン先生ですか」グレースフェイスは首を横に振った。どうやら、それもまた傷心の原因のようだった。シャロンとのことに比べれば、小さな傷だけれど。「ヨーン先生はメイベルと話をするために、しょっちゅうここに来てました。そのことで、メイベルをからかったりもしましたよ。ヨーン先生はメイベルに熱を上げてるって。もちろん、そんなことはないんですけど、メイベルも冗談をおもしろがってました。ふたりはたぶん、レナードの治療方法について話しあってたんだと思います。そういう話をしているのを、レナードに知られたくなくて、家では会わないようにしてたんです」

「じゃあ、レナードが死んでしまって、あなたはヨーン先生と会う機会がなくなったのね？」

「いいえ、エドモンドはいまも事務所によく来ます。でも、話をするのはシャロンだけです」

〝ヨーン先生〟が〝エドモンド〟になったのを、アンティ・リーは聞き逃さなかった。グレースフェイスが辛そうに話しているのを利用することにした。

「きっと、あの若い先生はシャロンが好きなのね」いかにも噂好きなおばあさんの口調で言った。それが功を奏した。

「そんな、まさか。エドモンドはきっと、シャロンにレナードの診察代を払わせようとしてるんです。レナードが亡くなるまでの診察代を。でも、シャロンにお金を出させるのは、至難の業ですよ。自分の母親のために三十年以上働いてきた人たちにも、解雇手当を出す気がないんですから」

「考えてみれば、ヨーン先生がシャロンを好きなら、スゥーン家のパーティーに中国人のガールフレンドを連れてくるわけがないわね」

アンティ・リーはどうやってウェン・リンの話を持ちだそうか、ずっと考えていたのだった。この話にグレースフェイスは食いつくだろうか？ そもそも誰のことを指しているのかわかるの？ 近頃、シンガポールには中国人がうじゃうじゃいる。正規に滞在している者も、不法に滞在している者も。

グレースフェイスが両手を組みあわせて、口もとをゆがめた。言いたいけれど、言えないことがあるらしい。そこで、話にスパイスを振ってみた。

「正直なところ、ヨーン先生があの中国人の女の人と結婚しても、意外でもなんでもないわ。最近はそういう男の人がたくさんいるもの。でも、それって悲しいことかもしれないわね。いえね、そういう結婚が不幸だと言ってるんじゃないの。本人はほんとうに幸せなんでしょう。でも、シンガポールの男の人の中には、結婚相手は外国人と決めてる人もいる。だって、シンガポールの若い女の子は好みがうるさくて、男性を見下しているから」

いまのは、シンガポールの女性の非婚率が上がっている原因として、女性誌でたびたび取りあげられていることを、そっくりそのまま口にしただけだった。

実際、シンガポールの男性も、自国の女性から見下されているから、妻にする女性として外国人に目を向けると言っている。それに対して、シンガポールの女性は反論する。そんなことを考える男性は女性を服従させたいだけ。女のことを家にこもって、食事を作って、子どもを産む道具だと思っている、と。

そういう意見をグレースフェイスもどこかで見たり聞いたりしているはずだった。けれど、すぐさまヨーンを擁護した。

「そんなことありません。ヨーン先生はちがいます。だって、お医者さまなんだから、結婚したがるシンガポールの女性は大勢いるはずです。見た目なんてさほど重要じゃないんです。りっぱな仕事に就いて、しっかり稼いでますからね。それに、ヨーン先生はシンガポール人じゃなくて、マレーシア人ですよ。シンガポールの大学で勉強したんだから、その気になれば永住権《PR》も市民権も簡単に取れるんです。でも、そうしなかったのは、兵役を逃れるためです。兵役なんて時間の無駄だと言ってましたから」

アンティ・リーはグレースフェイスをまじまじと見た。すると、なんだか哀れに思えてきた。結婚相手に何を求めるべきか、教えてあげたいことが山ほどあった。でも、いまはそんなことをしている場合ではない。それに、エドモンド・ヨーンが長年シンガポールで暮らしていながら、なぜ、永住権や市民権を得て、国民としての恩恵を受けようとしないのかという問題を、追究している場合でもなかった。実際、シンガポール国民になったとしても、医者なら軍医として兵役に就ける。独立まえのシンガポールで生まれた世代のアンティ・リーには、軍医になるのを嫌がる男性がいるとは思えなかった。

「シャロンとエドモンドには一緒に取りかかってる仕事があるんです。あの中国人の女の人は、その仕事の中国側の責任者です。メイベルがはじめた仕事ですけど、いまはシャロンが引き継いでます。この事務所を立てなおすより重要な仕事だと、シャロンは言ってました」

アンティ・リーはさらに何か聞けるかと期待したが、グレースフェイスはそれ以上言えることもなく、言うつもりもないようだった。そうして、無言で笑みを浮かべて、コーヒーカップを手に取ると、ちょっと考えてから、満杯のゴミ箱にカップを捨てた。

「シャロンが気の毒でならないわ、そうでしょう？　それはもう辛いでしょうね。ある日突然、お母さまと弟さんをあんなふうに亡くしたんですもの」とアンティ・リーはいかにも同情しているように言った。

「それはもう動転してるはずですよ。そのせいでおかしなことばかりしてるのかもしれません。でも、誰が何を言っても無駄なんです。まあ、がんばるしかないんでしょうけどね。この事務所のことだけじゃないから。家も二重抵当に入ってて、なんとかしないと、スゥーン家の人たちはあの家から追いだされます」

スゥーン一家が実はお金に困っているという話なら、もちろんアンティ・リーも知っていたが、内部からの情報はいつでも大歓迎だった。

グレースフェイスが荷造りと不用品の処理に戻った。どうやら、アンティ・リーのことをスゥーン法律事務所の債権者のひとりとしか思っていないらしい。どれだけ長いこと居座っても、お金は一銭も返してもらえないのに、と言わんばかりの態度だった。

グレースフェイスはほんとうはかなり気性が激しいのだろう。優秀なスタッフとして表彰されたときの盾もバースデーカードも、ためらうことなくゴミ箱に放りこんでいる。いままで誠心誠意尽くしてきた職場に、未練などないかのようだった。それを考えると、もう少しつつけば、情報を引きだせそうだった。いつ、ほかの職員が出勤してきてもおかしくないのだから、聞くならいましかない。

「とてもじゃないけど信じられないわ」アンティ・リーは何気ない口調で言った。「どう考えても、信じられない。メイベル・スゥーンは女性の弁護士の代表格だもの。スゥーン法律事務所が潰れるわけがない、そうでしょう？」このせりふだけで効き目があるのを願った。果たして、願いどおりになった。

「メイベルは事務所のお金を、レナードの治療費にあててたんです。自宅の改装費も事務所のお金で払ってました。ここは法律事務所なのに。自分の歌をCDにするとか、金の浴室を作るとか、お金はそういうことのためにあるなんて言ってる怪しい宗教団体や、非政府組織とはちがうのに」

グレースフェイスは目を閉じて、首を振った。いかにもなしぐさだが、なぜか説得力があった。グレースフェイスはそうとう疲れているらしい。

「少し休んだほうがいいんじゃない？　何か食べて、少し休めば、いまの状況もさほど悪く思えなくなるわ」

「これ以上悪くなりようがないですよ」

アンティ・リーは〝そのようね〟と言いたくなるのをこらえた。「メイベルが事務所のお金を使い果たした、そういうことなの？　この事務所をシャロンに継がせるまえに？　でも、メイベルはわたしと同年代よ。インターネットでの口座の管理や、出入金、パスワードの設定なんかを任せる人が必要だったはず。あなたが任されてたの？」

グレースフェイスの表情は変わらなかった。それは、いまのことばが図星だという証拠だった。

友だちのマダム・パンが住みこみのベビーシッターの部屋に監視カメラをつけたことがあった。雇い主の留守中に恋人を連れこんでいるのではないかと考えたからだ。監視カメラには不審な行為は映っていなかった。けれど、その映像を見たアンティ・リーは、五時間もゴキブリがじっと壁に張りついているのに気づいて、映像が改ざんされていると指摘したのだった。

人の顔も同じで、何かを隠そうとしているのでないかぎり、そうそう無表情でいられるものではない。

「で、あなたは自分のポケットに少しだけ入れてたんでしょう？　メイベルもそれを薄々感じてたのかもしれないけど、自分のことを棚に上げて、あなたを訴えるわけにはいかなかった」

「そんなのは大したことじゃありません、そうでしょう？　メイベルは事務所のお金を、自宅の改装や設備に使ってたんだから」

「改装を任されてた業者の中に、ベンジャミン・ンという人がいた？」アンティ・リーはすかさず尋ねた。

「さあ、名前なんて憶えてません。何人もの業者が入ってましたから。そもそも、自宅のことはわたしには関係ないわ。わたしはメイベルの仕事までやっていたんだから、その分の給料を自分で上乗せしただけです」

この世には、自分の行動をなんとしても正当化しようとする人がいる。アンティ・リーはそんなことを考えながらも、うなずいた。「シャロンはお母さんにそっくりね。それに、お母さんのことをよく知ってたみたい。お母さんのためにあなたがしていたことも知ってたのかしら？」

「いえ、それは……」グレースフェイスは言いかけて、口をつぐんだ。

「メイベルがいなくなって、シャロンは誰かにすべての罪をなすりつけるつもりでしょうね。メイベルの代わりに、銀行口座を管理してたのはあなたよね？」

グレースフェイスは否定しようとしたが、あきらめたようだった。「シャロンはそうするつもりかもしれませんね」

「シャロンがほかのことで頭がいっぱいでないかぎりは」とアンティ・リーは言った。

「おはよう。声が聞こえたけど、誰かいるの？」シャロンがオフィスに入ってきた。「ちょっと、いったい、ここで何をしているの？」

アンティ・リーはそこでようやく、まもなく七時半になろうとしているのに気づいた。オフィスに窓はなく、明かりは蛍光灯だけ。そういう場所では、時間の感覚が麻痺してしまう。

「ケータリングの代金をまだ払ってもらってなかったものだから」アンティ・リーは頼りないおばあさんのふりをして、震える声で言った。お金がなくて困ると言いかけたところで、違法な膝の手術を受けられるぐらいお金持ちのおばあさんを演じなければならないのを思いだした。「自分のお金と、店のお金はちゃんと区別してるのよ。いまは、店を閉めるように警察から指導されてるでしょ。それでも、店の家賃は払わなくちゃならないの」シャロンとヨーンに資産状況を詳しく調べられていないのを祈るしかなかった。調べられていたら、あの店が自分の持ちものなのはもちろん、あの通り沿いの店の大家だとばれているはずだった。

グレースフェイスが言った。「メイベル・スゥーンは満足できたときだけ、料金を支払う主義です……いえ、そういう主義でした。あのパーティーのケータリング代をお支払いできるかどうか——」

「メイベルがどんな主義だったのか、秘書なんかにわかるわけがないわ」とシャロンがぴしゃりと言った。「いずれにしても、メイベルはもういない。だから、わたしが決めるわ。ミセス・リーへのケータリング代として小切手を書いてちょうだい。あなたが注文したんだから、金額はわかってるわよね。そうしたら、わたしが小切手にサインするわ」

何はともあれ、アンティ・リーはシャロンが気に入った。

「わたしはなんでも前払いで処理する主義よ」とシャロンは言った。「注文と同時に支払いも済ませたほうが、すっきりするでしょ。ところで、膝の手術の件で、ヨーン先生と会うことになってるそうですね」

「ああ、そうなの、今日の午後にうちにいらっしゃるのよ」

アンティ・リーはどうにかしてヨーンとふたりきりで話せないものかと、画策したのだった。なんだかんだ言っても、シャロンは弁護士だ。シャロン抜きで会ったほうが、話を聞きだせるにちがいない。

ニーナは自分が車で行ってヨーンをつかまえて、トランクに押しこんで、なんの説明もなくカフェに連れてきてはどうかと言った。あの医者は美容整形クリニックで違法すれすれの手術をしていたのだから、多少のことをされても、警察に駆けこんだりしないはずだ、と。けれど、アンティ・リーはトランクに押しこんで連れてきたら、素直に話をしてくれるわけがないと思った。だから、電話をかけて、個人的に相談に乗ってほしいと持ちかけたのだった。自分は年寄りで、病人でごったがえす病院には行きたくない。でも、手術を受けるのは不安だから、まずはお医者さまと話がしたい、と。相談料はもちろん、交通費も払うと言うのも忘れなかった。

ヨーンは快く応じた。

「そうだわ、もう帰らなくちゃ」アンティ・リーはそう言うが早いか、ドアへ向かった。歩きながら、かすかに脚を引きずるのを忘れなかった。

「待ってください」

グレースフェイスが追ってきて、シャロンのサインがされた小切手を差しだした。

23 エドモンド・ヨーンの訪問

グレースフェイスはいい子だ、とアンティ・リーは思った。野心もすばらしければ、仕事に対する意欲もすばらしい。それに、雇い主に対する態度も。自分やチェリルと共通する部分がある。賢いけれど、生まれは貧しく、向上心を持って事にあたるところがよく似ていた。チェリルは知性を磨こうと努力している。知識や経験に対して貪欲で、そういうところも含めてチェリルの何もかもがすばらしいと思ってくれる男性に愛されている。外見と女性としての魅力に磨きをかけているグレースフェイスは、これからどんな人生を歩むのだろう？

そんなグレースフェイスから、オフィスの外で予想もしていなかった話を聞かされた。

「エドモンドはシャロンを脅して、結婚するつもりみたいです。エドモンドはそういう生き方しかできないんです。そんなやり方がシャロンに通用するとは思えませんけど」

「どうやって脅すの？」とアンティ・リーは尋ねたが、そのときにはもうグレースフェイスはオフィスに戻って、ドアを閉めていた。アンティ・リーはわけがわからないまま、取り残された。グレースフェイスのことばが自分に向けられたものなのか、ただのひとり言だったたのかも、はっきりしなかった。

約束どおり、エドモンド・ヨーンは膝の手術について詳しく説明するために、アンティ・リーの家にやってきた。ニーナはヨーンをM・L・リーがかつて書斎と読書室と仕事部屋に使っていた部屋に案内した。アンティ・リーは膝の痛みと移植する関節の質について話を聞くつもりだった。けれど、ヨーンはM・L・リーが集めた翡翠《ひすい》のアンティークの工芸品や、クロワゾネ七宝の工芸品のほうに、はるかに興味があるようだった。

「全部、ほんものの骨董品ですよね？」

「ええ、そのはずよ。主人は中国と日本の歴史に興味があったから」

「ここにあるものだけでも、かなりの額になりますよ」

「そうなんでしょうね」

「ご主人はこういうものを自分で探し歩いてたんですか？　それとも骨董品屋で買っていた？」

アンティ・リーはまるで興味がないと言わんばかりに肩をすくめた。ほんとうは夫のコレクションが気に入っていたが、いまはそんな話をしている場合ではなかった。

目下、アンティ・リーが演じているのは、大金持ちのおっとりしたおばあさんだ。アンティ・リーが周到に用意した主治医の地位に、ヨーンが食いつかないわけがなかった。

「今日はわざわざ来てくださって、ありがとう。グレースフェイスからもいろいろ説明してもらったのよ。彼女は移植のビジネスについてよく知ってるのね。それに、メイベル・スゥーンや祈りと癒しの会のメンバーとも、ずいぶん親しかったようね。わたしはキリスト教徒ではないけど、それでも、あの会の人たちは力になってくれると、グレースフェイスから言われたわ。わたしは教会に行ったり、祈ったりすることに抵抗はないのよ。でも、中にはものすごく敬虔なキリスト教徒もいるでしょう？　もし、そういう人たちが手術の手配をしてくれて、あとで、夫の写真を飾ってはいけないなんて言ってきたら困るわ。そんなことを言うキリスト教徒がいるそうじゃない？　わたしはいつでも夫の写真を見ていたいの。だって、夫はもうそばにいないんですもの。でも、そんなのはだめだと言われるかもしれない。写真を飾ってはいけないって……」

ヨーンは椅子に座ったままじりじりしているようだった。いまにもすっくと立ちあがって、何をくだらない話をしているのか、と言いだしそうだった。アンティ・リーはいかにも上品なおばあさんらしく、ことばを濁すと、困ったような顔でヨーンを見た。

「グレースフェイスには気をつけてください」

「あら、そうなの？　でも、とっても感じのいいお嬢さんだわ」ヨーンを焚きつけようと、わざと戸惑った口調で言った。「すごく親切で、なんでも知ってるわ」

「そんなふうに見えるかもしれませんが、ほんとうはさほど詳しいわけじゃないんです」ヨーンは首を振った。「たしかにメイベルの仕事を手伝ってました。でも、もうすぐ解雇されます」

「あら、まあ、どうして？　あんなにいい子なのに」アンティ・リーは少ししつこすぎるかもしれないと思いながらも、言った。「だって、メイベルからはとても信頼されてたんでしょう？　メイベルが死んでしまって、いまはあの子が事務所を取りしきってるのかと思ったわ」

「そう、グレースフェイスはそう思いこんでたようですね。でも、ちがいますよ。そんなことはともかく、膝の話に移りましょう」

「いえね、いざとなったら、夫の旧友に頼むつもりでいたのよ。有能な外科医だったから。でも、わたしはのんびりしすぎたみたい。このあいだ、その人に会ったら、悲しいことに、パーキンソン病が悪化してたわ。手がぶるぶる震えてたのよ。そんなんじゃ、たとえ任せてくれと言われたって、任せられるわけがないわ。それで、困ってたの。あのお医者さまに、あなたが新しい手を移植してくれでもしないかぎり……」

その話が功を奏した。ヨーンはアンティ・リーが話し終えるのを待ちきれないようすで、座ったまま小躍りしそうだった。

「誰のことを言ってるかはわかりますよ。ヘンリー・スゥーン先生のことでしょう？　そうですよね？　そうだと思いました。スゥーン先生はある意味でぼくの恩師です。実は、いまお話ししているこの処置方法を指導してくれるんです。総監督はスゥーン先生とでも言いましょうか。ぼくはスゥーン先生の言うとおりに動く手術ロボットのようなものですよ。もちろん、ひとりでも手術はなんなくこなせますけどね。そんなにむずかしい手術ではないですから。生きているドナーからの移植手術とはちがいます。麻酔とバイタル・サインにさえ気をつけていれば、あとは自動操縦のようなものです。そういうことなんですよ、ほんとに。とにかく、スゥーン先生が直接手術をすることはありません。もし、グレースフェイスがスゥーン先生が何かすると言ったなら、それは彼女がまるでわかっていない証拠です。スゥーン先生はもうご自分で診察されることもないんです。引退したんですよ。それに、パーキンソン病だから手術はできない。正直なところ、たとえどんなに経験があっても、あんなに手が震えてる高齢の医者に手術をしてもらいたいとは、誰も思わないですよね。大丈夫、実際に手術をするのは若い医者、つまりぼくで、スゥーン先生は指導するだけです」

「あなたも外科のお医者さまなのね」ヨーンをおだてようと、見直したような口調で言った。「お茶をもう一杯いかが？　何か召しあがる？　ちょうどイワシと玉ねぎのカレーの揚げパイができあがる頃だわ。とっても好評な揚げパイよ。ぜひ召しあがってちょうだい。あなたのように若い人の好みに合うかどうか、感想を聞かせてほしいの。病院で売りだせるかしら？　シンガポール国立大学付属病院には、豆乳ドリンクのミスター・ビーンやデリフランス・カフェも出店してるものね」改装されたばかりのその病院には、ファストフード店はもちろん、昔ながらのコーヒーショップ《コピティアム》やおしゃれなカフェが入った小型のショッピングモールができていた。

呼び鈴をチリンと鳴らすと、揚げパイを手にしたニーナがすぐに現われた。ニーナが部屋を出ていくまで、アンティ・リーは手術の話をしなかった。

それに気づいたヨーンは不思議に思った。このおばあさんは手術の話をメイドに聞かれたくないのか？　それとも、手術を受けるかどうか、まだ迷っているのか？

「さあ、どうですかね、よくわかりません。ぼくはその病院とは関係ないんで」ヨーンの口の中で、からりと揚がったおいしいパイが溶けていった。同時に、深みがあってほどよくスパイスが利いたイワシのカレーが、口いっぱいに広がって、束の間、手術のことなど考えられなくなった。もしも天国でカレー入りの揚げパイが売られているとしたら、まちがいなくこの味だ。

「ということは、あなたはオートラム・ロードにあるシンガポール・ジェネラル病院のお医者さまなの？　それとも、タン・トクセン病院？　いえ、オーチャードにあるおしゃれなホテルみたいなカムデン・メディカル・センターかしら？　あそこで手術を担当しているの？」

「ちがいます……いえ……」揚げパイを頬ばっているヨーンは、もごもごと答えるしかなかった。会話の主導権を握られてしまったと気づいた。アンティ・リーは相変わらず丁寧な口調だが、次々に質問し、いっぽう、ヨーンは食べずにいられなかった

「これは鶏とエビ。こっちは鶏とジャガイモ。そっちはジャガイモだけよ」アンティ・リーは数種類の揚げパイを、ひとつひとつ指さして説明した。「どれがいちばん気に入ったか、教えてちょうだいね。それで、いまはどの病院にお勤めなのかしら？　もちろん、現役のお医者さまなのよね？」そう尋ねる口調には、かすかな疑念を漂わせた。この医者は詐欺師なのだろうか、と訝っているかのように。

「もちろん、現役の医者ですよ」ヨーンは安心させようと、あわてて言った。疑われて、医者としての名誉が傷つけられた気がした。その名誉はすでに少しだけそこなわれてはいるけれど、そんなことをこのおばあさんが知るわけがない。アンティ・リーのカレー入りの揚げパイがおいしくて、食べずにはいられないのに、侮辱されたようで腹が立った。「毎日のように手術をするときだってありますよ。そうです、一日に二件の手術を受けもつこともある。手術には長い時間がかかりますからね、それはもうたいへんです。折れた骨をつなぐとか、そんな手術とはちがうんですから。真剣勝負です。といっても、もちろん、手術をするのは必要なときだけですよ。ちょうどいま、患者がいないだけで、またすぐに毎日のように手術が入ります。だから、あなたが膝を治したいなら、早く決心したほうがいい。普段は手術を待つ患者が大勢いて、移植用の組織は不足していますからね。決心されたら、できるだけ早く手術が受けられるように、特別に対処します。さもなければ、何カ月も待つはめになるかもしれません。来年になってしまうこともある。実は、ちょっとのあいだシンガポールを離れていて、最近またこの国で仕事を再開したんです」

「どこに行ってたの？」

「韓国です」

「いつか韓国に行ってみたいと思ってるのよ」アンティ・リーはいかにもおしゃべり好きのおばあさんらしく言った。「わたしみたいなおばあちゃんは、Kポップにはついていけないけど、韓流ドラマはおもしろいし、キムチだって……」そう言って、感心するように首を振った。「そう、韓国のどの家にもその家ならではのキムチの壺があるんですって。いつか、作り方を習いたいわ。きっとアチャーの作り方に似てるわね。発酵させるかさせないかのちがいだもの」

「韓国にはもっといろんなものがありますよ。ぼくが住んでたヨンセ大学校のウォンジュ・キャンパスは、けっこう田舎でしたけどね。そこでも都会と変わらないものが流行っていて、たいていの学生は流行を追ってました。でも、山もあれば、マツやカエデの森もあった。田んぼさえなければ、ヨーロッパのようでした」

「それで、あなたはこれからこの国にどれぐらいいる予定なの？」

「できるだけ長くいるつもりです」韓国に戻る理由はひとつもなかった。あえて口には出さなかったが、それが事実だった。

「韓国ってほんとうにすてきね」

ヨーンは訝るようにアンティ・リーを見た。けれど、どう見ても、湯気の上がるヤムイモの角切りが載った皿を差しだしながら、うっとりした表情を浮かべている人畜無害なおばあさんだった。

「《冬のソナタ》のファンなの」韓国の人気ドラマのタイトルを口にすると、話に信憑性が増した。

ヨーンが強引に手術の話を進めたくてうずうずしているのは、アンティ・リーにも伝わってきた。「あなたがどこかの病院で手術をしてるなら、力になってもらえると思ったの。それとも、誰かべつのお医者さまを紹介してもらったほうがいいのかしら?」そこでいきなり声をひそめた。「非公式にね。近頃は規則や規制ばかりで、何をするにもたいへんだもの」ヨーンの態度ががらりと変わった。水を得た魚のようだった。

「わかってはいるのよ……でも、あなたがどこでお仕事をされてるのか、まだ教えてもらってないわ」

「個人のクリニックですよ」

「それでも、まずはそこを見せてもらえるんでしょう? わたしみたいな年寄りは手術が怖いのよ」

「いや、そういうわけにはいきません」ヨーンはきっぱり言った。力関係がかすかに変化したのを感じていたが、どっちにどんなふうに変わったのかはよくわからなかったけれど。

「プライバシーやら衛生面やら、いろいろと問題があるんですよ。あなたには理解できないでしょうが、でも、そうなんです」

アンティ・リーは真剣に考えているふりをした。

「それでも手術をしますよね?」

「ええ。手術を受ければ……新しい膝になるんでしょう? でも、忘れないでちょうだいね、おじいさんの膝なんてもらいたくないわ。さっそうと歩いて、軽々と階段をのぼれるようになりたいんですもの」

「大丈夫、任せてください。若い男性の膝です。ダンスだって踊れるようになります。ええ、ほんとうに」

ヨーンの冗談にアンティ・リーは笑ってみせた。実際には、いまの膝でもダンスぐらいいくらでも踊れた。ただし、一緒に踊りたいと思えるような相手が見つかればの話だけれど。さて、最後の餌を撒くことにしよう。

「でも、どうしてスゥーン先生は、あなたに治してもらわないのかしら？」無学でしつこいおばあさんを全力で演じた。

「手を治せば済むという問題じゃないからですよ、ミセス・リー。ご存じかどうか知りませんが、パーキンソン病はお年寄りがもっとも怖れている病気のひとつです、そうでしょう？ドーパミンの減少によって起きる病気なんです。ドーパミンとは体の動きをつかさどる脳の一部に放出される神経伝達物質のことです。実際、研究が進んで、スゥーン先生の病気もなんとかなるかもしれないというところまでは来ています。パーキンソン病患者の脳に胎児の脳細胞を移植すると、症状が劇的におさまるという研究結果があるんです。胎児の組織内のある種のニューロンが作用するおかげで」

ヨーンはこんな話をアンティ・リーが理解できるとは思っていなかった。むずかしい話で煙に巻いて、優秀な医者だと感心させ、信用してもらって、自分の知識と専門技術に大金を払わせるために、話しているだけだった。

「胎児の組織なんて、どこから手に入れるのかしら？」アンティ・リーは怖気づくどころか、ますます興味を持ったように尋ねた。

「まあ、中絶手術はあちこちでおこなわれてますから。心配しないでください、赤ん坊を殺したりしてませんよ」ヨーンはそう言って、笑った。

いまは中絶について議論している場合ではない、とアンティ・リーは自分に言い聞かせた。隣の部屋で盗み聞きをしているニーナが、皿をガチャンと落とした。ニーナは敬虔なカトリックなのだ。

「ただ、いまお話しした研究は中止になりました。時期尚早だったんでしょう。被験者の一部に、それまでとは異なる制御できない動きやけいれんを起こす者が現われたんです。まあ、そういうことが起きるのはかなり稀ですけどね。でも、そういうリスクを覚悟してでも移植手術を望む患者がいたら、やるべきだと思いますよ」

「だけど、移植するものは……」アンティ・リーは怯えているように声をひそめた。「やっぱり、死んだ赤ちゃんから取りだすのよね？」

「そういうことはぼくたちに任せてください」ヨーンは穏やかだが、有無を言わさぬ口調で言った。「あなたの望みを教えていただければ、あとはすべてこちらがやります。あなたにお願いするのは、この書類に目を通すことだけです。残念ながら、医療貯蓄口座（シンガポールの国民健康保険）は使えません。じっくり考えて、気持ちが固まったら、連絡をください。それと、この書類は見本です。ほんものの書類はあとで作成して、そちらにサインしていただきます。健康状態や手術の種類で内容がちがってきますから。女性の場合、どうせ外科手術を受けるならと、同時に脂肪吸引を希望される方が多いですよ」

アンティ・リーは途方に暮れたように見本の書類を見つめただけで、手に取ろうとはしなかった。

読めないのだろう、とヨーンは思った。老人は目も悪ければ、集中力もそうは続かない。いま、相手にしているおばあさんだって、むやみに話を引きのばそうとしているが、それは答えが知りたいというより、質問ばかりして、自分に注目してほしいからにちがいない。老人の心理なら少し勉強したから、年寄りがどれほど自分に目を向けてもらいたがっているか知っていた。だが、自分はおばあさんの世間話につきあっていられるほど暇人ではない。それでも、これまでの話から、見た目とちがって、アンティ・リーが大金持ちなのはまちがいなかった。それに、手術を受けるように説得できれば、そこからさらに大きなチャンスにつながりそうだった。

手術費用はかなり高額だ。でも、このおばあさんはいつも膝が痛むと言っているのだから、大金をつぎこむ価値はあると考えるだろう。

「あの中毒事件はどうなってるのかしら？」ふと思いついたかのようにアンティ・リーは尋ねた。「警察はまだ捜査中なの？　ああいう事件の捜査は、どれぐらいかかるものなのかしら？」

そういうことは、ニーナに頼んで、もう警察に問いあわせていた。けれど、わかったのは、事件にかかわっている人物や、どの程度世間の注目を集めているかによって、異なるということだった。もう答えはわかっているけれど、あえて尋ねれば、ヨーンは自分がいかに世事に通じているかを見せびらかしたくて、喜んでしゃべるはずだった。

「当然、状況によってちがってきます」ヨーンはそう言ってから、少し声をひそめた。「それに、今回はさらに複雑です」

「複雑なの？　どうして？」

「あなたのご主人の死因にも不審な点があるという話が浮上してますからね。つまり、今回があなたがかかわったはじめての食中毒事件ではなく、以前にも同じようなことがあったわけです」

アンティ・リーはもちろん驚いた顔をした。「主人の死には不審な点なんてひとつもなかったわ」

「それは検死解剖がおこなわれなかったからでしょう。癌の治療を受けていたから、警察は捜査しなかった。でも、はっきり憶えている人がいましたよ。お葬式で、家族のひとり、たぶんお嬢さんだと思いますが、父が心臓発作で亡くなるわけがないと言ったのを、聞いてた人がいるんです。父は心臓にはなんの問題もなかった、と言ったのを」

アンティ・リーはびっくりした。そんなことは初耳だった。記憶にあるかぎり、愛する夫M・L・リーの死に妻が関与しているなどと言われたこともなければ、よりによってマチルダが言うはずもなかった。たしかに自分でも、心臓発作を起こすなんてありえないと言ったかもしれないけれど。そう、M・L・リーは癌を患っていた。でも、なんの前触れもなく心臓発作を起こすとは、誰ひとり思ってもいなかったのだ。

ヨーンが言っている家族のひとりとは、マチルダではなく、アンティ・リー自身のことかもしれない。M・L・リーの歩んできた人生と思い出を尊重して、心に残る葬式にしようとがんばったものの、激しく動揺していて、そのときのことはほとんど記憶になかった。憶えているのは、みんなからお悔やみを言われて、どうにか返事をしたことくらいだ。「そう、早すぎます。辛い癌治療に堪えてきたのに、心臓発作で亡くなるなんて。いままで一度だって心臓が悪いなんて言われたことがないのに」と。やさしいマチルダからは、癌と化学療法のせいで父の心臓は弱っていたのだろうと、何度も慰められた。

アンティ・リーはそれを言おうとしたけれど、ヨーンにじっと見つめられているのに気づいて、口をつぐんだ。反論されるのを待ち構えているように、ヨーンの口元にはなんとなく不敵な笑みが浮かんでいた。その顔を見て、アンティ・リーはふと、クエ・パイティーのシルクハット形のパイの作り方を思いだした。それは繊細さを要求される。揚げ油は適温でなければならず、真鍮の型につける米粉の生地はちょうどいい粘度でなければならず、それをひとつひとつ丁寧に揚げてようやく、サクサクの小さなパイができるのだ。

ヨーンは嘘と暗示という衣を、わたしにまぶそうとしている。そうしておいて、熱い揚げ油の中にジュッと入れて、わたしが破裂して、崩れるのを期待しているのだ。

思わず身震いした。戸惑って、不安そうにしていなければと、自分に言い聞かせた。「そんな、とんでもないわ」と弱々しい口調で言った。

「これでおわかりになったでしょう? 誰もが複雑な事情を抱えてるんですよ」ヨーンはい

かにも得意げだった。目の前にいる老女は自分の言いなりだと、自信満々らしい。それでいて、老女をさらに怯えさせて、楽しんでいた。

「それに、仕事も。あなたの店は捜査の対象になってますよね。だから、本来なら、スーパーマーケットで販売しているあなたが作った調味料も回収すべきです。万が一ってことがありますから。それだけじゃない、あなたが作ったサンバルやアチャーの瓶詰めを買ったお客さんに、注意を促すべきだ。消費者は正確な商品情報が手に入らないと、よく文句を言ってますからね。〈アンティ・リーズ・ディライト〉が製造したものに手抜かりがあるかもしれないと、消費者に注意を促すのは当然です」

ヨーンはますます自信が湧いてきた。権力を手にした気分だった。これまでに読んだ経済書や自己啓発本が、大いに役立っていた。自分には良質の製品があって、ターゲットにすべき市場を知っていて、アンティ・リーにとうてい断れない申し出をしているのだ。

「シャロンは何人もの友人から、きちんと捜査してもらうように警察に電話をしたほうがいいとアドバイスされてます。でも、本人はそんなことをしても意味がないと言ってます。何かわかったところで、母親も弟も戻ってこないんですから。あなただって、そのとおりだと思うでしょうね」

「それはもう」アンティ・リーは慎重に、それでいて、興味を覚えたように応じた。「それで、わたしにどうしろと？」

「今回の件は、自分が作ったアヤム・ブア・クルアのせいだったと認めるべきでしょう。もちろん、こんな悲惨な事件を起こして落胆しているということも、きちんとことばにするんです。今回の件はそもそも、あなたの不注意が招いたこと。だから、心から反省して、二度と同じ過ちは繰り返さないというコメントを出せば、一件落着です。みんなが事件を過去のものにして、これ以上時間を無駄にせずに済みます」

「いまのことばは、〝そうしろ〟という脅しなのかしら？」アンティ・リーはふと思いついたように尋ねた。

「とんでもない。いまとなっては、被害者家族のためにできることは何もない。となれば、いちばんいいのは、これ以上騒がれないようにすることです。そう言ってるだけですよ」

「そのために、ふたりが亡くなったのはすべてわたしのせいだと、そう言わせたいの？」

「いやいや、そのほうがすばやく事件が終結すると言っているだけです」

「でも、そうなると真犯人は罪を逃れることになる、そうよね？　それに、いまのは、あのふたりが自殺したわけではないという前提の話だわ。でも、もし自殺だったら、警察の捜査で明らかになるんじゃないかしら」

「警察ね」ヨーンは小馬鹿にするように言った。「警察が何を見つけるかは、賄賂しだいですよ」

「シンガポールの警察がそうだと言うんですか？」ニーナがいきなり話に割りこんだ。

ヨーンは驚いた。ニーナが部屋に入ってきていたことにも、気づいていなかったのだ。驚いて目を上げると、ドアのそばのふたつの飾り棚のあいだに、ニーナが立っていた。

「フィリピンでは警察を改善しようとしています。アキノ大統領もがんばってるけど、それでも警察は相変わらず腐敗してます。でも、この国で罰金を免れたくて警官を買収しようとしたら、逮捕されて、二倍の罰金を払わされます」

ニーナが表向きはサリムにどんな態度を取っているにせよ、いまは明らかにサリムの肩を持っていた。いい兆候だ、とアンティ・リーは思った。どうにかして、このことをサリムに知らせたい。けれど、いますぐにやらなくてはならないのは、サリムを勇気づけることではなかった。それはおいおいやっていくことにして、頭の隅に追いやった。

「どうかしたの、ニーナ？」アンティ・リーはそう尋ねるだけにした。

「ポーチに張りだしてるランブータンの枝を切ったほうがいいか、庭師が訊いてます。いまのままだと、強風が吹いたら危ないから、と」

「だめよ。あの枝には実がいっぱいついてて、黄色くなりはじめたところだもの。もう少し経てば熟して甘くなるわ」

「でも、危険なんですよ」

「実が赤くなるまで待ちましょう。庭師には心配しないように言っておいてちょうだい」

「しっかり見張っておくように伝えます」ニーナは困った顔でそう言うと、部屋を出ていった。

ニーナが出ていって、部屋のドアが閉まると、ヨーンはメイドのことを頭から消し去って、邪魔など入らなかったようなふりをした。

「あなただって、亡くなったご主人のお子さんふたりを、父親の死について警察から根掘り葉掘り訊かれるような立場に追いやりたくないでしょう？」

亡き夫のことを持ちだされると、アンティ・リーはいくらか動揺せずにいられなかった。とくに、夫が大好きだったこの部屋で、そんな話を持ちだされると。

「でも、根掘り葉掘り訊かれたりしなかったわ」

「だから、あなたはほっとしたんじゃないですか？　なぜなら、世の中がどういうものか知っているから。あなたが膝の手術のことを何かしら人に話せば、ご主人の死に関する噂を耳にすることになりますよ。あなたの料理を食べて人が死んだのは二度目だと、みんなが知ることになる。噂だけで、あなたの人生は台無しだ。仕事はもちろん、それ以外の何もかもと、さよならするしかなくなる。そんなことは起きてほしくないでしょう？」

ヨーンは口封じをしようとしている、とアンティ・リーは思った。本気で脅しているの？　宝石の厄払いをすると言って老女を騙した中国人の詐欺団のことが、頭に浮かんできた。詐欺団は、そのことを人に話したら、不幸が二倍になって降りかかると言ったのだ。その手の詐欺は、アメリカのチャイナタウンで新しい中国系移民やアメリカ社会にすっかり溶けこんだ子どもたちの中で、ひとり寂しく暮らしているおばあさんには通用するのかもしれない。だが、シンガポールでそんな詐欺を働こうとした悪党は、運悪く、この国のチャイナタウンで干しシイタケを買っていたアンティ・リーに出くわした。その結果、サリム警部の手柄がひとつ増えたのだった。

いま、ヨーンはその詐欺師と同じように、年寄りを怯えさせようとしていた。アンティ・リーはそう考えて、わくわくした。「そうね、そんなことは起きてほしくないわ」

「ミセス・リー、いま話していることがほんとうにわかってますか？」

もっと怯えているふりをしたほうがいいの？　そこで、大げさに驚いて、動揺しているふりをした。

「あのふたりはわたしの料理のせいで食中毒を起こして亡くなったと、わたしに言わせたいのね。でも、そう言ったとして、あとはどうすればいいの？　どうしたら、すべて丸くおさまるの？」

「いやいや、そういうことじゃないんですよ。〈アンティ・リーズ・ディライト〉は有名ですからね。ぼくが言ってるのは、ミスをひとつだけ認めれば、スゥーン家の人たちも不快感を口にしたりしないってことです。事態が落ち着くまで、ちょっと休めばいい、それだけです。休んでるあいだに、ぼくがあなたの膝を治しますよ。そうすれば、仕事に復帰するときには、はるかに調子がよくなってるでしょう。厨房で一日じゅう立ちっぱなしでも、もう膝が痛むこともない。それはもう絶好調で、エアロビクスやジョギングだってできますよ」そう言うと、ヨーンはへらへらと笑った。

アンティ・リーはヨーンの媚びた笑いに吐き気がした。言いにくいことを伝えるメールの最後についている苦笑いの顔文字を見るたびに、不快になるのと同じだった。たとえば、〝メニューを見たけど、希望どおりじゃないのね(^_^;)〟などというメールだ。そういう顔文字を見るたびに、わけがわからなくなる。〝冗談よ〟という意味なのか、〝それでいいわ〟という意味なのか、はたまた、〝実際に誰かと顔を合わせて笑うことはないけど、あなたにだけは笑ってあげる〟という意味なのか。いま、目のまえにいるろくでもない若い医者は、メールでいちばん苛立つことを、現実の世界に持ちこんでいた。

「それで、手術をしてくれるのはあなたなのね？」

「ええ、最後までしっかり面倒を見ます。どんな病院でも受けられないほど、最高の治療を施します。あなたの状態に合わせたスペシャルな治療です」

「成功する保証はあるの？　大金を払って手術を受けたのに、膝の具合がますます悪くなるなんていやだわ」

「心配は無用です。ぼくの手にかかれば、満足のいく結果が得られると保証します。もちろん、論理的に考えていただかなければなりませんけどね。はっきり言って、どんな手術だろうと百パーセントうまくいくなんてことは言えません。手術の結果にすぐには満足できないこともあるでしょう。でも、あなたがぼくの患者であるかぎり、満足いくまで治療を続けます。それは保証します。手術を受けずにいるより、あらゆる意味でよくなるのはまちがいありません。さあ、安心しましたか？」

「もうひとつだけ。とても大切なことよ。移植するものをどこで手に入れるのか知りたいの。インドの刑務所では、強姦犯や麻薬中毒者の死体が、解剖実習用に医学校に売られるそうじゃない？　わたしはインドの麻薬中毒者の軟骨が自分の膝に使われるなんて、いや。まちがいなく中国人のものなのよね?」偏見に満ちた人種差別主義者のふりを装った。

ヨーンがまた薄ら笑いを浮かべた。人種差別的な発言を予測していたらしい。

「あなたはあのパーティーで中国人の女性を見かけたと、おっしゃいましたよね? あの人はぼくの恋人ではありません。仕事上のパートナーです。移植するのはまぎれもなく中国人のものだと、彼女が保証しますよ」

話を終えると、アンティ・リーは客だか恐喝者だかわからなくなった医者が帰っていくのを、玄関で見送った。ランブータンにしろどんな木にしろ、玄関ポーチの近くには木は一本も生えていなかった。ヨーンがそのことに気づかないように祈りながら、ニーナのあのことばはなんだったんだろうと考えた。

「心配いりませんよ、ミセス・リー。すべてお任せください」とヨーンが言ったところで、タイミングよくその医者の携帯電話が鳴りだした。

ヨーンは携帯電話のモニターで相手の電話番号をちらりと見た。それだけで、電話に出なかった。すると、すぐにメールの着信音が響いた。メールを読んだヨーンは、短縮ダイアルで電話をかけると、いきなり怒鳴った。「何を馬鹿なことを! なんで電源が落ちるんだ?」

電話の向こうで女性がやはり大きな声で応じたが、アンティ・リーには何を言ってるのかまではわからなかった。それでも、英語なのはまちがいない。ということは、ウェン・リンではないのだ。

「どうしたの?」アンティ・リーは黙っていられずに尋ねたが、完全に無視された。

ヨーンは携帯電話を耳にあてたまま、大あわてで車へ走った。車の鍵を開けようとして、キーを落とした。あまりにも手が震えていて運転などできそうにないと気づいて、ちょっとのあいだ運転席にじっと座ったままでいた。つばの広い帽子をかぶって、長袖のTシャツを着た男性が、生け垣を刈っているのも目に入らなかった。そうして、また電話をかけた。

「いったい何をしたんだ？」

アンティ・リーは庭師のところへ歩いていった。ヨーンの怒鳴り声は、アンティ・リーにも庭師の耳にもはっきり届いた。

「家の電源を切られただと？　しかも、家じゅうの？　すべてを動かしておくように、見張ってろと言ったのに！」

ヨーンは庭にいるふたりに見向きもしなかったけれど、アンティ・リーと庭師に扮したサリムは、ブーゲンビリアの生け垣のそばで話しこんでいるふりをした。まもなく、ヨーンの車がバックして門を出て、大通りへと走り去った。

「警察の給料じゃ足りないの？」

「ニーナが心配したんですよ。ヨーンは信用ならないから、と言って。あなたが自宅でヨーンとふたりきりになったら、薬を盛られて、誘拐されるかもしれないと言ってました」

アンティ・リーは少し感激した。サリムがニーナの話に真剣に耳を傾けたことにも感激した。もしかしたら、最初からヨーンを怪しいと思っていたのかもしれないけれど。

書斎に戻ると、テーブルに置いてあった揚げパイを、ニーナがすべて処分していた。ずいぶん腹を立てているらしい。

「あの医者に脚を触らせちゃだめですよ。脚を近づけてもだめです」とニーナが言った。

アンティ・リーはそれには応じず、M・L・リーの写真が真正面に見えるお気に入りの椅子に座った。写真の下のほうには食器の受け渡し口がある。ニーナはそこから、アンティ・リーとヨーンの話を盗み聞きしていたのだった。話を聞いていたのがニーナではなくM・L・リーだったら、なんと言うだろうか？

「あの若造はわたしのことを〝お年寄り〟なんて呼んだのよ」とアンティ・リーは夫の写真に言った。「それに、わたしがあなたに毒を盛ったという噂があるとも言ったわ」

写真のM・L・リーはにっこり笑っているだけで、答えなかった。夫は二番目の妻を、亡くなった最初の妻の代わりのように感じていたのかもしれない。けれど、アンティ・リーはM・L・リーに代わる人を見つけるつもりなどなかった。

アンティ・リーが一時間近く同じ場所に座ったままでいると、サリムとニーナが戻ってきた。

「脚の具合はどうですか？」とニーナがわざとらしいほどやさしく尋ねた。

「すこぶる好調よ。明日は出かけましょう。あなたのお友だちが働いてるジムに行くのもいいわね」

「ヨーン医師はものすごくいやな人ですね。二度とここには来てほしくありません」

「あの人がわたしを脅したから？　でも、実際には何もしないはずよ。わたしを怯えさせて、手術を受けさせようとしただけだから。世の中には、人に何かさせるには、脅すしかないと思ってる人もいるのよ」

「でも、あの人はわたしたちの料理で食中毒が起きたなんて言いながら、ばくばく食べてるじゃないですか。しゃべりながら、ずっと食べてましたよ。それにしても、アンティ・リー、ヨーン医師は怪しいと思ってるのに、どうして、そんな医者に膝の手術をしてもらうんですか？」ニーナが涙声で言った。腹を立てると、フィリピンのアクセントが強くなった。

「いやね、膝の手術なんて受けないわよ。あの人たちがどんなことをしてるのか、探ってるだけ。ヨーンが違法な臓器移植に手を染めてるのはまずまちがいないわ。もしかしたら、メイベルはそれに気づいたのかもしれない。〈祈りと癒しの会〉だけでは、息子の病気は治りそうにないから、違法な臓器移植を受けさせようという気になったのかもしれない。さもなければ、手術を受けさせたのに、まるで効果がなかったから、訴えるとか言いだして、そのせいで口封じのために殺されたのかも。メイベルだけでなく、息子もね。だって、息子は違法な手術がおこなわれた証拠のようなものだから」

「でも、いまは検死解剖やら何やらで、死んだって証拠になるんですよ」

「そうね、でも、ここはシンガポールよ。ざっと調べて、死因を突き止めて、さあ、もう充分だ、火葬にしようなんてことになるかもしれないわ。気づいたときにはもう灰になって、高価な壺におさめられて、安置所に置かれてる。そうなったら、たとえ誰かが壺をこじあけて調べても、死ぬまえにどんな手術を受けたかなんてわかりっこないわ」

元看護師のニーナは、アンティ・リーよりはるかに病院の記録を信頼していたが、先走っているときのアンティ・リーに何を言っても無駄なのはわかっていた。

いつもの服に着替えたサリムは、携帯電話を手にしていた。

「電力会社によると、スウーン邸の電気は家主の希望で止めたそうです。水道も同じです。つまり、シャロン・スウーンが電気を止めたとしたら、さきほどエドモンド・ヨーンに電話してきたのはシャロンではないということになりますね」

アンティ・リーはそれについて考えた。確証はないけれど、電話をかけてきたのはシャロンのような気がした。となると、電気と水道を止めたのは、グレースフェイスかもしれない。スウーン家の収入が途絶えて、さらに、シャロンとヘンリー・スウーンが家を出ているのを思えば、それも意外ではなかった。それに、グレースフェイスなら、ヨーンの機嫌をちょっとぐらいそこねたところで、気にしないはずだ。

でも、ヨーンに電話をかけてきた女性は、どうしてあれほどあわてていたのだろう？　ヨーンだけではなく、その女性もスウーン邸に寝泊まりしているとか？　熱いシャワーを浴びているときに、電気と水道が止まったの？　いや、そのぐらいであんなに大騒ぎするはずがない。電話をかけてきた女性は、ヨーンの反応に驚いたの？　誰もいないはずの家の電気と水道が止まったと知らされたヨーンの反応が意外で、恐くなって、腹が立って、途方に暮れていたの？

「ヨーンはスゥーン邸に大切なものを置いていたんだわ」とアンティ・リーはサリムに言った。

「でも、事件の直後にあの家の中をきちんと調べましたよ」とサリムが応じた。「とくに何もありませんでした」

24
アン・ピーターズ

翌朝、アンティ・リーが向かったのはジムではなかった。目が覚めた瞬間に、何かが欠けていると思ったのだ。

「こんなに早くに、どこに行くんですか？」

「朝の散歩よ。歩くのは健康にいいでしょ。だから、政府は国民のために公園をたくさん造ったのよ。選挙がないときには、歩きまわってる大臣を見かけることもあるわ。それって、いいことよね」

「どうして、いきなり歩く気になったんですか？」ニーナが不信感もあらわに言った。活発すぎる子どもが怪我をしないようにと、神経をすり減らしているベビーシッターのような口ぶりだった。「朝食は卵でいいですか？」

「ちょっと会いたい人がいるの。しかも、偶然を装って会いたいの。近頃、そういうことは簡単にはいかなくてね」アンティ・リーは昔の朝市が懐かしくなった。かつての朝市では、とれたての魚が好きな人、収穫されたばかりの野菜が好きな人、注文に応じて絞めてくれる鶏の肉が好きな人など、それぞれの好みによって、どこに行けば誰に会えるかわかっていた。朝市を歩きまわって、その日に食べるものを手に入れて、どこそこの誰がどうしたという情報を仕入れて、おまけに、自分のペースでウォーキングができたのだ。

「携帯電話を持っていくわ。もし、グレースフェイスから家に電話があったら、すぐに教えてちょうだい」

アン・ピーターズはタミーを散歩させていた。タミーとは、アンがかわいがっているおとなしい雑種の犬《シンガポール・スペシャル》だ。娘が亡くなって三カ月のあいだ家にこもりきりだった母のために、マイクロフトは雑種の子犬を家に連れかえったのだった。そうして、いま、マイクロフトの母、つまり、アンは日に二、三回はタミーを散歩させている。家にいるときにも、その犬はアンのそばを離れようとしなかった。それもまた、傷ついた心を癒してくれた。

アンティ・リーに会って、タミーはいつものように大喜びした。誰に会っても喜ぶのだ。タミーに舐められて、鼻をすりつけられて、大歓迎されると、アンティ・リーはひとしきり犬の頭を撫でてやってから、アンと一緒に歩きはじめた。タミーもいつもの散歩に戻って、道を通ったほかの犬の匂いを嗅ぎまわりはじめた。

「ロージー、気になることがあるのね？」アンが柔和な顔に笑みを浮かべた。とはいえ、ピーターズ一家を知る誰もが、優秀な弁護士である息子のマイクロフトの頭脳は、母親譲りだと知っていた。

「メイベル・スゥーンのことよ。マイクロフトが言っていたけど、あなたはメイベルをよく知っていたそうね」

「マイクロフトが話したの？　ということは、メイベルがシャロンとマイクロフトを結婚させようとしたのも聞いたのかしら？　あれは、マイクロフトにとって災難以外の何ものでもなかったわ。あのときのことは、一生、心の傷として残るでしょうね。でも、わたしは言ったのよ、あれは名誉なことだと思えばいいって。だって、インド系だってことにメイベルは目をつぶって、優秀な弁護士であるマイクロフトを娘の結婚相手にしようとしたんだから」

「メイベルは人種差別主義者だったの？」

「そうとまでは言わないわ。この国のマジョリティとして、メイベルがとくに人種で人を差別してたわけではないから。どちらかと言えば、自分のために役に立つかどうかで、人を判断してたんじゃないかしら」

「あなたはメイベルが有名な弁護士になるまえからの知り合いなのよね？　となると、たいていの人より、メイベルのことを知ってるはずよ。ねえ、メイベルが息子を殺して、自殺したりするかしら？」

ちょっとのあいだ、ふたりとも無言のまま、タミーの鼻と好奇心のおもむくままに公園を散歩した。

「メイベルは息子を救うためなら、人殺しもいとわないでしょうね。でも、自殺するとは思えない」

「誰よりもレナードを愛してたってこと？」

「ええ、そうよ。レナードは手に負えない子どもだったのに、メイベルは息子の悪いところが目に入らなかった。シャロンはメイベルにそっくりね。あの子は母親の人生をなぞること
で精いっぱい。でも、レナードはメイベルの隠れた一面を映しだしていたのかもしれない。
そんな気がするわ。メイベルが追究しなかった放縦な一面。もしかしたら、シャロンにもそ
んな一面があるかもしれない。いままで表に出てこなかっただけで」
「シャロンは母親が築いたものを引き継ごうと必死みたい。自分にもできると証明したいん
でしょうね。でも、なんのために証明してみせなければならないのかしら？」
アンは同情するように笑った。「娘というのはむずかしいものね。うちだって、そうよ。
マリアンヌは長いこと、母親はマイクロフトばかりかわいがってると思いこんでたわ。わた
しがマリアンヌに〝もっとがんばれ、やればできる〟と言いつづけてきたせいね。でも、わ
たしはマリアンヌのことばかり考えてたのよ。マイクロフトはひとりでもやっていけそうだ
ったから。親って口に出しては言わないけど、優秀で素直な子どもはちょっと退屈に思える
ものなの。といっても、レナード・スゥーンのような子どもに比べたら、退屈なぐらいの子
どものほうがはるかにいいわ。シャロンはいままでずっと、母親はレナードのことばかり気
にかけてると思ってたでしょうね。両親は大金を払って、レナードをアメリカの学校に入れ
た。小遣いをやって、生活費も払った。アパート代はもちろん、車も買いあたえた。シャロ
ンは奨学金でシンガポール国立大学に通って、法学部を卒業した。それだって、親が学費を
払って、教科書を買ったのはまちがいないけれど、弟にかけたお金に比べれば、微々たるも

のでしかない。シャロンとしては、自分はないがしろにされてると感じたでしょうね。だって、大学の寮にも入れてもらえなかったんですもの。家から通ったほうが便利だからという母親のひと言でね。それでいて、レナードが大学をやめて、悪い仲間とつきあうようになると、母親も父親もどうすればいいのかわからなくなった。べつの大学に通わせたけれど、レナードはそこもやめてしまった。両親は話しあおうとアメリカに行って、レナードの友だちまでアメリカに送って説得させた。それでも、どうにもならなかった。ヘンリーの話では、仕送りをやめるようにシャロンが親に言って、それでようやくレナードはシンガポールに帰ってきたんだそうよ。でも、そのときにはもう病気になっていた」

「シャロンは不公平だと思ったでしょうね。両親は息子をどうにかしようと躍起になってて、娘のことはどうでもいいんだって」とアンティ・リーは言った。「レナードの身に降りかかったことは自業自得だ、とシャロンが言うのを聞いたわ。祈りと癒しの会に出たときにね。レナードの病気がよくなるように、みんなが真剣に祈ってるなんて滑稽だって」

「あら、あの会に行ったの?」

アンティ・リーはうなずいた。「以前、M・L・リーが癌と診断されたときに、メイベルから電話をもらったの」わざとあいまいに答えた。

アンがうなずいた。「実は、わたしは何年もまえから心臓が悪いの。感染性心内膜炎という病気よ。心臓の弁が壊れてるんですって。何かを嚙むか、デンタルフロスを使うかしたときに、歯茎が傷ついて、そこから細菌が入って感染したらしいわ。だからと言って、いますぐに死ぬことはないけど、完治もしない。あるとき、ずる賢い小男がやってきて、とんでもない大金を払って移植手術を受けないかとしつこく言ってきたわ。手術代を払わなかったら、亡くなった娘の名誉が地に墜ちることになるなんて、そんなことまでほのめかした。手術をすれば、新品の心臓弁が手に入るんですって。そんなの信じられる？　わたしは言ってやったわ、さっさと帰ってちょうだい。また何か言ってきたら、警察に通報するわよって」

「なぜ、すぐに通報しなかったの？」

「その男性はメイベル・スゥーンから情報をもらったようなの。警察沙汰にして、メイベルを巻きこみたくなかった。それに、マリアンヌのことをまた取りざたされるのもいやだった。新聞がどんなことをかき立てるか、目に見えてるもの。それに、子どもを心配する気持ちもわかるわ。だから、これ以上メイベルを苦しませたくなかったの。ロージー、まさか、あなたも脅されて、何かしようとしてるんじゃないわよね？」

「とんでもない」アンティ・リーは正直に言った。

「ねえ、計画的に悪いことをした人より、衝動的に悪いことをした人のほうが、まだ許せると思わない？　計画的に悪事を働くなんて、理解できないわ。そんなことをしてなんになるの？」

「メイドのニーナはいつも言ってるわ。もし、人がみなひとつの体の一部だったら、その中には足の巻き爪もいて、それは切り取るしかない、とね」

アンはにやりとした。「ニーナはカトリックなの？」

「そのようね」

アンはうなずいた。いま耳にしたことをどのファイルにしまっておけばいいのか、よくわかったと言いたげだった。

アンティ・リーは同情せずにいられなかった。アンはいまでも娘の死の意味を見つけようとしているのだ。

「ところで、最近、ヘンリーに会った？」とアンが訊いてきた。

「奥さんが亡くなって、ヘンリーは途方に暮れてるみたい。いままでは、何もかもメイベルが決めてたようだから」

「そういう男の人もいるわよね」アンは笑みを浮かべた。「車を持ってるのをひけらかしておきながら、運転はお抱え運転手に任せきりで、それでなんとも思わない人がね」

「ヘンリーはまさにそんな人だったみたい。妻は一流の法律事務所を背負って立っていたのに、自分はほぼ引退状態だったんだから。パーキンソン病で手術ができなくなったのよ」

いつのまにかピーターズ家の門に着いていた。アンが門を開けた。

「それは知らなかったわ。でも、ちょっとまえに、スゥーン一家のトラブルの噂を耳にしたわ。たしか、メイベルがレナードに大金を注ぎこんで、それでヘンリーが怒ってるとか、そんな噂だったはず。男の人は病気が苦手ですものね」

「まさか、ヘンリーが何かしたと言ってるわけじゃ――」

「やめてちょうだい、そんなことは言ってないわ」アンはきっぱり否定した。「でも、これだけは言っておくわ、メイベルがやってたことには絶対にかかわっちゃだめよ。彼女はもういないけど、あとに残していった蜘蛛の巣に引っかかったら、どんなことになるかわかったものじゃない。それに、シャロンもいる。シャロンがスゥーン法律事務所を継いだのよね？」

「立てなおそうとがんばってるみたい」

「シャロンはあまりにもメイベルに似てるのが問題ね。何はともあれ、シャロンはこれまでずっと日陰の身に甘んじるか、人と競いあうかのどちらかだった。メイベルが生きているあいだは、チャンスがめぐってくることは決してなかった」

「で、いまは？」

「いまは母親が残したものをそっくりそのまま引き継いで、母親と同じことをするつもりなんじゃないかしら」


アンティ・リーは家に戻った。あらためて考えみると、有力な情報を手に入れたのか、新たな情報はひとつもなかったのか、わからなくなった。アンから聞かされたいくつもの些細な事柄から、ものすごく重要な何かが浮かびあがってくるような気がするのに、それがなんなのかはっきりしなかった。

ベッドに腰を下ろした。どこかべつの部屋で、ニーナが掃除機をかけている音がした。ニーナが家にいてくれて、なおかつ、べつの部屋にいるのがありがたかった。頭の中で渦巻くさまざまな考えを、ひとりで整理したかった。それでいて、M・L・リーを亡くしてからは、ひとりきりになるのが不安でたまらなかった。いったい、わたしはどうしちゃったの？　自立した強い女だったはずなのに、いまは、ひとりぼっちになるぐらいなら死んだほうがましと思っている。もしニーナがここを出ていったら、わたしはどうするの？

アンティ・リーは頭《かぶり》を振った。夫の死からまだ完全に立ち直っていないだけ、それだけだ、と自分に言い聞かせた。愛する人の死から立ち直るには、何年もかかることもある。むしろ、自分は幸運なほうだ。夫の死を悼む時間がたっぷりあるだけでも、ある意味で贅沢だ。夫を失ったのに、嘆き悲しむ暇もなく、自分や子どもたちが食べていくことだけで精いっぱいという女性は大勢いる。もしM・L・リーとのあいだに幼い子どもが五人、六人、いいえ、七人もいたら、わたしは子どもたちをどうやって育てていただろう？

そんなことを想像しているのが滑稽で、笑わずにいられなかった。現実には、マークとマチルダはもう結婚しているのだから、考えなくてはならないのは自分の生活だけ。健康で楽しく暮らせれば、それでいい。そのためにも、いつも忙しく動きまわっているのがいちばんだ。それなのにいまは、やるべきことがいくらでもあるはずの〈アンティ・リーズ・ディライト〉を、取りあげられてしまった。

寝室には、夫の写真の中でもいちばん気に入っている一枚があった。ベッドの上の壁のいちばん目立つところに飾ってある結婚記念の写真だ。昔ながらの式を挙げたわけではなかったが、アンティ・リーが身に着けたのは、鳳凰《ほうおう》をかたどった付け襟にカバヤという花嫁衣装だった。M・L・リーの母も、最初の妻もその衣装をまとった。だから、その衣装を身に着けて、M・L・リー――記念写真の中で、カメラではなく花嫁を見つめている花婿――と結婚すると、夫の母や最初の妻まで引きうけた気分になった。

そうだ、ひとりになってよかったこともある。M・L・リーにあれこれ心配させずに済むのだから。

アンティ・リーはいまになってようやく、死者に食事を供える意味が理解できたような気がした。先祖を祀《まつ》る祭壇がある家では、ごちそうを少しだけ取りわけて、先祖に供えることになっている。欧米で教育を受けた子どもたちは、親や祖父母が生きているあいだは、そんなのは無駄でしかないと思う。アンティ・リーも若い頃はそうだった。けれど、いまはその無駄が生活の一部になっていた。そして、そういう習慣はただの迷信ではなく、日々の生活を愛する人たちと分かちあう行為と感じるようになっていた。それによって、あらゆることを、この世を去った愛する人たちの目を通して見られるのだ。だから、喜びも二倍になる。もちろん、生きている人にごちそうを出すのも楽しい。それでも、その朝、これまでに手に入れた情報を亡き夫に話すと、気分が晴れた。

M・L・リーは小柄な妻を心から愛していた。普通の男性なら苛立ちそうな妻の言動を、楽しんでいた。アンティ・リーも相手を理解するコツを心得ていた。食べ方を見ればその人のことがわかると豪語しているのだから、誰よりも夫のことを理解していたはずだった。

気づくと、掃除機の音がやんでいた。振りむくと、わずかに開いたドアからニーナが部屋を覗きこんでいた。

「熱いお茶をお持ちしましょうか？」

「いいえ、いらないわ」

「さっき、チェリルさんから電話がありました。戻ったら、電話がほしいとおっしゃってましたよ」

チェリルのことは好きだが、いましばらくは、ひとりでじっくり考えたかった。

「もう少ししたら電話するわ。ありがとう」

そのとき宅配便が届いた。グレースフェイスが送ってきた小さな荷物だった。短い手紙も添えてあり、それにはヘンリー・スゥーンが妻に毒を盛れるはずがないと書かれていた。理由は、ヘンリーがレナードに持っていく食事を落としたときから、自分がレナードの部屋に行ってふたりが死んでいるのを見つけるまで、ずっとヘンリーと一緒だったからというものだった。

それについては、あとでじっくり考えよう、とアンティ・リーは思った。それよりも気になったのは、グレースフェイスが送ってきた小さな荷物の中身。それは書類だった。その書類をざっと見てようやく、深みから抜けだせた気がした。そうして、大切な用事を頼もうと、受話器を取った。

「ラジャ？　わたしを信用してくれる？」

「ロージー、いきなりなんだい？」

「サリム警部に個人的に調べてもらいたい書類を手に入れたの。どうして手に入れたのかは、教えられないわ。書類をどうするか、サリム警部に決めてもらいたいの。うまくいけば、山ほどの証拠ができて、わたしが書類をどこで手に入れたのかなんてことは、誰も気にしなくなるわ。逆に、なんの役にも立たなければ、誰にも知られずに終わる」

「ロージー、きみはメイベル・スゥーンにも負けない策略家だな」

「待ちきれなかったのよ、すぐに知らせたかったの」チェリルが芝生を抜けて、両開きのドアから駆けこんできた。「テレビのドラマでは、秘密を抱えてる人はみんな最後には死んじゃうわ。わたしはウェン・リンと話をしたの。いえ、ウェン・リンみたいな人と。そうそう、大してちがわない人と。中国人の臓器と輸血を提供してる中国の健康サイトを見つけて、問いあわせてみたのよ。叔母が移植を望んでるんだけど、移植用の臓器がほんとうに中国人のものかどうか知りたい。中国人のものだという証拠がなければお金は払わない、と言ってみたわ。そしたら、斡旋してるのは、健康な中国人の臓器だけと言われた。答えてくれた女性は、健康にものすごく気を遣ってて、食事も菜食主義なんですって。けっこう長いこと話したから、嘘をついてるのがちょっと申し訳なくなったわ。でも、ものすごく悪いことをしてるとは思わなかったけどね。上海にカーラという菜食主義の友だちがいることまで話しちゃった。こんな状況じゃなかったら、親しくなれて、ビジネスパートナーにもなれたかもしれない。いえ、それはちょっとやりすぎね」

アンティ・リーはM・L・リーの写真を見た。求めている情報はすべて手に入ったのだろうか？　なぜ、何かが欠けている気がしてならないのだろう？　いずれにしても、グレースフェイスから送られてきた書類を、サリムに渡すのがさきだった。

「ニーナ、サリム警部にちょっと寄ってほしいと伝えてちょうだい。渡したいものがある、と。それに、チェリルの話も聞いてもらいましょう。だから、そう、すぐに電話して。サリム警部と話したいのよ、いそいでね。あっ、ちょっと待って。電話をかけて、サリム警部が出たら、わたしに替わってちょうだい」

「何かありましたか？」電話の向こうのサリムは、驚いているようすもなかった。「長官から聞きました――」

「そうなの、でも、その話はあとまわし。いますぐ教えてほしいことがあるの。警察はスゥーン家のプールのそばの小屋も調べたの？」

「あれは無菌室で、中に入れないようになってるんですよ。でも、もちろん、監視カメラで小屋の中をきちんと確認しました。装置があるだけで、ほかには何もありません」

「まったく、何をやってるの？　あなたの部下はほんとうに愚図ね。テレビを見たことがないの？　内部情報を手に入れたのよ。どうにかして、あの小屋に入ってちょうだい。蚊がいるかどうか調べる人たちがいるじゃないの、そういう人を送りこめばいいのよ。警察とちがって、あの人たちはどこにだって踏みこむわ」

「せめて、中に何があるのか教えてくれませんか？」

「自分で行って見てきなさいよ。さあ、早く、いますぐに」

25
有力な情報？

その日の正午、パンチャル巡査部長はアンティ・リーの家にやってきた。

「ミセス・ロージー・リー、昨日の早朝にスゥーン法律事務所に行きましたね。何をしに行ったんですか？」

「お金を払ってもらおうとしただけよ。パーティーのケータリング代をもらってなかったから。電話しても無視されて、しかたなくシャロンに会いにいったの。シャロンにはほかにも緊急に話したいことがあったの。警備員は中に入れてくれたわ。ミス・アーンがオフィスにいるのを知ってて、わたしが秘書でもかまわないと言ったから。なぜ、こんなことを訊くの？　わたしがあの法律事務所に行ったせいで、誰かが苦情を言ってきたとか？　シャロンが文句を言ったのかしら？　グレースフェイスに訊いてみてちょうだい。わたしはあの事務所に行って、ちょっと話をしただけで帰ったと言うはずだから」

「ミス・グレースフェイス・アーンが行方不明なんです。雇い主のミス・スゥーンは、機密書類もなくなっているから、ミス・アーンが何かしたと考えてます。事務所にやってきたあなたに、書類を渡したのかもしれない、と」

「なぜ、グレースフェイスがそんなことをするの？　その機密書類とやらは、どんなものなの？」

「申し訳ありませんが、ちょっと署まで来ていただいて、話を聞かせてもらえませんか？　それと、スゥーン法律事務所の書類がないか、家を調べさせていただきます」

「ニーナ、サリム警部に電話してちょうだい」

「サリム警部は別件で外出しています」とパンチャルは言った。シャロン・スゥーンが書類を盗まれたと通報して、ミセス・ロージー・リーが第一の容疑者だと言ったのだ。それで、パンチャルはアンティ・リーを連行できる絶好のチャンスとばかりに、意気揚々とやってきたのだった。「これは重大な事件で、サリム警部は関係ありません。捜査の責任者はわたしです」

パンチャルの予想に反して、アンティ・リーはそれを聞いて嬉しそうな顔をした。「もちろんですとも、あなたと一緒に警察署に行くわ。でも、そのまえに着替えてもかまわないわよね？　それと、昼食を食べてもいいかしら？　わたしは低血糖でね、食事をしないと血糖値が下がって、倒れてしまうのよ。それとも、お医者さまに電話して、警察署まで来てもらおうかしら？」

てっきり拒否されて抵抗されると思っていたパンチャルは、あっさり自分の意見が通って拍子抜けした。

「ああ、そういうことなら、着替えて、食事をしてください。待ってますから」

「あら、あなたも一緒に食べればいいじゃないの？」

「いえ、勤務中ですから。それに、食事はもう済ませました」

「ならば、二時過ぎにもう一度来てくださらない？」

アンティ・リーが着替えを済ませても、パンチャルは戻ってこなかった。

「パトカーが出払ってるんだそうです」とニーナが言った。「ここの警察署だけじゃないみたいですよ。国じゅうの警官に待機命令が出てるんですって。火事かテロでもあったんですかね？　独立記念日やシンガポール・グランプリでもないのに、なんでそんなにたくさんの警官が必要なんでしょう？」

どういうことなのか、アンティ・リーは見当がついていたが、それはニーナにも言えなかった。しばらくようすを見るつもりだった。ラジオのニュースでも伝えられず、夕刊にも載っていない。渡した書類をどうしたのか、サリムからの連絡もなかった。

その日ずいぶん遅くに、サリムが家にやってきた。見るからに疲れていた。そんなサリムを見て、ニーナは心配になった。けれど、その気持ちを表に出すまいと、わざと文句を言った。

「店をこのまま閉めておかなければならないのか、もう開けてもいいのか、調べてくれましたか？　店の掃除をしたら、逮捕されるんですか？」

「苦情があったら、警察は調べることになってるんだよ。入ってもいいかな？」

「どんなに親しい人でも、調べるんですか？　言ってたじゃないですか、アンティ・リーは家族のようなものだって。苦情にあったようなことを、アンティ・リーがするわけがないのに、カフェを廃業に追いこむんですか？　こんなふうに誰のことも信用しないんだったら、あなただって誰からも信用されないわ」ニーナから厳しいことばを投げつけられているサリムに、アンティ・リーは同情せずにいられなかった。

「給料をもらって仕事をしている以上、規則どおりに仕事をこなすしかないんだ。言われた仕事をしたくないなら、警察を辞めるしかない。家族同然の人に協力するのはそれからだ。きみはぼくに仕事を辞めてほしいのかな？」

「いまのままのほうが、あなたはわたしたちの役に立ってくれるわ」とアンティ・リーがすかさず答えた。「渡した書類は役に立った？」

サリムが職務を全うしているだけなのは、ニーナにもわかっていた。そのことで腹を立てているわけではなかった。そう、サリムに対して怒ってなどいない。腹立たしいのは、アンティ・リーに怒るわけにいかず、ほかに怒りをぶつける人がいないことだった。

幸いにも、サリムはそれを理解していた。いや、たとえ理解していなかったとしても、ニーナの厳しいことばを根に持たずにいられるぐらいには賢く、さらには、ニーナのことが好きだった。やさしいサリムに甘えているようで、ニーナは胸がちくんと痛んだ。それでも、サリムを遠ざけるようなことばかり言ってしまうのは、一緒にいるとつい意地悪したくなるからだ。サリムと距離を取ろうとするのは、いいことなの？　それとも、悪いことなの？

「エドモンド・ヨーンは臓器移植のためにドナーを入国させていました」とサリムが言った。

「つまり、中国の闇の臓器斡旋業者とシンガポールの顧客との連絡役だったわけです」

顧客だなんて……とアンティ・リーは思った。それではまるでネットスーパーで臓器を売り買いしているかのようだ。

「注文に応じて、ヨーン医師はドナーを呼びよせたわけね。斡旋業者への支払いは口約束で、契約書はない。メイベルが息子のレナードの手術代としてこれまでに支払ったのは、前金として半額だけ。ヨーン医師は家賃も払えないぐらいお金に困ってたようね。だから、メイベルから残金を回収して、さらに、呼びよせたドナーのすべての臓器を売りさばくことにした。ところが、メイベルとレナードが死んで、お金も回収できず、移植する患者もいなくなってしまったのね」

「エドモンド・ヨーンから話を聞かなければなりません。斡旋業者がどんなたぐいの連中か、ヨーンはわかってないらしい。ものすごく危険な連中ですよ。アンティ・リー、どうしたらヨーンと連絡がつくか、ご存じですか？」

「わたしがあなただったら、ヨーン医師のことは心配しないでしょうね」とアンティ・リーは苦々しげに言った。「あの医者は自分でなんとかするわ。ところで、ヘンリーはなんと言ってるの？　シャロンは？」

「何も知らない、とヘンリー・スウーンは言ってます。どう考えても、そんなはずはないですが、関与している証拠もありません。シャロン・スウーンは口をつぐんでいます。事務所にあった書類にはどれも、メイベル・スゥーンのサインがされてます。つまり、法的にはシャロンも関与していないことになります」

「秘書のグレースフェイスはどんなふうにかかわっていたの？」

「臓器移植にかかわっていたと言えるかどうか。スゥーン法律事務所のお金をくすねていたようです。でも、ミス・アーンがくすねたのか、メイベルが使いこんだのか、はっきりしないんですよ」サリムはいったん口をつぐんで、また話しはじめた。「昨日、スゥーン法律事務に行って、ミス・アーンと話をしましたね？」

「ええ」

「あなたが帰ると、ミス・アーンは事務所の口座に残っていたお金をすべて引きだして、電力会社と水道局に電話して、スゥーン邸の電気と水道を止めました。もちろん、プールの横の小屋の電気や水道も。あの小屋で何が見つかったか、ご存じですよね？　そう、電気が止まると同時に、ドナーは死にました」

「もう死んでたんじゃないの？」

「いや、心臓は動いてましたから、生きていたことになります。でも、何をしても意識を取りもどすことはなかったでしょうね」

アンティ・リーはなんとなくほっとした。「ということは、その男性の臓器で誰かが金儲けをすることはもうないのね？」

「そう、もうドナーにはなり得ません。でも、遺族にとっては、遺体が見つかったのは重要なことです」

ジャオ・リヤーンは生前、わずかな金を稼いでいた。それが植物状態になると、移植用の臓器として何百万ドルもの価値ができた。そしていま、亡くなって、ドナーとしての価値はなくなった。それでも、グレースフェイスのおかげで、リヤーンの家族は息子の死という出来事に終止符が打てるのだ。

「グレースフェイスはどこにいるのかしら？」アンティ・リーはおしゃれな服を着こなす現実的な秘書のことが、どうしても気になった。

「ミス・アーンが出てきてくれたら、ぜひ話を聞きたいと思ってます」

けれど、グレースフェイスはまんまと大金を手に入れたのだ。賢く立ちまわって、おそらくサリムのレーダーに引っかかるような場所には永遠に現われないだろう。モルディブかどこかでのんびりしている姿が、目に浮かぶようだった。あるいは、オーストラリアで家を買っている姿が。グレースフェイスから連絡をもらえたらいいのに、とアンティ・リーは思った。

「長官ですか？　はい、いま、ミセス・リーの家です」かかってきた電話に、サリムが応じた。「ええ、三十分で行きます。スゥーン家の捜索令状は申請中ですが、とりあえず家の外は調べました。いや、それがその……」サリムは咳ばらいをした。「蚊が発生している場所を突き止めたところ、そこで死体が見つかったんです。死体は検死解剖のために、シンガポール国立大学付属病院に移送しました。結果がわかりしだい報告します。国際部の協力も得ています。中国人がかかわっているのがはっきりしたので、国際部のティモシー・パンが担当することになりました。いいえ、わたしから要請したわけではありません。パンが私的な理由から、担当を買ってでたんだと思います」

アンティ・リーは耳をそばだてて、話を聞いていた。まもなく、サリムが電話を切った。

「ラジャ長官はなんと言ってたの？」

「最初からあなたはラジャ長官に、違法な臓器移植の闇組織がかかわっていると言ってたそうですね。自殺した中国人女性の婚約者の死体が見つかるはるかまえから。それと、長官はこんなことも言ってました。シンガポールではリーの言うことはいつでも正しいということを忘れるな、と。リー・クアンユーの言うことも、アンティ・リーの言うことも」

26

逮捕された闇の臓器斡旋業者

《ストレーツ・タイムズ・オンライン》

「国際的な闇の臓器斡旋業者つかまる！」

市民からの情報をもとに捜査を進めたシンガポール警察の警官が、違法な臓器斡旋組織にメスを入れた。その組織は中国各地からドナーとなる人を集め、メイド斡旋業者や旅行会社を介して、主にシンガポールに入国させていた。正式な臓器移植の対象にならない患者に、臓器を売買していたと見られている。巨額の金と、少なくとも十六人が関与していたことが判明した。ドナーとなった人たちは、逮捕を怖れて、名乗りを上げることはないだろう。

警察と保健省は、奇跡的に病気が完治したと思われる患者を調べている。

《イブニング・ドライブ・タイム・ブズ》

ここ数年、闇の臓器斡旋組織は隆盛を極めていたようだ。ランボルギーニやレクサスなどの高級外車を買い求める人がいるのを思えば、角膜や腎臓を買うほうが道理にかなっていると言えなくもない。だが、シンガポールの弁護士メイベル・スウーンが愛する息子のために、生きたドナーの心臓に大金を払うと吹聴したとなると、話はべつだ。心臓とは⁉　なんと、心臓をほしがるとは！　血小板を少量なら、さもなければ、肝臓の一部なら、人は誰かに譲ってもそれなりに生きていける。だが、心臓を譲るとなったら？　メイベルは自分が何を求めているのかわからなかったのだろうか？　それとも、母の愛が人殺しも辞さなかったのか？　こんなニュースが飛びこんでくると、いつもの交通情報を報じている場合では……。

《インサイド・ヘルス・ウィークエンド・スペシャル》

メイベル・スゥーンとその息子レナード・スゥーンが死亡したとき、息子の手術の準備は整っていた。メイベルは中国の斡旋業者に前金として半額を支払い、移植手術が成功したのちに残金を払うことになっていた。レナードの主治医が食事や水分補給を指導して、病状を安定させて、移植の準備を整えた。

違法な臓器取引事件の特別捜査本部の責任者ティモシー・パン巡査部長によると、中国での腎臓移植手術にかかる費用は約七万ドル、肝臓移植は約十六万ドル、心臓移植ともなると百万ドル以上。いっぽう、アメリカ合衆国での腎臓移植は最低でも十万ドル、肝臓移植は二十五万ドル、心臓移植は八十六万ドルを超えると言われている。中国の臓器が全体的に安値で手に入りやすいことから、現在、中国は闇の移植手術に使われる臓器の最大輸出国となっている。

さらに、記者の取材に対して、同巡査部長は次のように語った。「中国の臓器斡旋業者は、ドナーを旅行者や家庭内使用人と偽ってシンガポールに入国させました。ドナーは健康で貧しい中国人です。そういう人たちは、たとえば、腎臓の前金を受けとります。それだけでも彼らにとっては莫大な額ですが、正式に輸入された臓器に比べればさほど高額とは言えない。ドナーは腎臓を売れば、大金が手に入って、新たな人生を歩めると考えています。実際、これまではそうだったのかもしれません。しかし、そういったドナーはひとりとして名乗り出ていません。今回の事件で売買の対象になったのは心臓でした。ドナーは腎臓を売るつもりで、斡旋業者と契約を交わし、前金を受けとりました。シンガポールへの旅費は臓器の買い手が支払いました。ところが、実際にシンガポールにやってきたドナー、ジャオ・リヤーン(二十三歳)は、心臓をレナード・スゥーンに提供すべく、植物状態にされて生命維持装置につながれました。どうやら、ほかの臓器もすべて、もっとも高値をつけた患者に買いとられることになっていたようです」

もちろん、アンティ・リーはそういった記事すべてに夢中になった。大手の新聞が事件を報じるまえから、新聞よりはるかに興味深い記事をすばやく載せるインターネットのニュースサイトをチェックしていて、さらに、ニーナが事件にまつわる最新の詳細や推論を、探しだしては、せっせと読んでくれた。

「なんだか、さほど悲惨な出来事ではないような書き方ですね。ドナーにならなかったら、麻薬の運び屋にでもなるしかなかったとでも言わんばかりです。この国に麻薬を持ちこんだら死刑ですよ。でも、今回の事件だってひどいことに変わりないですよね。それなのに、シンガポールで大騒ぎしてるなんて信じられないと思ってるみたい。たしかに、遺族は賠償金をもらえて、それは中国の貧しい人が一生かけても稼げないほどの大金なんでしょうけど」

「この国でだって、ものすごい大騒ぎになってるわけじゃないでしょ。とんでもないことなのに」とアンティ・リーは言った。「それに、この国の死刑について、国民はもっと大騒ぎするべきだわ。何年かまえに、中国でも問題になったでしょう？　死刑になった人の臓器が移植に使われてるって。シンガポールでは誰かに頼まれて麻薬を運んだ人が死刑になっても、その臓器は使われないのよ」

死刑はアンティ・リーが熱弁をふるわずにはいられない話題だった。けれど、目下、干し野菜を作ろうとキノコを薄く切っているアンティ・リーには、死刑以上に興味をそそられる不正行為があった。

「シンガポール人がかかわったはじめての組織的な違法臓器移植事件だと言われてますけど、ほんとうにそうなんですかね？」

「ほかの臓器移植事件が暴かれないかぎり、そういうことになるんでしょうね」

エドモンド・ヨーンが警察の捜査に協力していたと、控えめに報じた記事もあった。けれど、いまとなっては、メイベル・スゥーンが息子のレナードのためにドナーの心臓を手に入れるように、ヨーンに指示したというのが、大方の見方だった。だが、そのことに最初に気づいたのはアンティ・リーだ。警察が〈アンティ・リーズ・ディライト〉を調べて時間を無駄にしたりせず、アンティ・リーの意見に真剣に耳を傾けていたら、事件はもっと早く解決していただろう。スゥーン邸のプールの横にある小屋は、簡単には入れないようになっていた。その中で、植物状態のドナーを生命維持装置につないでおくのを思いついたのは、エドモンド・ヨーンだった。警察が無責任にも見逃したあのプール横の小屋だ。

〈生きつづける会〉のメンバーも、同じドナーから臓器をもらうことになっていたが、メイベルは息子の移植がさきだと、ほかの臓器提供を拒否していた。不幸中の幸いと言うべきか、そのせいであの会のメンバーはメイベルに対して、そして、自分たちがしていることに対しても、批判的な意見を口にするようになっていた。それでも、計画が実行されていてもおかしくなかった。だが、スゥーン邸の母屋とプール横の小屋の電気が止められて、生命維持装置が止まると、ドナーは死んでしまった。

スゥーン邸の電気を止めたらどんなことになるか、グレースフェイスは知っていたのだろうか？　電力会社に電話したのがグレースフェイスなのはまちがいない。シャロンへの腹いせと、スゥーン邸に寝泊まりしているヨーンを困らせようとして、電気と水道を止めたのだとしても、そのふたりの大金がかかった策略を、図らずもグレースフェイスが阻止したことになる。それを思うと、メイベルとレナードが毒を口にしたのも、偶然のような気もしてくる。といっても、グレースフェイスがシャロンのように、メイベルの気を引くために何かするとは思えなかったが。

アンティ・リーが目を通したどの新聞にも、そして、チェリルが要約して読んでくれた中国の新聞にも、闇組織を牛耳っていたウェン・リンが、その後、どうなったのかは載っていなかった。ウェン・リンとつながっていたいくつものメイド斡旋業者や旅行会社だけが、連絡先の電話番号を知っていたが、その番号ももう使われていなかった。メイド斡旋業者や旅行会社の担当者は、頼まれたことをやっただけだと言っている。それなのに、金はまだもらっていない、と。

「やっぱりお金が問題なのね」とチェリルは言った。「お金があれば、こんなことに手を染めなかったんだわ」

その意見には誰も同意しなかった。

「シンガポール人はどんなにお金を持ってたって、もう充分とは思いませんからね」ニーナがそう言いながら、サヤエンドウが入った大きなプラスティックの箱をテーブルにドンと置いた。

「メイベルは息子の命を救おうとしたのよ」アンティ・リーは山と積まれた新聞の上から顔を覗かせて言った。「メイベルは違法な臓器移植のことを知ると、息子のために新しい心臓を手に入れることしか考えられなくなってしまったんでしょう。親は子どもの命を救うためなら、なんでもするものだもの。それにしても……」

アンティ・リーの口調が変わったのに気づいて、ニーナが心配そうな顔をした。「それにしても？」

「それにしても、なぜ、メイベルは殺されたのかしら？」

「事件は解決したんですよ。悪人は刑務所に入るか、この国から出ていくかしました。これで一件落着じゃないですか。何が問題なんです？」

「メイベルは去年、違法な臓器移植のことを知って、その臓器移植と〈生きつづける会〉のメンバーを結びつけた」とチェリルが言った。「実際、かなり賢いやり方だわ。その会のメンバーが、なぜ、いきなり健康になったのか、まわりの人が不審に思っても、祈りが奇跡を起こしたと言えばいいんだもの。マイクロフトはインドじゃあるまいし、と呆れてるけどね。インドと言えば、腎臓移植が五千ドルとかそんな値段で受けられるから、欧米から手術を受けにいく人があとを絶たないみたいよ。メイベルが手術のために息子をインドに連れていかなかったのが不思議なぐらいだわ。でも、マイクロフトによると、シンガポール人には偏見があるんですって。インドの医者は信用ならないとか、インドの臓器は汚いとかね」

インド系のマイクロフトが困った顔をした。週末に〈アンティ・リーズ・ディライト〉に行くという妻と一緒に、マイクロフトは歩いて店にやってきたのだった。口では運動のためと言っているが、ほんとうは妻の身を守るためなのだろう。それはアンティ・リーにもわかった。けれど、まもなくそういう運動も必要なくなるはずだった。なにしろ、いまや、殺人犯は法の裁きを受けたのだから。でも、ほんとうに？　ほんとうに殺人犯は捕まったの？

「メイベルは人種差別主義者でエリート主義者だけど、だからといって、殺されていいわけがないわ」とアンティ・リーは言った。

アンティ・リーの考えは、すでにべつのところに飛んでいた。違法な臓器移植ビジネスは、周到な計画と結束した組織が必要だ。もし組織のメンバーが殺人にまで手を広げるなら、それこそまえもって緻密な計画を立てるにちがいない。そう、アヤム・ブア・クルアを作るのと同じぐらい、しっかり準備するはずだ。でも、メイベルとレナードの死は、そういう殺人とはちょっとちがう気がする。むしろ衝動殺人に近い。ブア・クルアと殺藻剤と取りわけた料理という三つの要素がすべてそろったのは、ただの棚ぼたとしか思えない。たとえば、夫が釣りにいって、それはもう大きなハタか、丸々太ったサバを持って帰ってきて、そのとき、たまたま妻の手には袋に満杯の炭と、大袋入りの塩があったとか、そんなことだ。それなら計画などいらない。妻は魚をぐいとつかんで、わたを取り除いて、炭火で焼けばいい。だって、夕食に誰を呼ぼうかなんてことは、あとでじっくり考えられるのだから。大型冷凍庫を持っていないかぎり、どうしたって、素早く魚を締めて、わたを取り除かなければならない。

そう、今回の事件は、どう考えてもその種の殺人だ。充分に時間をかけて計画されたものではなく、そもそもの動機はあったにせよ、たまたま転がりこんできたチャンスに飛びついて、大胆に実行しただけ。

「もう一度、ヨーン医師に会って、話をしなくちゃ」とアンティ・リーは何かを考える顔つきで言った。一連の出来事に疲れて、ストレスを抱えていたら誰でも、そんなことはおよしなさいと注意するはずだった。けれど、ちょうどそのとき、マイクロフトはチェリルにもう家に帰ろうと言い、チェリルはニーナに惚れ薬《ガユマ》の作り方をしつこく訊いていた。フィリピンのほんものの惚れ薬をカフェのメニューにくわえれば、それを飲んだ客は相手を好きになると同時に、この店のことも大好きになると考えたからだった。

アンティ・リーは誰からも返事がないのを、同意の意味に解釈した。

とはいえ、考えていることを実行に移せたのは、家に戻ってからだった。事件は解決したと考えているニーナは、その件について話しあうのを断じて拒んで、何週間もまえから気になっていた玄関まえの排水溝の枯葉の掃除に取りかかった。アンティ・リーはひとりで居間に入った。気が晴れず、不満だらけで、疲れているのに、何かせずにいられなかった。がらんとした部屋がやけに不快に思えて、夫の写真を見ても気は休まらなかった。フレームを替えたほうがいいの？　けれど、写真のフレームを取り替えるのも、部屋の模様替えをするのも、時間を持て余しているセレブ《タイタイ》がいかにもやりそうなことだ。アンティ・リーとしては、できるだけそういうことはやりたくなかった。

こんなに気が晴れないのは、事件が解決したのに、店が閉まっているせいだ、と思うことにした。事務的な手続きさえ済めば、店を再会して、いつもどおりの生活に戻れる。でも、そうなったとして、なんの意味があるの？　無意味に忙しい日々が続くだけ？　それに、中国の闇組織がメイベル・スゥーンを殺した理由は、結局、わからずじまい。

こんなことを考えているのも、暇を持てあましたおばあさんが、殺人と動機の縁結びをしたがっているだけなの？

もしかしたら、同年代のおばあさんと一緒に、公園で太極拳でもすればいいのかも……。

「ロージー！」

名前を呼ばれて振りかえると、芝生の庭と居間を隔てている両開きのドアのまえに、男の人が立っているのが見えた。この世に生きている男性の中でただひとり、気分を明るくしてくれる人だった。

「ニーナから家に戻っていると聞いて、ちょっと寄ってみたんだ」

ラジャ・クマルは堅苦しくならないように、ネクタイをはずして、シャツの袖をまくりあげていた。

「どうぞ、入ってちょうだい」アンティ・リーは太極拳のことなどもうすっかり忘れていた。「外国に行ってるのかと思ったわ。何度かオフィスに電話したのに、いつも会議中だと言われたから、秘密の仕事か何かで、インドネシアかベトナムにでも行ったのかと思ったわ」

「いまここにいるのは、警察の長官としてじゃないよ」とラジャは言った。「家に帰る途中でたまたま寄ったら、たまたまきみがいて、会えたということにしておいてほしい」

「そういうことなら、家じゃなくて、店に寄るほうが、はるかにそれっぽいと思うけど？」

「いつでも好きなときに店を再開してかまわない。事務処理は済んだからね。書類に印を捺《お》して、記録をつけて、明日にでもサリムが書類を届けるだろう。これからは、無意味な調査で迷惑をかけたりしないよ。もう新聞は全部見たんだろう？　ああ、きみの言うとおりだった。スゥーン法律事務所の会計には、うっかりミスとはとうてい思えない不審な点があった。

詳しく調べてみると、極めて深刻な状況だった。それに、メイベル・スゥーンの個人名義の口座は大赤字だった。事件が起きようが起きまいが、いずれスゥーン法律事務所もスゥーン家も破産していたはずだ。となれば、自殺をしても不思議はない。メイベルは法律事務所を潰して、家を抵当に入れてまで、息子の病気を治そうとしていた。それでも、治る見込みはなかった。レナードが死んで、メイベルがすべてを失うのは時間の問題だったんだ」

「メイベルとヨーン医師が中国人の斡旋業者と手を組んで、腎臓を売るつもりでいるドナーを呼びよせたのはまずまちがいないわ。ドナーをこの国に連れてきた斡旋業者は、移植手術が終わってから、費用の全額を受けとることに――」

「斡旋業者への支払いはかなり高額だったはずだ。メイベル・スゥーンが銀行口座からどれだけの金を引きだしていたか、知ってるだろう？」

「ヨーン医師はメイベルを説得したんでしょうね。騙されてシンガポールへやってきたドナーの臓器をすべて売りさばけば、息子の手術代をゆうに超える金が手に入る、と。ドナーは腎臓を売って結婚資金にするつもりだったのに。ヨーン医師は腎臓や角膜の移植でさらに大金が手に入るのは喜んだとしても、移植手術のためにドナーを殺すのは、さすがに気が咎めたでしょうね」

さらに、アンティ・リーは好奇心丸出しで尋ねた。「それで、ヨーン医師を逮捕したのよね？　中国の斡旋業者のことや、ほかにもかかわっている人がいるかどうか、訊きだすために。違法な臓器移植計画は、メイベルが死んでからも続いてたのよ。ヘンリーとシャロンも、何かしらかかわってるはずよ」

「それについては、いまのところ証拠がないんだ。エドモンド・ヨーンがどんな話をするか、待つしかない」

「わたしもヨーン医師と話がしたいわ」とアンティ・リーは言った。

ラジャは聞こえなかったふりをした。「きみが知りたがるだろうから言っておくが、レナードの健康状態とメイベルの精神状態を考えれば、病気で苦しむわが子を見かねて、殺害して、その後自殺したと考えるほうが説得力がある」

そういう結末はアンティ・リーにとって朗報だと、ラジャは考えていた。非公式の公式見解というものがこの世にあるとして、それがメイベルが息子を殺して、自殺したというものなら、アンティ・リーも、〈アンティ・リーズ・ディライト〉のケータリング業も痛手を負わずに済む。

そのほうが都合がいいとわかっていても、アンティ・リーはそれが事件の真相だとは思えなかった。生きたドナーからの移植計画がとん挫したなら、メイベルがレナードを殺して、自殺するのも考えられなくはない。けれど、息子の手術計画が着々と進んでいるときに、なぜ、息子を殺して、自殺などするのか？　闇の臓器斡旋組織に殺される理由も見当たらなかった。

「闇の臓器斡旋組織の女性はどうしたの？　ウェン・リンという女性は？」

「ウェン・リンはシンガポールから撤退したようだ。少なくとも、現時点ではね。これだけ儲かる商売となれば、そう簡単にはやめられないだろう。それに、儲かって、資金がふんだんに使えるようになれば、欧米で合法的な商売にできるかもしれない」

「わたしたちのご先祖さまがやってたことと、大差ないというわけね」とアンティ・リーは言った。

ティモシー・パン巡査部長がドアを開けると、そこにいた警察官——ヤップ巡査部長だか、ヤオ巡査部長だか——がすぐに立ちあがって、出迎えた。「パン巡査部長。ご足労をおかけしました。証言のために、お兄さまがいらっしゃってます」

「ベンジャミンの汚名をそそいでほしい」とパトリックが言った。「新聞に誤報だったと訂正文を載せてほしい。新聞はベンジャミンについて、あることないこと書きたてたんだ。違法なビジネスにかかわっていただの、自分がかかわっていたという証拠を消すために放火して、姿を消しただの」

「まずは一緒に来てくれ」とティモシー・パンはきっぱり言った。「あとでなんとかするから」

自分はなんと心が狭いのか……。そう思いながらも、このさきずっと兄に厄介をかけられることになるのだろうか、と考えずにいられなかった。パトリックとまったく口をきかずに過ごした数年間は、何はともあれ、さほど苦痛ではなかったのだ。

パトリックは抵抗した。自分の調書を見たいと言った。これまでのどんな容疑者リストからも、ベンジャミンの名前を削除するように求めた。ティモシーは説得した。不自然にならないように細心の注意を払って、パトリックが警察に来た記録を削除すると約束したが、それでもパトリックは納得しなかった。

「そんなことを言うと、兄さん自身が罪に問われかねない」

「おふたりともまずは、ベンジャミン・ンに関する最新の捜査結果を聞いたほうがよろしいかと」そう言ったのはヤオ・セン・メン巡査部長だった。

ティモシーはためらったものの、小さくうなずいた。

「ベンジャミン・ンはスゥーン邸内に集中治療室と手術室を作る仕事を請け負った。ンはそれを、不死を願う大金持ちの道楽のようなものだと考えた。仕事を請け負ったのは、エドモンド・ヨーンのクリニック〈ビューティフル・ドリーマー〉が焼失する以前のことで、当時、ンはその仕事とクリニックになんらかのつながりがあるとは思っていなかった。のちに、ンの自宅で発見され、警察に提出されたノートの記述から、ヨーンのクリニックが焼失したあとに、ンが疑念を抱くようになったのが判明した。スゥーン邸の集中治療室に据えつける機材——モニター類やポンプ類——として、領収書も保証書もない格安のものを仕入れさせられたからだ。ノートには、証拠として機材のシリアル・ナンバーが記されていた。ンはシリアル・ナンバーを調べて、全焼したはずのクリニック〈ビューティフル・ドリーマー〉の機材であることを知った。そのことをエドモンド・ヨーン医師に問いただしたが、納得のいく答えは得られなかった。以上の出来事は、中国から来た若い女性が飛び降り自殺をする以前のことです。ンはヨーン医師が自分のクリニックに放火して保険金を騙しとろうとしたのではないか、と考えた。さらに、火事で燃えたとされている医療機器を、スゥーン邸に横流しして、小遣い稼ぎをしようとしたのではないか、と」

「その後、ンの身にどんなことが起きたのかは、誰でも容易に想像がつく」とティモシーは言った。

無言で話を聞いていたパトリックが口を開いた。「ということは、警察はベンジャミンが犯罪にかかわっているとは考えていない？」

「そう。むしろ、犯罪者とは逆の立場だ」とヤオ・セン・メン巡査部長が言った。「妙なことが起きていると、最初に感じたのがンだった。というわけで、あなたの役目は、警察に提出したンのノートの受領書にサインすることだけです」

エドモンド・ヨーンは保釈金を積んで釈放された。

翌朝、建設中の地下鉄ダウンタウン線の工事現場で、ヨーンの死体が発見された。

「工事が中断されて、駅の開業が遅れますね」ラジオでニュースが流れると、ニーナは言った。「ヨーン医師はほんとうにはた迷惑な人ですね。インターネットのニュースも知りたいですか？」

「ほんとうに残念だわ」アンティ・リーはため息をついて、ニーナに歩みよった。ニーナはiPad2を使って、《ストレーツ《S》・タイムズ《T》・オンライン《O》・モバイル《M》・プリント《P》》——シンガポールの〝市民ジャーナリズム〟のウェブサイト——を開こうとしていた。

「残念って、ヨーン医師がですか？　医者は人の命を救うのが使命なのに、人を殺してたんですよ。そんな人が死んで、残念なんですか？」

「ヨーン医師と話ができなかったのが、残念なのよ」とアンティ・リーは淡々と言った。

「あの医者が死んでしまったら、何があったのかわからずじまいだわ」

そう、やっぱり残念だ、とアンティ・リーは思った。ヨーンのことは好きになれなかったけれど、それでも同情せずにはいられない。ヨーンという男が死んだのも残念なら、あんな生き方しかできなかったのも残念だった。

27

これで一件落着?

〈アンティ・リーズ・ディライト〉の営業許可が下りた。いつもどおりの生活に戻れるのに、ワイン貯蔵室のドアのそばに掲げたM・L・リーの写真のまえで、アンティ・リーは釈然としない顔で立っていた。

「中国の闇の臓器斡旋業者にとっては、メイベルと息子が生きていたほうが都合がよかったのよ。だって、斡旋した臓器の残金を回収してなかったんだから。それに、メイベルだって生きていたかったはず。まもなく息子が心臓移植手術を受けられるはずだったんだから」けれど、アンティ・リー以外には、誰も不満を抱いていなかった。もちろん、マークも不満など抱いていない。営業再開のお祝いを言いにきたかと思うと、すぐさま大切なワイン貯蔵室にこもった。

「いつでも好きなときに来ていいのよ。ワインのビジネスを正式にチェリルに譲ってからだって」とアンティ・リーはマークに声をかけた。妻のセリーナと一緒にお茶にしようと、マークはようやくワイン貯蔵室から出てきたところだった。

「チェリルがワインを業者に返品しないと約束しないかぎり、譲渡書類にサインはしないよ。ワインは旅を嫌うんだ。ワインにとってここの貯蔵室以上に快適な場所はない。それに、ここにワインを置いておくにしても、チェリルは貯蔵の仕方をほんとうに知ってるんだろうか？」

いまのマークの心境は、おもちゃを取りあげられそうになっている子どもと同じなのだろう。アンティ・リーはそう思った。

セリーナは黙っていた。書類にサインして、ワインのビジネスにけりをつけるように、マークに言っているにちがいない。この件にかんしては、めずらしくアンティ・リーとセリーナの意見が一致した。けれど、どこまでものんびり屋のマークは、継母と妻がまたもや意地を張りあっていると思いこんで、どちらの話も無視しているのだ。

「誰にどんな料理を出すか、それをしっかり考えるのが重要なのよ」マークが妻の隣に腰を下ろすのを見て、アンティ・リーは言った。「材料があるから、この料理にしようじゃだめなの。材料なんてものは調達すれば済むんだから」

「たとえば、トウガラシのアイスクリームを出そう、とか？　そういえば、日本にはイカスミとタコのアイスクリームなんてものもあったよ」マークは自分で言って、自分で笑った。

「セリーナはそんなものはただでもらえても食べたくないと言ったけどね」

「サンバルのアイスクリームならいいかも。とくに暑い時期にはね。サンバルと煮干し《イカンビリス》アイスクリームもよさそう……ニーナ、落ち着いたら、そういうアイスクリームを作ってみましょう。ところで、なんの話をしてたんだったっけ？　ああ、そう、どんな料理を作るかってこと。それにはいつでもきちんとした動機がある。メイベル・スゥーンを殺すのにも、まちがいなく動機がある。動機のある人を見つければ、犯人を突き止めたも同然よ」

「お金だよ」とマークが言った。「どんなときだってお金に決まってる、そうだろう？　金は諸悪の根源だ」

「愛よ」とセリーナが言った。「嫉妬、不倫……」

セリーナのその発言をマークがきちんと聞いていますように――アンティ・リーはそう願った。

「保身よ」シンクのところにいるチェリルが、カットしたパイナップルが入った大きなボウルに手を突っこんだまま、話にくわわった。「これ以上、悲惨な状況にならないようにするためよ。さもなければ、復讐ね。きっと、メイベルは何年もまえに誰かに何かして、その誰かが復讐のチャンスをうかがってたのよ。それとも、メイベルが国会議員だか誰だかの秘密を握ってて、口封じのために殺されたとか？」

チェリルが体験談を語っているわけではありませんように――アンティ・リーはふとそんなことを思った。礼儀正しくて、どこからどう見てもりっぱなマイクロフト・ピーターズは、誰かの秘密を握っているタイプには見えない。とはいえ、それを言うなら、元客室乗務員と結婚するようなタイプにも見えなかった。ということは、マイクロフトにも裏の一面があるのだ。

「サリム警部は言ってますよ、人は誰かを守るために殺人に手を染めることもあるって」とニーナが言った。「子どもを守るためとか、両親を守るためとか」

「メイベルは息子を守るために、息子を殺したのよ」とセリーナが言った。「なかなか死んでくれないと、お金ばかりかかるもの。どうせ死ぬなら、いますぐにと思ったんじゃないかしら? でも、息子を殺したという罪悪感を抱えて生きていく自信がなくて、自殺したの。そんなことはともかく、もう行かなくちゃ。ホットヨガのレッスンの時間だから。ホットヨガなんて馬鹿らしいって言う人もいるけど、わたしにとってはただのエクササイズよ、どうってことないわ。マーク、言いたいことは全部言ったんでしょう? だったら、もう書類にサインする気になったのよね? ワインのビジネスを譲ったら、この店に来なくて済むわ」

「セリーナはホットヨガが気に入ってるんだ。激しい運動をしなくても、汗がたっぷりかけるからね」マークがそう言って、笑った。ほかには誰も笑わなかった。「アンティ・リーが今回のとばっちりから完全に立ち直るまでは、ぼくも手伝うよ。沈みかけた船を見捨てるなんて、不当だからね」

ほんとうに不当だ、とアンティ・リーは思った。これまで一度だって、自分のせいで災難を招いたことなどない。それなのに、誰かが招いた災難の後始末ばかりしている。それでいて、誰もわかってくれない——きっちり後始末をするなら、ものごとを深く掘りさげて、ときにはひっくり返して、底にたまった屑《くず》まで払わなければならないのだ。店の食器棚や古いハンドバッグと同じ。いや、人生だってそうだ。ごちゃごちゃした中身をすべて取りだして、整理整頓して、しまいなおさなければならない。

アンティ・リーの厨房も、調理中にはかなり雑然とすることもある。だが、それは一時的なこと。厨房にあるものはどれも必要なものばかりで、しまう場所もきちんと決まっている。

「事件は警察が調べてくれるわ」とセリーナがマークに言った。「警察とアンティ・リーに任せておけばいいのよ。これ以上トラブルに巻きこまれたくないでしょう？」

いまのことばはセリーナ特有の励ましとアドバイスなのだ、とアンティ・リーは思うことにした。上から目線の口調は持って生まれたもので、わざとではないのだからしかたがない。いずれにしても、的を射たアドバイスなのはまちがいない。そういうアドバイスをもらったら、驚いたりせずに、人生のどこかで役立てるために、素直に耳を傾けることにしていた。ただし、アドバイスを口にしたのがセリーナだということには、驚かずにいられなかったけれど。

「ワインはほんものの投資だよ」とマークが言った。「ここの貯蔵室には一九四五年のシャトー・ムートン・ロートシルトが一本ある。金が入ったら、ぼくが買いとるよ。それはもう極上の赤ワインだからね。色だってすばらしい」

「あら、そうなの？」とチェリルが穏やかに言った。「それなら、いますぐに買いとったら？そうすれば、あなたは自分でワインを持っていられて、貯蔵室には空きができるわ」

「ワインは委託販売なんだよ、知ってるだろう？　きみがワインの代金を払わないかぎり、きみのものにはならない。それに、なるべく動かさないほうがいいんだ。家にきちんとしたワインセラーを用意したら、ぼくが業者から直接買い取って、そのための書類もすべて処理する。だから、きみは何もしなくていいよ」

「ワインの取引からわたしを締めだすつもりなのね。家に持ちかえる準備ができるまで、あなたのためにここに保管しておいてほしいというわけね」とチェリルが言った。

「いや、もちろん、あのワインに一万五千ドル払うという人がいれば、売ってくれてもかまない」

「インターネットで売ったらどうかしら?」とチェリルが応じた。「ワイン専用のネットオークションを調べてみたんだけど、とくに問題なさそうだったわ。うまくやれば、注目されて、それ以上の値段になるかも」

「それはだめだよ。やっぱり、そんなんじゃ……安すぎる」

「だから、高く売るためにネットオークションを使うのよ。でも、そのためにはまず、ほんものだという証拠がいるわ。インターネットにはにせものが多く出まわってるらしいから。アンティ・リーだって、ネットオークションを見てるでしょう?」

チェリルの最後のことばは冗談だった。アンティ・リーはインターネットはもっぱら若者の目に任せているのだ。とはいえ、目下、アンティ・リーは携帯電話を食い入るように見ていた。仕事の話をしているときには、まずそんなことはしないのに。

「どうしたの?」返事をしないアンティ・リーに、チェリルが尋ねた。

考えこんでいたアンティ・リーは、気持ちを現実に引きもどすのに少し手間取った。

「いえ、なんでもないの。メールが来ただけよ。緊急の用じゃなかったわ」

たったいま、ラジャ長官からメールで知らされたことは、他愛ない仕事の話に差しはさめるような内容ではなかった。儲かる仕事の話だろうと、こうなっては他愛ないことのように思えた。

ベンジャミン・ンの死体が見つかった。シンガポールの領海のわずかに南、インドネシアの海で底引き網に引っかかったのだ。死体は海に投げこまれたときのまま、鍵がかかったスーツケースに入っていた。

28　パーティーでの告白は？

〈アンティ・リーズ・ディライト〉が閉店していたのは一週間足らずだったが、店の再開を祝してパーティーを開くことにした。先頭に立ってパーティーを企画したのはチェリルだった。お祭り好きで、いつもならなんでもなくてもパーティーを開きたがるアンティ・リーは、今回にかぎって、やけにおとなしかった。といっても、おとなしくしていたのは、ヘンリー・スゥーンとシャロンを招待しようと思いつくまでだった。

「恨んでいないのを伝えるためよ、ね、いいアイディアでしょ？　逆に、あのふたりだってパーティーに来れば、わたしたちに恨みはないと示せるわ。そういうことはきちんとしておかないとね。だって、わたしやわたしの作った料理についてひどいことを言ったあのふたりを、わたしが名誉棄損で訴えたっておかしくないんだから」

スゥーン家のふたりが好きになれないチェリルも、それは宣伝になると思った。「パーティーのキャッチコピーは〝盛大に再オープン〟がいいかもね。それとも、〝スリル満点の特別料理で、楽しい夜を〟とか？」

ニーナは反対だった。「どうして、パーティーなんて開くんですか？　一週間、カフェの売り上げがなかったんですよ。それなのに、無駄遣いするなんて。その上、この店を潰そうとした意地の悪い人を招待することなんてないですよ」

「パーティーは準備体操のようなもの」とチェリルが言った。「一週間近くも店を閉めてたんですもの、いまこそ、新たなスタートを切るチャンスよ。それに、このパーティーにちょっとぐらい手落ちがあったとしても、客は文句を言わないはずよ。お金を取るわけじゃないんだから。パーティーの参加者を、たとえば、そう、実験台のブタだと思えばいいのよ」

「実験台のブタにごちそうを食べさせてどうするんです？」とニーナが言った。

チェリルのアイディアはすばらしい、とアンティ・リーは思った。パーティを開くとなれば、厨房だろうと、自分の頭の中だろうと、きちんと整理しようという気持ちになれる。それに、もうひとつさらに重要な理由があった。どんな理由なのかは、誰にも言えないけれど。

店の再オープンのパーティーの夜、その秘密の理由がアンティ・リーの頭からかたときも離れなかった。

その日は朝から料理を作って、いったん家に戻ると、シャワーを浴びて、いつもよりしっかり身支度を整えた。秘密の作戦で頭がいっぱいなのは、かえっていいことだった。さもなければ、店の営業停止中に感じていた不安が、よみがえってきたはずだ。

ニーナは相変わらず厨房で忙しくしているはずだった。そこで、アンティ・リーは鏡台の上に飾られたM・L・リーの小さな写真――カジュアルだけれど、緑のポロシャツをきっちりと着こなしている亡き夫の写真――に話しかけた。「秘密の作戦が最高のアイディアだとは思ってないのよ。だから、わざわざこんな話をするのはどうかと思うんだけど。でも、何もせずにじっと座ってられなくて。わかってる、あなたになんて言われるかは。事件が解決して、みんなが喜んでるのに、どうして、わたしは喜べないの？　そう、その答えはほんとうはわかってるの。ええ、この中では」そう言って、胸を叩いた。着ている服はいつもの仕事着だが、今夜のために身につけた金のアクセサリーがジャラジャラ鳴った。

写真の中のM・L・リーはにっこり笑っているだけだった。どうして、夫はここにいて、かつてのように、ああしたほうがいいとか、これはしないほうがいいとか、言ってくれないの？　夫の言うことにおとなしくしたがう妻ではなかったけれど、それでも、夫の意見はいつだって心に響いた。

「それに、パトリックがかわいそうでたまらない。ティモシー・パンのお兄さんよ。あんなにハンサムなのに、あんなに不幸だなんて。人生は不条理よね、そうでしょう？　ラジャに頼んでおいたの、人生の伴侶の死体が見つかったことを、警察がパトリックに伝えるときには、わたしに会いにくるようにとも伝えてほしい、とね。でも、警察から連絡はなかったと、パトリックは言ってたわ。警察はマレーシアの警察にメールを送って、家族に息子の死を伝えて、遺体の受け渡し方法を尋ねて、それで終わり。信じられる？　たとえば、あなたが亡くなって、そのことをわたしが正式に知らされないなんて」

アンティ・リーが唯一ほっとしたのは、ベンジャミンの死体が発見されたのを、パトリックがニュースや新聞で目にするまえに、弟のティモシー・パン巡査部長が伝えたことだった。それに、パトリックが奇跡を願いながらも、最悪の事態を覚悟していたのも、アンティ・リーは知っていた。

パーティーにはラジャとサリムも招待した。また、ドリーン・チューにはヘンリー・スゥーンとシャロンを連れてきてほしいと頼んでおいた。〝恨んでないのを伝えるためよ。ぜひいらっしゃってと、ふたりに伝えてね。メイベルの死を悼んで、簡単なスピーチをするつもりなの。ふたりにも聞いてもらいたいわ〟と言っておいたのだった。

「ヘンリーとシャロンにいくつか質問するつもりよ。真実を突きとめるために」とアンティ・リーは壁の写真に向かって言った。「質問ぐらいなら、どうってことないわよね？　真相を突き止めるのだって、悪いことじゃない。ラジャはもう何もできないみたいだけどね。でも、わたしは知りたいの」

M・L・リーは穏やかな笑みを浮かべているだけだった。夫が生きていたら、なんと言うだろうか？　これ以上深追いするな、と言うだろう。それはわかっていた。

一瞬、まるで無意味な世界に、ほんとうにひとりぼっちで取り残されたような気がした。なぜ、わざわざチキンカレーを作って、殺人犯を捕まえて、ダイエットのために運動をするの？　そんなことをしたって、いつかは死んで、何もわからなくなるのに。M・L・リーが生きていたら、〝おまえは低血糖なんだから、自分のための食事を作りなさい〟と言うはずだった。それに、もちろん夫のためにも。誰に言われなくても、アンティ・リーは夫の分も作っていたのだ。出会った当時のM・L・リーの不安解消法は、バナナとピーナッツバターのホットサンドイッチを食べることだった。それは効果絶大だった。

その頃のアンティ・リーは〝食べても何も解決しない〟と反論したものだった。けれど、その後何年も経つうちに、M・L・リーのやり方にも一理あると思えるようになった。食べて解決するのは、空腹感と低血糖だけかもしれないが、それでも、きちんと食べれば、健康になって、目のまえに立ちはだかる問題にしっかり対処できる。ただし、孤独だけはそうはいかない。パーティーを主催しながら孤独を感じているとは、不思議でならなかった。

「結果はあとで知らせるわ」アンティ・リーは夫の写真に言った。「やっぱりやるべきよね。メイベルとその息子のためでもなければ、自分の名誉のためでもない。若くして命を落としたベンジャミン・ンや、利用されて傷ついた人たちのためよ」写真は答えてくれなかった。けれど、家に帰ってきたときにそこに写真があるだけで、不安な一夜のささやかな心の支えになる。その支えにしがみついていたかった。

店に戻ると、チェリルが鼻歌をうたいながら、グラスの縁にレモン汁と塩をつけていた。

いっぽう、ニーナは――。

「食べてください」ニーナはそう言いながら、アンティ・リーにバナナを差しだした。「今日はお昼ごはんもほとんど食べられませんでしたよね。お客さまが来たら、夕食もろくに食べられません。倒れてしまったらたいへんです。旦那さまがいたら、わたしの責任だと叱られます」

アンティ・リーはバナナを食べた。「ありがとう、旦那さま」M・L・リーの写真につぶやいた。

「ほら、連れてきたわよ」ドリーン・チューが店に入ってくると、すぐさまアンティ・リーに耳打ちした。「いったい何がはじまるのかしら？　何を企んでるの？」

灰色のシルクのノースリーブのブラウスに、濃い栗色のパンツ。足元はビジュー・サンダルというでたちで、ドリーンのすらりとしたスタイルが際立っていた。カールさせて、スプレーで固めた髪は、毎度のことながら、おしゃれだった。まつ毛にはたっぷりのマスカラ。陶器の人形のように目尻を強調するアイライン。リップグロスで輝く唇が、光沢のあるパンツによく合っている。そんなドリーンを見て、アンティ・リーはいつものように、もっとおしゃれをしてくればよかったと思った。とはいえ、Tシャツとヨガ・パンツ。ポケットがたくさんついたハローキティのエプロンは、なんと言っても料理がしやすい。同じエプロンをつけたニーナが、氷入りの袋とオレンジジュースのパックを持って、店の中を駆けぬけていった。

「企むだなんて人聞きの悪い。料理を出すだけよ」とアンティ・リーはしれっと言った。「飲みものは何がいいかしら？　チェリルが新しいヘルシー・ドリンクを考案したのよ。ところで、ヘンリーとシャロンは？　どこにいるのかしら？」

「すぐうしろに……」ドリーンは振りむくと、不思議そうに周囲を見まわした。「えっと、ヘルシー・ドリンクはいらないわ。マティーニをもらえるかしら」

「はい、もちろん」とチェリルが応じて、ワイン貯蔵室に入っていった。

「シャロンのせいで、まだ店に入ってこないんだわ」とドリーンが不満そうに言った。「あの子ったら、いつでも携帯電話をいじってるのよ。一緒に食事をしてても、携帯電話を見てるの。だから〝ゲームでもしてるの？〟って、さりげなく訊いてみたわ。ただ話をしようと思っただけなんだけどね。そうしたら、嚙みつきそうな勢いで〝仕事です！〟って怒鳴られた。まったく、なんの仕事なんだか。スゥーン法律事務所こそ営業停止になると思ってたのよ。アメリカだったらそうなってるわよね」

ドリーンは酒がまわるにつれて、ますます舌が滑らかになった。「最近はほんとうに増えたわね、ああいう若い女の子。必死に勉強して医者や弁護士になったはいいけど、仕事に熱中して、きりきりして、まともな生活も送れなくて、結婚もできないの。そんな人生のどこがいいのかしら？」

「ヘンリーはどう思ってるの？」

「あら、ヘンリーは昔ながらの男ですもの。何も考えてないわ。ああ、やっと来た。今日の主賓が来たわよ」

ドリーンが女子高生のように手を振って、ふたりを呼んだ。ヘンリーは照れながらも喜んでいるようだった。男性の扱いに慣れたドリーンに、アンティ・リーは感心せずにいられなかった。ヘンリーはパーティーに出席するように命じられても、懇願されても、首を縦に振らなかっただろう。けれど、〝主賓〟と言われたから、庶民を訪問する王さまのような気分でやってきたのだ。もちろんシャロンも引き連れて。

いっぽうで、シャロンは見るからに渋々とやってきた感じだった。チェリルがカクテルやノンアルコールのカクテル、漢方のカクテルや生ジュースを勧めても、すべて断った。けれど、父親はそのことに気づいていないらしい。きっと、シャロンは子どもの頃からいつもむっつりしていて、家族はそれに慣れっこで、不機嫌な顔をしているのがシャロンだと思っているにちがいない。

ドリーンがウイスキーサワーを取ってくると、ヘンリーに手渡して、ふたりでラジャ長官の近くの椅子に腰を下ろした。ラジャは店に着いてすぐにオレンジジュースを受けとったものの、ひと口も飲まずに、じっと座っていた。

「ついに中国の闇組織を捕まえて、ほっとしてるんでしょう？　新聞にも大きく載ったわね。すごいじゃない」アンティ・リーはラジャに話しかけながら、新たにやってきた客に飲みものが行きわたっているかチェックした。

「ああ、ほっとしたよ」

アンティ・リーは何も企んではいないらしい、とラジャは思った。何をするつもりなのかわからないのに、やめるように言うわけにもいかなかった。〝料理をやめろ〟と言うのか？　それとも、〝食べるのをやめろ〟とでも？　何をやめろさせればいいのか、見当もつかない。

イト〉の再開と、違法な臓器売買事件の解決を祝うためだ。それでも、油断なく目を光らせているつもりだった。おそらく、サリムも同じように感じているはずだ。自分もサリムも私服で、サリムからは形式ばらずに穏やかに挨拶された。けれど、それがかえって本心を表わしていた。いつもどことなく堅苦しいサリムが形式ばっていないのは、勤務中でないからというより、囮捜査をしている気分だからなのだろう。

サリムは警戒しながらも、不安だった。テーブルについている姿は、一見、少し退屈していて、何も考えていないように見える。胸の内を表わしているのは、料理に手をつけていないことだけだ。勧められたものはなんでも、礼を言って受けとって、食べるふりをしていたが、実際には、皿の上の料理をフォークでつついているだけだ。飲んでいるのは水だけ。しかも、ペットボトルから直接飲んでいた。もしアンティ・リーがサリムと似たような心境でなかったら、行儀が悪いと注意するはずだった。

マークとセリーナはいつものように遅れてやってきた。自分たちがどれほど忙しいかを、その場にいる者全員に聞こえるほど大きな声でセリーナが説明したのも、いつものことだった。

「わたしも父も、もう帰ります」シャロンが立ちあがって、言った。「お招きありがとうございました。ここにこうして腰を下ろして、お互いに恨んでいないのがわかったんですから、もう普段どおりの生活に戻れますよね」

ドリーンとヘンリーは食事のまっさいちゅうだった。ヘンリーはスプーンでたっぷりすくった料理を口に入れたところで、あわてて立ちあがろうとしたが、ドリーンに腕を押さえられた。「シャロン、食事中よ。お父さまが食べ終わるまで、待っていたらどうなの？」

「食事ならどこかべつの店でも食べられるわ。パーティーには顔を出した。みんなが言うべきことを言った。だから、もう行きましょう」

「礼儀を知らない人がいるものね」とセリーナが天井をあおぎながら言った。

「いえね、みなさんをお招きして、話したかったことがまだあるのよ」とアンティ・リーは言った。

ラジャはアンティ・リーと目が合ったものの、何も言わなかった。アンティ・リーを止めるのは、氷が解けるのを止めようとするようなものだ。何をしたところで止められないとなれば、解けても困らない場所に氷の入ったバケツを置くしかない。

「スゥーン家もスゥーン法律事務所も破産寸前なのは知ってるわ。メイベルがレナードに違法な臓器移植を受けさせようとして、ありとあらゆるものを抵当に入れてしまったのよね」

ヘンリーが小さな声で否定したが、誰も見向きもしなかった。シャロンはその場に立ったまま、無言で聞いていた。顔には、〝いまに見ていなさい、このおせっかいなおばあさんを徹底的に訴えてやる〟と書いてあった。

「メイベルが前金を払って息子の心臓移植のために手配したドナーの臓器を、シャロンはすべて売って、法律事務所の破産をまぬがれようとしたんでしょ。ドナーは生命維持装置につながれていて、その装置はベンジャミン・ンがエドモンド・ヨーンから指示されて、作ったもの。ベンジャミン・ンは自分が作っているのは、裕福な家族のための最新の生命維持装置だと思いこんでいた。ところが、ひとりの人がべつの人の命を救うために殺されようとしているのを知って、驚いた。その頃、エドモンド・ヨーンはそれを中国の闇組織に話して、ベンジャミンは殺されたんだわ。その頃、シャロンは法律事務所の共同経営者に抜擢されて、母親からやっと認められたと喜んだ。これでスゥーン法律事務所を全面的に任されて、効率的に経営できると信じて疑わなかった。なぜなら、メイベルは仕事そっちのけで、息子の世話や祈りと癒しの会にいよいよのめりこんでいたから。でも、実際には、メイベルは仕事に完全に興味を失っていたばかりか、法律事務所を倒産寸前に追いこんでいた。シャロン、あなたがそれを知ったのは、自宅で開かれたパーティーの前夜だったのよね。銀行口座をひとつひとつチェックして、メイベルが事務所のお金を引きだしていたのを知ったんでしょう？　あの夜、あなたは事務所で徹夜して、何度も何度も口座を調べた。そうして、家に帰って、母親と話をした。メイベルはなんと言ったの？　お父さんにも銀行口座のことを話したの？　それで、なんと言われたの？　あなたのお母さんの身にどんなことが起きたのかはっきりしたら、わたしたちはみんな、まえに進めるわ」

これがテレビドラマの一場面なら、ヘンリー・スゥーンかシャロンが泣き崩れ、告白をはじめて、まもなくエンディングテーマが流れるはずだった。

けれど、ヘンリーは座ったまま、口を半開きにしてアンティ・リーを見つめているだけだった。どうやら、口もきけなくなっているらしい。

「なんてことを言うの」ドリーンが声を荒らげた。「メイベルはそんな人じゃないわ。責任感が強いのよ。それにお金を稼ぐ方法も、法律事務所の経営方法も、病気の治し方も知ってたわ。破産なんてするわけがない。ヘンリー、ねえ、言ってやりなさいよ」ドリーンは興奮して、ヘンリーの腕を叩いた。

ヘンリーは口を閉じた。ドリーンのほうを向いて、毒のある冷たい目で睨みつけた。とたんに、ドリーンが黙りこんだ。

アンティ・リーは期待がしぼんでいくのがわかった。こんなふうにドリーンに口をはさまれては、ふたりが告白することはもうない。

いっぽう、ラジャは心底ほっとしていた。これ以上こんなことを続けていたら、アンティ・リーは侮辱罪で訴えられかねない。緊張が解けて、思わず手羽先をつまんだ。ほっとしたせいか、スパイスの利いた唐揚げがいつも以上においしく思えた。

「わたしたちは怒って、この店から出ていっていいのよね？」シャロンがやけに落ち着きはらって、皮肉をこめて言った。「これで話が終わりなら、失礼するわ。パパ、行きましょう。ドリーンはここに残るなりなんなり、お好きなように」

ヘンリーが立ちあがって、ためらいがちに腕に置かれたドリーンの手を振りはらった。

「今日は来てくれてありがとう」とアンティ・リーは言った。頭の中ではさまざまな考えが渦巻いていた。事実を言い当てた自信はあったが、犯人を舐めていた。もうひと押しできたら……。そう思うと同時に、もてなし上手の本領を発揮していた。「でも、ほとんど食べてないのね。料理を包むから、持って帰ってちょうだい」

「いいえ、けっこうです」

「でも、こんなにたくさん作ったのよ、無駄になってしまうわ。冷蔵庫に入れれば、一週間はもつから――」

「いらないと言ってるでしょ！」シャロンが甲高い声をあげた。「あなたが作ったろくでもない料理なんて、誰も食べたくないわよ！」その場がしんと静まりかえって、みんながシャロンを見た。アンティ・リーもシャロンを見つめた。わくわくしていた。シャロンが感情を爆発させたのだ。

シャロンは何も言わずに、くるりとうしろを向くと、さっさと店を出ていった。そのあとを父親が追いかけた。

「さてと、パーティーがお開きなら、ワインの貯蔵室を見てくるかな」マークがその場に漂う緊迫感に気づいてもいないかのように言った。ある意味で、それがもっとも賢いふるまいと言えなくもなかった。

29
パーティーのあとでひと騒動

その夜遅くに、アンティ・リーは店のすぐ外の歩道に立って、走り去るラジャの深緑色のボルボに手を振った。

ヘンリーとシャロン、そして、ドリーンが帰ったあと、パーティーは明るい雰囲気に変わった。

アンティ・リーが最後の客を見送ると、それまで店に残っていたラジャもようやく腰を上げたのだった。アンティ・リーはパーティーでのちょっとした作戦の内容はもちろん、作戦を立てていたことも、ラジャに話さなかった。それでも、何かが起こりそうだと、ラジャが感じていたのはまちがいなかった。

作戦は失敗だった。それでも、パーティーの客は楽しい一夜を過ごして、おいしい料理でお腹を満たした。それよりはるかに悪い終わり方をする日はいくらでもある。

ニーナの姿がなかった。

「ニーナ、帰るわよ。掃除は明日でいいわ」とアンティ・リーは声をかけた。

返事がない。

もしや、何もせずに待っているのに退屈して、厨房の掃除に取りかかっているのかもしれない。掃除をはじめると、ニーナは時間の感覚がなくなってしまうのだ。

それはよくわかる、とアンティ・リーは思った。マラソン・ランナーがよく口にする感覚と同じだ。疲れを通り越したランニング・ハイ。掃除をしていても、そういう状態に陥る。掃除が終わってその状態を脱して、きれいになった厨房や家を眺めると、報われた気分になる。限界を超えて体を動かして、何かを成し遂げたときの達成感だ。

ニーナは掃除をしているにちがいない。さもなければ、サリムからもらった本を読みふけっているか。ニーナはサリムに向かって何かと言えば、〝くだらない夢ばかり追いかけている〟とか、〝フィリピンでマレー人の弁護士なんて聞いたことがないし、シンガポールでフィリピン人の弁護士なんて聞いたこともない〟などと言っているが、そんな発言とは裏腹に、あらゆる行動がそういうことを夢見ているのを表わしていた。といっても、本人もそれにまだ気づいていないらしい。ニーナはサリムの夢を馬鹿にしながらも、サリムからもらった本を捨てずに持っている。それもどうにかしなければならない問題のひとつだった。

そんなことを思いながら、アンティ・リーは店の中に戻った。もちろん、ニーナのためならどんなことでもする気でいるけれど――。

ニーナがシンクのまえの床の上で跪《ひざまず》いていた。背中にまわした両手が縛られている。すぐ横に、椅子に座っているヘンリー・スウーンの脚が見えた。

「ニーナ、どうしたの？　大丈夫？　ヘンリー、まだいたの？　とっくに帰ったんじゃなかったの？」

「全部、あんたのせいだよ。あんたが首を突っこんできて、くんくん嗅ぎまわらなければ、何もかもうまくいったんだ」

いつのまにか厨房のドアのわきにシャロンが立っていて、ドアをぴたりと閉めた。そうして、手にしたアンティ・リーお気に入りの包丁――酔心の高炭素鋼製のプロ用牛刀――を、アンティ・リーのひとつしかない――それゆえに大事にしている――喉《のど》に押しつけた。

「気をつけて」とアンティ・リーは言った。「炭素鋼の刃だから、二センチもある分厚いカボチャの皮も、豆腐みたいにすぱっと切れるのよ」

「あら、いまさら怖がってるの？　もちろん怖いに決まってるだろうけど、もう手遅れよ」

「ステンレスの包丁とはちがうの。洗ったら、油を塗っておかないと錆びるのよ。油を塗るのに使ってる布は、ニーナのうしろのシンクのわきにかけてあるわ。ニーナ、大丈夫？」

ニーナが無言でうなずいた。怯えているようだが、怪我はないらしい。

アンティ・リーは頭の中がぎゅっと縮まったような気がした。考えられたのは、ワイン貯蔵室の空調設備のブーンという音が、いつもよりやけに大きく聞こえることだけだった。きっとまた、ドアが開けっぱなしなのだろう。あの部屋から出るときにはドアをきちんと閉めて、鍵をかけておかなければならないが、客はまずそういうことを知らない。それがマークの悩みの種だった。マークは誰かが誤ってあの部屋に閉じこめられることより、大事なワインの温度のほうを心配していた。

いいえ、いまはワイン貯蔵室について考えている場合ではない。裏通りに出られる厨房の勝手口が開いていた。

「いったん店を出て、勝手口から戻ってきたの?」

「勝手口の鍵を開けておいたのよ。まったく、パーティーの客は永遠に居座るつもりかと思ったわ」

「戻ってこないほうがよかったのに」

シャロンが声をあげて笑うと、手にした包丁が揺れた。

アンティ・リーは顔をしかめた。包丁のなめらかな刃が肌に触れて、血が滲《にじ》んだ。けれど、顔をしかめたのは、痛かったからではなかった。ぞっとしたからだ。

「シャロン、気をつけろ」ヘンリーがようやく口を開いた。「血にしろ指紋にしろ、最近はどんなものでも証拠になるからな。注意するんだぞ」

シャロンは父親のことばを無視した。「請求書を返してもらうわ。早朝に事務所にやってきて、グレースフェイスに会って、盗っていったものを」

「そんなことがあったかしら?」アンティ・リーは思いだそうとしているふりをした。「そうね、たしかに、グレースフェイスに会いに、事務所に行ったわ。でも、パーティー代の小切手をもらったから、請求書なんてないわよ」

「電気料金の請求書よ。メイベルが支払ったものの記録。まったく、ああいうものを仕事場に保管しておくなんて、間が抜けてるとしか言いようがないわ。グレースフェイスに大事な用事があったと、あなたは言ってたわね」

「グレースフェイスの親戚が香港にいるのよ。それで、秘伝のXO醬《ジャン》の作り方を知っている人がいて、そのレシピを教えてもらえることになってたの」

「くだらない」

「あら、くだらなくなんてないわ。ものすごくおいしいXO醬で、門外不出なのよ。レストランの従業員だって、作り方を口外してはならないと、契約書にサインさせられるんですって」

「そんなのどうでもいいわ」

このままおばあさんの与太話を続けていては、シャロンがしびれを切らすのは目に見えていた。長いこと厨房で過ごしてきて、人はせっかちになると決まって、不注意なことをしてしまうのはよくわかっていた。問題は、それを逆手に取って何をすべきなのかがわからないこと……でも、もしかしたら……。

「シャロン、わたしはあなたのお母さんと弟さんを殺すつもりなんてなかったのよ」アンティ・リーは悲しげに言うと、包丁が首に触れるのもかまわずにヘンリーを見た。

シャロンが声をあげて笑うと、アンティ・リーを突き飛ばして、ニーナのすぐそばの床に倒した。

「パパ、いまのを聞いた？ 世間知らずなこのおばあさんは、メイベルとレニーを殺したから、わたしたちに復讐されると思ってるのよ」

ヘンリーはまじまじとアンティ・リーを見た。アンティ・リーはどこからどう見ても、もたもたして立ちあがれずにいる弱々しいおばあさんだった。

「脚が……」

「脚がどうしたんですか？」とニーナが訊いた。

「脚が痛くてたまらない。いったい、どうしちゃったんだか……」

「ふたりとも黙って。そこに座ってればいいのよ」シャロンが包丁を手にしたまま、厨房の中を歩きはじめた。

「ばあさんに騙されるんじゃないぞ」とヘンリーが言った。

シャロンはやはり父親のことばを無視した。

いい兆候だ、とアンティ・リーは思った。といっても、それをどう利用すればいいのか、まるでわからない。そこで、ヘンリーを揺さぶることにした。「ヘンリー、あなたはわたしに腹を立ててるのよね。ほんとうにごめんなさい。でも、誓って言うわ、メイベルが死んでしまうようなことを、わざとやったんじゃないのよ。でも、ブア・クルアは……」

「メイベルを殺したのが、あなたじゃないことぐらいわかってるわ。わたしが殺したんだから」とシャロンがぴしゃりと言った。アンティ・リーが自分ではなく、父親ばかり見ていることに、シャロンは腹が立ってたまらなかった。

アンティ・リーは驚いた顔をした。「でも、わたしが作った料理でお母さんが食中毒を起こしたと、あなたは言ってまわってたじゃない」

「それで、あなたは自分のせいじゃないと言い張って、あちこちで問題を起こしたわ。あなたさえ口を閉じてれば、すべては丸くおさまったのに。それなのに、いまさら自分のせいでメイベルが食中毒を起こしたと言いだすなんて。ほんとうにどこまで間が抜けてるの」そう言って、シャロンはまた声をあげて笑った。

シャロンはそうとう疲れているのだ、とアンティ・リーは思った。そう、とんでもなく疲れている。それは吉兆とは言えなかった。人は疲れ果てると、理性を失って、自滅してしまう。ただし、いまのシャロンは、自滅するというより、人を傷つける方向に向かうはずだった。

シャロンがさらに言った。「そう、あなたがその大きな口を閉じていれば、何もかもうまくいったのよ。レナードが食べるブア・クルアに殺藻剤を入れたのはわたし。そうして、エドモンドがその料理を弟のところへ持っていった。でも、殺すつもりなんてなくて、もっと具合が悪くなればいいと思っただけよ。弟はあちこちで嘘をついて、人に迷惑をかけて、みんなを右往左往させてたわ。だから、その仕返しのつもりだったのよ。それに、もしエドモンドが毒入りの料理をつまみ食いして、具合が悪くなったら、いい気味だとも思った。信じられないほど欲張りで、いつもこそこそ何かないかと嗅ぎまわって、自分のものにできるものはなんでも手に入れようとしてたから。殺藻剤が人を殺すほど強力だなんて、知らなかった。だって、人が泳ぐプールに使うものなのよ。それに、弟と一緒にメイベルもあの料理を食べるなんて思いもしなかった。だって、わたしとは一度も一緒に食事をしなかったんだから。そうよ、だから、あれはメイベルが悪いの。わたしだけのせいじゃないわ」

「つまり、あなたは意図せずに、お母さんと弟さんを殺してしまったと言いたいのね」アンティ・リーは事態がよく吞みこめないふりをして、確かめた。

けれど、実際には、シャロンの注意をどうやってそらそうかと、頭の中はめまぐるしく回転していた。注意をそらしたところで、どうにかなるのかはわからない。近所の店はどれももう閉店していた。明日の開店時間になるまでは、このあたりには誰も来ないだろう。ニーナはぼんやりとした表情で、眉間にしわを寄せていた。頭を打っていなければいいけど、とアンティ・リーは心配になった。ヘンリー・スゥーンはといえば、母と弟を殺したという娘の告白に、驚いているそぶりもなかった。

「シャロン、メイベルとレナードの一件は事故だったと言えば、みんなが納得するはずよ」くだらないと言わんばかりに、シャロンが首を振った。「あれはあれでよかったのよ。あれしか決着のつけようがなかったわ。金食い虫のレナードがいなくなって、わたしは新たなスタートが切れる。法律事務所も潰れずに済む。それに、あなたとあなたのメイドもわたしたちの役に立ってくれる」

ヘンリーが首を振った。けれど、これまでずっと文句ひとつ言わずに妻にしたがって生きてきた男は、妻を亡くして、今度は娘にしたがって生きるしかなかった。

「メイベルが家に集中治療室を作ってくれた。わたしたちはそれを、メイベルが考えていたことより、はるかに有効に使わせてもらうわ。健康な臓器を必要としている人がいる。だから、そういう人に健康な臓器を提供するの。しかも、適切な値段で」

「わたしとニーナの臓器を取りだして、売るつもりなの？」

「あなたは使いものにならないわ、おばあさんの臓器なんて、誰がほしがるの？　でも、このメイドならドナーに使える。ここを殺人現場に見せかけるわ。メイドがあなたを殺して、お金を奪って、行方をくらませたことにすれば、不審に思う人は誰もいない。そうすれば、もうあなたに邪魔されることもないし、わざわざこのメイドを捜そうなんて人もいない。いえ、まあ、メイドは殺人犯として、追われることになるかもしれないわね。それって、最高だと思わない？」

シャロンは褒められたくてたまらないのだ。アンティ・リーはそう思うと、ついシャロンがかわいそうになった。「でも――」

「話しちゃだめです。頭がおかしい人なんかと」とニーナが言った。

ヘンリーがさりげないと言ってもいいほどのしぐさで、ニーナの頭を殴った。ニーナが倒れて、アンティ・リーにぶつかった。

「痛っ、腕が……ねじれて……」ニーナが苦しそうに言った。

ヘンリーが声をあげて笑った。これでヘンリーの卑劣さがはっきりした。誰も見ていないところで、子犬を蹴とばすような人間なのだ。アンティ・リーは起きあがろうとするニーナに手を貸した。

「とにかく、あなたは何もわかってないわ」とシャロンが言った。「母親を殺して、どうしてわたしが後悔してないのかってことも、あなたにはわからない」

「なぜ後悔しないの?」シャロンが理由を訊いてほしがっているような気がして、アンティ・リーは言った。ニーナが手に持っているものの感触が伝わってくると、シャロンとヘンリーの気をそらせようと、がぜんやる気が湧いてきた。「あなたのお母さんはすばらしい女性だったわ。優秀な弁護士で、子ども思いの母親だった」この数週間で、無数の人が似たようなことばを口にしていた。

ヘンリーがうなずいた。「メイベルの魂が安らかでありますように」意図せず、そんなことばをつぶやいた。

シャロンがヘンリーを見た。シャロンの目に浮かんでいる感情が、父親に向けたものなのか、父親が口にした魂に向けたものなのか、アンティ・リーにはわからなかった。

「わたしがどれほど我慢してきたか、あなたにはわからないわ」とシャロンが言った。「誰もわかってない。メイベルはみんなにちやほやされて、自分のことを聖母マリアと再臨したキリストを足して二で割った存在だと思いこんでたわ。わたしはと言えば、法律事務所の薄暗い部屋にこもって、注目を浴びるという理由だけでメイベルが引きうけた仕事をすべてこなした。それなのにメイベルは一度だって、わたしにお礼を言った? 実際に仕事をこなしているのが誰なのか、メイベルは気づいてたの? 気づいてもいなかったのよ。メイベルが言うことといえば、〝また遅れたのね〟とか、〝化粧ぐらいしたらどうなの? 男みたいなレズビアンだと思われるわよ〟とか、そんなことだけ」

「そんなことはない、誰もおまえのことを――」

「パパは黙ってて」

ヘンリーが口を閉じた。メイベルと結婚してからというもの、妻にそう言われるたびに、口を閉じてきたのだった。

「でも、メイベルはわたしを共同経営者にしてくれた。わたしがどれだけ貢献してきたか、ようやく気づいてくれたんだと思ったわ。自分に子どもがふたりいるのを、やっと思いだしたんだって。子どもは無能な息子ひとりだけじゃないって。それで、わたしは尋ねたわ。書類を見てもいいか？って。すると、メイベルはあっさり〝どうぞ〟と言って、事務所をわたしに譲った。そんなことで大喜びするなんて、わたしはほんとうに馬鹿だった。信用されてると思って、嬉しくてたまらなかったのよ。でも、実際には、メイベルはもう事務所のことなどどうでもよくなってただけ。わたしを共同経営者にしたのは、スゥーン法律事務所と手を切りたかったからよ。あの法律事務所をわたしに押しつけただけ。面倒くさいことをすべて、人に押しつけてきたのと同じ。メイベルの書類を開いて、わが目を疑ったわ。昔の書類まですべて目を通して、事務所で徹夜するはめになった。書類はすべて、メイベルのオフィスにあったのよ。スゥーン法律事務所は倒産寸前。そんな重要なことを、メイベル以外は誰も知らなかった。だから、最後の一手を打ったのよ。メイベルはわたしの能力を認めて、共同経営者にしたわけじゃない。事務所の経営から手を引きたかったから、押しつけただけ。

メイベルはグレースフェイスに言ってたそうよ。パーティーで仕事を引退すると発表して、生命保険を解約して、返戻金を受けとるつもりだって。保険会社には、もうグレースフェイスに連絡させていた。メイベルはレナードが手術を受けたら、手元に残ったお金で、レナードと外国だかどこかに行って、休養するつもりだった。そんなの信じられる？　法律事務所は潰れて、家もなくなるのに、旅のパンフレットをレナードに見せてたなんて。スゥーン法律事務所はわたしのものよ。わたしが受け継ぐの。誰だってそう思ってるわ。わたしはあの事務所のために働いてきたんだもの、受け継いで当然よ。それなのに、メイベルはわたしに渡すまえに、めちゃくちゃにしてしまった。それだけじゃない、家まで抵当に入れてしまった。そんなことを知りもしなかったんでしょ、パパ？　メイベルのオフィスには、〝引退して、レナードの世話をするつもりでいるのを、シャロンに伝えること〟というメモが残ってたわ。それなのに、わたしに話すのを忘れたのよ。メイベルは事務所のお金を使いこんで、レナードの治療代にしてた。それで首がまわらなくなると、責任をすべてわたしに押しつけた」

「わたしが作ったブア・クルアに毒を入れても、あなたの法律事務所や家がどうにかなるわけじゃないわ」アンティ・リーはすかさずシャロンの話に割って入った。

「さっきも言ったけど、わたしはレナードの具合がもっと悪くなればいいと思っただけ。だって、メイベルが気にかけてるのは、大事な息子のレナードの体調だけだもの。メイベルが死んだのは、レナードの食事を食べたからよ。わたしと料理を分けあって食べたことなんて、一度もなかったのに」
「ということは、あなたのお母さんは弟さんのせいで亡くなったのね」とアンティ・リーは言った。
ヘンリーがちらりとアンティ・リーを見た。けれど、アンティ・リーの顔には同情の色が
浮かんでいた。ヘンリーは母親のほうが悪いと言わんばかりの表情だった。
「でも、弟さんは好きで病気になったわけじゃないのよ。肝不全だって、それはもう辛いら
しいわ。肝臓が悪くて、二年間透析を受けてた友だちがいてね、かわいそうにその人は──」
「黙りなさい」シャロンがぴしゃりと言った。「まだわからないの？　弟があああなったのは
自業自得なの。弟がシンガポールの大学に入れないとなると、両親は湯水のようにお金を使
って、アメリカの大学に入れたわ。それなのに、レナードはろくに通いもせずに、ヘロイン
中毒になった。そのせいで心臓が弱ったのよ。そのせいでエイズになったのよ」
「長期に及ぶヘロインの使用は、心内膜や心臓弁に悪影響が出る」とヘンリーが説明した。
「それに、HIVは注射針の使いまわしで感染する。レニーは同性愛者ではないよ」
シャロンがふんと鼻を鳴らした。
「そうでしょうとも」アンティ・リーはなだめるように言ってから、ふと思いついたように
尋ねた。「ところで、ベンジャミン・ンに何があったの？　あなたの家に集中治療室と手術
室を作っていたんだったわね？」
「馬鹿な男。あの男は自分が作ってるのは、パパとメイベルの終末治療施設だと思いこんで、

得意になってたのよ。それで、仕事を全部終えたんだけど、当然のことながら、あの間抜けのエドモンドが金を払わなかった。お金がなかったみたいね。それで、ベンジャミン・ンは何かを確かめるためだか、変更するためだか、戻ってきて、生命維持装置につながれてる若い男を見たのよ」

「その若い男というのが、中国からやってきて亡くなった男性なの？」

「そのときは死んでたわけじゃないわ。そこのところが重要だから言っておくけど。生きてるドナーってところがね。とにかく、それでエドモンドはあせったのよ。ベンジャミン・ンのせいで計画がとん挫するかもしれない。計画どおりにいかなかったら、お金も入ってこないから」

「それで、ヨーン先生はベンジャミン・ンを殺した？」

シャロンは肩をすくめた。「ほんと、大馬鹿者よ。パニックになって、お友だちの頭を殴って気絶させて、引きずってプールに落として、溺れさせるなんて。そういうことをわたしはあとで聞かされたの。エドモンドが中国の組織に頼んで、死体を始末してもらったときに。それで、その組織のウェン・リンはその後始末代もメイベルの支払いに上乗せしたわ」

なるほど、それがパトリック・パンの恋人の最期というわけだ。果たして、パトリックは立ち直れるのだろうか？

「でも、そういうことは、わたしには関係ないわ」とシャロンがさらに話を続けた。「エドモンド・ヨーンを信頼するなんて、メイベルはどうかしてた。ウェン・リンと直接取引すればよかったのに。そう、わたしみたいにね。一週間足らずで、わたしはメイベルよりはるかにうまく計画を実行に移したわ。ウェン・リンからも、母親より優秀だと褒められた。何もかもうまくいってたのよ。それなのに、あの淫乱女のグレースフェイスが余計なことをして、台無しになった。でも、ドナーは死んでも、装置は使えるわ。必要なのは新しいドナーだけ」

アンティ・リーはぞっとした。「それで、ヨーン先生は？　ヨーン先生のことも殺したの？」

「それもわたしには関係ない。ウェン・リンはわたしと会って、エドモンド抜きで話を進めることにした。はっきり言って、エドモンドなんてレナードの子守りをするのがいいところ。移植手術なんてできるわけがない」

「でも、ドリーンはヨーン先生に手術をしてもらったと言ってたわ」

「ドリーンの手術をしたのはわたしだよ」とヘンリーが言った。「あれはうまくいった。ドリーンは大喜びだった。そう、わたしが手術をしたんだ。エドモンドはロボットのようなものだ。ロボットの手を動かしたのはこのわたしだ。言うとおりにやれと言ったのに、あいつは何度もまちがえた。もっと優秀な医者を見つけよう」

「でも、シャロン、お母さんが臓器移植で儲けようとしてると知って、あなたは――」

「儲けようとなんてしてない」シャロンはアンティ・リーの話をさえぎった。「メイベルが金儲けを考えていたなら、わたしたちはここまで悲惨な状況にならなかったわ。メイベルはレナードの心臓移植のリハーサルをするつもりだったのよ。レナードに一か八かの賭けをさせるつもりなんてさらさらなかった。いままでさまざまな賭けに出てきたくせに、大切な息子の命を危険にさらすようなことはしないのよ」

「わたしはメイベルに言ったんだ。〝レナードを神に捧げられるか、わたしたちは試されている〟と」とヘンリーが言った。「〝神を信じれば、うまくいく。神は息子の代わりに犠牲になるヒツジを与えてくれる〟と。それなのに、メイベルは自分が神になったつもりでいた。息子の代わりにいけにえになるヒツジを、自分で用意しようとしたんだ。それが、いま、息子もヒツジも死んでしまった」

「パパは黙ってて」

「そして、いま、すべての幕が閉じようとしている」とアンティ・リーは静かに言った。「誰もあなたを責めたりしないわ。すべて忘れて、前進しましょう」

「どうやって前進するの？　お金もないのよ、わからないの？　でも、メイベルが作らせた臓器移植の設備は使える。愚かなメイベルが完成した設備を見られなかったとしてもね。そう、あれを利用すれば、法律事務所も潰れずに済む。家も手放さずに済むわ」

要するにすべてはお金なのだ、とアンティ・リーは思った。お金とプライドがすべてという人はどこにでもいる。そういう人にとって、誇るに足る価値のあるものは、この世でお金だけなのだ。

「いま、わたしがやってることはメイベルのためなのよ。スウーン法律事務所の創設者はメイベル・スゥーンであることを、みんなの記憶に刻みつけようとしてるんだから。それに、メイベルがわたしの母親であることを」

「ウェン・リンは弟さんが移植手術を受けるまえに、手配した臓器の代金を支払うように言ってきたんでしょう？　それで、ヨーン先生はパーティーの日にウェン・リンをスゥーン家に連れていった。メイベルに会わせて、裕福だから残金をきちんと払うと安心させるために。もしメイベルが残金を払わなかったら、家をウェイ・リンに渡すと約束したのかしら？」

「メイベルは絶対に家を手離したりしない」とヘンリーが言った。「何かしらべつの手を考えたはずだ。いつだって、そうしてきたんだから」

「たとえば、あの家も火事で燃やしてしまうとか？」アンティ・リーはそう言いながら、それにもっと早く気づくべきだったと思った。その方法でヨーンは借金だらけのクリニックを処理したのだから。

「パパは家の電気を止めて、ドナーの男性を死なせて、その死体をさっさと処分すればいいと思ってたのよね。でも、それでどうやって、借金やら何やらを払うつもりでいたの？　あのドナーは金のなる木だった。それに、ある意味でドナー代はもう払ってあるのよ」

「でも、医者はまた見つけなければならないわね」とアンティ・リーは言った。「それに、警察は中国の闇組織を捕まえたわ」

「そうね、べつの医者を見つけるわ。そんなのは大した問題じゃない。医師免許を持ってるのにシンガポールで働き口がないと文句を言ってるインド人の医者なら、掃いて捨てるほどいるんだから。移植手術はパパが指示すればいい。だから、中国の闇組織なんてもういらないわ。必要なのは、生きてるドナーだけ」

「そんな――」

「あなたのことじゃないわよ、おばあさん」

アンティ・リーはニーナを見るシャロンの目つきが気に食わなかった。

「そんなことをしたら、みんなが不審に思うわよ」とアンティ・リーは言った。頭の隅では〝黙っていなさい〟という声が響いていた。シャロンはもう正常ではない。おばあさんとメイドを本気で殺すつもりなのだ。となれば、自分は怯えて当然だ。けれど、殺されると決まっているなら、怖いものはもう何もない。「今日、あなたがここに来たのを大勢の人が見てるわ」

「わたしたちが帰るのも、大勢の人が見てたわ。それに、ドリーンの家にひと晩じゅうわたしたちがいたことは、ドリーンが証言する」

「でも、最近の法医学者は死体をひと目見ただけで、殺人かどうかわかるらしいわ」

いつものニーナなら、アメリカの警察ドラマオタクのアンティ・リーを笑うはずだった。そう、アンティ・リーはドラマの中の科学技術のいくつかは、ほんものだと思いこんでいた。

「たしかに。だから、シャロン、ここは――」ヘンリーがそう言って、何かを示すようなしぐさをした。けれど、アンティ・リーにはその手の動きが何を意味するのかわからなかった。

シャロンの気持ちは変わらなかった。「パパはいままで何もしなかったんだから、いまだって何もしなくていいのよ。パパがメイベルの妙な計画を止めてたら、こんなことにはならなかった。だから、口出ししないで。注射は持ってきたのよね？」

「いま、ここでやるのか？」

「そうね、来週でもいいわ。なんなら、来月でも。冗談じゃない、何を寝ぼけたことを言ってるの？　早く出して」

そのことばに父親がおとなしくしたがうと、シャロンはアンティ・リーに向きなおった。

「警察は死体を詳しく調べるでしょうね。その結果、あなたは殺されたと判明する。あなたのお金を盗んで姿を消したメイドに殺された、とね。マークとセリーナは喉から手が出るほどほしかったあなたの家とお金を手に入れる。そうして、みんなが幸せに暮らすのよ。めでたしめでたし、でしょ？」

アンティ・リーはかすかに開いているワイン貯蔵室のドアが、また気になった。物音がしたような気がしたけれど、期待しすぎて、空耳だったの？　ワイン貯蔵室のドアのすぐわきに飾られているM・L・リーの写真に目をやった。M・L・リーは妻を見守るように、穏やかな笑みを浮かべていた。こんなに頭のおかしい人たちに、目のまえで妻が殺されたら、M・L・リーはそれこそ無念だろう。そう思うと、殺されてたまるかという気持ちになった。

「パパ、何をしてるの？　わたしにちょうだい」

「なんなの？」そう尋ねる自分の口調が、思いのほか落ち着いていて、アンティ・リーはほっとした。怯えるのはあとでもできる。いまは、どうにかして〝あと〟があるようにしなければ。

「ジゴキシン」ヘンリーがさも医者らしく偉そうに言った。「最近では、鬱血性心不全の治療にはあまり使われなくなった。それでも、この薬の過剰摂取で、年寄りが心臓麻痺を起こしても、誰も驚かない」

「わたしがニーナに殺されたように見せかけるんじゃなかったの？　ニーナがどこでジゴキシンを手に入れたことにするの？」

「そんなことは誰も気にしないわ」シャロンが父親から受けとった注射器を傾けて、押し子《プランジャー》を軽く押して、空気を抜いた。

アンティ・リーは半ば呆然と、それを見つめるしかなかった。

「いや、みんなが不審に思うよ」ヘンリーがシャロンの手首を押さえた。「ラジャはそれこそ不審がって、調べるだろう。この店を営業停止にするにあたって、あの男がどれほどごねたか、おまえは知らないんだったな。意図的にであれ事故であれ、ロージー・リーが食中毒を起こすようなものを人に食べさせるわけがないと、あいつは言い張った。自分の母親が人を殺したと言われたほうが、まだ信じられるなんてことをぬかしたよ。だから、元大臣やシンガポール・インド人開発協会《SINDA》の元会長に頼みこんで、圧力をかけたんだ。それで、しかたなくラジャはこの店を営業停止にした。そのときには、辞職しようとまでしたんだ。こんなちっぽけな店のために」

「なぜ、ＳＩＮＤＡに頼んだの？」

「その協会のメンバーが、要職にあるインド系の人や、そういう地位に就こうとしているインド系の人たちだからだよ。でも、まちがいない、アンティ・リーの身に何か起きたら、ラジャ・クマルはそれはもうしつこく調べるだろう。それでなくても、最近の警察は、死体をくまなく調べて、死因を正確に突き止める」ヘンリーは頭を振った。

ラジャ・クマルはなんてすばらしい友人だろう、とアンティ・リーは思った。そこまでしてくれていながら、それをひと言も口に出さないなんて。そう考えて、胸がちくんと痛んだ。この状況を生き延びられたら、かならずお礼を言おう。

でも、ヘンリー・スゥーンにはお礼など言うものか。

「強心薬を飲んでないの？」とシャロンが訊いてきた。

「飲んでないわ。心臓には問題ないから。先週も検査をして、健康そのものと言われたわ」

アンティ・リーははきはきと答えたが、実際には、健康診断などもう何年も受けていなかった。そう、夫が亡くなってから一度も。

「パパはときどきどうしようもなく間が抜けてるんだから」シャロンが注射器をカウンターに叩きつけると、注射針がポキリと折れた。

アンティ・リーは身をすくめた。といっても、鋭い針がついたものをシャロンがどう扱おうと、そんなことを気にしている場合ではなかった。

「まったく、パパはどこまで役立たずなの？　なんだって、よりによってそんな話を持ちだすのよ」シャロンが父親を怒鳴りつけた。

「なんだって、わたしに怒鳴るんだ？　アンティ・リーをすばやく殺せるようなものを用意するように言ったのは、シャロン、おまえじゃないか。とにかく、アンティ・リーをここに置き去りにして、店に火をつければそれで済む。そうすれば、警察が調べても、アンティ・リーは気絶して、煙を吸って、死んだことになる。すべてはメイドのせいになるさ。雇い主のお金を奪って、姿を消したとなればなおのこと。わたしたちがやるべきことは、店の金を見つけて、持ちさることだ。自宅にある金もだ。アンティ・リーの家に行って、メイドの服とパスポートを取ってきてくれ。そうすれば、雇い主を殺して、逃げたように見えるから」

「火災報知器は？」とシャロンが訊いた。「この店に火災報知器はついてるの？」

「もちろんよ。規則どおりについてるわよ」アンティ・リーはそう答えると、愛してやまない厨房を見まわした。乾物やスパイス、油などをしまえる特注の大きな食材庫。積み重ねられた皿。皿についた大きな食べかすは取り除いてあるが、まだ洗っていなかった。

「嘘だ」とヘンリーが言った。「火災報知器はどこにもないぞ。こういう小さい店では、わざわざ火災報知器をつけたりしない。そうでなくても、厨房は火を使うから、煙が充満する。店のすぐ外では、客がビールを片手に煙草を吸う。だから、火災報知器なんてつけたら、鳴りっぱなしだ。アンティ・リーを縛りあげて、火をつけよう。そうして、メイドを連れて、店を出るんだ」

アンティ・リーは黙っていた。厨房が燃えて、煙まみれになると思っただけで怒りがこみあげてきた。怯えるより、腹が立つほうがまだましだった。

「でも、何で縛るの？」シャロンが厨房を見まわした。「クトゥパ用のヤシの葉の紐《ラフィア》は、メイドを縛ったからもうないわ」

「だったら、どこかに閉じこめよう。トイレかどこかに。鍵を中からかけたのか、外からかけたのかなんてことは、わかりゃしない。メイドから逃げようとして、自分からトイレに閉じこもって、そうこうしているうちに、メイドが店に火をつけて、逃げだしたと警察は考えるだろう」

アンティ・リーは何も言わず、伏し目がちにゆっくりとワイン貯蔵室のほうを見た。シャロンの目がきらりと光った。

「あそこがいいわ」シャロンはアンティ・リーをぐいと引っぱって立たせると、ワイン貯蔵室へ引きずっていった。

30 意外な救出劇

歳を取って何が便利かと言えば、たいていの人から体が弱っていると思われることだ。アンティ・リーは足元がおぼつかないふりをしてつまずいて、スパイスや油をしまっている食料庫の壁にぶつかった。

そのせいで、シャロンはうしろ向きにワイン貯蔵室に入ることになった。肩でドアを押しあけながら、カウンターにつかまっているアンティ・リーを思い切り引っぱるには、そうするしかなかった。

「さあ、早く入って。なんなの？　ここは明かりがつかないの？」

ガッシャーン！　ガラスが割れる音と同時に、シャロンの悲鳴が響いた。

一瞬、アンティ・リーは何がなんだかわからなかった。といっても、ヘンリーがいるのを忘れてはいなかった。ニーナのそばにいたヘンリーが、娘のようすを見にきた。

アンティ・リーはとっさにつかんだ大きな瓶の蓋がすんなり開かずに、ちょっと苛立った。まったくもう、こんなにきつく蓋を閉めるなんて、ニーナはどれだけ力持ちなの？

「ヘンリー、こっちよ」とアンティ・リーは呼びかけた。

ヘンリーが振りむくと、その顔めがけて、瓶の中身をぶちまけた。

「な、何を……」ヘンリーが驚いて、声をあげた。両手で顔をぬぐったとたんに、目から涙がぽろぽろこぼれおちた。「か、顔が燃える」叫びながら、逃げだした。テーブルにぶつかって、椅子をなぎ倒す。床にくずおれて、うめきはじめた。これで、しばらくは、ヘンリーは何もできないはずだった。

アンティ・リーはワイン貯蔵室へと走ると、ドアのところで立ち止まった。このまま鍵を閉めて、助けを呼ぶ？

「アンティ・リー」

「ちょっと待って、ニーナ。シャロンがどうなったのか確かめなくちゃ」

「そのまえに紐をほどいてください」

「シャロンは明かりがつかないと言ったわ。ワインが崩れて、頭を直撃したの？　でも、いま、物音がした気がする。それに、どうしてドアが開いてたの？　ニーナ、あなたが開けっぱなしにした？」

「とにかく、手首の紐をほどいてください」

そのとき、ワイン貯蔵室の中で聞きまちがいようのない足音がした。

「誰なの？　チェリル、あなたなの？」

「やあ、アンティ・リー」返事をしたのはマークだった。「明かりは壊れてないよ。ぼくが電球をはずしておいたんだ。シャロンとヘンリーが勝手口から戻ってきたときにも、ぼくはここにいたんだけど、邪魔しちゃ悪いと思ってね。それで、静かにしてたんだ――」

「シャロンに何をしたの？」アンティ・リーはマークをさえぎった。「シャロンはどこ？」

「ワインのボトルで殴っただけさ。頭の横のほうをガツンとね。シャロンはそのへんに転がってるんじゃないかな。大怪我はしてないと思うけど、床にガラスの破片とワインが飛び散ってて、よくわからないんだ」

「またワインを勝手に取りにきたんですか？」とニーナが言った。ついさっきまで殺すと脅されていたのだから、メイドだろうと、もう怖いものはなかった。「マークさんがワインを取っていくたびに、セリーナさんはわたしが盗ったと疑うんですよ。それもこれも、マークさんがアンティ・リーにもチェリルさんにも、お金を払いたがらないせいです」

「マーク」アンティ・リーはふいに涙がこみあげてきて、あまりにもほっとして体が震えはじめた。マークの肩越しに見えるＭ・Ｌ・リーの写真も、ほっとして、微笑んでいるようだった。「あなたがいまのままのあなたでいるのを、お父さんも喜んでるはずよ」

マークがアンティ・リーの体に腕をまわして、ぎゅっと抱きしめた。「ぼくとセリーナが父さんのものをほしがってるなんて、シャロンが言ってたけど、そうじゃないからね」

「セリーナも？」アンティ・リーの声は、マークの大きな胸の中でくぐもっていた。

「そうだよ。いや、まあ、いつもほしがってるわけじゃない」そう言ったマークも、それを聞いたアンティ・リーも声をあげて笑わずにいられなかった。

サリム警部が厨房のドアを開けて、駆けこんできた。ニーナを見ると、立ち止まって、深く息を吸った。

「これが何かの冗談だったら、ただじゃ済まないからな」とサリムはニーナに言った。

そんなことを言われても、ニーナがサリムを見て喜んでいるのは、アンティ・リーにもよくわかった。

「どうして、こんなに時間がかかったんですか？」とニーナが言った。「長いこと電話をかけっぱなしにしてたから、バッテリーがなくなっちゃいました」

サリムは警察官として不適切なほど、ニーナをしっかり抱きしめた。それから、車に戻って、無線で仲間を呼んだ。

ニーナが回転式バーベキュー・グリル用の長い串にも負けないほど鋭い目つきで見守る中、アンティ・リーは朦朧《もうろう》としているシャロンの両手を背中にまわして、竹とアシの紐で手首を縛りあげた。その紐は水に浸けて、よくゆすいで、ニョニャ風粽《ちまき》を縛るために準備しておいたものだった。若い料理人はラフィアを使うが、竹とアシを撚《よ》った紐で粽を縛ったことが一度でもあれば、その紐がいかにしなやかで、強いかがわかる。

ヘンリー・スゥーンは縛りあげるまでもなさそうだった。床に座りこんで、ぐったりと壁にもたれかかって、涙をぽろぽろ流しながらめそめそと泣いていた。シャロンの意味不明な文句も命令も、聞こえていないようだった。

「パパに何をしたの？　助けてあげて。救急車を呼びなさい。パパもそんなところに座ってがましって後悔するぐらい、徹底的に訴えてやる。ああ、いやだ、頭が痛くてたまらない」

「アンティ・リー、ヘンリーに何をしたんだい？」とマークが尋ねた。「このままで大丈夫なのかな？」

「ナガモリッチ・オイル」とアンティ・リーは答えた。「わたしが作った特製オイルよ。乾燥させて素揚げにしたトウガラシをたっぷり入れた濃厚なオイルなの」貴重なそのオイルを料理に使うときには、たいてい二、三滴で事足りる。まちがってオイルが指に触れようものなら、それだけで火傷したようにひりひり痛む。そんなものが唇にかかったり、目に入ったりしたら……考えただけで、怖気が走った。「ニーナ、冷蔵庫からココナッツミルクを取ってきて、ヘンリーの顔を拭いてあげてちょうだい」ココナッツは万能薬だ。とりわけ、トウガラシに触れたときの痛みによく効く。

「サリム警部が戻ってきました。車が見えるからわかるんです。まずはサリム警部と話してきます」

「ヘンリー、あなたはウェン・リンの組織のメンバーが中国でどんなことをしているか、ほんとうは知ってたんでしょ？　大金を払ってでも移植用の臓器をほしがりそうな人と、ウェン・リンの組織を結びつけたのは、あなたよね。その組織から仲介料をもらって、家と法律事務所を救うつもりでいたんでしょ？」

「うまくいくはずだったんだ、あんたが首を突っこんでこなければ。誰にとっても、いい話だった。多くの命を救えたはずなんだ」ヘンリー・スゥーンが涙声で言った。

「だけど、亡くなった中国人の男性は？」

「あの男は仕事もなければ、金もなかった。生きてたってどうにもならなかった。たとえ車に轢かれて死んだって、誰も困りやしない。あの男は金のために喜んで腎臓を売るつもりだった。手術を受けて死ぬ人なんてこの世にごまんといる。家族には補償金を払った。あの男が一生働いたって、とうてい稼げないほどの大金だ。生きていても、あの男はなんの価値もなかったんだ」

ヘンリーにはまだとうぶんのあいだ痛い思いをしてもらおう。アンティ・リーはココナッツミルクを冷蔵庫にしまった。

「新聞に広告を出したらどうかな？」とマークが言った。「ブア・クルアに毒なんて入ってなかったという広告を。犯人が人を殺して、違法な臓器移植で金儲けをするために、アンティ・リーとこの店を陥れたこともちゃんと書いてね」

それは複雑すぎると、さすがのアンティ・リーも思った。シンガポール人はこと料理にかんしても、料理に入れるものにかんしても、複雑なのを嫌う。そうでなくても……。

「新聞に広告を出すのはものすごくお金がかかるんですよ」厨房に戻ってきたニーナが言った。

これでやっと、普通の生活に戻れる、とアンティ・リーは思った。「とりあえず店を開けて、お客さんが来るかどうかようすを見てみましょう」

31

〈アンティ・リーズ・ディライト〉再オープン

「今夜、ここに大勢の人が集まってるのは悪くないな」とマークが言った。マークはようやく、ワインのビジネスをチェリルに譲ったところだった。

マークはりっぱなヒーローだった。アンティ・リーはマークのおかげで命拾いしたというまぎれもない事実だけを強調した。そのおかげで、なぜ、マークがこっそり店に戻ってきたのかということは、誰も尋ねなかった。その理由をセリーナは知っているはずだ。なんといっても、店の外に停めた車の中で待っていたのだから。けれど、セリーナも何も言わなかった。

〈アンティ・リーズ・ディライト〉はふたたび客であふれかえった。

客は戻ってきただけでなく、アンティ・リーの必殺スペシャル料理こと、アヤム・ブア・クルアを注文しては、その料理を命がけで食べているところを写真におさめた。

「ほんとうにおかしなお客さんばかりですね」ニーナはそう言いながらも、お金を払って食べにきてくれる客がいて、内心では喜んでいた。

アンティ・リーにとっては、伝統料理を世に知らしめたのだから、これほどすばらしいことはなかった。

それに、今夜の〈アンティ・リーズ・ディライト〉は、この国でいちばん安全な場所だ。厨房のドアを蹴破って駆けつけた警察官が、いままさにそのドアの隣にいるのだから。そこに腰を据えて、忙しく動きまわるのが大好きな料理人が、最高の料理と自負しているごちそうを、たらふく食べさせられていた。

サリムが厨房にいるほうが落ち着くと感じているもうひとつの理由は、絶対的な権力を誇るボス、ラジャ長官が店にいて、アンティ・リーが何ごともなく家に帰るのを見届けるまでは、その場をてこでも動かないと決意しているからだった。

「ひと晩じゅう、ここで警備員役を演じてなくてもいいんですよ。もう食べないなら、どうぞお帰りください」とニーナがサリムに言った。どう見ても、サリムはもうお腹がいっぱいのようだった。

「いいえ、サリム警部はまだ食べるわよ」アンティ・リーは忙しく立ちまわりながらも、通りがかりに、やわらかな青い餅米のお菓子プルッ・タイタイをサリムのまえに置いた。「わたしたちは何日もサリム警部にごちそうしなかったんだから」

「降参です」とサリムが笑いながら言った。「もう食べられないけど、だからって気を悪くしないでくださいね」

「あなたがお腹いっぱいなら、アンティ・リーは喜びますよ」とニーナは自信たっぷりに言った。「でも、プルッ・タイタイは持って帰ってください。包みますから。色づけ用のバタフライ・ピーの花は、あなたの警察署の裏にずっとまえから生えてるものを採ってきたんですよ。あなたの部下のパンチャル巡査部長も、摘むのを手伝ってくれました。手柄を立てたくてうずうずしてないときには、あの人もそんなに悪い人じゃないですね。どうぞ、持って帰ってください。お母さんにあげて、朝食に食べてもらってもいいし。二、三日はもちますから」

サリムはニーナが言ったことすべてを、いますぐにじっくり考えようとは思わなかった。それでも、青いお菓子と、それにつけるカヤジャムを受けとった。「ありがとう。母は手作りのカヤジャムが大好きなんだ。それと、思いだしたんだけど、母がきみに会いたがってるんだ」

「えっ？」

「今度の日曜日、母の家で昼ごはんを一緒にどうかな？」

「そんな、だめですよ」

「ニーナ、生きててよかったと思わないか？　いつ死ぬかわからないんだから、生きてるうちに、できることはなんでもやらなくちゃ。つい考えてしまうんだ、もしもあのときマークがこの店にいなかったら――」

「そんな……」

ニーナもわかっていた。もしもあのとき殺されていたら、サリムは恋人を亡くしたように嘆き悲しんで、周囲の人から同情されていたはずだ。そして、わたしには花と蠟燭《ろうそく》が手向けられた。でも、実際にはこうして生きていて、ふたりとも誰からも同情もされてもいなければ、救いの手も差しのべられていない。外国から出稼ぎにやってきたメイドがこの国で結婚するには、やたらと厳しい規制がある。シンガポールの法律や規制の多くは、多民族の調和と、国民の大半を中国系が占めていることを重視している。同じように、伝統的価値観とキリスト教的な道徳観の両方を尊重しているのだ。警察官であるサリムはもちろん、そういうことをよく知っているはずだった。

「母と一緒にお昼ごはんを食べるだけだよ。きみの料理をぼくがしょっちゅうごちそうになってるのを、母は知っててね。だから、お返しにきみにごちそうしたいと言ってるんだ」

ニーナは迷った。「でも、アンティ・リーに訊いてみないと」

「大丈夫。メイドに休みを与えるのは、いまじゃ義務化されてる、そうだろう？　もしアンティ・リーがきみに休みを取らせなかったら、ぼくが逮捕するよ」

「マイクロフトが来たわ」大半の客が帰った頃、チェリルが言った。

チェリルはマイクロフトから、徒歩か車で迎えにいくから、〈アンティ・リーズ・ディライト〉で待っているように言われたのだった。明るい街灯に照らされたシンガポールの住宅街は、世界じゅうのどこよりも、女性が安心してひとりで歩ける場所かもしれない。それでも、賢いチェリルは夫のことばに素直にしたがった。いっぽう、アンティ・リーはマイクロフト用の夕食に、お弁当を用意しておいた。

「新たな展開は？　夕食はまだなんでしょう？　そうだと思って、お弁当を作っておいたわ。といっても、残りものを詰めただけだけど。それで、シャロン・スゥーンはどうなったの？」

「ええ、夕食はまだですよ」とマイクロフトは正直に言った。「助かります。家でインスタントラーメンか何かをするつもりだったので――」

「そんなものより、このお弁当のほうがはるかにおいしいわ」そう言ったのはチェリルだった。「ここで食べながら、その後の経過を話してよ。アンティ・リーだって、少しぐらい帰りが遅くなってもかまわないわよね？」

アンティ・リーは最初からそのつもりで、マイクロフトのためにテーブルを用意して、向かいにどっかり腰を下ろした。「さあさあ、チェリルもここに座って。そうすれば、マイクロフトも食事をしながら、落ち着いて話ができるわ。ラジャ、興味がないふりなんてしてないで、こっちに来て、一緒に聞いたら？　あなたの部下が逮捕した殺人犯がどうなったのか」

ヘンリー・スゥーンと娘のシャロンは、殺人や殺人未遂やその他諸々の罪で起訴された。チェリルは〝その他諸々はどうでもいい〟とばっさり切り捨てた。そういう罪は、アンティ・リーへの殺人未遂に比べれば些細なことだ。アンティ・リーもそう思った。

マイクロフトによると、ヘンリーはやけに落ち着いていて、むしろ愛想がいいとのことだった。記者に向かってにっこり笑って、手を振って、「シャロンの母親ならわたしたちを簡単に無罪放免にしただろうね。でも、いまは、これからどうなるのか待つしかない。みなさんが考えているほどの影響力は、わたしにはないからね」と言ったらしい。要するに、反省の色はまるでなし。

「そんなふうにして身を守ってるつもりかもしれないわ。何もかも妻がやったことで、自分とシャロンは尻拭いをしようとしただけだって」

メイベルと闇の臓器売買組織について尋ねられると、ヘンリーはこんなことを言ったそうだ。「メイベルのことをわかっていないようだな。メイベルがこんなことをしたのは息子のためだよ。どんな親だって、同じことをするはずさ。わが子が死にそうになれば、メイベルの気持ちがわかるよ」

妻がやったことのために、わが子ではないべつの子が死んだのを、ヘンリーは理解できていないとしか思えない。ヘンリーにとって、自分の家族以外はこの世に存在しないも同然なのだろう。

「どうやらヘンリーは、今回の件がテレビで取りあげられなくなって、新聞や雑誌も書きたてなくなれば、友だちが丸くおさめてくれると思ってるようです。でも、そうはいかない。グレースフェイスが予審で証言をすると、シャロンが騒ぎだしました。〝殺してやる〟とわめいて、法廷から連れだされたんです」とマイクロフトは言った。

「いつでもなんでもほしいものが手に入るわけじゃないのを、普通は子どもの頃に学ぶものよね。やっぱり、そういうことは若いときに知っておいたほうがよさそうだわ」とアンティ・リーは言った。

「メイベル・スゥーンは予想以上に追いこまれていました。でも、なにしろ強気でしたから、メイベルに意見しようなんて人はいません。法律事務所の職員も、祈りと癒しの会のメンバーも、家族もつねにメイベルの言いなりで、いまさら疑問を呈するのは、裏切り行為のように思えたんでしょう。だから、シャロンが書類をきちんと調べるまで、メイベルのせいでスゥーン法律事務所の経営状態がとんでもなく悪化してることに、誰も気づかなかったんです。シャロンは、そこまで悲惨な状況になったのは、メイベルが事務所の金を使いこんだ挙げ句に、家まで担保に入れて借金をしたせいだと考えています。もしメイベルが破産宣告を受けたら、家も名声もすべてなくしていたでしょうね」

「うかつにも実態をシャロンに知られるまでは、メイベルの計画はうまくいってたみたいね」とチェリルが言った。「もしメイベルが違法な臓器移植計画をまんまと成功させてたら、借金を返してもまだ余るほどの大金が転がりこんできて、家も法律事務所も安泰だったんだわ」

「メイベルがうかつだったから、シャロンが実態を知ることになったのかしら？」とアンティ・リーは言った。「そもそもの問題はメイベルとシャロンが理解しあえてなかったことよ。さらに悪いことに、ふたりは理解しあってると思いこんでた。マチルダの話では、学生の頃からシャロンはそれはもう負けず嫌いだったそうよ。トップになれないと、ぷいとやめてしまって、やる価値もないことだとみんなに思わせようとするんですって。でも、シャロンがトップになろうとがんばってたのは、先生や友だちに一目置かれるためじゃない。母親から認めてもらいたかったからよ。シャロンは法律事務所の共同経営者になってはじめて、母親が弟の病気を治すために、祈る以外のことをしてたのを知った。レナードは麻薬中毒になって、心臓を悪くした。HIVに感染していては、どれほどお金を積んでも、この国で合法的に心臓移植を受けられるはずがない。だから、メイベルは違法な手段を考えるようになった。そのときにはもう、レナードの具合はずいぶん悪化してて、外国に行けるような状態じゃなかったから、どうにかしてドナーをシンガポールに連れてくるしかなかった。それに、移植手術をする医者と場所も必要だった。そうして、ある夜、シャロンはメイベルがレナードを救うために法律事務所のお金をすべて注ぎこんでいたのを知った。自分が受け継ぐと思いこんでた法律事務所のお金をね。それで、シャロンはレナードの食事に殺藻剤を混ぜた。そして、意図せず、母親まで殺してしまった」

「まさかシャロンがふたりを殺すとは……？」ラジャにとってシャロンのイメージはいまだに、学校の制服を着た痩せっぽちの女の子だった。

「殺す気はなかったみたい。でも、意図せず、母と弟が死んでしまったのに、後悔はしなかったようね。ちょっとした事故でも、あわてふためく人がいるわよね。たとえば、車を運転してて、犬を轢いてしまって、罪悪感に堪えきれなくて自殺して、全財産を動物保護施設に寄付するとか。それはちょっと極端だけど、でも、シャロンは母と弟からやっと逃れられたと思ったんでしょうね。それに、思ったより簡単に死んでしまった。鶏を絞めるのと大差なかった。だから、あなたがシャロンを止めたのはいいことなのよ」

「シャロンを止めたのはきみだよ」とラジャは言った。「なんともね、信じられない。表向きは、スゥーン家の父も娘も法にしたがって生きているまともな人だった。実際はまるでちがうなんてことは、ほとんど表に出さなかった」

「メイベルの考えでは、法律が必要なのは社会の規律を保つためで、神の法はまたべつだったようです」とマイクロフトが言った。「メイベルにしてみれば、どんな手段を使おうが、息子の命を救うのは神から与えられた権利だから、社会の秩序に反していない、ということだったんでしょう。シャロンはある意味で母親そっくりです。シャロンは母親に騙されたと思った。だから、人に見つからなければ、どんなことをしても、ほしいものを受けとる権利があると考えたんでしょう」

「でも、いったいどうして、ヘンリーまでとんでもない計画の片棒を担いだのかしら？」とアンティ・リーは言った。

「ヘンリー・スゥーンはずっと妻の言いなりでした。妻のおかげであれほど裕福な生活ができたと言ってもいい。メイベルではなく、べつの女性と結婚していたら、国立病院の一医師として、せいぜいテラスハウスに住むのがいいところだったでしょう。メイベルは何もかも自分で決めなくては気が済まない女傑です。それでも、ヘンリーは裕福で何不自由なく暮らせればそれでよかった。だから、メイベルがいなくなると、それまでのような生活を続けるためには、シャロンに頼るしかなかったんでしょう。ずっと妻の言うとおりに生きてきたんですからね。娘の言うことにも疑問を抱かず、素直にしたがったほうが、むしろ楽だったというわけです」

「シャロンはきみを殺してたかもしれないんだぞ」とラジャが語気を強めた。死はあまりにも唐突にやってくる。そして、死んでしまったら、二度と生きかえらない。人が殺人を犯すにはどんな背景があるのか興味津々のアンティ・リーの頭からは、死んでしまったら終わりだということが、すっかり抜け落ちているようだった。「シャロンは本気できみを殺すつもりだった。いまごろ、きみは死んでいてもおかしくなかった。そういうことをきちんと考えてくれよ」

アンティ・リーはじっくり考えてから、言った。「わたしのお葬式にはカニ団子《クラブ・ケーキ》を出してほしいわ。ふんわりした生地に、新鮮なカニ肉をたっぷり混ぜてね。まえもって自分で作って、冷凍しておこうかしら。ニーナが油で揚げるだけで、みんなにふるまえるように。そうね、自分のお葬式用のカニ団子をまだ作ってないんだもの、やっぱり死ななくてよかったわ」

ラジャがしかめ面でアンティ・リーを睨んだ。

アンティ・リーは冗談を言っているわけではなかった。自分の行動が無意味に思えて鬱々としていたのが嘘のように、すっかり気分が晴れていた。

「中国から来た若者とベンジャミン・ンは、悪人じゃないのに、死んでしまったわ。でも、今日、ティモシー・パン巡査部長と一緒にパトリックが店に来たのよ。少なくとも、いま、あの兄弟は一緒に食事をするようになった。死んだ人を忘れないための料理もあるけど、お葬式やごちそうは生きてる人のためのもの。どういう意味かわかるでしょ？　生きてるのがいかにすばらしいかを実感するためにも、人は誰かと一緒にごはんを食べなくちゃならないの」

「だから、きみはこれからも、わたしたちに何かを食べさせるつもりなんだな？」ラジャはそう言って、笑った。つい〝墓に入っても〟と言いそうになったが、そのことばは呑みこんだ。「それじゃあ、そろそろ帰るとするか。ニーナとサリムが店じまいしようと待ってるよ」

「これでわかったでしょ？」アンティ・リーはハンドバッグを持って立ちあがると、ワイン貯蔵室のドアまえで一瞬足を止めて、写真に話しかけた。「やっぱり、わたしが言うとおり、何もかもうまくいったでしょ」

生きていても、死んでいても気が利いているM・L・リーは、アンティ・リーのことばを否定しなかった。

アンティ・リーのお手軽キャンドルナッツのチキン・カレー

忙しいときにはカレーがいちばん

ブア・クルアが死を招くとは思っていなくても、やはり手に入れるのはむずかしい。そんなときには、ブア・クルアの代わりにキャンドルナッツ——小さな丸いナッツ——を使おう。ナッツの風味とかすかな苦みがくわわって、それはもうおいしいカレーができあがる。キャンドルナッツも手に入らなければ、マカダミアナッツでも大丈夫。

レシピの分量で大人4人分。
でも、お腹をすかせた高校生なら2人分かな。

【材料】
赤タマネギ(なければ、普通のタマネギ)……………1個
(皮を剥いて、ひと口大に切る)
鶏肉……………500g
(大きさを揃えたぶつ切りにする)
ジャガイモ……………2個
(皮を剥いて、ひと口大に切る)
チキン・スープ(なければ、固形スープの素と水)……1カップ

塩……………小さじ½
黒胡椒(ひきたてのもの)……少々
砂糖……………大さじ1
ココナッツミルク…1カップ
(これが味の決め手)
カレー用ルンパ
キャンドルナッツ(なければ、マカダミアナッツ)……5個
ニンニク…2かけ(皮を剥く)
ショウガ…1かけ(皮を剥く)
カレー・パウダー…小さじ2
コリアンダー・パウダー……小さじ2
クミン・パウダー…小さじ2

チリ・パウダー……小さじ1
ターメリック・パウダー……小さじ2
酢……………小さじ1
油……………少々

【作り方】

1．カレーのベースとなるルンパ（野菜ペースト）を作る。ルンパの材料をすべて石臼ですり潰すのが理想だが、いまはフードプロセッサーを使うのが一般的。チリ・パウダーとターメリック・パウダーの代わりに、生のトウガラシ（種を取り除く）とウコンを使うなら、それも一緒にフードプロセッサーへ（硬さは油の量で調節）。

2．フライパンに油（分量外）をひき、タマネギを炒める。

3．ルンパをくわえて、香りが立つまでしっかり炒める。

4．鶏肉をくわえて、タマネギやルンパとなじむまでしっかり炒める。

5．ジャガイモとチキン・スープ、塩、黒胡椒、砂糖をくわえて、ときどき混ぜながら、弱火で15～20分煮込む。

6．煮詰まって汁気が飛んだら、ココナッツミルクをくわえて、5分ほど煮る（ココナッツミルクの量は、とろとろのカレーにするか、さらさらのカレーにするか、好みで調節しよう）。

7．塩、胡椒で味を調える。

8．パンやライスと一緒にいただく。つけあわせには、〈アンティ・リーのとっておきアチャー！〉を忘れずに。

チェリルのジンジャー・レモングラス・ドクテル

アンティ・リーは温かいままで飲むのが好き。でも、冷やして飲んでもおいしい。

中医学やマレーの伝承医薬ジャムウでは、ショウガには血行促進や、消化吸収を助けるなど、多くの効能があるとされている。

レシピの分量でグラス4杯分。2杯はすぐに飲んで、残りの2杯は冷蔵庫にしまっておいて、あとで飲んでも大丈夫。

【材料】

水……………… 5カップ
ショウガ……… 大きめ1かけ
（皮を剥いて、刻む）
レモングラス…長めの茎3本
（短いものなら5本。地際の球根のようにふくらんでいる白い部分も使う）
（よく洗って、ざく切りにする）
ハチミツ……………… 適宜

【作り方】

1．鍋に水を入れて、沸騰させる。
2．ショウガとレモングラスをくわえ、弱火でぐつぐつ5分以上煮る。
3．ハチミツをくわえて、混ぜる。
4．濾して、耐熱用のグラスに注ぐ。

コージーブックス

アジアン・カフェ事件簿《じけんぼ》②
南国《なんごく》ビュッフェの危《あぶ》ない招待《しょうたい》

著者　オヴィディア・ユウ
訳者　森嶋《もりしま》マリ

2016年　3月20日　初版第1刷発行

発行人　成瀬雅人
発行所　株式会社　原書房
〒160-0022 東京都新宿区新宿 1-25-13
電話・代表　03-3354-0685
振替・00150-6-151594
http://www.harashobo.co.jp
ブックデザイン　atmosphere ltd.
印刷所　中央精版印刷株式会社

落丁・乱丁本はお取り替えいたします。
定価は、カバーに表示してあります。
 ISBN978-4-562-06050-4 Printed in Japan